D1725108

Wolfgang Millendorfer

KOPF ÜBER WASSER

Der Hallenbadroman

Milena

Das Personal

WERNER ANTL & MARINA ANTL

Geschäftsführung: ein Ehepaar in den 50ern, seit 31 Jahren ein Paar, seit 29 Jahren verheiratet, seit 14-dreiviertel Jahren gleichberechtigte Geschäftsführer des Hallenbads (das zufällig genau an ihrem Hochzeitstag, dem 13. März 1972, eröffnet wurde). Die Antls haben immer von sich behauptet, kein typisches, kein langweiliges Ehepaar zu sein, und das sehen sie auch heute noch so.

ROSE ANTL

Kassa & Büro, Tochter: feiert in wenigen Wochen ihren 30. Geburtstag.

Rose (und das wird keinesfalls englisch ausgesprochen!) wurde von ihren Eltern nicht nur mit einem seltenen Vornamen bedacht, sondern auch ebenso hingebungsvoll wie liberal erzogen. Das Ergebnis: Sie ist viel zu schlau, um ihre Tage im Hallenbad hinter der Kassa zu verbringen, aber weil sie ihre Füße doch nicht so richtig auf den Boden bekommt, macht sie genau das.

FRED

Bademeister, Sicherheitsbeauftragter: vielmehr Mädchen für alles, und das natürlich gegen seinen Willen.

Fred spielt aber einigermaßen geduldig mit. Zum einen, da er, Anfang 40, insgeheim beschlossen hat, sich keine Illusionen mehr zu machen, und zum anderen, da ihm seine Position (einhergehend mit der geschäftlich nicht gerade erfreulichen Lage seiner Arbeitgeber) gewisse Vorteile (in dieser Ecke des Landes nennt man das *Narrenfreiheit*) einräumt.

ANDRÁS

Haustechniker: eigentlich unverzichtbar, aber genau genommen nicht immer auf dem neuesten Stand der Technik.
András hat seine besten Jahre bereits hinter sich. Seine besten Jahre hat er ebenfalls hier verbracht. Es gefällt ihm im Hallenbad, deshalb hat er nie nach einem anderen Job gesucht. Und man kann ihn gut leiden, deshalb wird immer wieder ein Auge zugedrückt.

ROBERT ANKER

Saunameister: eine Institution.
Robert hat in seiner Karriere schon alles gesehen: die richtig guten Häuser, die wirklich miesen und die vielen dazwischen. Früher galt er als einer der besten – weil vor allem bestaussehenden – Saunameister der Szene. Aus seiner Sicht ist das auch heute noch so, und die flotten Sprüche sind ihm längst ins Blut übergegangen.

BELLA

Kantinenchefin: Wirtin aus Leidenschaft, eine ehemalige Schönheit, angeblich – heute kurz vor ihrer Pensionierung, von der sie aber nichts wissen will.
Bella hat sich ihren Ruf hart erarbeitet. Die Hallenbadkantine hat sie bald nach der Eröffnung in den 1970ern übernommen und nicht wieder hergegeben. Das erfreut die Geschäftsführung zum einen, da Bella ihre nicht immer unkomplizierten Stammgäste gut im Griff hat; das ist in gewisser Weise aber auch das Problem, denn so wird aus der Kantine nie ein ernst zu nehmendes Restaurant.

SUSI

Kellnerin: in der Hallenbadkantine klassisch hängen geblieben.
Susi kann ihren Beruf nicht leiden, zurzeit hasst sie ihn regel-

recht. Nicht dass man sie hier in der Kantine schlecht behandeln würde. Und die dummen Bemerkungen hält sie aus. Sie fühlt aber, dass das Leben für sie noch mehr vorgesehen hat. Da ihr 35. Geburtstag jedoch immer näher rückt, hört sie die Uhr immer lauter ticken.

WILLI

Kantinenkoch: vom wöchentlichen Menüplan schwer unterfordert – für dieses Lokal eindeutig überqualifiziert.
Als spätberufener Koch hat Willi sein Leben noch vor sich und als Nachwuchshoffnung gute Chancen in der wirklich echten Gastronomie. Hier ist er aber sein eigener Chef (auch wenn Bella das anders sieht), und hier hat er seinen Freund Fred (der ihn für die Küche vorgeschlagen hat) in der Nähe und vor allem Susi (die von seinen Gefühlen nichts weiß, denn Willi ist nicht nur genügsam, sondern auch schweigsam).

HERBERT PETER

Nachtwächter: und obwohl die Gefahr nächtlicher Badegäste äußerst gering ist, schreibt die Stadt diesen Posten vor – nur weil einmal etwas passiert ist.
»Herbert Peter«, sagt Herbert immer, wenn er jemanden neu kennenlernt, »Peter ist der Nachname.« Will man ihn ärgern, wird das mit Absicht verwechselt; er selbst nennt sich in Gedanken HP, wahlweise auch englisch ausgesprochen. Für den Job als Nachtwächter war er anfangs viel zu jung, er hat durchgehalten, dabei aber darauf vergessen, erwachsen zu werden. Wenn es ihm möglich ist, lädt er auch heute noch Freunde oder Damen zum nächtlichen Schwimmen ein.

Episode 1

1.

In irgendeinem Paralleluniversum geht jetzt gerade das Becken über. Es ist voll von Badehauben, brüllenden Kindern, die vom Rand springen, besorgten Müttern, schlafenden Vätern; eine beachtliche Menschenschlange steht vor der Kantine, die in diesem Paralleluniversum *Restaurant* heißt, und mehr als fünfzig Nackte schwitzen in der Sauna.

Auf dieser Seite des Universums leider nicht. Hier freut sich der alte Nazi, dass ihm das Becken auch heute fast allein gehört; natürlich verflucht er die beiden Kinder, die in der Ecke vom Rand springen – und er verflucht sie wirklich. Der strenge Pfiff aus der Pfeife des Bademeisters kann dem alten Nazi nie streng genug sein, aber er muss sich gleich ein weiteres Mal ärgern, weil der Pfiff schon wieder ausbleibt. Vom Rand springen ist immer noch verboten, und er will nicht zum Platz des Bademeisters hinsehen, weil er weiß, was er dort sehen wird: einen verlassenen grünen Plastiksessel. *Na bitte.* Andererseits ärgert er sich doch so gern, der alte Nazi. »Springen verboten«, murmelt er, »– *verboten*!«, und demonstrativ springt er ins Wasser, schlägt auf und geht kurz unter. Er hört schon so nicht mehr besonders gut, trägt eine Badehaube und ist mit dem Kopf unter Wasser, als Fred wild pfeifend für Ordnung sorgt. Die Kinder stellen das Springen ein, der Alte hat die Amtshandlung versäumt, taucht wieder auf und sieht Fred verschwommen durch die Schwimmbrille auf seinem grünen Plastiksessel sitzen, eindeutig angetrunken, das sieht er von hier aus. Der alte Nazi wünscht sich mehr Disziplin von der Menschheit und taucht wieder unter.

Fred hat soeben ein kleines Bier getrunken. Es war aber sein erstes und somit ist er noch weit davon entfernt, angetrunken zu sein. Das kommt erst, das dauert noch. Aber rauchen muss er eine, und da er seine Aufsichtspflicht ernst nimmt, raucht er sie am Beckenrand. Und das muss er jetzt tun, denn in einer halben Stunde kommen ein paar Schulklassen und dann gibt es kein Rauchen, sagt die Chefin und in diesem Fall hat sie recht, so wie beim Babyschwimmen, das sieht Fred ein. Er zündet sich eine Zigarette an, zieht, steckt seine Bademeisterpfeife in den Mund und bläst den Rauch mit einem lauten Pfiff oben aus der Pfeife raus. Das ist sein Markenzeichen, so etwas amüsiert ihn. Der laute Pfiff schreckt die Badegäste auf. Die Badegäste – das sind die beiden Kinder, die gelangweilt im Wasser stehen, weil sie nicht springen dürfen, der alte Nazi, der in seinem Ganzkörper-Badeanzug langsam auf und ab treibt, Georg und Grant in der Kantine, aber die hören den Pfiff nicht und sind in dem Sinn auch keine Badegäste, und die Mutter, die ihr Baby im Arm schaukelt und nicht zu wissen scheint, dass das Babyschwimmen im Winter immer erst am Mittwochnachmittag stattfindet. Als sie das Oberteil abnimmt, dreht Fred den Kopf zur Seite, so viel Anstand hat er – wenn er Brüste sehen will, dann kann er in die Sauna gehen, jeden Tag; auch wenn es nicht viele sind und fast immer dieselben.

Es ist kurz vor viertel zwölf, und wenn man das Baby mitzählt, sind fünf Badegäste da. Auf dieser Seite des Paralleluniversums wird nach anderen Regeln gespielt. Und trotzdem hat auch hier vor einer Stunde ein neuer Badetag begonnen.

Muss er ja.

~ ~ ~

Jetzt kommen die Kinder, Fred kann sie vom Bad aus hören, wie sie sich in der Eingangshalle breitmachen. Beinahe rutscht er aus, als er zu seinem Sessel läuft, wo er die Zigaretten liegen gelassen hat. Oh ja, die Kinder sind da, unüberhörbar. Gleich werden sie hier überall sein.

In der Eingangshalle: Die Schüler haben die orangen Sofas verschoben, unter die braunen Tischplatten Kaugummis geklebt, auf alle Schaukästen ihre Finger gedrückt, die Prospekte durcheinandergebracht, herumgebrüllt haben sie ganz nebenbei und sie haben Wurstbrote gegessen und auf dem Fußboden hinterlassen sie Wurststücke. Ein Lehrer und zwei Lehrerinnen stehen in der Ecke und rauchen. Sie lassen ihre Zigaretten in den Aschenbecher fallen und beginnen ihrerseits mit dem Gebrüll. Es dauert eine Weile, dann hört man ihnen zu und die Kinder treten in einer Reihe vor der Kassa an. Vier Schulklassen füllen die Eingangshalle, gut siebzig Schüler – und die Lehrer lassen jeden einzeln bezahlen. Das dauert. Rose an der Kassa beginnt zu schwitzen. Eigentlich schwitzt sie schon längst, weil die Heizung nicht richtig funktioniert und es viel zu warm hier drinnen ist, weil András es einfach nicht hinkriegt.

Ein Stockwerk höher beobachten Marina und Werner Antl das Treiben in der Eingangshalle durch ihr riesiges Fenster und schütteln synchron die Köpfe. »Früher haben sie das Geld noch in der Klasse eingesammelt«, sagt Werner, und Marina nickt. Er sieht sie an, dann sieht er wieder durch das Fenster. »Schau«, sagt er, »die Kleine da unten hat schon ein Handy.« Marina Antl zuckt mit den Schultern, und Werner geht zum Schreibtisch. Er trägt Hausschuhe, und heute fällt ihr das wieder besonders auf. *Werner darf das*, denkt Marina jeden Tag. Und das stimmt, denn Werner hatte früher zum Beispiel lange Haare. Er sitzt an seinem Schreibtisch und blättert. Marina setzt sich an den Computer und klickt mit der Maus. »Steht da auch drinnen, was es zu Mittag …?« Marina schüttelt den Kopf. Der Witz funktioniert einfach nicht mehr, und Werner sieht das ein und schweigt.

Die Kinder sind durch, der Lärm lässt nach und wandert in Richtung Garderobe. Rose schwitzt und will jetzt unbedingt ihre Hände waschen. Sie öffnet eine Schublade und holt eine Packung Desinfektionstücher hervor. Als sie mit der Desinfektion fertig ist, betritt ein Pärchen die Eingangshalle. Rose setzt dazu an, die Augen zu verdrehen, macht es aber nicht, weil die beiden ganz einfach bezaubernd aussehen.

Die Frau ist – für ein Hallenbad – echt herausgeputzt, hohe Schuhe, schwarzer Rock, Strumpf, lange, brünette Haare. Und er in einer teuren Sportjacke, seine Haare zurückgelegt, in Jeans, und seine Stiefel machen ein *Klack* bei jedem Schritt. Unbewusst richtet sich Rose in ihrem Kassastuhl auf. Sie wischt mit dem Handrücken über ihre verschwitzte Stirn und lächelt. Er kommt auf sie zu und zieht die brünette Dame hinter sich her. Seine Augenbrauen wackeln irgendwie. Rose ist nicht dumm: Sie weiß, dass die beiden es gewohnt sind, dümmlich angelächelt zu werden. Aber sie wird jetzt trotzdem mitspielen. Allein schon wegen seinem *Klack, Klack, Klack.* »Guten Morgen«, sagt sie lächelnd. »Nur Sauna«, sagt er mit wackelnden Augenbrauen, bezahlt und zieht seine Dame in Richtung Garderobe. Dann sieht er doch noch einmal über seine Schulter. Rose lächelt und kommt sich unheimlich verschwitzt vor. Ohne zu wissen, was das bringen soll, hofft sie insgeheim, dass er einer von denen ist, die diese Kombination aus sehr gutem Aussehen und unangenehmem Schweißgeruch zu schätzen wissen. Und wirklich, so dürfte es sein. Er zwinkert ihr zu, während er die Brünette durch die Garderobentür schiebt, seine Sporttasche über die Schulter wirft, die Tür aufdrückt und sich mit den Fingern durch die Haare fährt. Alles in einer fließenden Bewegung. Unter dem Kassatisch lässt Rose ihre Hausschuhe fallen und spreizt die Zehen.

~ ~ ~

Die Schüler haben sich umgezogen und über das Bad verteilt. Fred sitzt in seinem grünen Plastiksessel, atmet leise durch seine Bademeisterpfeife und versucht nicht aufzufallen. Die beiden Kinder von vorhin sind gegangen, weil ihnen jetzt zu viele Kinder hier sind, die Mutter und das Baby tun so, als würden sie schlafen, ebenso der alte Nazi, der zudem noch so tut, als sei er unsichtbar: Er hat ein Handtuch über seinen Kopf gelegt. Der Lehrer und die beiden Lehrerinnen stehen in der Ecke und suchen nach einem Aschenbecher. Bald beginnen sie wild zu gestikulieren. Fred sieht ihnen dabei zu, und was er sich vorstellt – die Sätze, die er ihren Gesten zuordnet –, trifft überraschenderweise ziemlich genau den Kern der Diskussion: *Können wir dann gehen?*, fragen die beiden Lehrerinnen. *Und was soll ich mit den Kindern machen?*, fragt der Lehrer. *Wie habt ihr euch das vorgestellt? – Der Bademeister ist ja auch noch da.* Fred sinkt in seinen Sessel zurück. *Na, der wird mir weiterhelfen … – Stell dich bitte nicht so an. Was soll schon sein? – Ach, macht doch, was ihr wollt! – Ok, danke.* Die zwei Lehrerinnen werfen die Handtücher über ihre Schultern und gehen. *Also, bis dann! Alles fein!* Freistunde in der Sauna.

Fred richtet sich wieder auf und zwinkert dem Lehrer zu: *Ruhig bleiben, mein Freund. Ich bin ja auch noch da.* Doch der Lehrer sieht das nicht, weil er mit seinem Badeschuh gegen einen

Mistkübel tritt und danach Schmerzen hat. *Nie wieder!* Das will er damit sagen. Fred sieht es genau und bläst in seine Pfeife, weil er auch sieht, dass sich zwei Oberstufenschüler im Becken einen Kleinen vorgenommen haben und der knapp vor dem Ertrinken ist. »He!«, brüllt Fred. »Schluss da!« Dann zwinkert er dem Lehrer noch einmal zu und der schüttelt den Kopf. Fred atmet durch die Nase aus. Im Becken geht der Wahnsinn weiter. Bei jedem Sprung ins Wasser zuckt der alte Nazi unter seinem Handtuch zusammen. Wenn Fred dem Becken den Rücken zudreht, hat das beinahe jedes Mal ein noch viel lauteres Platschen zur Folge, wie es nur von einem heimlichen Sprungturm-Sprung kommen kann. Der Sprungturm ist gesperrt, was jene, die Regeln nicht ernst nehmen – und das sind einige –, nicht abhält. Der einzige Trost für Fred, wenn seine Autorität auf diese Weise wieder einmal mit Füßen getreten wird: Ein Sprung vom Turm ärgert den alten Nazi noch viel mehr als ein einfacher Randsprung.

In der Sauna begegnen die Lehrerinnen zunächst András, der dort unten heute eigentlich nichts zu tun hat, aber dort ist, weil er gesehen hat, wie die beiden zuvor in die Umkleidekabine gegangen sind. András nickt den Lehrerinnen zu und klopft mit einem kleinen Hammer gegen die Wand. Dazu grinst er auch noch, die beiden Lehrerinnen kontrollieren die Knoten ihrer Badetücher und sehen sich um. Der Saunabereich gehört beinahe ihnen allein, das haben sie auch so erwartet an einem Dienstagvormittag. Nur vor der Finnischen stehen zwei Paar Badeschuhe. Und obwohl sie allein sein wollten, stellen sie ihre eigenen Schuhe daneben ab und öffnen die Tür. Und da liegen sie: er und sie. Er – rasiert von oben bis unten, durchtrainiert und entspannt. Sie – das Haar getrimmt, alles Natur und ebenso entspannt. Beide gerade so, als würden sie zuhause nackt herumliegen und genau so, als ob sie wüssten, dass das für zuhause viel zu schade wäre.

Die beiden Lehrerinnen bleiben einen Moment lang in der Tür stehen, er und sie bemerken den kalten Luftzug, er hebt seinen Kopf und räuspert sich. Dann lächelt er freundlich und sagt: »Meine Damen …« Die Lehrerinnen treten ein und nehmen auf der untersten Bank Platz. Er und sie bleiben liegen, schließen die Augen, bereit dazu, von oben bis unten angesehen zu werden. András beobachtet die Szene durch das kleine Fenster in der Tür und denkt angestrengt nach. Er braucht einen Vorwand, um da drinnen nackt auftreten zu können. Dann würde die Sache explodieren, da ist er ganz sicher.

»He! He, Spanner!« András klopft mit dem kleinen Hammer in kurzen Abständen gegen die Wand und dreht langsam den Kopf. Die Lehrerinnen blicken verwirrt umher, er und sie bleiben ganz ruhig liegen. András hat sich umgedreht, und vor ihm steht Robert Anker, das Saunatuch um die Hüften und den Holzkübel in der Hand. »Na?«, fragt er, »alles gesehen?« András schüttelt den Kopf, steckt den Hammer in seinen Gürtel und geht murmelnd ab. Robert schießt die Badeschuhe gegen die Wand, öffnet die Tür und sagt viel zu laut: »Aufguss! Guten Morgen, die Damen und der Herr!«

Im Bad kämpft der Lehrer inzwischen mit seinem Dasein und will einfach keine Hilfe von Fred annehmen. Fred hat es versucht, er hat ihm noch einmal zugezwinkert, mehrmals genickt und mit seiner Pfeife gepfiffen. Die Schüler spielen im Becken ihr eigenes Spiel. Die Kleinen haben viel Wasser geschluckt, den Großen ist jetzt langweilig und sie wollen rauchen, und die dazwischen stehen im seichten Wasser und wachsen, ob sie es wollen oder nicht.

Fred hat ebenfalls aufgegeben und steckt die Pfeife in die Tasche seiner Bademeisterweste. Der Lehrer sitzt nur da und wartet. Die Kinder im Becken werden ruhiger. Der alte Nazi sieht vorsichtig unter seinem Badetuch hervor und staunt, weil sich keiner mehr bewegt. *Irgendetwas stimmt hier nicht*, denkt er und hustet.

~ ~ ~

Die beiden Lehrerinnen sind zurück, wieder im Badeanzug, die Saunatücher tragen sie über den Schultern. Der Lehrer würde gerne gegen den Mistkübel treten, schüttelt stattdessen nur den Kopf, und eine Lehrerin schüttelt ihren. Alle drei ersparen sich die Diskussion und suchen nach Schülern, die eine Abreibung verdient haben. András geht durchs Bild und trägt eine große Bohrmaschine über der Schulter.

Im Büro hinter der Glasscheibe hat Werner Antl unter seinem Schreibtisch die Hausschuhe ausgezogen, und Marina kennt den Geruch. *Werner darf das.* Auch wenn er an seinem Schreibtisch schon lange nichts mehr geschrieben hat. »Was ist bei dir da drüben so los?«, fragt sie freundlich und kommt hinter ihrem Bildschirm hervor. »Ach«, antwortet Werner, »du weißt ja …« Er versucht in ihren Augen zu lesen, ob sie bemerkt hat, dass er seine Hausschuhe ausgezogen hat. »Immer dasselbe«, sagt er, »aber nichts ist umsonst.« Sie lächelt und verschwindet wieder hinter dem Bildschirm.

»Rose!«, sagt Werner plötzlich, und die Bürotür öffnet sich. »Alles in Ordnung, Kleines?«, fragt Marina, und Rose nickt: »Alles ok.« Werner hält seinen Daumen in die Höhe: »Ist schon Mittag?« – »Gleich.«

Kurz vor Mittag – jetzt geht's los: Sie treiben die Schüler zusammen. Die beiden Lehrerinnen und der Lehrer bilden wieder eine Einheit. Das müssen sie auch, denn hier gibt es nichts zu gewinnen. »Raus aus dem Wasser!«, brüllen sie. »Raus aus dem Wasser!« Die ersten Köpfe drehen sich in ihre Richtung, das bleibt vorerst aber die einzige Reaktion. Fred bläst in seine Pfeife und zwinkert den Lehrerinnen zu. Die bemerken es nicht und ihr Brüllen wird noch lauter. Der alte Nazi murmelt aufgebracht und unentwegt, das Wasser schlägt über den Rand, die Tür der Kantine schwingt kurz auf und wird gleich wieder geschlossen.

»Das kriegen wir hin!«, brüllt Fred und springt aus seinem Plastiksessel. Er rollt den Schlauch aus, dreht am Hahn und will die Schüler im Becken mit kaltem Wasser bespritzen. András hält Fred davon ab. »He!«, brüllt der Lehrer. »He!« Aber die Aufregung wirkt: Einer nach dem anderen kriechen sie aus dem Becken, gehen zu ihren Handtüchern und dann in die Garderobe. Fred imitiert mit Zeigefinger und Daumen eine Pistole und drückt mehrmals ab. Die Lehrerinnen und der Lehrer nicken ihm dankend zu, meinen es aber nicht ernst. Fred setzt sich und sucht nach seinen Zigaretten. Er gibt es ja zu: Er hat inzwischen heimlich zwei Dosen Bier getrunken.

~ ~ ~

Schulklassen sind eine Naturgewalt. Wenn sie weg sind, ist alles nass, alles nass. Irgendetwas bleibt immer liegen, manchmal wird etwas kaputt, manchmal gibt es Blut. Blut ist schlecht, denn das gibt Beschwerden. Denn schuld sind niemals die Kinder, schuld ist der rutschige Boden.

Deshalb hasst Fred die Schulklassen, weil er hinter ihnen herwischen muss. Das steht nicht in seinem Vertrag. »Ich bin hier der

Bademeister, verdammt! Ich bin für die Sicherheit zuständig.« Das war schnell entkräftet – denn: rutschiger, weil nasser Boden ist unsicherer Boden. Und zweitens gibt es gar keinen echten Vertrag. »Beschwer dich, aber wische!« Also wischt Fred. Die Gegend um den Stammplatz des alten Nazis lässt er dabei immer aus. Den alten Nazi kann aber nichts zu Fall bringen, der kennt jede Fliese und steht auf seinen dünnen, grauen Beinen erstaunlich gut da.

Wenn die Schulklassen weg sind, sagt Fred, dann weiß man wenigstens die Ruhe hier wieder zu schätzen. Da ist schon was dran. Manchmal ist Fred eine Art Philosoph mit einem Wischmopp.

Ein gestreifter Wasserball treibt von einer Seite zur anderen, er schwimmt allein seine Längen. Fred lehnt seinen Kopf gegen den Stiel des Wischmopps und sieht ihm dabei zu. Eigentlich ein romantisches Bild, das leere Becken, würde nicht zugleich *KONKURS!* in großen roten Buchstaben auf dem Beckenboden stehen (denn ein leeres Schwimmbecken bezahlt keine Gehälter). Und würde sich nicht der alte Nazi auf seinen dünnen Beinen durchs Bild schleppen. »Alter Sack«, murmelt Fred und wischt weiter.

Viele gibt es nicht, vor denen der Alte Respekt hat – vor dem *großen Boss* natürlich auch heute noch. Und vor den Russen, aber das würde er nie zugeben. Ebenso wenig wie die für ihn schmerzliche Tatsache, dass eine ganz eigene Art von Respekt zu tragen kommt, wenn er die Kantine betritt und von den vielen freien Tischen einen aussuchen muss. Einer davon ist fast rund um die Uhr besetzt, dort sitzen Georg und Grant über ihren Gläsern und ihrem Kartenspiel.

Sie hassen ihn. Er weiß es, das macht ihm auch nichts aus, das kennt er und in gewisser Weise respektiert er das auch. Dass andere ihn hassen. Aber die beiden – sie ignorieren ihn. Und das hat ihm noch jedes Mal das Mittagsmenü verdorben. Das Mittagsmenü gehört aber zu einem Badetag. Heute: Würstel mit Püree. Es schmeckt ihm, könnte aber noch viel besser schmecken, würden nicht Georg und Grant dort an ihrem immer gleichen Tisch sitzen, die Karten mischen und sie lautstark auf die Tischplatte knallen und noch lauter mit ihren Gläsern zusammenstoßen. Georg und Grant haben in der Hallenbadkantine eigene Gläser, mit ihren Namen drauf. Der alte Nazi würde Georg und Grant so gerne zeigen, wie sehr auch er sie hasst. Aber sie ignorieren ihn, und das macht es ihm unmöglich.

Und schon wieder ist es so weit: Diese lauten Menschen drehen sich um und brüllen quer durch die Kantine, dass man ihnen doch bitte die Luft aus den Gläsern lassen solle. »Pronto, wenn's geht!« Wie immer beginnt Georg laut zu lachen und das so lang, bis auch Grant mitlacht. Hinter der Schank baut Bella ihren beachtlichen, ihren beachtlich großen Körper auf. Weil das nichts bringt, schlägt sie einmal mit der flachen Hand aufs Holz, und es wird wieder ruhig in der Kantine, denn hier drinnen gibt es nur eine Chefin, das sehen auch die Biergeister ein. »Na?!«, fragt Bella und meint damit Susi. Die kämpft mit dem Zapfhahn, hat dann aber die beiden Gläser voll und trägt sie zum sogenannten Stammtisch (es gibt jeweils zwei Gläser, auf denen *Georg* und *Grant* steht, und jeweils eines ist immer voll oder zumindest halb voll). »Na also«, schnauft Bella und serviert sich selbst einen Kaffee. *Guten-Morgen-Tasse*, steht auf Bellas Kaffeetasse geschrieben. Und: *Bitte nicht ansprechen!*

Susi hinkt ein wenig. Sie bemüht sich, aber das reicht nicht. *Bemüh dich!*, haben die Erwachsenen immer gerufen, als die kleine Susanne zuhause im Hof über die Pflastersteine gehinkt ist. *Bemüh dich mehr!* Sie hat es versucht, aber nie war einer ganz zufrieden. Am wenigsten sie selbst. Das ist ihr geblieben. Heute steckt Susi in diesen Kellnerinnenschuhen, die mit den belüfteten Fersen und den dicken Sohlen. Die Füße tun ihr dann nicht so sehr weh, aber das Hinken ist geblieben.

Und so hinkt sie über den Fliesenboden der Kantine, und manches Mal tropft der Bratensaft über die flachen Teller auf die Fliesen, aber Bier wird nie verschüttet. Und trotz ihres Hinkebeins wird sie beobachtet – so wie eine Kellnerin nur von ihren Gästen beobachtet werden kann: mit glasigen Augen. Das übernehmen Georg, Grant und die anderen Biertrinker, die seit Jahrzehnten keine Badehose mehr getragen haben, aber im Hallenbad gern zu den wenigen Stammgästen gezählt werden. Denn: Geht's der Kantine gut, geht's auch dem Hallenbad ein wenig besser.

Georg und Grant haben ihr Bier, stoßen die Gläser aneinander und beenden das Ritual mit ihrem lauten *Aaaaah!* – ganz so, als ob ihnen Bier noch schmecken würde. Den alten Nazi ärgert das natürlich und er löffelt sein Püree schneller. Susi hinkt zurück hinter die Schank. Willi sieht aus seiner Küche hervor, und sofort fragt Bella: »Hast du da drinnen nichts zu tun?« Willi schüttelt den Kopf, und sie sagt: »Na, dann stell dich zu uns her!« Und da stehen sie zu dritt nebeneinander, Bella, Susi und Willi, und sehen ihren Gästen zu. Kein erfreulicher Anblick, aber das fällt ihnen schon lange nicht mehr auf. Oder sie wissen es längst.

Fred kommt durch die Tür und steckt sich eine Zigarette in den Mund. »Freddy!« Willi freut sich, wenn er Fred sieht, und der bleibt gelassen, das gehört dazu. »Hast du da draußen nichts zu tun?«, fragt Bella. »Niemand mehr da«, sagt Fred. Die drei hinter der Schank sehen aus dem Fenster in die Halle, die jetzt leer ist. Nur der Wasserball treibt allein durchs Becken. Während er die

Zigarette anzündet, geht Fred zum großen Tisch und zieht einen Holzstuhl lautstark über die Fliesen. Der alte Nazi beißt in seinen Löffel.

Niemand mehr da – das bedeutet Mittagessen. Bella, Susi und Willi lösen die perfekte Dreierreihe, in der sie hinter der Schank gestanden sind, auf. Willi taucht durch seinen Küchenvorhang, Susi sucht nach Gläsern, Bella bleibt genauso stehen. Jetzt kommt auch András und gleich darauf kommt Rose (hinter der Kassa hat sie ihr Schild aufgestellt: *Eintrittskarten? Bitte in der Kantine fragen!*) und schließlich die Chefs. Marina und Werner übernehmen den Vorsitz, Susi bringt die Suppe und alle lachen, als Robert Anker die Kantine betritt und wieder nur ein Handtuch um die Hüften hat und sonst nichts. »Dich würden wir angezogen wirklich nicht erkennen!« – »Na, wenn das so ist!«, ruft Robert und zieht an seinem Handtuch. Alle haben ihren Spaß und sie essen Würstel mit Püree. Wie eine große, freundliche Familie. Und wenn sie noch so behaupten, davon nichts hören zu wollen – genau das sind sie auch.

2.

Am Nachmittag brauchen dann alle Abstand, und den suchen sie über das gesamte Gebäude verstreut. Marina Antl lässt das Geschäft für eine Stunde ruhen und legt sich in die Dienstwohnung – eine Küche, ein WC und ein kleines Zimmer, das sie mittlerweile genau nach ihren Vorstellungen eingerichtet hat (man weiß ja nie). Dort fällt sie in ihr Bett, liest ein paar Seiten oder sieht eine sinnlose Sendung an, bis sie einschläft. Die Dienstwohnung liegt über dem Technikraum, und an das Brummen und Poltern hat sich Marina langsam und schließlich ganz gewöhnt. Das hilft ihr sogar beim Einschlafen.

Werner Antl ist am frühen Nachmittag auch gerne allein im Büro. Er stellt seine Hausschuhe ab, zieht die Socken aus und wartet, bis das Mittagessen wirkt. Er drückt die Knöpfe, sitzt vor zwölf kleinen Bildschirmen und sieht sich die Übertragung der Überwachungskameras an, die er vor einigen Jahren in den interessantesten Ecken des Hallenbads hat installieren lassen.

Kamera 1 – Eingang außen
Kamera 2 – Eingangshalle
Kamera 3 – Schwimmbad
Kamera 4 – Gang
Kamera 5 – Umkleidekabinen Herren
Kamera 6 – Umkleidekabinen Damen
Kamera 7 – Gang
Kamera 8 – Eingang Kantine
Kamera 9 – Eingang Sauna
Kamera 10 – Sauna
Kamera 11 – Keller / Gang
Kamera 12 – Technikraum

Werner kennt all die anderen besser als sie sich selbst, denn er weiß, was sie tun, wenn sie allein sind.

Kamera 1 – Eingang außen

Vor der Tür sitzen manchmal Jugendliche und rauchen, vielleicht weil sie glauben, dass sie dort keinesfalls erwischt werden. Heute, Dienstag, kurz nach 2, sind die Stiegen aber leer. Keiner kommt, keiner geht, kein Auto bleibt stehen. Werner könnte diesen Bildschirm genauso gut ausschalten.

Kamera 2 – Eingangshalle

Die unnötigste Überwachungskamera ist trotzdem Kamera 2, denn alles, was in der Eingangshalle passiert, kann man auch durch das riesige Panoramafenster vom Büro aus sehen. Der Vollständigkeit halber läuft Kamera 2 aber. Die Übertragung ist meist spannender als der Blick durch das Fenster. Es ist immer aufregend, über einen Bildschirm *live* dabei zu sein.

Rose Antl geht durch die Halle, die eigentlich nur ein größerer Raum ist. Verzogener Teppich, verschobener Tisch – Rose gibt ihm mit dem Fuß einen Stoß, und er steht noch verschobener da. Werner lächelt. Sogar wenn sie nicht weiß, dass sie beobachtet wird, rebelliert sie. Rose nimmt ihren Platz hinter der Kassa ein und zählt das Schülergeld vom Vormittag. Werner beugt sich vor zum Bildschirm und beißt in seinen Daumen. Sie steckt nichts ein. »Gutes Mädchen«, sagt er. Während sie das Geld zurück in die Kasse legt, dreht sie der Kamera den Rücken zu und das verdeckt Werner die Sicht. Es dauert viel zu lange, bis Rose sich wieder umdreht und die Kassenlade schließt. »Dieses kleine Luder …«

Kamera 3 – Schwimmbad

Nach dem Mittagessen ist Fred immer am motiviertesten. Lange hält es ihn nicht auf seinem Plastiksessel. Er ist gewissermaßen allein, kein Mensch schwimmt um diese Zeit, heute nicht. Der alte Nazi ist zwar noch da, aber nach dem Essen muss er schlafen, dieses Bild kennt Werner – den alten Nazi (Werner selbst nennt ihn nicht so, er weiß, dass er Hermann heißt) am oberen Bildschirmrand, auf der Liege, mit dem Handtuch über dem Kopf.

Fred springt plötzlich aus seinem Sessel auf. Auch das kennt Werner, das ist die Nachmittagsvorstellung. Fred beginnt langsam mit den Beinen zu wippen, er tänzelt, dann tanzt er los. Über den feuchten Fliesenboden bewegt er sich in Zeitlupe rückwärts, ohne dass seine Füße den Kontakt zum Boden verlieren. *Moonwalk* nennt er das; er hat Werner erzählt, dass er den erfunden hat. »Das stimmt nicht.« – »Oh doch!«, hat er gerufen. »Moonwalk, Moonwalk …« Und dabei ist er immer weiter rückwärtsgelaufen, wie auf Schienen, bis er durch die Tür und auf dem Gang draußen war. Dass Fred seine Lippen bewegt, sieht Werner jetzt auch auf dem Bildschirm. Sieht aus, als ob er singt. »Moonwalk, Moonwalk, Moonwalk …« Die Kamera überträgt nur das Bild und keinen Ton. Und außer dem Wasser gäbe es überhaupt nichts zu hören, denn Fred singt sein Lied tonlos, um den alten Nazi nicht zu wecken. Mit dem macht er sich lieber einen Spaß, tanzt rechts aus dem Bild und kommt am oberen Bildschirmrand wieder raus, singt lautlos »Moonwalk« und gleitet in Zeitlupe rückwärts am alten Nazi auf seiner Liege vorbei, ohne dass seine Füße den Kontakt zum Boden verlieren. Fred wäre wohl ein guter Tänzer, denkt Werner, wäre er nicht so hoffnungslos in diesem Schwimmbad gefangen.

Kamera 4 – Gang

Es ist nur ein Gang, sagt sich Werner und sieht kurz zu Bildschirm 4 hin. Eine Tür links, zwei Türen rechts, weiße Wände und am Ende kommen die Umkleidekabinen. Niemand ist zu sehen. Natürlich nicht. *Gott sei Dank.*

Kamera 5 – Umkleidekabinen Herren
Kamera 6 – Umkleidekabinen Damen

Die Kameras in der Herren-Umkleide und in der durch eine dünne Wand getrennten, spiegelverkehrten Damen-Umkleide sind so ausgerichtet, dass die beiden Bildschirme nur eine Reihe von Kabinentüren und Kästchen zeigen und keiner sich beim Umziehen beobachtet fühlen müsste. Werner und auch Marina würden das nicht so eng sehen, die Behörden aber schon.

Selbst wenn wenig Betrieb ist, liegt oder hängt immer irgendwo ein vergessenes Handtuch herum. Das ist auch heute so. Im Keller gibt es einen Raum, der ausnahmslos mit vergessenen Handtüchern, Badehosen, Badeanzügen, Unterhosen und Socken gefüllt ist. Auch dort wird der Platz schon eng, denn nach den Sachen sucht keiner mehr. In der Damen- und in der Herren-Umkleide stehen alle Kästchen bis auf eines offen – mit einem Blick weiß Werner somit, dass nur der alte Nazi, also Hermann, im Schwimmbad ist, denn der nimmt alles in einer Tasche mit, die er dann unter seiner Liege versteckt.

Kamera 7 – Gang

Diesen Gang mag Werner lieber. Er ist hell, in freundlichem Gelb gestrichen und führt von den Umkleidekabinen direkt ins Schwimmbad. Wenn viel los ist, ist hier am meisten los. Die Kinder laufen zwischen Bad und Kabinen herum und die Erwachsenen warten auf den Aufzug, der sie ein Stockwerk tiefer in die Sauna bringt.

Um die Ecke kommt Robert Anker und beendet seinen Verdauungsspaziergang durchs Bad, auf dem er nach dem Mittagsmenü besteht. Er drückt den Aufzugknopf, zieht am Handtuch und beendet seinen Spaziergang nackt, wie sich das aus seiner Sicht gehört. Im Aufzug gibt es keine Kamera, das sei technisch nicht möglich, hat man Werner gesagt.

Kamera 8 – Eingang Kantine

Lange Zeit die umstrittenste Kamera. Werner hat sie an einem denkwürdigen Abend in einem harten Kartenspiel gegen Bella erkämpft, und trotzdem wirft Bella noch heute mit Bierstoppeln oder Brotscheiben danach, wenn sie einen schlechten Tag hat. Wäre es nach Werner gegangen, dann würde er auf einem seiner Bildschirme jetzt auch sehen, was hinter der Kantinentür vor sich geht; aber mehr war nicht drinnen: Bella ist eine brutale Kartenspielerin und auch im Verhandeln gnadenlos.

Dennoch hat Bildschirm 8 einiges zu bieten, die Tür zur Kantine geht laufend auf und zu. Das liegt zum einen daran, dass das Klo draußen in der Eingangshalle ist, das bringt reichlich Bewegung. Zum anderen tauchen neben den immer gleichen immer wieder auch neue Gesichter auf, die zumindest bis zum ersten Klobesuch bleiben. Und im Grunde ist Werner froh darüber, dass er nicht sieht, was in der Kantine so alles los ist – wenn er beobachtet, wie vormittags einer der Stammgäste reingeht und am späten Nachmittag völlig verändert wieder herauskommt. Dann ist Werner auch froh, dass es Bella gibt. Zum einen, weil sie ihm die Kamera in der Kantine verboten hat und zum anderen, weil sie die Saubande da drinnen wirklich im Griff hat.

Die Kantinentür schwingt auf und Grant kommt heraus, kratzt sich lange im Schritt und verschwindet dann am rechten Rand des Bildschirms. Auf Bildschirm 2 erscheint er wieder und geht aufs Klo.

Kamera 9 – Eingang Sauna

Nach der Kantinentür und der Klotür ist der Eingang zur Sauna der am stärksten frequentierte Bereich im Hallenbad. Deshalb ist

Kamera 9 eine der wenigen, die behördlich vorgeschrieben wurden, aus Sicherheitsgründen. Außerdem sind die Fliesen hier besonders rutschig; das kommt von jenen Gästen, die sich bereits im Aufzug ausziehen und das Wasser noch vor der Saunatür aus ihren Badesachen drücken. Keiner weiß, wer damit angefangen hat, aber diese Angewohnheit hat sich im Lauf der Jahre durchgesetzt, ist unter den Sauna-Insidern sozusagen Hausbrauch.

Wenn Werner auf seinem Bildschirm sieht, wie ein Nackter oder halb Nackter gefährlich über den Boden rutscht, ruft er sofort im Schwimmbad an (*der heiße Draht*) und schickt Fred mit dem Aufwaschkübel nach unten. Von Stürzen, Knochenbrüchen und all den unangenehmen Folgen will Werner gar nichts hören, und das hat auch Fred schon in seinen Kopf gekriegt. Deshalb fragt er im Falle eines solchen Anrufs nicht lange, nimmt den Kübel und geht los.

Kamera 10 – Sauna

Wie in den Umkleidekabinen gilt auch hier: *Die zur Überwachung der Sicherheit installierte Überwachungskamera darf den höchst privaten Bereich der Gäste in keinster Weise einengen oder gefährden!* So steht es wörtlich in den behördlichen Richtlinien. Also keine Aufnahmen von Penissen, Hoden, Brüsten, Vaginas oder Schamhaar jeglicher Art. Und obwohl die Kamera von der hintersten Ecke aus nur auf die Türen der drei Saunakabinen und den Ruheraum ausgerichtet ist, lässt es sich nicht so leicht vermeiden, dass nicht auch einmal ein Penis oder ein Paar Brüste durchs Bild spazieren. *Soll so sein*, sagen die Behörden, oder zumindest die meisten von denen, die sich als *die Behörden* aufspielen dürfen. Werner hält es da genauso wie Fred: Wenn er Nackte sehen will, kann er gleich selbst in die Sauna runtergehen.

Was Werner nicht weiß: András sieht das anders. Und was Werner auf seinem Bildschirm nicht sieht: Dass András in diesem Moment die allgemeine Mittagsruhe ausnützt und in der finnischen Sauna unter den Bänken herumkriecht, um seine eigene kleine Kamera abzumontieren, die er dort versteckt hat. Die Bilder von heute Vormittag versprechen für heute Abend einiges.

Kamera 11 – Keller / Gang

Im Wettbewerb um die unnötigste Kamera im Hallenbad liegt Kamera 11 unter den Top-3-Plätzen. Denn Bildschirm 11 bleibt die meiste Zeit schwarz. Das Licht im Gang hinter der Kellertür mit der Aufschrift *Zutritt für Unbefugte verboten!* (direkt neben dem Eingang zur Sauna) geht nur an, wenn dort jemand unterwegs ist. (Diese Bewegungssensoren sparen Energie und irgendwo muss man ja anfangen zu sparen.) Trotzdem bleibt Werners Blick viel zu oft und viel zu lange an diesem Bildschirm hängen. Es könnte ja sein, dass sich dort jemand bewegt, und wenn, dann will Werner sehen, wer das ist.

Kamera 12 – Technikraum

Diese würde dann wohl Platz vier belegen, gäbe es den Wettbewerb der unnützen Kameras wirklich und nicht nur in den Diskussionen, die Werner und Marina beinahe täglich über Sinn und Unsinn (und vor allem Kosten) der Kameras führen. Ob die Technik mitspielt und alle Anzeigen im grünen Bereich sind, kann man auf dem Bildschirm nämlich nicht erkennen. Wohl aber – und das ist Werners Argument in den Diskussionen, zumindest in jenen um Kamera 12 –, ob András auf seine Anweisungen hört und kontrolliert, warum das Warmwasser ausbleibt, wenn es darüber Beschwerden gibt, oder der Frage nachgeht, ob das mit der Heizung *wirklich so schwer sein kann.* Derzeit gibt es keine Beschwerden (weil keine ernst zu nehmenden Badegäste), und die Temperatur im Hallenbad stimmt so halbwegs. András scheint es sich aber nicht nehmen zu lassen, in seiner Mittagspause nach dem Rechten zu sehen, denkt Werner, denn hinter den Boilern im Technikraum sieht er jemanden auf und ab gehen und das kann nur András sein.

Daran zweifelt Werner auch nicht und seine Augen reibt er, weil es keine leichte Aufgabe ist, alle zwölf Bildschirme auf einmal zu überwachen. Mit den Fingerknöcheln in den Augen sieht er kleine Sterne und Lichtblitze und übersieht dabei beinahe, dass auf Bildschirm 1 etwas los ist. Dass ein großer Wagen vor dem Hallenbad vorfährt, aus dem Hofrat Spreitzer steigt. *Diese Ratte.*

3.

Marina Antl versucht noch, das Telefonklingeln in ihren Traum einzubauen, dann ist sie wach und hebt ab. »Der Spreitzer ist da! Der will irgendwas!«, ruft Werner in den Hörer, legt auf, sucht mit den Füßen unter dem Schreibtisch seine Hausschuhe, schlüpft hinein, springt vom Sessel und läuft nach unten. Seine Hausschuhe machen lustige Geräusche, als er Hofrat Spreitzer entgegengeht. Dabei behält er die Geschwindigkeit bei. Wie immer steht direkt hinter dem Hofrat sein Assistent, Kaufmann, der demonstrativ Ausschau hält und in einem kleinen Buch herumkritzelt. Kaufmann sieht genauer hin, sieht Werner Antl ungebremst auf seinen Hofrat zuhalten, unterbricht seine

Notizen, macht einen Schritt nach vorn und baut sich schützend zwischen den beiden auf.

»Nicht so schnell«, sagt er mit einer Stimme, die aus seinen Nasenlöchern kommt, »nicht so schnell, guter Mann.« Werner bremst, schnauft und kämmt mit den Fingern seine Haare. »Was schreibt er da?!« – »Man wird sich ja noch Notizen machen dürfen«, kommt es aus den Nasenlöchern.

»Zuerst einmal: Guten Tag«, sagt Hofrat Spreitzer und geht ein paar Schritte durch die Eingangshalle. Werner und Kaufmann gehen ihm hinterher. Spreitzer bleibt stehen, fährt herum und hält Werner die Hand hin. Der nimmt sie widerwillig und schüttelt sie. »Wir kommen nur auf einen Sprung vorbei«, sagt Spreitzer und lässt Werners Hand nicht los. Kaufmann grinst. Werner drückt mit der Hand stärker zu, Spreitzer macht es ihm nach; Gesicht an Gesicht stehen sie da.

»Meine Herren, das erledigen wir besser gleich in der Sauna!« Werner und Spreitzer drehen die Köpfe zur Seite und sehen fragend Marina Antl an, die mit deutlich schwingenden Hüften die Stiegen runtergeht und dabei lächelt: »Euren Schwanzvergleich, meine ich.« – »Können wir gerne machen«, sagt Spreitzer. »Darauf kannst du wetten«, antwortet Marina. Werner nickt mit geschlossenen Augen und zieht seine Hand aus Spreitzers Hand. Genau deshalb hat er sie zur Hilfe gerufen – wegen ihres Charmes. Dass Marina den Hofrat einfach per Du anspricht, ist auch für Werner neu, aber es scheint zu funktionieren: Jetzt grinst Spreitzer auch, und Werner findet seinen anzüglichen Blick ganz und gar nicht gut. Kaufmann redet mit: »Die Sauna kontrollieren wir sowieso auch.« Alle drei sehen ihn an, und jetzt ist es Marina, die anzüglich wird: »Kannst gerne mitmachen.« Kaufmanns Gesicht läuft rötlich an. Spreitzer sagt: »Ach, Kaufmann, entspann dich endlich.« Kaufmann blättert verärgert in seinem

Notizbuch, Spreitzer schüttelt den Kopf und wendet sich wieder den Antls zu: »Ist heute ja nur ein Freundschaftsbesuch, sozusagen.« – »Was heißt hier *kontrollieren?*«, fragt Werner. »Stadtratssitzung«, murmelt Kaufmann. »Und was ist da?!« – »Nächste Woche«, sagt Spreitzer, »da geht es wieder um euer Bad. Haben Sie den Bescheid nicht bekommen?« – »Lesen wir nicht.« – »Sollten Sie aber. Noch nicht nächste Woche, aber irgendwann wird's knapp.«

Werner schnauft, Marina ist inzwischen angekommen und legt ihre Hand auf seine Schulter. Spreitzer wiederum greift auf Kaufmanns Schulter, und dem ist das sichtlich unangenehm. »Ich würde sagen, wir gehen unsere Runde, und dann besprechen wir alles beim Kaffee in der Kantine.« Werner und Marina nicken widerwillig. »Den bezahlen wir natürlich«, sagt Spreitzer, und Kaufmann klappt unnötig laut sein Notizbuch zu.

Zu viert gehen sie los. Während Marina an der Kassa eine kurze Diskussion schlichten muss, weil Rose Antl Eintritt verlangen will, wirft Werner durch das Fenster einen besorgten Blick in die Kantine, wo Georg mit der Hand in seinem Bierglas nach irgendetwas zu suchen scheint und Grant aufgestanden ist und auf den Zehen wippend mit Bella streitet.

»Straßenschuhe gibt's hier drinnen eigentlich nicht«, sagt Fred, und von seinem Plastiksessel aus zwinkert er Werner mit einem Auge zu. »Schon gut«, sagt Werner und zeigt mit dem Finger nach oben an die Decke: »Und dort ist die Lüftung.« Hofrat Spreitzer nickt, Kaufmann schlägt sein Buch auf und notiert etwas. »In Ordnung«, sagt Fred, »dann machen wir heute eine Ausnahme.« Er meint es gut und lehnt sich demonstrativ entspannt zurück. Dabei weiß er nicht, dass alle den randvollen Aschenbecher unter seinem Sessel sehen können. Kaufmann macht Notizen, Spreitzer nickt ihm zu, Marina stößt Werner inzwischen mit dem Ellbogen, und da sieht er es auch: Der alte Nazi hat zwar immer noch sein Handtuch über dem Kopf, aber auch eine Hand in der Badehose und die bewegt sich langsam auf und ab.

»Wir machen hier weiter«, sagt Werner und dirigiert die Gruppe in die andere Richtung, weg vom Becken, zurück auf den Gang. Dabei sieht er noch einmal über die Schulter, und auch von der anderen Seite macht ihm der Blick durchs Kantinenfenster keine Freude: Dort versucht Grant gerade über die Schank zu klettern, Bella schwingt mit dem Besen einmal durch und trifft ihn am Kopf. Werner schiebt Spreitzer vor sich her, der lässt es zu: »Da geht es in die Sauna.« – »Haben Sie hier eigentlich ein Kinderbecken?«, fragt Kaufmann. – »Ja, warum?« – »Nur so.«

Als sie zu viert auf dem Gang stehen und der Aufzug nicht kommt, geht es endlich allen gleich. Jeder wartet darauf, dass endlich die Türen aufschwingen, jeder wackelt ein wenig mit dem Kopf und summt seine eigene Melodie. Ein altmodischer Klingelton, die Türen gehen auf und Spreitzer sagt: »Nach Ihnen.«

Der Aufzug ist alt und eng. Werner drückt sich an Marina, Kaufmann steht neben Spreitzer, Werner drückt den Knopf, die Türen rattern und keiner sagt ein Wort, obwohl das alles ewig dauert. Die Fahrt nach unten ebenso. Als Kaufmann versucht, Spreitzer etwas ins Ohr zu flüstern, versetzt der ihm einen Stoß, dass die Aufzugkabine wackelt. Werner schwitzt, Marina lässt es sich trotzdem nicht nehmen, ihm von hinten zwischen die Beine zu greifen; da grinst er. Kaufmann sieht das Grinsen, kann damit aber nichts anfangen.

Endlich der Klingelton, und sie kommen ein Stockwerk tiefer an. »Nach Ihnen«, sagt Spreitzer wieder. Werner und Marina steigen aus dem Aufzug, die Luft ist rein. Nein, doch nicht. Als Spreitzer und Kaufmann den Gang betreten, biegt Robert Anker um die Ecke. Nackt – und sein Ding steht leicht vom Körper weg. »Also, das ist ja …«, stottert Kaufmann. »Robert Anker«, fällt ihm Marina ins Wort, »der beste Saunameister von hier bis Bad Gastein!« – »Immer zu Diensten! Einen Aufguss, meine Herren? Den werden Sie nie vergessen.« – »Nein, danke«, antwortet Kaufmann und sieht noch einmal genauer hin. Spreitzer lächelt. »Keine Sorge«, sagt Robert Anker, »ist nur vom Duschen.« Er schnalzt mit seinem Handtuch vor ihren Köpfen einmal durch die Luft und bindet es um seinen Bauch. Auch das Handtuch steht vorne weg. »Sehr gut, Herr Robert. Sie können Pause machen.« – »Warum so förmlich, Frau Antl?«, fragt er und geht mit wedelndem Handtuch den Gang entlang. Alle vier sehen ihm hinterher.

Keine Überraschungen in der Sauna, außer dass es im Aufenthaltsraum unangenehm kühl ist. Wie gehabt macht Kaufmann seine Notizen, Spreitzer lächelt, Werner fragt: »Ist das Buch noch nicht voll?« – Kaufmann schreibt schneller. Sie öffnen alle Saunatüren, stecken die Köpfe rein und schließen sie wieder. »Hier riecht's gut«, sagt Hofrat Spreitzer und Werner weiß nicht, ob das ernst gemeint ist oder wieder nur ein übler Scherz. Marina fragt laut in die Runde: »Sollen wir uns auch ausziehen?« Das irritiert Werner, sie war schon einmal kreativer. Spreitzer lächelt anzüglich. »Bitte, hier geht's raus«, sagt Marina.

»Und was ist da drinnen?«, fragt Spreitzer, während sie wieder auf den Aufzug warten. »Der Keller. *Zutritt für Unbefugte verboten.*« – »Ja, da dürfen wir selbst nicht rein«, lächelt Marina, und das findet Werner jetzt doch lustig. »Aber wir würden's sehr gerne sehen.« – »Meinetwegen. Ist aber nicht besonders spannend.«

Sie betreten den Gang, das Licht geht an, niemand ist da. Vor der Tür zum Technikraum zieht Werner seinen Schlüssel hervor und steckt ihn ins Schloss. Das funktioniert nicht. Werner klopft gegen die Tür. »András!«, ruft er, und das mehrmals hintereinander. Erst viel später kommt eine Antwort: »Was ist los?« – »Bitte aufsperren!« – »Nein, geht schon!« – »Bitte aufsperren!« – »Ich komme dann rauf!« – »Nein, jetzt bitte gleich aufsperren!« – »Riecht's hier nach Rauch?« – »András raucht nicht.« – »Wer ist eigentlich András?« – »Unser Haustechniker.« – »Nein, ich meine, ob es da drinnen brennt.« – »András?!« – »Ja?!« – »Brennt es bei dir?!« – »Wie?!« – »Ob es da drinnen brennt?!« – »Nein!« – »Wir kommen später wieder!« – »Alles klar, Chefin!«

Im Aufzug schweigen alle oder sehen betreten zu Boden. Es klingelt, sie kommen ein Stockwerk höher an und gehen langsam durch die Eingangshalle. »Schon spät«, murmelt Kaufmann und zeigt Spreitzer seine Armbanduhr. »Ich weiß«, antwortet Spreitzer und dreht sich zu Werner und Marina um: »Wie sieht es mit unserem Kaffee aus?«

Als sie die Kantine betreten, ist es noch schlimmer, als Werner erwartet hat. Georg und Grant haben wieder ihre bescheuerte Musik durchgesetzt: Grant grölt in einen Zuckerstreuer, den er als Mikrofon benutzt, und Georg steht auf dem Tisch, an der Schank klatschen alle mit. Susi räumt die Gläser ab und humpelt merklich. Bella kommt auf Werner zu und flüstert – so laut, dass alle es hören können: »Der Willi, der hat sich im Kühlraum eingesperrt.« – »Ja«, sagt Werner, »ist in Ordnung. Könnten wir bitte vier Kaffee haben? Gleich?« Bella antwortet nicht, bleibt aber vor ihnen stehen. Zwischen ihren Zähnen steckt ein Zahnstocher, den sie im Mund vor und zurück bewegt. »Fräulein Susi«, ruft Marina, »vier Kaffee, bitte!« – »Sie sollen mich doch nicht so nennen«, ruft Susi und schafft es, dabei noch freundlich zu klingen. »Wir sitzen da drüben!«, ruft Werner und schiebt Hofrat Spreitzer wieder vor sich her.

Kaufmann klappt sein Notizbuch zu. Die Musik verstummt, Grant singt weiter in seinen Zuckerstreuer, Georg klettert vom Tisch. Dabei fällt ein Bierglas runter und zerspringt auf den Fliesen. »Das räumst du selbst weg!«, brüllt Bella. – »Leck mich!«, brüllt Georg zurück, nimmt dann aber doch den Besen, nachdem Bella ihm damit auf den Rücken geschlagen hat. Kaufmann und Spreitzer beobachten die Szene mit offenem Mund, ebenso Werner und Marina – in gewisser Weise aber auch fasziniert davon, dass es Bella und den anderen schlichtweg egal ist, dass sie hier die Besitzer des Hallenbads mit zwei Gästen der Stadtverwaltung am Tisch sitzen haben. »Kaffee kommt gleich!«, brüllt Bella und spuckt ihren Zahnstocher auf den Boden: »Aufwischen!«

»Also?«, Marina lächelt, und Spreitzer lächelt zurück. »Alles bestens«, sagt er. »Was passiert jetzt als Nächstes?« – »Nicht viel. Keine Angst.« – »Wir haben keine Angst.« Kaufmann sagt: »Das war nur eine Routinekontrolle.« Spreitzer sieht ihn eindringlich an. »Stimmt ja«, murmelt Kaufmann. »Komisch«, sagt Werner.

Susi humpelt auf den Tisch zu und kämpft mit dreimal Kaffee, der auch in den Untertassen schwimmt. »Der vierte kommt gleich.« Noch einmal wird es laut in der Kantine, Bella hat den Knopf der Kaffeemaschine gedrückt. Dann ist es wieder still, die Biergeister sitzen an der Schank, rauchen und benehmen sich. Es ist *zu* still, findet Werner und klappert mit seiner Tasse.

»Ich kann Sie wirklich beruhigen«, spricht Hofrat Spreitzer mit gedämpfter Stimme. »Mit Ihrem Hallenbad ist alles in Ordnung, das werde ich in der Stadtratssitzung noch einmal betonen. Es wird nichts passieren, was Sie nicht auch wollen.« Klingt wie aus einer Wahlkampfrede; Werner sucht nach den Falltüren. *Er ist und bleibt eine Ratte*, denkt er, *aber leider auch ein Fuchs.* »Bleiben Sie ganz entspannt, und gemeinsam finden wir eine Lösung.« – »Eine Lösung wofür? Ich wusste nicht, dass wir eine Lösung brauchen«, fällt ihm Marina ins Wort. Sie ist bereit, die Nerven zu verlieren. Spreitzer bewegt seine Hand unbeholfen über den Tisch, und bevor er sie auf Marinas Hand legt, erscheint Susi zur richtigen Zeit mit dem vierten Kaffee. »Bitte sehr.« Spreitzer gießt die Milch aus dem kleinen Kännchen in die Tasse, macht einen Schluck und verzieht das Gesicht zu einer Grimasse. »Wir müssen jetzt wirklich«, sagt er, »vielen Dank für den aufschlussreichen Nachmittag.« Er steht auf und nickt übertrieben zum Abschied. Kaufmann steht ebenfalls auf und flüstert Spreitzer etwas ins Ohr. Der hört zu, verzieht noch einmal sein Gesicht und wird laut: »Na, dann geh doch, Mensch!« Kaufmann fragt Werner: »Die Toiletten …?« – »Draußen in der Halle.« – »Ich warte beim Wagen«, sagt Spreitzer genervt, winkt, geht um den Tisch herum und beugt sich zu Marina, um tatsächlich einen Handkuss anzudeuten. Wäre sie besser aufgelegt, würde sie kichern und mitspielen; dazu sieht sie jetzt aber keinerlei Anlass. Werner schnauft, Spreitzer nickt ein weiteres Mal und geht.

Nicht einmal eine halbe Minute später wird an der Schank das Gemurmel merklich lauter, ebenso die Musik. Werner und Marina Antl sitzen immer noch auf ihren Plätzen, mit kaltem Kaffee in ihren Tassen, und über die steigende Lautstärke hinweg versuchen sie, ein paar grundlegende Fragen, die dieser Nachmittag aufgeworfen hat, zu klären. »War es so schlimm?« – »Was meinst du?« – »Hätte besser sein können.« – »Oh ja.« – »Was wollen die eigentlich?« – »Weiß ich nicht. Aber ich traue ihm kein bisschen.« – »Denkst du, ich?« – »Was machen wir jetzt?« – »Wir machen weiter.«

Werner und Marina schweigen und bleiben noch eine Weile nebeneinander sitzen. Es ist kurz nach sechs und jemand springt ins Becken. Bewegung im Wasser; am späten Nachmittag kommen die Nach-der-Arbeit-Schwimmer. In zwei Stunden ist Badeschluss. Die Kantine hat offiziell bis neun geöffnet, das ist aber selbstverständlich nur ein Richtwert. In Wahrheit hängt es von Bellas Laune und von der Leistungsfähigkeit ihrer Gäste ab. Also eigentlich doch nur von Bellas Laune, denn die Leistung ihrer Gäste ist auch deren einzig gute Eigenschaft – und schlechte zugleich (und hat jedenfalls keinen Einfluss auf Bellas Laune).

Hinter Werner und Marina machen sie sich bereit für den Abend. Sie versuchen, die Musik mit ihrem Gemurmel zu übertönen; das Ergebnis ist Kantinenlärm.

Das Hallenbad

Das Hallenbad – ein Prachtbau von einem Betonklotz

Heuer begeht das Hallenbad am 13. März sein 29-jähriges Bestehen. Das soll mit einem Fest gefeiert werden – ein Probelauf für das große Fest zum 30. Jubiläum im kommenden Jahr. Wenn das Hallenbad dann überhaupt noch geöffnet haben wird; wenn es dann überhaupt noch steht.

Die goldenen Zeiten (die 1970er) sind lange vorüber, die 80er (ebenso golden für Hallenbäder) ebenfalls. Am Montag, dem 14. April 1986, übernahm das Ehepaar Antl offiziell die Geschäftsführung (voller Träume und großer Pläne). Die 90er waren bereits schwieriger – die meisten Menschen hatten schön langsam Besseres zu tun; die anderen verliebten sich in die Thermalbäder, das Ehepaar Antl blieb seinen Träumen und großen Plänen treu.

Heute kann man es nicht mehr genau sagen. Keiner weiß so recht, wie die 2000er einzuschätzen sind. Immerhin: Zum sogenannten Millennium ging die Welt nicht unter. Aber: In wenigen Monaten werden entführte Flugzeuge in Gebäude krachen. So gesehen: immer noch eine unschuldige Zeit, die Zeit vor dem 29-jährigen Hallenbadjubiläum und dem 15-jährigen Geschäftsführungsjubiläum des Ehepaars Antl, was in zweieinhalb Wochen gemeinsam gefeiert werden soll.

Kurzum: Heute, am Dienstag, dem 20. Februar 2001, hat man auf jeden Fall Schwierigkeiten, sich in der Welt zurechtzufinden. Sicher, die hatte man auch schon früher. Aber die 2000er – damit sind die Menschen noch immer nicht so richtig warm geworden; das werden sie wohl bis zu den 2010ern nicht. (Und danach wird er immer mehr zur Nebensache, der Wunsch, der Drang, sich zurechtfinden zu wollen.)

Außerdem (und vor allem – denn was kümmert die Leute im Hallenbad schon die Welt draußen und die Idee, dass ein neuer Weltkrieg oder etwas in der Art (*Weltkrieg*, das sagt man heute so nicht mehr, hat man nicht einmal mehr zu Beginn der 2000er so gesagt) drohen könnte, der dann doch nicht kommt, aber nie ganz abwegig sein und das seine zur allgemeinen Verwirrung beitragen wird, ganz abgesehen von der Angst vor Anschlägen) wird es im Hallenbad jetzt langsam wirklich eng.

Die Stammgäste sind schnell und an einer Hand oder an maximal zwei Händen abgezählt. Das Zählen hat man hier aber gar nicht mehr gern, denn Zahlen leuchten längst nur noch in roter Farbe. Deshalb hat sich auch Hofrat Spreitzer persönlich der »Causa Hallenbad« (ein Begriff, der sich mittlerweile im Gemeinderat und in der lokalen Presse durchgesetzt hat) angenommen – und das nicht ganz ohne Vergnügen (ja, es könnte sogar sein, dass er für das Gelände, auf dem das Hallenbad einmal gestanden sein wird, bereits eine lukrative Idee in der Hinterhand hat). Gerne absolviert er deshalb einen der unangekündigten Besuche ebenso persönlich, überprüft die Hygiene, wirft einen Blick in die Bücher, in die Technikräume oder unter den Rock der hinkenden Kellnerin Susi, wenn die sich bückt und nicht aufpasst. Das Ehepaar Antl lässt ihm die Freude, wird aber zunehmend unentspannt, denn die Zahlen lügen nicht. Die Träume und die großen Pläne sind verblasst; eigentlich sind sie längst vergessen.

Und überhaupt: Die Welt steht zwar noch, aber irgendetwas stimmt nicht mehr so ganz. Und irgendwie scheint das auch das Hallenbad zu spüren …

4.

19 Uhr – Dienstantritt: umziehen, aufwärmen, dann in die Kantine. »Herbert!«, rufen die einen, »Peter!« die anderen. Herbert Peter salutiert und leuchtet mit seiner Taschenlampe einmal durch die Runde. Er steht gut da in seinen schweren Stiefeln und im Kampfanzug, den er *Uniform* nennt. Steht gut da und weiß es und brüllt: »Was ist da los?! Dienstantritt!« – »Scheiß drauf! Wir haben bald Dienst-Abtritt.« – »Gratuliere! Deshalb bin ich ja nicht ihr.« – »Eben!« – »Dann bis morgen!« – »Gute Nacht!« – »Fängt gerade erst an«, sagt Herbert Peter, lacht laut, geht ab und hofft, dass ihm jemand hinterhersieht, denn es sieht gut aus, wie er den Raum verlässt. Er ist ein Cowboy, *oh ja*.

Herbert liebt das. Er trinkt fast immer nur zwei Bier mit ihnen. Wenn er die Kantine verlässt, ruft Fred gerne: »Keine Straßenschuhe im Bad!« – »Kein Problem«, lacht Herbert, »nicht mein Problem ...« Dann geht er – raus in die Halle und über den Gang. Er hat die Schlüssel und kann gehen, wohin er will, geht aber direkt ins Bad, legt sich am Beckenrand in einen Liegestuhl und behält das große Kantinenfenster im Auge, wartet, bis dahinter alle Lichter ausgegangen sind. Bis das Haus ihm gehört, komplett in Schwarz, mit Schlüsselbund, Taschenlampe und schweren Stiefeln.

Wenn Nachtwächter arbeiten (und es dauert nur ein paar Wochen, dann machen sie es auch in ihrer Freizeit und überhaupt zu jeder Zeit), dann machen sie es so: Den Kopf immer leicht zur Seite geneigt, halten sie das Ohr in die Dunkelheit und kneifen die Augen zusammen. Sie horchen.

Herbert Peter hört dem Wasser zu. Dem Gurgeln und Plätschern, und es bleibt dabei: In regelmäßigen Abständen hört er im Becken etwas auftauchen – was in einem Teich und vielleicht sogar in einer Sommernacht im Freibad kein Problem wäre. Aber in einem Hallenbad sollte nachts nichts auf- und abtauchen; schon gar nicht etwas, das man nicht sieht, wie schnell man den Kopf auch dreht.

Diese Geräusche, jene, die einen verfolgen, nennt man in seiner Branche *Spaßverderber*. Und wenn Nachtwächter im kleinen Kreis zusammensitzen, dann erlauben sie es, dass auch darüber geredet wird. Kaum einmal wird dabei gelacht und nicht selten haben die *Spaßverderber* eine solche Laufbahn beendet, haben aus dem Nachtwächter einen Kaufhausdetektiv, Versicherungsmakler oder Jahrmarktfahrer gemacht.

Was Nachtwächter sonst noch machen: Sie öffnen alle Schubladen, weniger aus Neugier denn aus Langeweile; sie essen ständig aus dem Kühlschrank (ebenfalls aus Langeweile); sie versuchen zu schlafen, und immer wieder horchen sie und reden sich ein: *Da war nichts ...* Sie fahren tatsächlich mit Bürostühlen auf den Gängen Rennen gegen sich selbst. Sie singen und pfeifen (gegen die Angst). Und dann und wann und öfter, als man denkt, masturbieren sie sich einmal quer durch das zu bewachende Objekt. Ist es ein Hallenbad, so begünstigt das natürlich diesen Zeitvertreib: *Da kommt man auf Ideen*, würden ähnlich Interessierte Herbert Peter recht geben. So war das bis vor Kurzem auch; aber in letzter Zeit hat er keine Lust auf den *Spezialrundgang*. Schuld daran ist ein Stuhl, und wie er da stand – allein am Beckenrand.

Herbert Peter war und ist sich bis heute sicher, dass er ihn nicht übersehen und schon gar nicht selbst dort hingestellt hat. Wie denn auch? Es war keiner von den grünen Plastiksesseln, sondern eines der alten Ungetüme aus der Eingangshalle, die aus Holz mit oranger Polsterung. Stand da am Beckenrand, das war nicht sein Platz. Herbert Peter dachte nicht daran, ihn zu umkreisen, mit dem Fuß anzustoßen oder gar darauf zu sitzen. Er dachte an nichts, sondern ging ins Büro (wobei sich die Haut auf seinem Nacken zusammenzog und erst am nächsten Morgen zuhause unter der Dusche wieder einigermaßen entspannte) und wartete ab. Er fragte nicht nach, was aus dem Stuhl geworden war, ob man ihn wieder in die Eingangshalle zurückgetragen hatte und wer das getan haben sollte, oder ob er von selbst dort hingegangen war. Am Ende wäre es wohl auf das eine hinausgelaufen: *He, ist doch nur ein Stuhl …*

Wie in den gut vierzig Nächten davor ist auch heute Nacht alles friedlich – *bis jetzt*. Die orangen Stühle stehen draußen in der Halle (diesen Kontrollblick lässt er sich nicht nehmen; er zählt sie jeden Abend durch), sie sind nicht hinter Herbert Peter her. Das Wasser plätschert weiter, dass irgendetwas von Zeit zu Zeit auf- und abzutauchen scheint, überhört er.

Herbert Peter zieht sein Mobiltelefon hervor: keine Anrufe. Er hat versprochen, Bescheid zu geben, wenn die Luft rein ist. Er hat schon lange nicht mehr zu einem seiner *Nachtschwimm-Specials* eingeladen, heute hat er aber zwei Autoschrauber mit Anhang an der Angel und da würde er eine Ausnahme machen. Seit Monaten gelingt es ihm nicht so recht, in die Szene reinzukommen; das würde vielleicht helfen. Denn wer möchte nicht einen Nachtwächter zum Freund haben – den mit den Schlüsseln? Zugleich ahnt er, dass dieser eine Anruf vermutlich in einem Gelage von zwanzig oder mehr Autoschraubern plus Anhang enden würde. Das wäre dann selbst ihm zu viel, das kriegt man bis zum Morgen nicht mehr sauber.

Herbert Peter steckt sein Mobiltelefon wieder in die Tasche und horcht und riecht. Manchmal wird er hier drinnen auch von Gerüchen überrascht, die sich trotz der Chlorwolke, die über dem Becken hängt und alle Ecken ausfüllt, breitmachen – meistens undefinierbare Gerüche, dann wieder eindeutig Erdbeeren, zum Beispiel. Jetzt aber hört er nichts und riecht nichts Verdächtiges. Kurz kehrt die Euphorie zurück, wobei er das lächerlich findet, aber es kribbelt wieder: Das Haus gehört ihm allein, er ist der Boss!

Dann geht das Licht in der Kantine aus. Das war's: Sperrstunde, früher als sonst. Herbert Peter ist allein, die Euphorie verflogen, das Wasser im Becken laut.

Er macht die Taschenlampe an und lässt sich für den Weg durch die Halle ausdrücklich Zeit. Er sperrt die Tür zur Kantine auf und schaltet das Licht ein. Nicht nur einmal hat er einen der Stammgäste überrascht, den Bella einfach an der Schank liegen gelassen hatte. Von einer solchen nächtlichen Begegnung hat niemand etwas, beiderseitiger Schreck, viel Gebrüll und Adrenalin. »Gut, dass sie mir keine Waffe geben«, hat Herbert Peter dann immer gesagt und er und Grant, oder wer auch immer von diesem *Pack*, haben übertrieben laut und lang gelacht, denn so ist das, wenn einem das unnötig ausgeschüttete Adrenalin aus dem Körper fährt. Und zu zweit hat ihnen das Gratisbier gleich noch besser geschmeckt und Grant, oder wer auch immer, hat gleich wieder vergessen, dass er einen Teil seines Rausches bereits weggeschlafen hatte, und wollte bleiben und noch mehr Gratisbier. »Aber auf gar keinen Fall«, hat Herbert Peter in einem solchen Fall schnell seine Fassung und seine Autorität wieder beisammen.

Jetzt liegt aber niemand mit dem Kopf auf der Schank, die Kantine ist leer; nur die Geräte brummen. Wenn es Nacht ist, wird es im Hallenbad erst so richtig laut. Herbert Peter sieht auch unter die Tische, nur um sicherzugehen. Er klatscht in die Hände und ist für den Moment ganz zufrieden, hält ein großes Glas unter den Zapfhahn und lässt den letzten Schwall dann direkt in seinen Mund. Er ist wieder da, er ist der Boss!

Der Mut aus der Kantine dauert an. Herbert Peter steht im Bad, hält sein Ohr in die Luft und hört nur das Wasser, dann steckt er einen Kopfhörer rein, dreht die Musik auf volle Lautstärke und geht los. Zunächst rückwärts im Moonwalk, *Moonwalk, Moonwalk*. Der gelingt ihm nicht ganz, was er auf die schweren Stiefel zurückführt, aber es hat ihn ja keiner gesehen (hoffentlich, denn sonst wäre ja einer hier).

Herbert Peter steckt den zweiten Kopfhörer in sein zweites Ohr und startet seine Runde: raus durch die Schwingtür und rechts herum, quer durch die Eingangshalle (aus den Augenwinkeln beobachtet er die orangen Stühle, sie stehen still), er biegt in den Gang ab, das Licht geht automatisch an, eine Neonröhre flackert, das muss so sein. Er lacht, sieht über seine Schulter, dann eine Drehung und wieder geradeaus, er tänzelt zur lauten Musik, irgendein Techno ohne Namen, *bumm bumm, tack tack* ... Als er an der Tür zu den Umkleidekabinen vorbeikommt, nimmt er den Kopfhörer aus seinem linken Ohr und stellt das Tänzeln ein. Er atmet durch die Nase ein und aus, ignoriert den Aufzug (in den Keller führt seine Runde immer erst nach fünf Uhr morgens, wenn es draußen langsam hell wird, obwohl man das im Keller nicht mitbekommt – und eigentlich wäre es auch egal, sicherheitstechnisch, eigentlich alles egal, aber das Drehen von Runden gehört für einen Nachtwächter eben dazu, außerdem vergeht dann die Zeit). Er ignoriert den Aufzug und steckt den Kopfhörer zurück in sein linkes

Ohr, bleibt stehen und deutet ein Schlagzeugsolo an, das so nicht zur Musik passt, dann tänzelt er wieder.

Scheiß Job, denkt Herbert Peter und lacht leise, und ab in den langen Gang. Und da hört sich der Spaß auf. Lange Gänge sind die Spielverderber, auch für Nachtwächter (vor allem für Nachtwächter): Schon nach den ersten Schritten gelangt man an jenen Punkt, ab dem es kein Vor und Zurück mehr gibt; sollte am Ende des langen Ganges jemand auftauchen, der dir den Weg versperrt, oder einer hinter dir, der dich verfolgt. Eigentlich will er schneller gehen, eigentlich will er laufen, wird aber immer langsamer – bis er stehen bleibt und sich nicht mehr bewegt. Die Musik kommt immer noch laut aus seinen Kopfhörern, aber eigentlich hört er nur das Wasser. Also bleibt er stehen und hört dem Wasser zu.

5.

Wie das Wasser den ganzen Tag lang gegen den Beckenrand schlägt, durch die weißen Plastikgitter abgesaugt wird, das ständige Gurgeln und Rauschen, ein Katalog voller Geräusche und doch immer nur eines und immer dasselbe – Fred macht das wahnsinnig. An manchen Tagen nicht nur im übertragenen Sinn. Da sitzt er zehn Minuten lang in einer Umkleidekabine und überlegt beim Aufsperren ernsthaft, wie er dort eigentlich hingelangt ist. Natürlich weiß er es noch, seine Flucht aus der Halle, ihm kommt es aber dennoch immer wieder wie eine echte außerkörperliche Erfahrung vor. Und mit denen kennt er sich schließlich aus.

Wenn Fred nach Badeschluss auf dem Parkplatz steht, fehlt es ihm dann. Wenn er abends zuhause vor dem Fernseher sitzt, wünscht er sich das Rauschen des Wassers zurück. Er geht schlafen, ohne die Zähne zu putzen, und weiß, dass er es morgen wieder kriegen wird.

Am Morgen ist Fred wie immer der Erste und wie immer allein im Bad (glaubt er). Herbert Peter verschwindet raus in den Tag, eine Stunde bevor Fred das Eingangstor auf- und hinter sich wieder versperrt; die anderen kommen erst um neun. Dann heißt es für ihn saubermachen, alles für einen langen Badetag vorbereiten, kontrollieren und optimieren – sprich: ab in die Kantine, Kaffeemaschine einschalten, Kaffee trinken, eine Zeitung durchblättern, später eine Runde ums Becken und vielleicht einmal den Finger ins Wasser halten, wegen der Kontrolle. Wie ernst Fred seinen Job nimmt, das weiß Werner Antl. Zu oft hat er Fred über seine Bildschirme bei dem beobachtet, was er morgens alles *nicht* macht. Denn nicht selten ist Werner noch früher im Bad, zumeist wenn es am Abend noch Streit mit Marina gegeben hat (selten, aber heftig). In einem solchen Fall fährt er die zehn, elf Kilometer (von Frühjahr bis Spätherbst fährt er sie mit dem Rad), wenn es sein muss, im Morgengrauen, um sich und ihr die Schmach eines schweigsamen Frühstücks zu ersparen, fährt die Kilometer, hält im Büro die Füße still, und wenn sie um neun durch die Tür kommt, gibt er vor zu arbeiten, begrüßt sie beinahe überschwänglich und meist ist bis zum Mittagessen alles wieder vergessen.

Auch Herbert Peters halbherzige Rundgänge kennt Werner, selbst einen seiner *Spezialrundgänge* musste er einmal über die Bildschirme mitansehen, weil er einfach nicht wegsehen konnte. Denn noch seltener, aber doch, muss er sich und Marina mitunter auch die Schmach einer Nacht ersparen, in der ein jeder von ihnen nach einem Streit im Bett rotiert und sie einander ins Gesicht schnaufen. In einem solchen Fall steigt Werner noch vor

Mitternacht in seinen alten Wagen oder auf sein altes Rad und fährt die zehn, elf Kilometer ins Hallenbad, verschwindet im Büro und schläft auch dort, meistens schläft er aber kaum, wenn er die Nacht im Hallenbad verbringt.

Er steigt aus den Hausschuhen und rollt im Drehsessel zum Schnapsschrank hinüber und trinkt sauteuren Whisky, und weil er dabei die Bildschirme beobachtet, kann er gar nicht übersehen, wie Herbert Peter so versucht, die Nacht herumzubringen. Das kann Herbert Peter nicht wissen, womöglich würde es ihn im Nachhinein sogar beruhigen, da ihn das Gefühl, beobachtet zu werden, nicht getäuscht hat. Aber Werner hat es ihm bis jetzt noch nicht verraten und wird auch nie ein Wort über den Spezialrundgang verlieren. Und er wird kein Wort über das verlieren, was er in der vergangenen Nacht auf einem seiner Bildschirme gesehen hat, allein schon, weil er nicht wüsste, wie er es sagen soll.

Er hat in den fünfzehn Jahren im Hallenbad manches zu sehen geglaubt, von alten Geschichten gehört und einiges mit eigenen Augen gesehen. Vergangene Nacht hat er auf seinem Bildschirm Herbert Peter gesehen, wie der auf dem Gang stand und sich nicht bewegte, so als würde er nicht mehr richtig funktionieren. Dass hinter ihm eine Frau stand, hat Herbert Peter nicht gesehen, Werner aber schon. Eine alte Frau im Badeanzug, auf dem Kopf eine Badehaube, die unförmig wegstand, vielleicht war da auch Blut, das auf dem schwarzweißen Bildschirm schwarz unter der Badehaube hervorkam, vielleicht auch nicht. Werner ging mit dem Gesicht ganz nah ran, bis das Bild unscharf wurde. Sie schien Herbert Peter von hinten anzubrüllen, der bewegte sich aber immer noch nicht. Werner klopfte mit dem Fingernagel gegen den Bildschirm. Die Frau hob den Kopf und sah ihm genau in die Augen.

Episode 2

6.

»Wenn du einen Ball allein im Wasser treiben siehst«, würde Fred sagen, hätte er einen Sohn, »dann setz dich hin und sieh ihm dabei zu. Und sei es nur für zwei, drei Minuten«, würde er sagen. »Und warum?«, würde sein imaginärer Sohn fragen. »Weil du damit Zeit gewinnst«, würde Fred sagen und damit etwas sehr Kluges. Weil er aber keinen Sohn hat – und selbst wenn, würde der wohl nicht um acht Uhr morgens mit ihm am Beckenrand sitzen, aber wer weiß –, weil er keinen Sohn hat und allein am Becken sitzt, sagt er nichts. Im Wasser treibt ein Ball vorüber, bald hat er es an den Rand geschafft. Fred sieht ihm dabei zu. »Schön ruhig hier, nicht?«

Fred schreit auf, »Verdammt!«, lächelt aber, weil es nur Werner ist und aus dem ersten Schrecken Erleichterung wird. »Keine Angst«, sagt Werner Antl, »ich bin's nur.« – »Haben Sie mich erschreckt!«, lacht Fred. »Sind wir tatsächlich per *Sie*?«, fragt Werner, und Fred antwortet: »Kommt auf die Uhrzeit an.« – »Ha! Das ist gut!« Jetzt lacht Werner und setzt sich neben Fred an den Beckenrand. Er sieht aus, als wäre er froh, auch einen Grund zum Lachen zu haben und Fred fragt, ob mit ihm alles in Ordnung sei. »Lange Nacht«, sagt Werner, »seltsame Nacht.« Fred riecht hinter dem vielen Chlor in der Luft eine Spur Schnaps und nickt. »Nächte sind immer lang«, sagt er, und hat damit etwas Kluges laut gesagt. Dann sitzen beide da und schweigen. Als ihm dieser Moment zu lang dauert, hat Fred das Gefühl, dringend noch etwas sagen zu müssen: »Sehen Sie – der Ball da. Treibt einfach so im Wasser.« Werner Antl nickt.

Dann ist es wieder still. Bis Werner murmelt: »Da möchte man meinen, jeden Moment taucht eine Hand auf und zieht ihn unter Wasser …« Dabei sieht er Fred von der Seite an. Der schüttelt langsam den Kopf: »Ich weiß nicht. Mich beruhigt er, der Ball.« – »Klar«, sagt Werner. Und nach einer weiteren Pause: »Schon einmal was gesehen hier drinnen?« – »Was meinen Sie? Was Sexuelles?« – »Nein. Und bitte, sag endlich *Du* zu mir. Das hält man ja nicht aus.« – »Ok, entschuldigen Sie.« – »Na?« – »Der alte Witz.« – »Ach ja. Ha!« – »Hast *du* etwas gesehen?« – »Nein, alles bestens. Lange Nacht. Seltsame Nacht.«

»Guten Morgen, die Herren.« Eine tiefe Stimme hinter ihnen, Werner und Fred schrecken diesmal zu zweit auf. »Na, was denn?« Bella kommt auf sie zu, in den Händen ein Tablett mit drei Tassen darauf. »Ich bin heute gut gelaunt«, sagt sie, nimmt eine Tasse vom Tablett und drückt sie Fred in die Hand, »aber nutzt mir das ja nicht aus.« Sie wackelt mit den Augenbrauen. »Und die hier ist für dich, Chef.« Sie reicht Werner eine Tasse mit der Aufschrift I AM THE BOSS. »Entzückend«, sagt Werner. »Danke«, antwortet Bella und deutet einen Knicks an. Sowohl Werner als auch Fred geht ein ähnlicher Gedanke durch den Kopf: Gute Laune wirkt bei Bella noch gruseliger als alles, was sie ihnen sonst so ins Gesicht bellt. Kurz denken beide über mögliche Gründe für ihre gute Laune nach, in unterschiedlicher Deutlichkeit, aber in Ansätzen wieder ähnlich; dann schütteln beide unmerklich den Kopf und halten ihre Tasse vors Gesicht. Der Kaffee riecht gut, dampft, und Werners Brillen beschlagen.

»Ich darf doch?«, fragt Bella und lässt sich umständlich neben Fred am Beckenrand nieder. Und jetzt sitzen sie zu dritt da, sehen aufs Wasser und trinken Kaffee. »Ich hatte auch eine seltsame Nacht«, sagt Bella plötzlich und lacht schon wieder, und Fred findet, dass ihr das gar nicht so schlecht steht, das Lachen.

»Mhm«, macht Werner. »Und ich habe auch schon einmal etwas gesehen.« Bella nimmt einen kräftigen Schluck. Werner sieht sie lang an, doch sie reagiert nicht. Es ist wieder still, nur das Wasser ist zu hören, das ewig gegen den Beckenrand schlägt und durch die weißen Plastikgitter abgesaugt wird, das ständige Gurgeln und Rauschen, das sie alle lieben und hassen zugleich. »Wo ist eigentlich der Ball?«, fragt Fred. »Welcher Ball?«, fragt Bella.

~ ~ ~

Eine Stunde später wird an die Eingangstür gehämmert. Georg und Grant drücken ihre Gesichter gegen die Scheibe und brüllen das Glas an. Fred kommt gemächlich durch die Eingangshalle, in der Hand seinen Schlüsselbund. Georg und Grant hämmern trotzdem weiter wie die Irren gegen die Tür. Sind sie ja auch – *zwei Irre*, denkt Bella, die hinter ihrer Schank steht, tief einatmet und die Luft durch die Nase wieder rauslässt. Zwei Irre, mit denen sie jetzt den ganzen Tag verbringen muss. Wobei: So wie die beiden da durch die Halle stolpern, scheinen sie nicht *schon wieder*, sondern *noch immer* unterwegs zu sein. Und wenn sie das sind, fallen bei ihnen meistens gegen Mittag die Lichter aus. Dann gehen sie zwar noch lang nicht nach Hause, halten aber das *Maul* (»Haltet endlich euer Maul!«), weil sie in einer Ecke liegen und schlafen.

Jetzt aber, um neun Uhr früh, sind sie noch lebhaft, aufgekratzt, idiotisch laut. Und da platzen sie schon in die Kantine, noch während Bella ein weiteres Mal schnauft (eindeutig ein Schnaufen, denn sollte es ein Seufzen gewesen sein, so würde sie das nie zugeben).

»Guten Morgen, die Herren. Wo sind denn eure Badehosen?« – »Die haben wir schon drunter an.« – »Genau! Drunter!« –

»Herzeigen!« – »Ich bin unten ohne.« – »Da bin ich mir ganz sicher.« – »Gibt's hier noch was zu trinken?« – »Schon ...« – »Aber?« – »Schon was zu trinken.« – »Aber?« – »Kaffee.« – »Na das bestimmt nicht!« – »Für mich bitte Kaffee.« – »Brav.« – »Danke.« – »Und du?« – »Überrasch mich!« – »Na klar.« – »Für mich bitte Kaffee.« – »Hast du schon gesagt.« – »Danke.« – »Euch geht's gut?« – »Herrlich.« – »Sieht man.« – »Nicht wahr?« – »Seid ihr nicht zu alt dafür?« – »Wofür?« – »Nichts schlafen und herumstolpern.« – »Dafür ist man nie zu alt.« – »Hab ich auch so gehört.« – »Na dann ist ja alles gut.« – »Sag ich ja.« – »Eben.« – »Ich will jetzt nicht mehr reden«, sagt Bella, drückt auf der Kaffeemaschine einen Knopf und es wird augenblicklich laut. Georg lässt ein Lachen los, wie ein schlechter Schauspieler; während er lacht, holt er Luft, immer wieder. Grant beißt inzwischen von seinem Glas ab und kaut die Scherben. Dienstbeginn in der Kantine.

~ ~ ~

»Altes Arschloch«, sagt Grant eine Stunde später. Er hält zwar eines seiner Augen mittlerweile geschlossen; um den alten Nazi zu erkennen, wie der glaubt, unbemerkt auf der anderen Seite der Scheibe vorbeizukommen, in seinem lächerlichen Badeanzug, sein verdächtig gemustertes Handtuch über der Schulter – um den alten Nazi zu erkennen, reicht ihm auch ein Auge aus. »Riesenarsch«, murmelt Georg und schnauft.

»Willi, ich glaube, du gewinnst!«, ruft Bella, und Willi taucht grinsend hinter dem Küchenvorhang auf: »Echt?!« – »Sieht ganz so aus«, deutet Bella mit dem Kopf in Richtung des einäugigen Grant und des nuschelnden Georg, der es selbst noch nicht weiß, aber er macht genau das: Unbewusst bringt er seine Arme bereits auf der Schank in Position, legt sie so hin, wie er dann darauf einschlafen wird. Und Bella wird ihm eins mit dem Geschirrtuch überziehen. »He«, wird sie schimpfen, »geschlafen wird dort drüben!« Sie wird ihm noch eins überziehen, auch ein wenig aus Zorn, denn Bella, Willi und Susi haben gewettet, wie lang Georg und Grant noch durchhalten werden.

Elf, hat Bella gesagt, Willi hat auf viertel vor elf getippt, und Susi, weil nichts Besseres mehr übrig war, auf halb zwölf. Jetzt ist es halb elf, und es sieht tatsächlich so aus, als wäre Willi drauf und dran, die Wette zu gewinnen. Gerade hat es nämlich auch Grant erwischt: Mit nur einem geöffneten Auge, den Ellbogen auf die Schank gestützt, ist ihm die Hand weggerutscht und sein Kopf hängt schief vom Hals. »Jahaaa!«, jubelt Willi. »Hast du nichts Besseres zu tun?«, fragt Bella. Dann fragt sie Susi: »Haben *wir* nichts Besseres zu tun?« – »Ich glaube nicht. Ich nicht.« Dabei macht Susi ein trauriges Gesicht. Und ob sie will oder nicht – da muss Bella lachen und alle lachen mit, sogar Georg und Grant, was denen die letzte Energie kostet. Neun Minuten vor elf sind beide eingeschlafen, womit Willi die Wette haarscharf gewinnt.

~ ~ ~

Niemand mag es gern allein im Keller, auch András nicht. Er schleicht durch die Gänge und hat kein Ziel. Er würde gerne behaupten, das Haus wie seine eigene Hosentasche zu kennen oder etwas in der Art. Das heißt, er behauptet es natürlich, aber eben nur gegenüber allen anderen. In Wahrheit kennt er das Hallenbad nur so gut, um damit gerade noch durchzukommen. Nicht dass ihn das so sehr stören würde, aber wenn er hier unten im Keller seine Runde macht, wüsste er gern, was nach der nächsten Ecke kommt – ein weiterer Gang, der mit der kaputten Neonröhre an der Decke vielleicht, der mit der schmutzigen Wand, die ihm noch keiner hier erklären konnte (einmal musste er sie selbst putzen, als sie sich mit dem grauschwarzen Film, der die schmutzige Wand – so heißt sie im Sprachgebrauch des Hauses längst auch offiziell – überzieht, noch nicht abgefunden hatten); oder der Gang, in dem die große Uhr so laut tickt, der üble Geruch, das Schlagloch, die eingetretene Tür, das Graffiti, die Mausefalle, der Technikraum, da drinnen brennt es, zischt es und klopft es. Da geht András heute nicht hinein, er ist fertig mit dem Technikraum. Und hinter der nächsten Ecke steht Robert Anker, und András erschrickt gehörig und lautstark.

Robert Anker bindet in diesem Moment sein Badetuch um den Bauch und lässt sich nicht dabei stören. Er nickt András nur kurz zu, der schüttelt den Kopf: »Was machst du bitte hier unten?« – »Und was machst *du* hier?« – Rundgang.« – »Siehst du, ich auch.« – »Stimmt nicht.« – »Natürlich nicht.« – »Und was sonst?« – »Ich sauniere.« – »Du … was?« – »*Saunierst*. Ich sauniere, du saunierst, er, sie, es …« – »Sei still!« – »Bitte, lernst du eben nichts.« – »Danke.« – »Bitte«, sagt Robert Anker und macht sich auf, um hinter der nächsten Ecke zu verschwinden.

»Ich verrate dich nicht!«, ruft ihm András hinterher. »Moment, Moment!«, ruft Robert Anker und bleibt stehen: »Da gibt es auch nichts zu *verraten*. Ich kann genauso gut wie du hier unten sein.« – »Kannst du nicht. Ich verrate dich aber nicht.« – »Was soll das? Sag schon.« – »Wenn du mich auch nicht verrätst.« – »Was soll ich nicht verraten. Du machst mich irre.« – »Das, was ich dich jetzt frage.« – »Na bitte, dann frag endlich.« – »Kannst du mir lernen, wie man tanzt?« – »Ob ich dir … wie man tanzt?« András nickt. »Wenn's weiter nichts ist!«, ruft Robert Anker und dreht sich einmal im Kreis, dann noch einmal und noch einmal. Wer in den besten Häusern alle nackt gesehen hat, der weiß auch, wie man tanzt. Die beste Wahl als Tanzlehrer also: Robert Anker, dreht sich hier im Keller im Krcis, bis scin Handtuch runterrutscht und er es wieder umbinden muss, und András sieht darüber hinweg und betreten zu Boden, als er sieht, dass Robert Ankers Ding leicht vom Körper wegsteht. »Also dann: Tanzen wir!«

András gibt ihm noch eine Minute, erklärt ihm, dass es gewissermaßen ein Notfall sei, denn in drei Tagen »... ist es ja so weit. Na klar!«, vollendet Robert Anker die Erklärung, und weil das Handtuch inzwischen wieder korrekt hängt und nichts wegsteht, kommt András näher an Robert Anker heran, als er es jemals für möglich gehalten hätte, und zu zweit beginnen sie nun: »Ta-da-da-da-damm!« – »Damm-damm-damm-damm! Donauwalzer!« Und noch einmal: »Ta-da-da-da-damm-damm-damm-damm-damm! Ta-da-da-da-daaaa...«

»Schau mal«, lacht Werner Antl vor dem Bildschirm laut auf, und Marina rollt mit ihrem Sessel zu ihm rüber und lacht auch und, wie zu erwarten war, weil beide auf einen Moment wie diesen gewartet haben, ist der dumme Streit vom vergangenen Abend damit vergessen. Wenn auch nicht ganz, weil das mit Streit eben so ist. Im Moment aber lassen sie beide die Anspannung nur zu gern ziehen und sehen mit Vergnügen dabei zu, wie Robert Anker und András im Keller tonlos ihre Walzerrunden drehen. *Ta-da-da-da-damm-damm-damm-damm-damm.*

Der Spaß scheint heute auch gar kein Ende nehmen zu wollen, denn als ihnen Bella höchstpersönlich eine Stunde später das Mittagsmenü serviert, trägt sie dabei eine Augenklappe und einen Piratenhut mit Totenkopf. Werner, Marina, Rose, Fred,

András und Robert Anker werden mit dem Spaß gar nicht fertig. Susi kichert verhalten, Willi steht hinter der Schank und lässt sich von Bella einen Eisbecher mit Schirmchen drin servieren. »Ja, was ist denn los?!«, lachen auch die Unbeteiligten mit. »Wette«, murmelt Bella, während sie an ihnen vorüberschleicht. »Haha! Gewonnen?« Sie bleibt stehen, lüftet die Augenklappe und – da ist er schon wieder: Bellas böser Blick.

Und der ist allemal echt, denn Bella hat Willi zuvor eine Revanche-Wette vorgeschlagen, die sie allerdings ebenfalls verloren hat: das klassische Minigolf mit Kochlöffel, Rumkugeln und Georgs offenem Mund am Ende der Schank. Und weil sie die Kugel auch beim fünften Versuch nicht versenkt hat, trägt sie jetzt ein dämliches Piratenkostüm, und Willi isst fröhlich seinen Eisbecher und wird noch frecher: »Wenigstens dein Kostüm hast du schon!«, brüllt er und deutet mit dem Eislöffel auf ein Plakat an der Wand:

Verzauberung am Meeresgrund
Fische, Tanz & Party mit DJ Freddy F(r)esh
Samstag, 24. Februar (20 Uhr bis ?)
Bellas Kantine

7.

Nach dem Essen, allesamt Knödel und Tiefkühl-Pilzmischung im Bauch, kommt jeder nur zu gerne seiner Verpflichtung nach, die anderen in Ruhe zu lassen. Werner Antl ist mit seinen Bildschirmen beschäftigt, nickt dabei kurz ein, Marina ringt sich eine Einheit Yoga in der Dienstwohnung ab. Robert Anker wäscht und poliert sein Aufguss-Werkzeug und denkt über Temperaturen nach; das ist es tatsächlich, was ihn einen Großteil seiner Zeit beschäftigt: Temperaturen – nicht eine oder *die* Temperatur, sondern alle möglichen. Die finnische Sauna ist leer, bis auf András, der unter die Bank kriecht, um seine Kamera zu positionieren und dabei einen Schlüssel findet, der gestern noch nicht da war. Fred schläft. Bella trinkt Kaffee, nachdem sie Piratenhut und Augenklappe in den Mistkübel gestopft hat. Susi löst Kreuzworträtsel, und Koch Willi beobachtet sie heimlich dabei. Georg und Grant schlafen noch immer; zwei, drei Unbeteiligte blättern an der Schank in alten Illustrierten, und zwei weitere knallen abwechselnd Spielkarten auf eine Tischplatte.

Rose Antl ist abgetaucht, ab durch die Gänge, hat Türen geöffnet und wieder versperrt und raus durch den Hinterausgang. Sie atmet auf, auch wenn der Geruch von Chlor sich längst in ihre Kleidung und in die Haare gefressen hat. Hier unten, in einem schmalen Hof, den sie mit ein paar Mülltonnen teilt, hat sie vor ein paar Wochen ihr Versteck eingerichtet, hat einen weißen Plastiksessel hingestellt, auf dem sie im Schatten des Hallenbads sitzt und raucht und wie eine Wilde ihr Mobiltelefon bearbeitet. Es läutet, sie drückt drauf, hält das Telefon an ihr Ohr und beginnt zu flüstern.

~ ~ ~

András sitzt auf einem der orangen Sofas in der Eingangshalle und dreht den Schlüssel, den er zuvor in der finnischen Sauna unter den Sitzbänken ganz hinten bei der Wand gefunden hat, zwischen den Fingern hin und her. Ein herkömmlicher Schlüssel, an einem Ring ein kleines Metallschild mit der Nummer 25; der Schlüssel zu einem Hallenbadkästchen. Und auch wenn András bis auf seine Saunakamera so ziemlich alles hier drinnen ziemlich egal ist, und er auf die alten Legenden nichts gibt, so weiß er, dass es nur *der* Schlüssel sein kann, der eine, Kästchen 25, seit Jahren verschwunden, das Kästchen versperrt und auch mit äußerster Gewalt nicht aufzukriegen. András hat ihn jetzt – *den Schlüssel.* Er wird ihn benutzen, bald schon.

~ ~ ~

Zwei Uhr nachmittags ist es mit der Ruhe vorbei: Babyschwimmen. Im allgemeinen Gebrüll läuft Fred planlos mit dem Schlauch durchs Bild, und hinter dem Kantinenfenster hält sich Susi mit beiden Händen die Ohren zu. Willi findet das befremdlich, würde ihr gerne über den halb nackten Rücken streicheln, muss aber zurück hinter den Küchenvorhang, um literweise Brei zu kochen. Eine Idee, die ihm eines Nachts gekommen ist und die ihm anfangs wenig Begeisterung und sogar den Zorn Unbeteiligter einbrachte. Jetzt aber verdankt Bella an Babyschwimm-Tagen ihren Reichtum, wie sie sagt, Willis Brei und nicht den Mittagsmenüs, abgesehen natürlich von der Bier-Flut der Marke Georg, Grant oder X-Y – die Schecks jedoch nicht immer gedeckt.

Also dürfen über Babyschwimm-Tage sowohl in der Kantine als auch im Hallenbad keine abschätzigen Bemerkungen fallen – es ist zeitweise zwar die Hölle, aber es funktioniert. Und sie haben noch etwas Gutes, das denkt vor allem Fred: Sie vertreiben den alten Nazi aus dem Bad, denn gegen Babys kommt das Böse nicht an. Ganz aber gibt er nicht auf, der zähe alte Sack, sitzt in der Umkleidekabine oder in der Eingangshalle herum und liest in zweifelhaften Geschichtsbüchern. Heute sitzt er in der Umkleidekabine, und plötzlich steht András vor ihm – in der Hand den Schlüssel mit der Nummer 25, bereits in Aufsperr-Position. Der alte Nazi sieht von seinem Buch auf und fragt: »Was gibt's, junger Mann?« – »Kontrollgang«, murmelt András und steckt den Schlüssel schnell in die Tasche seiner Arbeitsweste.

Gerade rechtzeitig, denn über den Bildschirm zu Kamera 5 ist Werner soeben die seltene Szene zwischen dem alten Nazi und András aufgefallen, und hätte er den Schlüssel gesehen, dann hätte er ihn zwar nicht als solchen erkennen können, wäre der Sache aber vielleicht nachgegangen, und das hätte wieder eine neue Spirale an Ereignissen ausgelöst. Denn eines steht fest: Werner ist nicht der Einzige, der so einiges dafür geben würde, an diesen Schlüssel und hinter die Tür zu Kästchen 25 zu kommen.

8.

»Wie geht's?« – »Alles klar hier. Rose hab ich eine Zeit lang nicht gesehen.« – »Und?« – »Jetzt sitzt sie wieder hinter der Kassa.« – »Wie es *dir* geht, wollte ich wissen.« Marina Antl klingt genervt, das kennt er. Sie ist auch genervt. »Mir geht es gut«, sagt Werner und macht das einzig Richtige: Er schenkt seine Aufmerksamkeit Marina und nicht den Bildschirmen. »He«, winkt sie, »schon lang nicht gesehen.« – »Stimmt«, sagt Werner und klopft mit beiden Händen auf seine Oberschenkel. Sie geht langsam zu ihm hin, dann lässt sie sich in seinen Schoß fallen. »Na also«, sagt Werner Antl. »Na also«, sagt Marina Antl.

»Und, wie hat dir das Pilzgulasch geschmeckt?«, fragt Werner und sein Atem riecht nach Pilzen. Marina schüttelt den Kopf: »Komm schon, W., streng dich ein wenig an.« Und das mit einem Augenaufschlag und einem Blinzeln, dass bei Werner gleich alles aus ist. Er denkt kurz nach und sagt: »Februar ist der Unnötigste von allen. Den braucht wirklich keiner.« – »Schon besser, aber noch laaange nicht gut.« – »Na, was denn?!«, schnauft Werner, und dann sagt er: »Ein guter Tag beginnt mit einem Kuss von dir.« Sie blinzelt, küsst ihn aber immer noch nicht. Er singt: »Marina, Marina, Marinaaa!« Sie hebt die Hand und er singt nicht weiter, stattdessen fragt er: »Bist du untenrum rasiert?« – »Bin ich ein Pornostar?« – »Manchmal.« Werner grinst und ja, ja, ja – da kommt sie näher, mit ihrem Mund an seinen und ja, ja – da kommt ihre Zunge raus und leckt über seine Lippen und er drückt seine fest auf ihre und weiter unten kommen die alten Hausschuhe in Gang und sie rollen mit dem Drehsessel durchs Büro und küssen einander, auf und ab zwischen den beiden Schreibtischen und all den Bildschirmen. *Ta-da-da-da-damm-damm-damm-damm-damm!*

»Was schmeckst du gut!«, stöhnt Werner. »Und du nach Pilzen«, lacht Marina und drückt ihm noch einen Kuss rein. »Schmatz nicht so!«, sagt Werner, und sie: »Ich mach, was ich will …« Und das macht sie auch. Und er macht mit.

~ ~ ~

Das Babyschwimmen ist zu Ende und durch die Eingangshalle rollen die Kinderwägen Richtung Ausgang. Hinter der Kassa zählt Rose das Eintrittsgeld und steckt nichts davon ein, denn so viel ist das nicht. Im Hallenbad wischt Fred den Boden trocken, und zu wischen gibt es viel. Babys können zwar selbst nicht gehen, machen aber jede Menge Unordnung, und zum Schluss ist immer alles nass und Rutschgefahr ohne Ende. Fred wischt den Boden, und aus den Augenwinkeln und weil er es spürt, bemerkt er, dass der alte Nazi ihn dabei beobachtet. »Was?!« Fred hört zu wischen auf und brüllt quer übers Becken. Der alte Nazi hebt die Hand zum Gruß. »Was ist das mit dem alten Arsch«, sagt Fred mehr laut als leise, »wohnt der eigentlich hier?« Nazi Hermann imitiert mit seinen runzligen Lippen perfekt den Klang einer Trompete und verschwindet unter seinem Handtuch. Würde Fred es nicht besser wissen, könnte er glatt denken, der Alte habe Humor. Hat er aber nicht. Er hat auch keine nennenswerten Freunde und keinen, der zuhause auf ihn wartet.

Also bleibt er unter dem Handtuch liegen und spielt sich mit seiner imaginären Trompete selbst einen Marsch. Fred tanzt vor dem alten Nazi auf und ab und zeigt ihm abwechselnd den linken und den rechten Mittelfinger. Niemand ist da, der das sieht, denn das Hallenbad ist nach dem Babyschwimmen so verlassen wie davor. Werner Antl hat ausnahmsweise Besseres zu tun, als seine Bildschirme zu beobachten, und in der Kantine haben sie im Moment ganz andere Sorgen.

In der Kantine ist Grant kurz davor, wie ein Pirat am Luster zu schwingen und mit Fußtritten die Feinde abzuwehren. Da es keinen passenden Luster gibt, beschränkt er sich darauf, mit Gläsern zu werfen und zu brüllen: »Kommt mir nicht zu nahe! Ich warne euch!« Und dass er eigentlich keine Feinde in dem Sinn, sondern seine Kantinenkollegen anbrüllt und bewirft, darüber denkt Grant nicht nach, denn er denkt selten und im Moment überhaupt nicht über das, was er tut, nach, sondern tut es einfach, wenn es an der Zeit ist, etwas zu tun – und außerdem haben sie es nicht anders gewollt. Also brüllt er und wirft mit Gläsern. Den

Nachschub holt er sich hinter der Schank; mindestens zwanzig Gläser, wenn nicht mehr, sind schon quer durch die Kantine geflogen, an der Wand zersprungen oder einfach auf den Boden gefallen. Grant brüllt weiter, und alle anderen brüllen gegen ihn an. Nur Bella nicht. Sie sitzt ganz still an der Schank, vor ihr springt Grant auf und ab, rauf und runter, wirft und verursacht Chaos. Und Bella sieht ihm dabei zu und schwört sich selbst, dass niemand anderer als Grant persönlich jede Einzelne dieser Scherben zusammenkehren wird; wenn es sein muss, mit seiner Zunge.

Die Rolle des betrunkenen Piraten bekommt Grant jetzt immer schlechter hin, denn das Aufwachen und Von-der-Bank-Aufspringen aus vollem Rausch, das Auf-die-Bar-Hinaufspringen und Tanzen und Brüllen und Gläserwerfen hat ihn derart viel Kraft gekostet, dass seine Energiereserven, die er im Schlaf immerhin halbwegs aufladen konnte, wieder verbraucht sind. Aber er gibt nicht auf, das muss man ihm lassen. Er brüllt und wirft mit Gläsern und seine Schimpfwörter werden immer absurder.

Es sieht fast so aus, als würde er gewinnen, denn langsam verlieren selbst die Unbeteiligten das Interesse an der Action. Langsam ist es an der Zeit, beschließt Bella, die weiß, dass Grant nichts zu gewinnen hat, nur verlieren kann, heute und hier drinnen ab sofort nur noch. Das beschließt sie und sagt: »Besen.« Streckt die Hand aus und brüllt: »Besen!« Susi läuft und humpelt hinter den Küchenvorhang und wieder zurück und drückt Bella den Küchenbesen in die Hand. »Danke!«, brüllt Bella und holt weit aus. Auf der Bar vollführt Grant einen lächerlichen Tanz und wirft mit Strohhalmen, weil ihm die Gläser ausgegangen sind. Diesem Jammer muss ein Ende gemacht werden, Bella ist kurz davor, den Besen zu schwingen.

»Es wäre mir«, steht plötzlich der alte Nazi neben ihr, »eine große Ehre wäre mir das«, schnauft er Bella ins Ohr, und sie sieht ihn nicht einmal an: »Das kann ich mir vorstellen. Und warum sollte ich dir den Gefallen tun, alter Mann?« – »Hm«, macht Nazi Hermann, »ich weiß nicht … soll ich einmal die anderen fragen?« Er kichert und Bella ist sich ziemlich sicher, von unten her aus seiner Richtung auch einen Furz gehört zu haben. »Scheiß auf dich«, sagt Bella und gibt den Besen weiter an den alten Nazi. Der nimmt ihn, hört gar nicht auf zu kichern, steht auf seinen dünnen Beinen breitbeinig da, hebt den Besen hoch in die Luft und stößt einen schrillen Schrei aus: »Yyaa-ayyy!«, schreit er und zieht voll durch, trifft Grant an der Wade oder in der Kniekehle. Es klatscht, Grant brüllt vor Schmerzen auf und lässt seinen Körper von der Bar einfach nach vorne fallen. Als er ungebremst auf dem Boden aufschlägt, verziehen selbst die Härtesten kurz das Gesicht; zu hässlich ist das Geräusch. Dann ist es vollkommen still in der Kantine. Nur das zufriedene Schnaufen des alten Nazis ist zu hören. Mit dem Besen in den Händen steht er da.

Steht da und jetzt grinst er wieder, seine Oberlippe mit dem dünnen Schnauzbart zieht er hoch und zeigt ein paar spitze, alte Zähne; es ist ein gemeines Grinsen. Alle sehen ihn an, und er überlegt, ob eine Verbeugung angebracht wäre. Vom Boden, wo Grant liegt, kommt kein Laut. Der alte Nazi sieht in die Runde und sucht nach Georg, findet ihn und schickt ihm einen Blick, der besagt: *Der Nächste bist du!*, oder *Leg dich nicht mit Hermann an!*, oder etwas in der Art. Georg versteht und hebt die rechte Hand mit ausgestrecktem Mittelfinger. Mit den Lippen formt er stumm eine Reihe von Beschimpfungen: »A-l-t-e-r-D-r-e-c-k-s-a-c-k …« Und da er diesen Moment, den Moment, in dem das Glas fliegt, Auge in Auge mit Hermann verbringt, ist ausgerechnet der sein bester Zeuge: dass es nicht Georg war, der dem Alten das Bierglas an den Kopf geworfen hat, mitten ins Gesicht. Georg hat zwar nicht geworfen, ist aber der Einzige, der laut auflacht, als das Glas auf dem Kopf des alten Nazis zerplatzt. Georg lacht und hätte erwartet, dass der Alte etwas sagen würde wie »Schwere Artillerie!« – aber er sagt nichts. Mit dem gemeinen Grinsen noch immer im Gesicht fällt er einfach um. Jetzt lacht gar keiner mehr.

Da liegen sie, friedlich nebeneinander, Grant und der alte Nazi, wie zwei Freunde nach einer langen Nacht. Unter den beiden rinnt Blut hervor. Immer noch sitzen und stehen alle still, sehen dem Blut beim Rinnen zu. Im ersten Moment könnte keiner sagen, aus welchem der beiden das Blut kommt, das fragt sich zunächst auch niemand und niemand sagt ein Wort. Ein »Ähm« ist die erste Reaktion nach langer Zeit, gefolgt von einem Räuspern, dann noch ein Sesselrücken und endlich die Frage: »Ähm, sollten wir nicht einen Arzt rufen?« Es kommt von Georg, der den alten Nazi zwar ebenso hasst wie sein Barbruder Grant und insgeheim davon ausgeht, dass der Alte jener der beiden ist, der blutet, aber mit Sicherheit kann er das auch nicht sagen, und Blut ist eben Blut, und nicht lustig. Das sieht sogar Georg ein, und noch immer rühren sich die zwei auf dem Boden nicht, und Bella nickt und sagt: »Das könnten wir machen.«

Und weil niemand reagiert, wird Bella lauter: »Ja, dann macht das doch! Wer bin ich hier?! Bin ich eure Königin?« – »Irgendwie schon«, murmelt Willi und sucht in seiner Jacke nach dem Mobiltelefon. Susi greift inzwischen zum *echten* Telefon, und ein Bargast läuft raus zum Münzsprecher, und während er läuft, holt er ein paar Münzen hervor, und so rufen mindestens drei zugleich die Rettung, die eine Viertelstunde später mit vier Leuten und zwei Tragbahren in der Kantine erscheint, wo Bella und die anderen sich inzwischen vorsichtig und doch halbherzig um

Grant und Nazi Hermann gekümmert haben, aber immer noch überall Blut und kaum sichtbare Wunden und kein Wort ist aus den beiden herauszukriegen, also sind am Ende alle – sogar Bella – erleichtert, als eben die Rettung auftaucht mit vier Leuten und zwei Tragbahren, die je zwei von ihnen auf Rollen in die Kantine schieben. Dass jetzt Profis hier sind, sorgt unter den Kantinengästen augenblicklich für Entspannung und für ein kollektives Gefühl von Gleichgültigkeit; die Sache ist erledigt und bald schon werden alle gemeinsam darüber lachen, Grant oder der alte Nazi, je nachdem, wer von den beiden jetzt wirklich blutet, wird dann einen Kopfverband tragen und sich lachend an den Kopf fassen, denn so geht das in der Kantine – man hat Spaß mit den eigenen Fehlern, und Spaß mit denen der anderen, und Spaß gibt es immer genug.

Aber nein, dieses Mal wohl nicht, denn die Rettungsleute haben die Polizei mitgebracht, und mit den Uniformen schlägt die allgemeine Stimmung wieder in eine allgemeine Anspannung um, denn jetzt sind sie alle Zeugen und sogar zwei Täter unter ihnen, und alle haben es irgendwie genau gesehen und wollen doch nur endlich wieder ihre Ruhe haben und frischen Schaum im Glas.

»Das wollen wir uns ansehen, haben wir gesagt«, lacht auch die Polizei, und dann sehen sie das Blut auf dem Boden und lachen nicht mehr, greifen an ihre Gürteltaschen und Inspektor Wels zieht den Schreibblock heraus. »Und geht schon los!«, sagt die Polizei, während die Rettungsleute Grant auf die Tragbahre legen – ja, eindeutig, Grant ist der, der blutet, und Nazi Hermann lehnen sie gegen die Schank. Er röchelt ein wenig und beginnt dann sofort wild zu schimpfen: »Dreckiges Dreckspack!« und »Mörder!«, brüllt er. »Na, na, na«, sagt Inspektor Wels und zeigt mit dem Finger auf seine Kollegin und dann auf Hermann.

Kollegin Fritz geht vor der Schank in die Hocke und redet auf Nazi Hermann ein.

Hinter dem Rücken von Inspektor Wels versucht ein Unbeteiligter in aller Stille den Raum zu verlassen, und Georg folgt ihm. Bis zur Tür schaffen sie es, dann fährt Inspektor Wels herum und brüllt: »Stehen bleiben! Sofort stehen bleiben!« Man merkt ihm an, dass er erfreut ist, das endlich wieder einmal brüllen zu können. Und: »Wo soll's denn hingehen, die Herren?« – »Aufs Klo«, murmelt der Unbeteiligte, und Georg sagt fast die Wahrheit: »Ich will wissen, wie es ihm geht.« Damit meint er Grant, den zwei der Rettungsleute inzwischen auf der Trage hinausgeschoben haben. Die anderen zwei behandeln den alten Nazi und der kreischt noch einmal: »Mörder!« und zeigt auf Georg, worauf Kollegin Fritz aufspringt und zur Tür läuft. »Langsam, langsam!«, wird jetzt auch sie streng, und Georg schreit den alten Nazi an: »Das stimmt nicht!«, und Inspektor Wels greift wieder an seine Gürteltasche.

So geht es hin und her und jeder Kantinengast wird befragt, und jeder stolpert durch seine eigene Geschichte, wobei alle versuchen, es so zu drehen, als seien Grant und der alte Nazi unglücklich gestürzt oder in einem Gerangel umgefallen oder ausgerutscht oder *was weiß ich* – blöde Sache eben, und am Ende glaubt keiner dem anderen nur ein Wort. Dass es Bella dabei gelungen ist, sich tatsächlich rauszuschleichen, hat niemand mitbekommen, und als Inspektor Wels fragt: »Wo ist denn eigentlich die Chefin?«, halten mindestens zwei Gäste ihre Bierkrüge vors Gesicht, damit man ihr Grinsen nicht sieht. Einen erwischt Kollegin Fritz beim Grinsen: »Finden Sie das lustig? Was ist so lustig? Wir wollen es auch lustig haben.« – »Nix, nix.« Und so geht es hin und her mit wechselnden Darstellern und Angebrüllten. »Was hast du da? Was versteckst du da?« – »Nichts, nur den Autoschlüssel.« – »Ach so.« – »Also, was ist so lustig? Wie heißen Sie?!« – »Immer nur eine Frage auf einmal.« – »Ich geb dir gleich eine Frage auf einmal, du … du …« Und Willi überlegt kurz, ob er sich in Kollegin Fritz verschauen soll, bleibt dann aber Fräulein Susi treu, die wiederum von Inspektor Wels auffällig oft beobachtet wird, aber bestimmt nur, weil sie ihm verdächtig erscheint.

»Ich habe nichts gesehen«, lügt Susi, als sie befragt wird, »war da drinnen«, zeigt sie auf den Küchenvorhang. »Und da war kein Lärm, der Sie vielleicht neugierig gemacht haben könnte?« – »Was hier so alles passiert, interessiert mich schon lang nicht mehr.« Inspektor Wels nickt, und auch Susi nickt, und Willi sieht ihnen dabei zu. »Das bringt nichts!«, schnauft Inspektor Wels plötzlich und steckt seinen Notizblock in die Gürteltasche zurück und brüllt: »Ausschwärmen!« – »Wie jetzt?«, fragt Kollegin Fritz. »Na, ausschwärmen eben!« – »Wir beide?« – »Ja, sofort!«, befiehlt Inspektor Wels und schiebt Kollegin Fritz in Richtung Tür. »Sie da, ich da!« – »Alles klar!« Bevor sie loslaufen, fährt Inspektor Wels noch einmal herum und zeigt mit seinem Finger auf jeden einzelnen Bargast und auf Willi und auf Susi: »Wir haben hier eins, zwei, drei, vier, fünf, sechs, sieben, acht, neun Verdächtige. Und wenn ich zurückkomme, sehe ich hier drinnen eure neun …« – »Visagen«, schlägt Kollegin Fritz vor. »Neun Visagen!«, schnauzt Inspektor Wels, und bevor er und Kollegin Fritz *ausschwärmen*, sagt er, mehr zu sich selbst als zu Kollegin Fritz, und so laut, dass alle es hören können: »Wir sollten so nicht mit den Leuten reden.« Sie nickt und rennt los, durch die Tür in die Eingangshalle, wo sie mit Werner und Marina Antl zusammenstößt. Er nimmt die andere Tür, und als Ersten nimmt er sich Fred vor, der nicht nur vorgibt, vom ganzen Chaos nichts mitbekommen zu haben, denn er hat es wirklich nicht mitbekommen. »Junger Mann«, sagt Inspektor Wels, und dann noch einmal lauter: »Junger Mann!«

Nachdem Marina Antl Inspektor Wels den Grund ihres späten Erscheinens in der Szene plausibel erklärt hat, unterstützt von Werners Kopfnicken – den Grund nämlich, dass Bellas Kantine eine Insel und Bella selbst die irre Königin derselben sei, und sie beide, die Antls, das eigentliche Königspaar des Hauses, aufgrund dieses ungeschriebenen und doch in Stein gemeißelten Gesetzes gar nichts bemerken hätten können von dem, was sich da so rund um die Schank zugetragen hat, geschweige denn etwas dagegen unternehmen. Außerdem seien sie, die Antls, heute Mittag besonders abgelenkt gewesen – ein Augenzwinkern hier, ein beschämtes Kopfnicken Werners da –, und über kurz oder lang gehe sie beide das, was Bella in ihrer Kantine so treibe und wer da mitmache und schlimmstenfalls zu Schaden komme, auch wenn diese Kantine Teil ihres Hallenbads sei, gehe sie das alles eigentlich überhaupt nichts an. »Verstehen Sie?!« Und der Inspektor nickt, und nachdem sie all das geklärt haben, geht Inspektor Wels leicht verwirrt weiter und taucht in die Gänge ein und verschwindet hinter der nächsten Ecke.

Zwei Glastüren weiter, auf der anderen Seite der Kantine, im Hallenbad, ist Kollegin Fritz drauf und dran, in Freds Erklärungen verloren zu gehen, wobei dieser nichts zu befürchten hat, weil er von den Ereignissen, vom Tumult, tatsächlich nichts mitbekommen hat, aber gerade deshalb umso motivierter und zugleich verdächtiger erscheint und sich und Kollegin Fritz einen Knoten ins Hirn macht, wonach er auch sie in die Gänge entlässt und selbst ratlos stehen bleibt, und nur das Wasser, das gegen den Rand schlägt und angesaugt wird, mit diesem beruhigenden

Sauggeräusch, nur das Wasser hält ihn zurück, aber da ist Kollegin Fritz schon verschwunden. Also alles wieder von vorne, aber – verflixt, wenn man so sagen darf – da hört längst keiner mehr zu. *Gut so.*

»Und jetzt rennen hier auch noch zwei Polizisten durchs Haus«, sagt Werner zu Marina, weil er genau weiß, was Inspektor Wels und Kollegin Fritz gut eine Stunde lang machen werden: herumirren nämlich – ohne zu wissen, wonach sie eigentlich suchen.

Und da geht's schon los: Um die Ecke, links, dann rechts, und der andere geradeaus, und die Hand immer an der Gürteltasche und um die nächste Ecke, und kaum einer trifft einmal auf Badegäste, nur das gut aussehende Pärchen, eingewickelt in Saunatücher, fällt auf; man nickt einander zu und sieht einander heimlich hinterher, und wenn einer fragen würde, könnte keiner den anderen ausreichend beschreiben, egal ob geschultes Auge oder nicht. In den Gängen des Hallenbads ist jeder immer nur allein.

9.

»Der wird schon wieder.« – »Der wird nicht mehr.« – »Wieso?« – »Na ja, der bleibt ein Trottel.« – »Haha, ja! Haha!« – »Noch eine Runde, die Herren?« – »Ja, und dann bitte noch eine.« – »Letzte Runde, hab ich gemeint.« – »Spinnst du?« – »Hat Bella gesagt. Und red nicht so mit mir, sonst kannst du gleich gehen.« – »Das schau ich mir aber gerne an.« – »Egal, ich sperr dann zu.« – »Sagt wer?« – »Bella.« – »Die ist nicht da.« – »Hat angerufen.« – »Wo ist die eigentlich?« – »Geht dich nichts an.« – »Du weißt es nicht.« – »Ich weiß aber, wie *das* geht«, sagt Susi, dreht den Schlüssel am Zapfhahn, steckt ihn ein, drückt auf zwei Knöpfe und verschwindet hinter dem Küchenvorhang. Die Stammgäste sehen einander an und zucken mit den Schultern.

Plötzlich öffnet sich die Kantinentür. »Eins, zwei, drei, vier, fünf, sechs, sieben, acht, neun … noch alle da. Sehr brav«, sagt Inspektor Wels, und hinter ihm taucht Kollegin Fritz auf. Ihre Frisur stimmt nicht ganz, in der Hand hält sie ihren Notizblock: »Wo ist der Herr Füllenhals?«, fragt sie laut in den Raum. »Bitte wer?« – »Der Herr Füllenhals, Georg Füllenhals.« – »Wie heißt der?!«, wiehern alle laut los. »Georg Füllenhals.« Einige haben vor Lachen Tränen in den Augen. »Sie wissen nicht, wie Ihre Freunde heißen?« Immer noch grinsend sehen die Stammgäste einander an: »Das sind nicht unsere Freunde.« – »Ihr seid doch wirklich …«, beginnt Inspektor Wels, aber ihm fällt kein Wort ein. Kollegin Fritz flüstert ihm einen Vorschlag ins Ohr. »Das sag ich nicht!«, sagt er. »Wir gehen.« Sie gehen. Die Tür fällt ins Schloss und wird dann noch einmal aufgerissen: »Aber wir kommen wieder!«, brüllt Inspektor Wels.

~ ~ ~

Das Wasser im Becken macht das, was es die ganze Zeit macht, und der Fliesenboden trocknet gerade oder ist gar nicht erst nass geworden. Ein junger Rechtsanwalt belehrt seinen in ein Handtuch eingewickelten Sohn, dass man ruhig mehr von den Menschen erwarten darf, wenn man im Leben besser dasteht, »so wie wir« – was ihm einen strengen Blick seiner Frau einbringt, den er wiederum mit einem »Stimmt doch!« kontert. Zwei Liegestühle daneben beißt ein Mädchen schluchzend auf einer Semmel herum; die Augen des Mädchens sind rot und tränen, »weil du immer beim Tauchen schaust«, tadelt es die jung gebliebene Mutter oder Tante oder ältere Schwester. »Ich schau ja nicht!«, weint das Mädchen und ist dann mit Kauen beschäftigt, weil es sich die halbe Semmel in den Mund gestopft hat.

Dabei ist mitgebrachtes Essen *im Nassbereich verboten*, worauf Fred auch hinweisen sollte, aber er ignoriert die Semmel, weil er selbst hungrig ist und dieses Verbot generell gerne ignoriert, weil er es nicht ernst nimmt – vor allem aber verzichtet er auf eine Zurechtweisung (wobei ihm Zurechtweisungen manchmal auch Spaß machen, das muss man schon sagen), weil draußen langsam die Sonne untergeht, und *genug gearbeitet für heute*.

Außer dem sportlichen Ehepaar mit Sohn und der jungen Mutter oder Schwester mit schluchzendem Mädchen sind nur noch ein paar weitere Kinder rund ums Becken und darin verteilt, also sieben. Fred war zunächst zu faul, sie zu zählen, hat dann aber doch unbewusst durchgezählt. Oder er hat einfach ein geschultes Auge oder die jeweilige Eingebung, wenn es um die Anzahl der tobenden Kinder im und rund ums Becken geht. In diesem Fall aber geht es um Kinder, die sich hauptsächlich langweilen, lustlos über die Fliesen rutschen oder im Wasser treiben. Fred kann es ihnen nicht verdenken. Ihm kommt die letzte Schulstunde an einem Freitagnachmittag in den Sinn; eine Stunde noch, selbst die Kinder warten nur darauf, endlich nach Hause gehen zu dürfen, das sportliche Ehepaar mit Sohn macht es einfach.

Fred ist mit seinem grünen Plastiksessel verwachsen, nicht einmal das Rauchen macht Spaß, und er hat mindestens zwei Dosen zu wenig. Und: Er hat die Aufregung in der Kantine versäumt. Das ärgert ihn irgendwie. Vielleicht ist es aber auch besser so, denkt er, sonst hätte man ihm womöglich aus seiner weithin bekannten Abneigung gegen den alten Nazi noch einen Strick gedreht. Fred beschließt, sich die ganze Sache zuhause durch den Kopf gehen zu lassen, am Abend, in seiner Wohnung, nicht hier im Hallenbad, wo er keinen Gedanken zuwege bringt, weil das Wasser ihn heute wieder *irre macht*, nur mehr 55 Minuten, lieber zuhause, an einem richtig schön *ungesunden Abend*. So nennt er mittlerweile seine, nun ja, ungesunden Abende eben. Dadurch dass er ihnen einen Namen gegeben hat, gehen sie beinahe als Anlässe durch, als etwas gewissermaßen Geplantes und daher weniger Sinnloses, auf jeden Fall ist dann damit nicht jeder beliebige Abend gemeint, außer er entpuppt sich kurzfristig als ungesunder. Die Logik und die Regeln sind zu biegen, das System ist beinahe perfekt. »Fuck the Systeeem!«, haben Fred und seine Freunde, oder was davon übrig war, früher immer gebrüllt und danach irgendetwas auf den Boden fallen lassen, um auf Scherben herumtrampeln zu können. Das fällt ihm jetzt wieder ein, und er schmunzelt. Also hat er es doch geschafft, nachzudenken, trotz des Wassers, das ihn heute wieder *irre macht*. Und die Zeit ist vergangen. Und einige sind heimgegangen. Nur noch drei Kinder hängen schwach am Beckenrand. Fred bläst in seine Bademeisterpfeife, einfach so.

Vor dem Kassenschalter steht Inspektor Wels und plaudert angeregt mit Rose. Kollegin Fritz hat er losgeschickt, um den Wagen zu holen. Sie wäre aber auch freiwillig gegangen, wird sie ihm später beim Kaffee sagen, wo sie doch gesehen hat, dass es sich im Fall der Zeugin *Rose*, die ja eigentlich hinter ihrer Kassa festgesessen und wahrscheinlich gar nichts Wesentliches gesehen hat, aber egal, jedenfalls um eine besonders intensive Befragung gehandelt haben dürfte. »Rein dienstlich«, wird Inspektor Wels sagen, »und man spricht das Rose aus. Nicht *Rose*.« Und Kollegin Fritz wird nicken und Kaffee trinken und grinsen. »Blödmann«, wird auch Inspektor Wels sein Grinsen nicht mehr unterdrücken können. »Das sagt man nicht«, wird Kollegin Fritz ihn zurechtweisen. Womöglich werden sie eines Tages noch heiraten, Kollegin Fritz und Inspektor Wels.

Jetzt aber steht Inspektor Wels vor der Kassa und unterhält sich mit Rose, und als Bella das sieht, dreht sie um und verschwindet wieder im Gang zu den Umkleidekabinen. Der Inspektor glaubt, aus dem Augenwinkel eine Bewegung mitbekommen zu haben, so schnell ist er aber nicht. Und dann setzt er vor der Kassa noch eins drauf und lässt Rose ihre Nummer auf den Notizblock schreiben. »Nur für den Fall«, sagt er, tippt mit zwei Fingern an seine Kappe und weiß, dass er und Kollegin Fritz hier drinnen einen guten Job gemacht haben. Er verlässt das Hallenbad durch die große Eingangstür. Rose sieht ihm hinterher, und auf dem oberen Ende der Treppe bleibt er noch einmal stehen. Aber nicht, um über die Schulter zu ihr hinzusehen, sondern um verwundert seine Armbanduhr zu kontrollieren: Die Sonne geht unter – dabei könnte Inspektor Wels schwören … ja, was denn eigentlich? *Auch egal*, denkt er.

»Ist dein Freund weg?«, fragt Bella Rose, und die macht nur »Pah!« und zählt hinter der Kassa das Geld, denn es ist schon *fünf vor Abrechnen*, wie sie sagt. Sie muss raus hier, so viel ist klar, keine Zeit verlieren. Bella grunzt, als sie an der Kassa vorbeigeht, was wohl ihre Art ist, auf das *Pah!* von Rose zu antworten. Vielleicht ist es auch ein zufriedenes Grunzen, denkt Rose, weil sie sich erfolgreich vor der Polizei versteckt hat, denn das muss man einmal schaffen, so einen massiven Körper zu verstecken – warum auch immer sie es gemacht hat und wo auch immer. Jetzt muss Rose lächeln. »Warum lachst du?«, grunzt Bella. »Nur so«, antwortet Rose. »Na dann, schönen Abend, Schätzchen.« – »Na sicher.« Rose knallt die Kassenlade zu; fertig gezählt. Bella knallt die Kantinentür zu; alle, die noch übrig sind, schrecken auf. »Ich bin wieder da«, sagt Bella. Und zu Susi: »Durst hätt ich.« Susi nickt, Willi streckt seinen Kopf hinter dem Küchenvorhang hervor und grinst, Bella wuchtet ihren Körper auf den Barhocker. Die Sperrstunde wird verschoben, das scheint jetzt schon sicher. Soll ihnen auch recht sein.

~ ~ ~

Im Büro läutet das Telefon. Werner hebt ab. »Guten Tag, wäre der Herr Kommerzialrat Antl vielleicht zu sprechen?« – »Vielleicht schon. Wer spricht?« – »Pichler, von der Zeitung.« – »Na dann, guten Tag.« – »Sprech ich schon mit dem Herrn …« – »Antl, ja, am Apparat. Aber mit dem Kommerzialrat kann ich nicht dienen.« – »Herr Antl?« – »Ja.« – »Ach so, Sie sind es persönlich?« – »Genau.« – »Entschuldigen Sie, ich dachte, ich hätte irgendwo Kommerzialrat gelesen.« – »Wo hätten Sie das denn gelesen?« – »Na, irgendwo im Internet. Aber besser einmal Kommerzialrat zu viel, als ich hätte es vergessen, oder?« – »Warum ist das besser?« – »Ja, haha, nur so dahergeredet. Aber freut mich!« – »Bitte.« – »Danke, ich wollte nur fragen, ob Sie dieser Tage einmal für mich Zeit hätten. Ob ich vorbeikommen könnte und ein paar Fotos machen. Ich würde gerne etwas über das Jubiläumsfest schreiben.« – »Das findet erst nächstes Jahr statt.« – »Das 29. Jubiläum, meine ich. Darüber wollen wir selbstverständlich auch berichten. Hätten Sie da einmal Zeit?« – »Dauert ja noch bis zum Fest.« – »Ja, schon. Aber ich würde gerne jetzt schon was bringen. Dann kann ich noch mehr Werbung dafür machen.« – »Von mir aus. Kommen Sie nur.« – »Wann wäre es Ihnen denn recht?« – »Wann wollen Sie denn? Wir sind immer da.« – »Alles klar, danke. Dann vielleicht schon morgen?« – »Morgen ist schlecht.« – »Ok, da richte ich mich natürlich ganz nach Ihnen. Spätestens am Montag müsste ich aber alles haben, wegen ...« – »War nur ein Witz. Morgen geht auch.« – »Ach so, na dann, haha, also dann morgen, am Vormittag vielleicht?« – »Na, kommen Sie nur vorbei.« – »Danke, sehr gerne. Darf ich noch was fragen? Wir haben gehört, heute hat es einen Polizeieinsatz im Bad gegeben ...« – »Dürfen Sie. Die Polizei war aber in der Kantine, das ist etwas anderes. Und woher wissen Sie das eigentlich?« – »Na ja, man hört eben so einiges. War's was Ernstes?« – »Nein, nur ein kleiner Zwischenfall mit Betrunkenen.« – »Ach so. Na gut, da werde ich einmal bei der Polizei nachfragen.« – »Machen Sie das.« – »Und wir können dann ja morgen reden. Ich rufe kurz an, bevor ich vorbeikomme.« – »Müssen Sie nicht. Kommen Sie einfach.« – »Gut, danke. Dann also morgen Vormittag.« – »Bitte, Herr Magister.« – »Nein, ohne Magister, nur Pichler.« – »Also gut, Pichler, wir sind hier.« – »Vielen Dank, dann freu ich mich.« – »Auf Wiederhören.« – »Danke, auf Wiedersehen.«

»Was war das, bitte?«, fragt Marina von ihrem Schreibtisch aus. »Irgendwer von der Zeitung.« – »Und was ist *morgen*?« – »Dann kommt er und macht Fotos.« – »Warum?« – »Die wollen was über uns schreiben.« – »Und wir erlauben das?« – »Was soll ich denn sagen? Ist ja die Zeitung.« – »Na und?« – »Vielleicht bringt es ja was.« – »Vielleicht aber auch nicht, oder das Gegenteil.« – »Ist doch egal.« – »Wie du meinst.« – »Meine ich.« – »Na, dann ist es ja gut.« – »Sag ich auch.« – »Gut.« – »Gut.« Fünf Minuten lang ist es vollkommen still im Büro. Dann sagt Werner: »Ich geh einmal runter.« – »Ich fahr bald heim«, murmelt Marina. »Ok, ich komm dann.«

Werner nimmt die Treppe, denn allein fühlt er sich im Aufzug nicht wohl. Er bleibt stehen und atmet tief ein: Chlor. »Aaah«, macht Werner, und seine Hausschuhe machen *klack*, *klack*, *klack*, als er weitergeht. Er mag dieses Geräusch, es ist ein Teil von ihm. *Klack, klack, klack … klack, klack.* Das klingt heute nicht so, wie es klingen soll. Werner runzelt die Stirn und bleibt wieder auf der Treppe stehen, aber das *Klacklack* hört er immer noch, ein Stockwerk tiefer. Er nimmt die letzten Stufen schneller – *klack, klack, klack* – und sieht gerade noch einen nackten Hintern um die Ecke biegen. Das wird ein Hausschuh-Wettlauf durch die Gänge: *Klacklacklacklacklack* … Immer wieder taucht der nackte Hintern (ein Männerhintern, gut in Form, soweit Werner das beurteilen will) noch kurz am Ende des Ganges auf, wenn Werner in ihn einbiegt, dann aber ist er gleich wieder weg. Werner gibt nicht auf, der nackte Hintern auch nicht, die Gummisohlen glühen: *Klacklacklacklacklack* … Werner stolpert beinahe, er ist mit seinen Hausschuhen noch nie so gerannt, der andere hängt ihn ab – nichts zu machen, Werner lässt das Laufen sein – *klack, klack* – und am Ende kehrt er müde in die Eingangshalle zurück. Bis er unvermittelt wieder in Schwung kommt, ihn eine Idee durchfährt, die ihn die Treppe raufhetzt und rein ins Büro – Marina ist weg, sie muss zuvor wohl gleich nach ihm das Zimmer verlassen haben (und Werner weiß jetzt nicht, ob das etwas zu bedeuten hat, und wenn ja, was; aber er hat keine Zeit, darüber nachzudenken, denn er hat zu tun). Wann, wenn nicht in einem solchen Moment, machen sich Videokameras bezahlt? Eben.

Werners Augen springen von einem Bildschirm zum nächsten und dabei leuchten sie: Kamera 4, der Gang, nichts. Kamera 7, ein anderer Gang, schwer zu sagen, der hintere Teil liegt im Dunkeln. Kamera 5 und 6, Umkleidekabinen, zu viele Türen, hinter denen sich der nackte Hintern verstecken könnte. Kamera 10, Sauna, sollte verschlossen sein. Kamera 11, ausgerechnet, der Kellergang. Werner will dort nicht runter. Er könnte sich auch selbst belügen und so tun, als hätte er es nicht gesehen. Aber da war eindeutig ein nackter Hintern im Bild, ein schneller Hintern. *Klack, klack, klack* – nur ohne Ton, am schwarzweißen Bildschirm.

Es ist nicht Robert Ankers Hintern. Der steckt in einem Tangaslip und reibt gegen die Innenseite einer Altherren-Jeanshose, als Robert Anker wie jeden Abend am Ende des Tages aus seinem Saunareich auftaucht und mit schnellen Schritten durch die Eingangshalle Richtung Ausgang eilt. So viel und gerne er tagsüber auch redet – wenn er nach Hause geht, ist er eher kurz angebunden, will am besten mit niemandem mehr zu tun haben und freut sich auf ein kleines bisschen Ruhe und Entspannung in den eigenen vier Wänden, kochen, fernsehen, seine Sachen sortieren, die Zähne putzen und in der Unterhose einschlafen. Nur noch quer durch die Halle und raus durch die Tür und draußen auf dem Parkplatz zum Wagen, und dann als Robert heimfahren, für ein paar Stunden nicht *Herr Robert* sein. Er muss zwar noch an Rose vorbei, die mit der Geldkassette in der Hand hinter ihrer Kassa hervorkommt, aber Rose ist kein Problem. »Schönen Abend«, sagt sie. »Bye, bye«, sagt Robert. Es gibt Leute hier drinnen, die haben täglich mehr als einmal miteinander zu tun und wechseln kaum ein Wort. Rose Antl und Robert Anker gehören dazu.

~ ~ ~

Beinahe heimlich reden zwei Stammgäste in einer dunklen Ecke der Kantine über Freejazz, tatsächlich über Freejazz. Die Kartenspieler haben davon etwas mitbekommen und knallen die Karten noch lauter auf den Tisch. Und Bella persönlich scheint ausgesprochen gesprächsfreudig, weshalb Susi und Willi es aufgegeben haben, ständig auf die Uhr an der Wand zu sehen. Wenn Bella einmal redet, dann bestimmt sie, wann das (meist einseitige) Gespräch zu Ende ist. Was auch immer ihren heutigen Redeschwall ausgelöst hat – er hält an.

Dabei erzählt sie kaum etwas über sich selbst, keinesfalls von ihrer Kindheit *in der anderen Stadt, wo nicht nur die Tauben auf dich scheißen,* oder gar von Männern, *mein Gott, Männer, haha, die Männer, hahahaha.* Vielmehr geht es um Rezepte, das ist ihr nicht zu banal, dazu steht sie; oder es geht um rausgeworfene Gäste, *Kavaliere der alten Schule*, legendäre Geheimtreffen im Hinterzimmer. Bella erzählt Anekdoten ohne Pointe und Witze ohne Lacher, und nicht wenige meinen, das Einzige, das noch schlimmer sei als die schlecht gelaunte Alltags-Bella, ist eine entspannte und private Bella. Langsam nervt sie die Gäste, aber wer sollte sich beschweren? Augen werden nach oben zur Decke gedreht, es wird dumm gegrinst, und einer notiert sogar einzelne Sätze auf einem kleinen Block. Man kann und wird diesen Abend womöglich gegen sie verwenden, hinter ihrem Rücken natürlich. Es tut ihrem Ruf jedenfalls nicht gut, wenn sie sich öffnet, so viel sollte Bella wissen; das weiß sie vermutlich auch, aber es ist ihr vielleicht einfach egal. »Wir sitzen gut, oder?!«, fragt sie laut in die Runde. Und wer würde ihr – mit Aussicht auf eine Spätschicht an der Bar in Gesellschaft und möglicherweise sogar ein Gratisgetränk – widersprechen?

Wobei: András käme in Frage. Er hat aber keine Lust zu widersprechen, und man hat längst vergessen, dass auch er im Raum ist und hinten im Kantinendunkel sitzt. Noch dunkler ist es dort als an dem Tisch, an dem die zwei Jazz-Freunde mittlerweile über Kino oder etwas Vergleichbares reden. András knurrt, was er sonst nie macht. Ist er schlecht gelaunt, achtet er immer streng darauf, dass es niemand mitbekommt; jetzt muss er sich sehr bemühen. Und Bella mit ihren Weisheiten zum Tag und mit ihrer überraschend schrillen Stimme, die so erst zur Geltung kommt, wenn sie plaudert, wirkt zusätzlich nicht gerade entspannend auf ihn. Dabei hat er heute schon getanzt, das hat ihm Spaß gemacht, auch wenn zwischen ihm und Robert Ankers Ding nur ein dünnes Handtuch hing. Jetzt sitzt er hier und sieht wie all die anderen Idioten in sein Glas, nur dass er den verdammten Schlüssel zwischen den Fingern hin- und herdreht, mittlerweile gar nicht mehr heimlich. Vielleicht will er ja, dass man ihm den Schlüssel abnimmt. Er weiß noch nicht einmal, wann er ihn benutzen wird, aber schon jetzt tut er ihm nicht gut. Der Schlüssel stresst András, sehr sogar. Aber benutzen wird er ihn, das ist klar.

~ ~ ~

»I'm singin' in the rain … I'm singin' in the rain … singin' in the rain …« Fred singt unter der Dusche, das ist eines seiner kleinen Vergnügen. Manches Mal, wenn das Chlor ihn wirklich fertigmacht, dann duscht er hier, dann will er den Geruch nicht mit nach Hause nehmen. Er weiß nicht, dass er heute Nacht hierbleiben und danach zwar nicht nach Chlor, aber erst wirklich übel riechen wird. Jetzt aber: *Refresh*-Duschbad, Fred spürt, dass es schon wirkt. Und dann raus hier, *keine Zeit verlieren*, und ganz unschuldig sehen, was der Abend noch so bringt, dahintreiben, ganz unschuldig, so oder so.

»Re-fresh … re-fresh … re-fresh!«, murmelt Fred immer wieder, als er in die Eingangshalle kommt. Er zuckt zusammen, weil er einen Schatten sieht, aber da ist niemand. Ein Irrtum. Gut so, denn genau genommen wäre es ihm wirklich peinlich gewesen, hätte jemand sein selbst gedichtetes Duschbadlied gehört. »Refresh … und re-fresh … und re…« In der Kantine ist das Licht noch an. Dabei hat Fred extra lang geduscht, um höchstens noch

Herbert Peter, aber keinem sonst über den Weg zu laufen, der ihn aufhalten könnte auf seinem Weg in die verdiente Nacht. Aber Licht in der Kantine – das kann Fred nicht ignorieren. Also geht er hin und öffnet die Tür, nur auf einen Sprung, wie man sagt, ganz unschuldig.

Er geht rein und landet mitten in einem großen Satz, den Bella von der Bar aus in den Raum spricht. Aber weil Fred in den Satz platzt, und obwohl er sofort davon verschluckt wird, geht er schief, der Satz. Es hat irgendetwas mit engen Schuhen oder mit Stöckelschuhen für *große Frauen* zu tun, und es ist Fred ganz bestimmt egal, was Bella zu sagen hat. Andererseits scheint es ihm auch nichts auszumachen. Da, es gefällt ihm anscheinend sogar! Fred sitzt an der Bar und lächelt. Bella redet und niemand hört wirklich hin. Unterm Strich ist jeder mit sich selbst beschäftigt. So wie immer. Und weiter geht's.

10.

Würde nicht plötzlich Werner durch die Kantinentür stolpern – Werner, der irgendwie seltsam aussieht –, würde Bella wohl erst bei Sonnenaufgang zu reden aufhören. Aber weil Werner so zerstört wirkt und neben ihr auf einen Barhocker klettert, und weil Bella heute Abend an allen interessiert ist, unterbricht sie ihren aktuellen Vortrag (Thema: Lieber Wohnung mit Balkon oder kleines Haus mit Garten?) und macht direkt mit Werner weiter. »Wir haben uns gefragt«, legt sie los, bereits eindeutig angeheitert, »wir haben uns gefragt …« – »Ja, was, bitte?« – »Bella, ist schon gut.« – »Warum? Wir haben uns also gefragt …« – »Lass ihn!« – »Was wollt ihr denn jetzt?« – »Wir haben uns …« – »Darf ich auch was sagen?«, fragt Werner. »Alles ruhig, sofort!«, brüllt Bella und übertreibt es damit auf mehreren Ebenen, aber jeder hört auf sie, das Gemurmel wird eingestellt, und schlagartig ist es still in der Kantine. »Werner will was sagen!« Erwartungsvolle Blicke von denen, die den Kopf noch heben können. »Martini«, sagt Werner, und Bella lacht, wischt mit der Hand durch die Luft und schlägt auf die Bar: »Du hast den Mann gehört!«, brüllt sie Susi an, und die schreckt auf und greift zu einem Glas und macht es voll. Martini für Werner, und das Thema ist erledigt.

Es wird wieder gemurmelt, und Bella setzt ihren Vortrag fort: »Ich pfeif auf Garten und Pool. Nein, ich würde fast sagen, ich scheiß drauf.« Sie lacht. »Ich hab ja ein ganzes Hallenbad«, grölt sie und zeigt auf das Panoramafenster im Hintergrund, in dem nur das Standbild aus der Kantine zu sehen ist, weil Fred im Bad schon das Licht abgedreht hat. Jetzt spiegelt sich Fred an der Bar wie all die anderen im großen Fenster, hebt die Hand mit dem Glas, raucht, bewegt von Zeit zu Zeit den Kopf von links nach rechts, sonst gibt es nicht viel zu tun.

Durch die andere Seite der Scheibe sieht es da drinnen aus wie in einem Aquarium; anstelle von Fischen treiben die Trinker durch die Kantine oder hängen an der Bar fest: *Blub, blub, gluck, gluck*. Und tatsächlich steht auf der anderen Seite des Fensters jemand, der sie beobachtet. Es ist Herbert Peter, der heute seinen Dienst nicht antreten wird. Er war schon da, den ganzen Tag über, versteckt im Keller. Dort hat er auf den Abend gewartet, um in der Nacht allein zu sein.

»War der Herbert schon da?«, fragt Werner auf der anderen Seite. »Der Peter? Nicht dass ich wüsste.« Einige schütteln zustimmend den Kopf. »Hm«, macht Werner. »Mhm«, nickt Bella und hebt den Zeigefinger. Ihr fällt im Moment aber nichts dazu ein. Hinter der Bar haben Willi und Susi zwischen den Handgriffen in der Küche und am Zapfhahn eine Runde Würfelpoker laufen. Das Klackern der Würfel und das Klappern, wenn

Susi und Willi den Becher abwechselnd auf das große Holzbrett schlagen, begleiten das Gemurmel in der Kantine. Bei dem Spiel geht es um nichts weniger als um den Schlussdienst: Wer verliert, muss bleiben und saubermachen, Gläser spülen ohne Ende. Das Würfelklackern und Becher-aufs-Brett stört, aber sie dürfen weitermachen, weil Bella nichts dagegen hat. Das heißt: Dagegen hat sie schon etwas, aber soviel sie mitbekommen hat, liegt Susi in Führung, und deshalb dürfen sie von ihr aus weitermachen. Bella will wissen, wie das Spiel ausgeht, und sie will Willi verlieren sehen, was ihr als – zugegeben schwache, aber doch – Revanche für die verlorene Wette am Vormittag zumindest ein wenig Freude bereiten würde.

War das wirklich erst heute Vormittag?, denkt Bella, *verdammt langer Tag, was für ein Tag*, denkt sie, und weil sie ordentlich getrunken hat, findet sie ihn rückblickend gut, diesen Tag. Sie überlegt, ob sie das in irgendeiner Form auch den anderen mitteilen sollte, entscheidet sich dann aber dagegen.

Habe ich wirklich den ganzen Tag im Keller verbracht?, denkt inzwischen Herbert Peter auf der anderen Seite der Glasscheibe. Ob das wirklich heute war, ob er seit mittlerweile 24 Stunden hier ist und warum.

Ich kann jetzt nicht nach Hause gehen, denkt Georg.

Und Fred: *Bleibe ich, weil es mich anwidert. Oder umgekehrt? Ja, genau, Herr Philosoph …*

András hat es geschafft, alle anderen auszublenden. Im schlechten Licht gibt es nur noch ihn und den Schlüssel mit der Nummer 25.

Ich, ich, ich, denkt Werner und meint damit Marina, die zuhause im selben Moment die Kontrolle über ihre Gedanken verliert, weil sie in einen wirren Traum kippt, in dem, wie beinahe jede Nacht, auch Wasser vorkommt.

Zwanzig, vierzig, fünfzig, zählt Rose nebenan in ihrem Zimmer zerknitterte Geldscheine.

Inspektor Wels denkt, er sollte bald einmal *privat* ins Hallenbad gehen – nur um das versucht zu haben, weil er schon so viel versucht hat, um sein Glück zu finden. Also warum nicht das auch noch? *Soll er doch*, denkt Kollegin Fritz, die zuhause in der Wanne liegt und Inspektor Wels so gut kennt, dass sie weiß, was er wohl vorhat. Ihr Problem ist, dass sie diesen seltsamen Nachmittag im Bad nicht vergessen kann. Das ist ihr Problem.

Jetzt hab ich dich gleich! Susi unterdrückt ein Grinsen, als sie den Becher mit den Würfeln auf das Holzbrett knallt.

Warum nicht Brokkoli?, fragt sich Willi, der danebensteht und ihr dabei zusieht. *Warum denn eigentlich nicht?*

Was war das?, schreckt Bella auf. *Ach so …*

Kann man hier nicht einmal in Ruhe nachdenken?, denkt ein Stammgast an der Bar.

Ich rasier mich morgen Früh, beschließt Robert Anker nackt vor dem Spiegel.

Der alte Nazi schläft.

Grant hat die Augen geschlossen, ist aber hellwach in seinem Krankenhausbett, und immer wieder spielt er es in seinem Kopf durch. Wie es wirklich hätte laufen sollen: Denn anstatt getroffen zu werden und derart unglücklich auf dem Boden zu landen, springt er im richtigen Moment in die Luft und bleibt dort stehen, in der Luft, der Schlag des alten Nazis geht ins Leere, der Schwung reißt ihm den Arm aus der Schulter und … das Denken tut weh, sein Kopf tut ihm so furchtbar weh.

Pack die Badehose ein, pack die Badehose ein … geht Hofrat Spreitzer ein Lied durch den Kopf und er selbst auf seiner großzügig dimensionierten Terrasse herum, in der Hand ein großzügig gefülltes Glas. Das macht er immer, wenn er nachdenkt. Und

Kaufmann? Niemand weiß, was Kaufmann macht, wenn er das Büro verlassen hat. Und es gibt viele, die sagen: »Das will ich gar nicht wissen.«

»Will ich echt nicht«, sagt Pichler zu sich selbst und meint damit etwas anderes. Bald ist Mitternacht. Zeit zu schlafen – oder so richtig aufzuwachen.

»Aufguss!«, ruft das gut aussehende Pärchen im Duett in der Sauna. Dann lachen beide laut. Hier unten hört sie ja doch niemand. Denken sie.

11.

»Wer bleiben will, der bleibt. Und wer jetzt abhaut, ist ein elender Feigling!« Bella sieht aus wie ein Piratenkapitän in einer Piratenbar; ein Auge hat sie zugekniffen, ihre Haare sind zerzaust und erinnern an einen Piratenhut. »Wer bleiben will, der bleibt. Und wer jetzt abhaut, ist ein elender Feigling! Und wer baden geht, geht baden!«, ruft Bella. Sie hat für heute Nacht endgültig das Kommando übernommen, und die Nacht ist noch lange nicht vorbei, wenn es nach ihr geht. Im Alleingang – und Zufall oder nicht, dass Werner zu diesem Zeitpunkt nicht in der Kantine, sondern draußen auf dem Klo war – hat sie beschlossen, dass die traurige Besatzung der Kantine die heutige Nachtwache im Hallenbad übernehmen muss. Mehrmals ist die Rede auf Herbert Peter gekommen, bis jetzt ist er nicht aufgetaucht. Und kein Licht im Bad, keine Taschenlampe, Herbert Peter nicht zu sehen.

Die Besatzung selbst weiß noch nicht so recht, was sie mit dem Befehl ihrer Piratenkönigin anfangen soll, aber gerade heute (eigentlich so gut wie jeden anderen Tag auch) haben sich gerade die hier versammelt, die im Nachhausegehen noch nie gut waren, vielleicht mit Ausnahme von Werner, András und Susi. Aber die hat niemand gefragt. Werner bleibt sitzen, weil es *ja schon egal* ist, zumindest aus jetziger Sicht, Susi hat das Würfelspiel aufgegeben, weil es jetzt wirklich hinfällig ist, und András, ja, András hat den Schlüssel.

Alle anderen bleiben in der Nähe der Bar, und noch wurde nicht festgelegt, ob die gemeinsame Nachtwache bedeutet, dass man jetzt ausschwärmen oder doch lieber einfach sitzen bleiben sollte. Als eine Art Kompromiss entscheiden sich einige dafür, in der Kantine herumzuwandern. Die einen drücken ihre klebrige Stirn ans Panoramafenster und spucken gegen die Scheibe, wenn sie glauben, etwas gesehen zu haben – »Ja, jetzt seh ich es auch!«, oder: »Das ist ja nur eine Badekappe, die im Wasser treibt.« Die anderen sind zwischen Hinterzimmer und Bar unterwegs, als wären sie auf einer Art Stehparty oder auf einer Kunstausstellung, auf der es nicht Bilder an der Wand, sondern den Blick ins nächtliche Bad oder auf der anderen Seite die Eingangshalle zu sehen gibt. Einer öffnet die Tür zur Halle und steckt den Kopf raus. Es wird nicht mehr lange dauern, bis sie die Möglichkeiten, die ein verlassenes Hallenbad so bietet, entdeckt haben. Werner hat dazu noch nichts gesagt, er ist insgesamt ruhig geblieben. Aber sollten sie tatsächlich baden gehen, würde er protestieren müssen, das ist klar.

»Ähm«, sagt Werner, als zwei auf die Idee kommen, die Tür zum Hallenbad ganz zu öffnen und durchzugehen. Und noch mal »Ähm«, als zwei andere ihnen folgen und die Lichtschalter am Bademeisterpult finden, und Werner auf der anderen Seite der Scheibe im Bad das Licht angehen sieht, und wie der Erste seine Zehen ins Wasser steckt. Damit wird es nicht getan sein. Ein *Ähm* sollte aber reichen, befindet Werner von seinem Platz an der Bar aus, und wenn nicht – *ja, was eigentlich*? Der Chef sitzt hier und es scheint ihm im Moment egal. Die Chefin ist nicht da und muss nicht immer alles erfahren.

Wird sie aber. Oh ja, und wie sie das wird.

Denn mit Zehen ins Wasser halten und dann endlich reinspringen und ein bisschen planschen und vielleicht noch hineinpinkeln und sich am Beckenrand auskotzen oder mit dem Schlauch herumspritzen, Bieretiketten und Wursträder an die Wand kleben, Plastiksessel-Weitwurf vom Sprungturm, Liegen-Wettrennen und Badehauben-Zielschießen, Wandfliesen bemalen, Seifenbehälter ins Becken kippen (»Schaumbaaad!«), einschlafen und wieder aufwachen und weitermachen ist es noch lange nicht getan. Da geht noch mehr.

Es nur bei zweimal *Ähm* zu belassen und dabei zuzusehen, was aus der Sache wird, das war Werners erster Fehler, damit ist die Anarchie losgebrochen. Es braucht auch gar keinen zweiten Fehler, der erste hat schon gereicht. Werner hat aufgegeben, ist in sein Büro zurückgegangen und dort sitzt er jetzt, trinkt teuren Whisky, und auf den Bildschirmen sieht er die Losgelassenen und die Unermüdlichen und die Wahnsinnigen in Schwarzweiß durchs Bad toben. »Prost«, sagt Werner und hebt das Glas. Es rutscht aus seiner Hand, fällt zu Boden, zerbricht aber nicht. *Happy End*, denkt Werner und bleibt sitzen. Von oben sieht er aus wie ein Pinguin, den man zusammengeschlagen hat.

Episode 3

12.

»Guten Morgen«, sagt Marina, aber Werners Augen sind verklebt. Er erkennt nur ihre Umrisse, er ist im Büro und noch nicht richtig wach. Aber Marina ist hier drinnen, und etwas passt nicht zusammen, überhaupt nichts passt zusammen. Werner weiß, dass es (*aber was?*) seine Schuld ist. Er sieht nur ihre Umrisse, und sie sagt: »Guten Morgen.« Und Werner fragt: »Was?« Und Marina scheint heftig zu nicken, soweit er das mit seinen verklebten Augen erkennen kann, und dann hebt sie beide Arme nach oben, sie hält eine Stange in die Luft, aber es ist keine Stange, sondern ein Hammer, ein richtig großer, ein Vorschlaghammer. Den lässt sie auf Werners Schreibtisch nieder, und dort steckt er jetzt, Hammer im Tisch. Dann geht sie, und Werner sieht sie von hinten, weil seine Augen langsam wieder funktionieren.

Er denkt, was *der Scheiß soll*, aber das denkt er nur ganz kurz. Genau genommen findet er Marinas Reaktion nicht nur originell, sondern auch angemessen. Denn er weiß es ja und er kann es sehen – auf zwölf Bildschirmen, zumindest zum Teil: Sauereien und Unfug aller Art. Dinge an Stellen, wo sie nicht hingehören, und umgekehrt, andere, die fehlen. Und so zweifelhafte wie verzweifelte Versuche, wieder Ordnung ins Chaos zu bringen. Marina Antl durchquert Bildschirm 2 von links nach rechts und taucht auf Bildschirm 3 rechts unten wieder auf. Dort steht auch Fred herum, der sogar als kleines schwarzweißes Männchen unendlich ratlos aussieht. Soweit Werner es erkennen kann, hält Marina einen ausgestreckten Daumen vor sein Gesicht, Fred wedelt mit den Armen, Marina geht weiter, rechts oben aus dem Bild, fort ist sie.

Werner will sofort aufspringen und die Stiegen runterlaufen und in Schwarzweiß selbst auf Bildschirm Nummer 3 auftauchen, und am unteren Bildschirmrand gibt's dazu die Untertitel wie in einem alten Film: »Marina! Marina!« – »Was ist?« – »Es tut mir leid, Baby.« – »Ja, mir auch.« – »Es tut mir leid, dass ich es versaut habe.« – »Ja, ja. Schreib's in dein Tagebuch. Ist das Mayonnaise?« – »Das … ist Mayonnaise. Warte, ich wisch sie weg … Na bitte, schon geschehen.« – »Und das? Ist das Ketchup?« – »Nein, das ist wohl Blut, Darling.« Werner lacht und nennt sich selbst einen dummen Hund, und jetzt muss er wirklich runter und mitspielen, allerdings auf Bildschirm 2, denn dort steht plötzlich einer herum, sieht das Chaos, holt aus einer Tasche eine Kamera hervor und fotografiert wie wild. Na bestens, denkt Werner und rollt mit dem Drehstuhl zu seiner Hose rüber.

Die Hose nimmt er mit, läuft raus aus dem Büro und die Stiegen runter. »Nicht fotogra…« Es blitzt. »…fieren!« Pichler hat jetzt ein Foto von Werner auf den Stiegen, Werner mit offenem Mund und ohne Hose. »Na … na!«, stottert der, »also … bitte.« Es blitzt und gleich noch einmal. »Also jetzt! Was soll das?« – »Wir haben einen Termin, erinnern Sie sich? Pichler. Von der Zeitung.« – »Schon. Aber lassen Sie das mit den Fotos.« – »Ohne Bilder wird's kaum gehen, oder?« – »Was weiß ich. Lassen Sie mich bitte kurz einmal …« – »Waren das Einbrecher?« *Die besten Sachen hast du noch nicht einmal gesehen*, denkt Werner und kriegt es zuwege, gleichzeitig zu nicken und den Kopf zu schütteln. »Einbrecher?«, fragt Pichler noch einmal, und Werner wiederholt die eigentlich unmögliche Bewegung mit dem Kopf. Pichler hebt die Kamera vors Gesicht. Werner sagt: »Bitte.«

Es blitzt. »Ich meine: Bitte nicht.« Pichler sieht ihn an, beinahe mitleidig, auch ein wenig so, als hätte er ein schlechtes Gewissen. Hat er aber in Wirklichkeit nicht. »Na ja, wissen Sie …«, fängt Pichler an, dreht sich zum Eingang um und muss nicht weiterreden, denn da hat Hofrat Spreitzer seinen Auftritt und zwei Schritte dahinter folgt Kaufmann.

»Guten Morgen!« Keine Antwort. »Kommen wir ungelegen?« Spreitzer lässt den Blick durch die Eingangshalle wandern, von einer explodierten Bodenvase und einem halbierten Tisch zu gut fünfzig Paar Würstel, die jemand über die orangen Sofas gekippt hat. »Oh, haha!«, macht Hofrat Spreitzer, und zugleich merkt man ihm an, wie es in seinem Kopf zu arbeiten beginnt, weil er keine Ahnung hat, was das soll. Ein Vorteil, den Werner nicht nützt, stattdessen lässt er sich hinreißen und murmelt: »Schnauze.« – »Was war das?« – »Maul halten!« Werner wird laut. Immerhin: Spreitzer erschrickt. Kaufmann reißt die Augen weit auf. Es blitzt. »Entschuldigung«, sagt Pichler. »Raus! Alle drei!« Werner macht demonstrativ ein paar Schritte Richtung Ausgang. Spreitzer geht ebenso demonstrativ auf die Kassa zu, hinter der niemand sitzt. Kaufmann folgt ihm und legt ein paar Münzen auf den Kassentisch.

»Aber jetzt!«, ruft Werner und läuft ihnen hinterher. Spreitzer und Kaufmann werden schneller, tauchen in den Gang ab, in die Umkleidekabinen, vorbei an den unzähligen Kästchen, die allesamt offen stehen, bis auf eines, und dann rein ins Bad, und vor dem Kinderbecken bleiben sie stehen und stecken die Köpfe zusammen, ganz so, als hätten sie etwas Geheimes zu besprechen. Werner läuft auf die beiden zu, gefolgt von Pichler, der seine Kamera bereithält. »Wie jetzt?!«, brüllt Werner und irgendwas von *Hausfriedensbruch*, und mit ausgestreckter Faust läuft er weiter. Die Faust prallt auf Spreitzers Brust, und so taumeln sie zu zweit über die Fliesen, und während sie in Zeitlupe ins Becken stürzen, schreien sie einander Schimpfwörter ins Gesicht.

Kaufmann beobachtet den anschließenden Kampf im Kinderbecken, Pichler drückt unentwegt auf den Auslöser seiner Kamera.

Das Gerangel im Wasser dauert lang genug, um noch den Film auszuwechseln und weitere sechsunddreißigmal auf den Auslöser zu drücken. Dann halten Werner Antl und Hofrat Spreitzer still, stehen einander im Kinderbecken gegenüber und schnaufen. Viel zu spät packt Werner die Einsicht; ein Hechtsprung zur Leiter, und mit einem »Alter Wichser!« klettert er aus dem Becken. Spreitzer steht im teuren Anzug völlig durchnässt im Kinderbecken und grinst. Sein rechtes Auge hat was abbekommen und ist kleiner als sein linkes. »Hab ich Sie jetzt?«, ruft er Werner zu. »Ich würde sagen, jetzt hab ich Sie!« Werner fährt mit der Hand durch die Luft und schüttelt den Kopf und zeigt mit dem Finger auf Pichler: »Was willst *du* eigentlich noch?« – »Wir haben einen Termin. Wegen der ...« – »... scheiß Zeitung!«, kreischt Werner, dann entschuldigt er sich, nur um gleich darauf wieder ungemütlich zu werden, weil ihm einfällt, dass es während des Kampfes im Kinderbecken am Beckenrand gut fünfzigmal geblitzt hat. »Blöde Geschichte«, sagt Pichler, »aber was wär ich für ein Fotograf, wenn ich das nicht fotografieren würde?« Werner denkt nach. »Können wir im Büro weiterreden?« Pichler nickt und klappt das Objektiv seiner Kamera ein. Werner zeigt Richtung Ausgang, Pichler sieht noch einmal zum Kinderbecken hin, Hofrat Spreitzer bemerkt das nicht, weil er abgelenkt ist und mit dem Fingernagel auf seine Armbanduhr klopft. Kaufmann wiederum versucht, Pichler in die Augen zu sehen, darauf lässt sich der aber nicht ein.

Werner und Pichler gehen los, durch die Schiebetür, vorbei an den unzähligen Kästchen und durch die Umkleidekabine, und dort kommt ihnen Fred entgegen und keucht: »Schulklasse!« Und da bricht hinter seinem Rücken schon das Getümmel los. Ein ganzer Haufen Halbwüchsiger nimmt den Gang ein, es wird gelacht und geschrien, und Taschen und Handtücher fliegen durch die Luft. Werner nickt und schafft es sogar, den Jungen und Mädchen aufmunternd zuzunicken. »Ist heute geöffnet?«, fragt eine Lehrerin. »Ich denke schon, ja«, antwortet Werner, »immer nur da lang. Viel Spaß.« Weil es jetzt schon egal ist. Dann winkt er Pichler und zu zweit biegen sie um die Ecke.

Fred versucht sie zu ignorieren und zugleich unsichtbar zu werden. Das wiederholt er, als die tobende Schulklasse durch den Gang gespült wird, und bis er wieder allein ist. Dann greift er in die Tasche seiner Trainingsjacke, holt eine Packung Zigaretten und daraus eine Zigarette hervor und zündet sie an. Weil es jetzt schon egal ist.

»He!« Fred zuckt zusammen und verschluckt sich vor Schreck am Rauch. Er hustet. »Hallo!« Niemand zu sehen. »He! Sie da!« Doch, dort: Zwei Halbwüchsige strecken den Kopf um die Ecke und werden frech. »Darf man das?« – »Was darf man?« – »Rauchen. Hier drinnen.« – »Ich darf alles.« – »Geben Sie uns eine, dann sagen wir nichts.« – »Ich geb euch gleich eine!« Fred macht ein paar Schritte auf die beiden zu, sie laufen lachend davon, mit den Straßenschuhen in die Halle und in die Arme einer Lehrerin. *Was das schon wieder soll*, will die wissen, und ob man denn heutzutage nicht einmal mehr einen Ausflug ins Hallenbad zu schätzen wisse; dann wird gedroht, mit Mathematik und den Eltern. »Aber, aber …«, wird der Vortrag plötzlich unterbrochen, und als die Lehrerin und die beiden Halbwüchsigen aufsehen, mitten hinein ins Licht der Vormittagssonne, das durch die großen Dachfenster scheint, steht da der Hofrat Spreitzer, völlig durchnässt im feinen Anzug. Er greift in die Innentasche seines Sakkos, holt eine dicke Lederbörse hervor und drückt der Lehrerin einen Fünfziger in die Hand. Weil doch so ein schöner Tag sei, solle man nicht streiten, sagt Spreitzer: »Laden Sie bitte alle auf ein Eis oder auf eine Wurstsemmel ein. In meinem Namen.« *Amen*, denkt Kaufmann und fragt murmelnd, ob man nicht den Fotografen zurückholen und ein Bild für die Zeitung machen solle, worauf Spreitzer kurz die Beherrschung verliert: »Sehen Sie nicht, dass mein Anzug ruiniert ist, und meine Frisur?!« Dann setzt Hofrat Spreitzer wieder sein Gewinnerlächeln auf, das er der staunenden Lehrerin und den beiden Halbwüchsigen schenkt. Verwundert sehen ihm alle drei hinterher, als er mit Kaufmann winkend und grinsend die Halle verlässt.

Die Schiebetür schwingt auf und zu; Hofrat Spreitzer und Kaufmann sind weg. Die Lehrerin und die beiden Schüler bleiben ratlos zurück, die Lehrerin mit einem Fünfziger in der Hand. So kniet sie als Standbild auf dem Boden, gerade lang genug, um András zu einer dummen Frage zu veranlassen, aber *könnte ja sein*, denkt er im Vorbeigehen: »Haben Sie das gefunden?« – »Bitte?« – »Das Geld. Haben Sie das hier gefunden?« – »Nein. Warum?« – »Könnte ja sein«, sagt András und wischt etwas Ekliges auf. Lehrerin und Schüler halten noch immer still.

»Alles in Ordnung?« Marina Antl hat die Szene beobachtet und den plötzlichen Drang einzugreifen verspürt, denn immerhin ist es trotz allem ein Badetag; jeder Tag ist Badetag, *warum ist heute trotz allem ein Badetag?* »Danke, alles gut«, antwortet die Lehrerin und steckt den Fünfziger ein. »Nicht was Sie denken«, flüstert sie Marina zu, »ich kaufe Wurstsemmeln für alle.« Dieses Mal ist es Marina, die ratlos zurückbleibt. Zeit, das traurige Schauspiel zu beenden, beschließt sie, sieht zur Wanduhr (halb elf vorbei) und ruft laut: »Badeschluss!« Im selben Moment bricht die Schulklasse über die Halle herein, es werden immer mehr, sie sind überall, sie springen ins Becken. Marina Antl ist ein Mensch, der ganz selten weint, aber jetzt kommen die Tränen und sie kann sie nicht mehr halten. Sie steckt die Hände in die Taschen ihrer Strickweste und murmelt noch einmal: »Badeschluss.«

So steht sie da, als schwarzweiße Figur und ohne Untertitel auf Bildschirm Nummer 3, umringt von tonlos tobenden Halbwüchsigen.

Ein Blick genügt Werner, um die Alarmglocken zu aktivieren, begleitet von einem unangenehmen Druck in den hinteren Regionen seines Kopfes; ein Druck, den er deutlich spürt und nur als *das schlechte Gewissen* ausmachen kann. Das schlechte Gewissen, höchstpersönlich. »Gut«, sagt er zu Pichler (*gar nichts gut*), »wir sind uns dann einig?« (*Na klar.*) »Ich werde alles versuchen, was möglich ist«, sagt Pichler (*na klar*) und greift sich an die Brust, als würde er nach etwas suchen. »Suchen Sie was?« – »Nein, nur meine Jacke. Liegt bestimmt draußen im Wagen«, sagt Pichler und steht auf. »Ganz schön warm haben Sie es hier.« Er steht vor Werner und grinst. Irgendwie passt das alles nicht zusammen. *An diesem Menschen passt gar nichts zusammen*, denkt Werner und schiebt ihn aus dem Büro, die Stufen hinunter und durch die Eingangstür. »Schönen Tag noch!« – »Ja, klar.« Werner bringt es grußlos zu Ende. Manchmal muss man jemandem zeigen, dass es auch ohne ihn geht. Hinter seinem Rücken, draußen vor der Schiebetür, blitzt es noch mehrmals, und jetzt fühlt es sich für Werner doch noch so an, als hätte er verloren. Gut nur, dass er wenigstens unhöflich war, denn immerhin das hat er so beschlossen. *Marina!* Werner drückt die Tür auf, und auf dem Gang zu den Umkleidekabinen stolpert er über Fred, der dort auf den Knien den Boden wischt. »Ha!«, lacht Werner auf.

»Ich find's nicht lustig«, sagt Fred mit einer Zigarette zwischen den Zähnen. »Stimmt, nicht lustig. Danke für die Hilfe.« – »Da müssen wir durch.« – »Kannst du bitte trotzdem die Zigarette ausmachen?« – »Kein Problem! Mach ich die scheiß ...« Eine der Umkleidekabinen wird von innen geöffnet, ein Schüler kommt raus. »Oh, hallo, kleiner Mann«, sagt Werner und zeigt ihm den Weg zum Bad. »Ich kenn mich aus«, sagt der Schüler, »und ich bin dreizehn.« Werner sagt dazu nichts mehr und geht, der Schüler ist schon wieder weg, Fred bleibt zurück.

»... die scheiß Zigarette aus, wollt ich sagen!«, sagt er, spuckt sie auf den Boden und wischt sie mit dem nassen Tuch in seiner Hand gleich wieder auf, flucht weiter und wischt weiter. Er will nicht wissen, was das da auf dem Boden eigentlich ist, aber er weiß, dass es wegmuss, denn ein wenig plagt ihn ja auch das schlechte Gewissen. Das würde Fred aber nie zugeben. Er versucht an nichts zu denken, er konzentriert sich auf das Muster der Bodenfliesen, auf die orangen Kacheln, er wischt und wischt. Und dann steht jemand vor ihm: alte Badeschuhe, darin stecken alte Zehennägel, die Zehennägel doppelt so dick wie alle, die er jemals gesehen hat (und er hat schon sehr viele gesehen).

Fred sieht nach oben: graue, dicke Beine, ein dunkelgrüner Badeanzug, der vom Körper hängt, die Haut hängt auch. Auf allen vieren kriecht Fred mit weiten Augen rückwärts, sie kommt langsam auf ihn zu, auf dem Kopf eine Badehaube, die unförmig wegsteht. Und sie schreit ihn an. Sie schreit ihn an, aber nichts ist zu hören. Fred springt auf und wie auf einem Förderband fährt er durch den Gang, biegt um die Ecke, öffnet eine Tür und wirft sie hinter sich zu, dann noch eine, wortlos fährt er auf seinem Förderband durch die Kantine, nur Susi ist da; er verschwindet in Bellas Kühlkammer und trinkt eine Flasche Bier in nur einem Zug leer. Er atmet schwer und trommelt mit den Fingern auf ein

Stück Fleisch, das vor ihm auf dem Regal liegt. Dann nickt er und greift noch einmal in die Bierkiste. »Hallo?! Hallo, Fred?!« Susi hämmert von außen gegen die Tür der Kühlkammer. »Alles bestens!«, ruft Fred. Hier drinnen kann er nicht den ganzen Tag bleiben, nur noch ein paar Minuten, nur so lang, bis er verkühlt ist.

»Was ist denn hier los?« – »Fred hat sich im Kühlraum eingesperrt.« – »Keine Ahnung, wovon du redest. Ich meine, was *hier* los ist.« Bella lässt ihren Finger über dem Kopf kreisen. »Äh, klar. Du warst gestern schon dabei, oder?« – »Nicht frech sein! Warum hier alle so durchdrehen, würd ich gern wissen.« – »Na ja«, sagt Susi und zeigt auf die Wand hinter Bella, »zum Beispiel deswegen.« Bella lacht laut auf. »Ha! Das ist nicht schlecht! Schau mal, Röschen!« – »Wenn du mich noch einmal ... oh Mann!«, ruft Rose, setzt sich auf einen Barhocker und sieht dabei weiter, beinahe ehrfürchtig, zur Wand hin: »Was auch immer ihr da gestern gemacht habt – ich wär gern dabei gewesen.« – »War halb so wild«, sagt Bella und drückt ein paar Knöpfe an der Kaffeemaschine, »ich nehme an, du willst auch einen.« – »Oh ja, krieg ich einen?«, singt Rose und hält den Kopf schief. »Was soll der Blödsinn.«

Hinter der Kühlkammertür hört man Glas brechen, mehrmals und laut. »Wer ist da drinnen?«, fragt Rose. »Nichts passiert!«, ruft Fred von drinnen. Plötzlich krachen die alten Lautsprecherboxen, die im gesamten Gebäude in jeder Ecke eines jeden Raums hängen, weil irgendjemand einmal bestimmt hat, dass das so sein muss. Die alten Lautsprecherboxen krachen, und Marinas Stimme ist zu hören:

»Sehr geehrte Badegäste, liebe Schüler. Aufgrund eines technischen Defekts muss das Hallenbad heute leider vorzeitig geschlossen werden. Wir bitten Sie, die Unannehmlichkeiten zu entschuldigen. An der Kassa beim Ausgang erhalten Sie einen Gutschein für Ihren nächsten Besuch. Morgen, Freitag, ist unser Haus wieder für Sie geöffnet. Wir würden uns freuen, Sie bei uns begrüßen zu dürfen. Vielen Dank für Ihr Verständnis.« Ende der Durchsage.

»Morgen?« – »Scheiße.« – »Wieso?« – »Ich muss dann zur Kassa«, sagt Rose und deutet mit dem Kinn Richtung Kaffeemaschine. »Ja doch.« Fred kommt aus der Kühlkammer: »Was ist?« Und alle zucken zusammen, als die alten Lautsprecherboxen noch einmal krachen. »Bist du jetzt zufrieden? Bist du jetzt …«, zischt Marina noch, dann ist es aus. Rose zuckt mit den Schultern und legt den Kopf zur Seite, so wie sie es mittlerweile immer macht, wenn sie zeigen will, dass alle sie *verdammt noch mal können*. »Kaffee?«, fragt sie und lässt ihre Augenlider flattern. Bella stellt wortlos einen Becher auf die Schank. »Danke!«, ruft Rose und hüpft aus der Kantine.

Und durch die Halle, noch keine Schüler zu sehen, Zeit genug, sie hüpft tatsächlich, auch allein, gute Laune? Wer weiß? Fast lächelt Rose, aber Rose lächelt so gut wie nie. Hüpft um die Ecke, die Stufen runter, raus in den Hinterhof und schon das Telefon am Ohr: »Ja … klar … ich weiß … spinnen alle total herum … ja, hab ich mitgekriegt … hast gut ausgesehen … ok … ok … ich hab auch genug zu tun, musst dir keine Sorgen machen … also dann, bis … dann.« Rose kontrolliert ihr Telefon: nein, aufgelegt. Macht nichts. Den Kaffeebecher lässt sie auf einer der Mülltonnen stehen und macht sich wieder auf den Weg. Im Keller sind es von hier nur ein paar Schritte bis zur Treppe, aber den Keller mag sie nicht. Na bitte – schon das erste Geräusch, das hier nicht hergehört. Aber es sind ja nur Badeschuhe, *klack, klack*. Zwei nackte Hintern am kalten Gang, Mann und Frau. Für Rose sieht es so aus, als könnte es sich um das Pärchen von gestern handeln, das gut aussehende Saunapärchen … *oder war das vorgestern? Vorgestern.* Und jetzt (*immer noch?*) hier, nackt im Keller. »He, Sie! Entschuldigen Sie!« Rose wird schneller, geht weiter nach hinten in den Keller, dabei verliert sie die beiden nackten Hintern nicht aus dem Auge. Wenn sie schon die ganze Zeit Ärsche sehen muss, dann wenigstens solche. *Ha!* Aber der Keller.

Das macht keinen Spaß, beschließt sie. Das Klackern verhallt, die Nackten sind weg, Rose nimmt zwei Stufen auf einmal und hört schon die Schüler in der Eingangshalle. Sie läuft Richtung Kassa, wo jemand ständig auf die kleine, aber nervtötende Hotelglocke schlägt. Auf halbem Weg stößt sie mit András zusammen, der das gar nicht zu bemerken scheint. »Ah«, sagt er nur, »Rose.« – »Hallo.« Sie läuft weiter. »Ach ja«, ruft András, »um 12 Besprechung im Bad. Weitersagen!« Rose bleibt stehen, die Schüler schlagen auf die Hotelglocke. »Wie jetzt? Ich soll herumgehen und das allen sagen?« – »Denke schon. Um 12.« – »Und *wir* sollen es weitersagen?« – »Ja, *allen* sagen.« – »Und das soll *jeder* wissen?« Die nervtötende Hotelglocke an der Kassa, ohne Ende. »Ja, ver…!« – »Machst du einen Spaß mit mir?«, fragt András. Rose winkt und läuft. Dann ruft sie: »He, András!« Er bleibt stehen. »Besprechung um 12, weitersagen!« Er schüttelt nur den Kopf. Irgendetwas daran findet Rose sehr lustig. So lustig, dass sie es dieses Mal sogar lässt, sich den schwächsten Schüler aus dem lärmenden Haufen zu suchen und ihn für alles büßen zu lassen, zum Beispiel für das nervtötende … genau: Sie wird diese Hotelglocke heute mitnehmen und einfach verschwinden lassen.

Als sie an der Kassa ankommt, steht der Erste schon dort, ganz aufgeregt, mit seiner Karte in der Hand, ist wohl gerannt, um schneller als die anderen zu sein, um sich den bescheuerten Gutschein abzuholen, der sowieso nichts bringt, und schon gar nicht, wenn du ein Wichtel mit zwölf oder dreizehn oder was auch immer bist und – *ach, drauf geschissen, der ist dran!* »Und was?!« – »Mein Gutschein …« – »Dein Gutschein – was?!« – »Bitte.« – »Und was soll ich damit?« – »Äh.« Irgendwie greift das nicht so ganz, findet Rose, irgendwie befriedigt sie das nicht, also muss ein Klassiker her: die Schaufensterpuppe.

»Gehört die zu dir?«, fragt Rose und zeigt auf ein Mädchen, das planlos im Hintergrund herumsteht. Der Schüler sieht über die Schulter, schüttelt den Kopf, und als er sich wieder umdreht, sitzt Rose versteinert da. In der Hand hält sie einen Fünfer, den Mund hat sie zu einem obszönen Grinsen verzogen, die Zunge steht leicht hervor, die Augen sind weit aufgerissen und der Kopf ist zur Seite geneigt. Die Hand mit dem Fünfer zittert ein wenig, aber insgesamt schafft es Rose, komplett stillzuhalten. »Hähä«, lacht der Schüler und sieht ihr erwartungsvoll ins Gesicht, in ihre Augen, aber Rose starrt ausdruckslos zurück. »Hähä … Hallo?« Keine Regung, es bleibt dabei, Schaufensterpuppe. Sie macht das wirklich gut. Weitere Schüler versammeln sich vor der Kassa. »Hallo, hallo!« Sie wischen vor Roses Augen durch die Luft, sie zwinkert kaum und selbst wenn und die Schüler dann jubeln, bleibt sie dabei. *Eins A!*, denkt Rose mit ihrem verzerrten Gesicht, und als die Lehrerin kommt und »Was ist da los?« und »Hallo, Sie!« ruft, kriegt sie nicht etwa kalte Füße, sondern strengt sich noch mehr an. Totale Versteinerung, das Gesicht verzerrt, nicht einmal mehr die Hand zittert, sie *ist* die Schaufensterpuppe. Und erst als die Lehrerin durchdreht, drehen alle durch: »Was soll das?! Das ist ja nicht normaaal!«

13.

»Darf ich auch was sagen? Ja? Darf ich?!«, ruft Marina mit gespielter Aufregung. Dabei sitzen längst alle nur da und warten, die Blicke brav in ihre Richtung, die meisten über und über mit schlechtem Gewissen wegen gestern Nacht. Einigen steht der Mund offen, Werner hat den Kopf in die Hände gestützt. Alle sitzen auf der Anklagebank. Alle bis auf Rose Antl und Robert Anker (ja, das dürften die einzigen beiden Unschuldigen sein; zumindest in dieser Angelegenheit).

Es ist kurz nach 12, Marina beginnt mit ihrer Rede, von der niemand behauptet hat, dass es eine echte Rede werden soll. Wird es auch nicht. »Bald fünfzehn Jahre ist es her«, erhebt Marina ihre Stimme, »bald fünfzehn Jahre ist es her. Bis heute habe ich das an unzähligen Tagen bereut. An unzähligen Tagen. Am ersten Tag, als wir neu im Büro angefangen haben – ich glaube, es war ein Mittwoch –, wir beide da oben im Büro ...« Sie zeigt mit dem Daumen gegen die Wand dahinter und versucht Werners Blick einzufangen, doch der sieht hoffnungslos ins Leere. »... am ersten Tag hatte ich Angst. Am zweiten Tag hatte ich Angst. Am dritten Tag hatte ich einen Kater.« Manche erlauben es sich zu lachen und Marina lässt es ihnen durchgehen. War ja auch so beabsichtigt. »Am vierten Tag hatte ich dann wieder Angst«, fährt sie fort. »Am fünften Tag war ich wütend, am sechsten Tag hatte ich Angst. Am siebenten Tag hatte ich ... nun ja ... ach, egal.« Sie schließt ihre Augen und – tatsächlich: In ihrem Kopf spielt jemand Klavier. Und das gar nicht so schlecht. »Blablabla«, sagt Marina, »für heute könnt ihr mich! Aber echt!«

Würde sie ein Mikrofon in der Hand halten, würde sie es jetzt fallen lassen und abtreten. Sie könnte auch einen Knallfrosch auf den Boden werfen und wie ein Zauberer im Nebel durch die

Hintertür verschwinden. Das wäre was, denn so stark war ihre Rede nicht, das weiß sie, das war aber auch nicht der Plan, es war keine verdammte Rede, *verdammt noch mal*, denkt Marina, und außerdem kriegt sie das ohne Zaubertrick hin. Sie gewinnt, weil jeder hier sich hüten sollte. Wenn sie das auch nicht befriedigt, in keinster Weise, *was soll daran gut sein?* Und Autorität ist sonst nicht ihre Sache. Also sagt sie nur: »Morgen Früh um acht. Wer zu spät kommt, ist raus. Aber echt.« Nicht schlecht. »Gilt das auch für mich?« Robert Anker streckt die rechte Hand hoch wie ein Schüler, Zeige- und Mittelfinger in der Luft. Marina beachtet ihn nicht und tritt jetzt wirklich ab, raus durch die Kantinentür und quer durch die Eingangshalle, ohne Blick zurück. Ganz sauberer Abgang.

»Hehe … hehe!« Mehr fällt Werner dazu nicht ein. Alle sitzen noch, keiner weiß weiter. Außer Bella. »Meine Herren«, sagt sie, »ich würde vorschlagen, wir gehen in die Verlängerung!« Mit einem für ihren Körperbau beachtlichen Sprung macht sie sich auf in Richtung Schank. Rose schüttelt den Kopf. »Ich fahr mit Mama mit«, zischt sie Werner an. »Darf ich auch?«, fragt er. »Keine Ahnung.« Rose und Werner gehen. In der Eingangshalle beginnen sie zu laufen. »Sollen wir dann zusperren?« – »Ich bin's dann auch. Ihr habt's ja gehört …« – »Morgen um neun?« – »Um acht.« – »Kommt noch jemand mit?« – »Wohin?« – »Ja, ich auf jeden Fall.« Und so weiter.

Die übliche Prozedur, bis eine träge Truppe es schafft, sich endlich aufzulösen; heute dauert es noch länger als sonst. Manche kämpfen gegen die Vernunft an, zum Beispiel Fred. Dabei ist die beste schlechte Idee nur einen Steinwurf entfernt – auf der gegenüberliegenden Straßenseite im sogenannten Café, wo kaum einmal Kaffee serviert wird. Einfach an einem anderen Ort dagegen ankämpfen, auch das ist vernünftig. Bella ist dabei, Willi auch, Robert Anker denkt wie Fred darüber nach. Den anderen ist es egal. »Wo ist eigentlich Herbert?« – »Der Peter?« Irgendwie findet das heute keiner lustig. »Wer hat den Schlüssel?« – »Ich mache das dann schon«, sagt András und presst Daumen und Zeigefinger um den Schlüssel in seiner Tasche. Es ist nicht der, nach dem sie gefragt haben. András lächelt und wartet und bleibt still, bis es alle wirklich geschafft und ihre Jacken angezogen haben. »Wir sehen uns morgen.« – »Genau, um Punkt neun.« Jetzt lachen sie doch noch.

~ ~ ~

András winkt noch einmal, dann atmet er durch die Nase ein und hält die Luft an. Einundzwanzig, zweiundzwanzig, dreiundzwanzig … Draußen steigt Robert Anker in seinen Wagen, Fred fragt, ob er mitfahren darf. »Feigling!«, ruft Bella und hält Willi die Tür vom Café gegenüber auf, das Café verschluckt beide. Susi steht noch eine Zeit lang ratlos auf dem Parkplatz herum, einer der Stammgäste spricht sie an, sie schüttelt heftig den Kopf. Die Parkplatz-Szene ist zu Ende.

András lässt die Luft wieder durch seine Nasenlöcher raus, sperrt die Eingangstür zu und geht los. Durch die Halle, um die Ecke, den Gang entlang und direkt zu den Umkleidekabinen. Vor dem Kästchen Nummer 25 bleibt er stehen und zieht den Schlüssel aus seiner Tasche. Er dreht ihn zwischen den Fingern hin und her. Dass die Überwachungskamera ihn dabei filmt, bedenkt er nicht, oder es ist ihm gleichgültig. Der Schlüssel fühlt sich kalt an, obwohl er ihn seit gestern in seiner Tasche getragen und immer wieder darauf herumgedrückt hat. Der Schlüssel ist kalt und seine Hände schwitzen.

András stöhnt erschrocken auf. Er glaubt gehört zu haben, wie irgendwo im Haus etwas umgefallen ist, eine Leiter womöglich. Keine Zeit nachzusehen, András zittert und versenkt den Schlüssel mit der Nummer 25 im Kästchen Nummer 25. Er passt. Und András dreht ihn einmal herum, ein zweites Mal, ein *Klick* – die kleine gelbe Tür springt auf. Kalter Wind bläst András ins Gesicht, schlechte Luft. Vor ihm absolute Dunkelheit. Er hebt die Hand und streckt sie aus, und ohne zu zögern greift er in das Kästchen und spürt – nichts. »Ha!«, ruft er. Und gleich noch einmal: »Ha!« Er bekommt das erwartete Echo zurück und macht zur Sicherheit einen Schritt zur Seite, falls ihn etwas anspringen sollte. Er wartet, nichts passiert. Dann stellt sich András vor die offene Nummer 25 und steckt den Kopf hinein.

14.

Man glaubt es kaum, aber die Antls haben auch im Keller ihres Reihenhauses eine Sauna und benutzen sie sogar regelmäßig. Heute Nachmittag glüht der Ofen auf Hochtouren und Werner kommt erst so richtig in Fahrt. »Aaaah! Aaaah!«, stöhnt er, dass Robert Anker stolz auf ihn wäre. Beinahe brüllt er vor Hitze und verzweifeltem Vergnügen, während ihm der Schweiß vom Körper spritzt. »Aaaaaah!« Lauter als nötig, sollen sie ihn doch hören. Werner Antl ist in der Trotzphase angekommen – spätestens als er nach einer wortlosen Heimfahrt in der Einfahrt vor dem Haus die Autotür zugeschlagen hat.

Nahezu ein Geniestreich ist jetzt sein Nachmittag, seine Antwort auf die Sache: Schnaps in der Sauna, verkatert, und nacktes Herumbrüllen bei 110 Grad. Ein verschwitzter Traum von einem Mann und Vater sitzt da im Keller. »Ja, was weiß denn ich«, stöhnt Werner und schläft für eine Viertelstunde in der Hitze ein. Er schwitzt, er schnarcht und sabbert auf der Saunabank, erwacht brüllend, und auf allen vieren kriecht er durch die Holztür und laut stöhnend – immer noch auf allen vieren – die Kellerstiege hoch. Natürlich übertreibt er, aber das gehört dazu.

Die letzte Treppe, im Vorzimmer angekommen, Werner richtet sich auf und lässt das Stöhnen bleiben. Niemand ist zur Kellertür gerannt, um nach ihm zu sehen. Schlechtes Zeichen, irgendwie. *Verdammt, die sind nicht einmal vom Sofa aufgestanden, oder wo die auch immer herumsitzen!* Die Trotzphase geht langsam aber sicher in Stufe 3 über: nach Schuldgefühlen und Trotz folgt Zorn. »Ich hab die scheiß Bude ja nicht abgefackelt!«, brüllt Werner ins stille Haus. »Aber vielleicht sollte ich«, murmelt er und bleibt kurz stehen, als würde er wirklich darüber nachdenken. »Hihi … hihi …« Die Hitze, der Schnaps.

Er schleicht nackt durch die Zimmer. Als er am großen Fenster vorbeikommt, streckt er den Rücken durch, wird langsamer, bleibt stehen und gibt vor, die Tapete auf Kratzer zu kontrollieren oder den geeigneten Platz für ein neues Bild zu suchen. Werner blickt zurück auf junge Jahre als Nudist und zwanzig weitere Jahre als leidenschaftlicher Swinger. Was heute davon übrig geblieben ist, ist ein wenig Exhibitionismus, nicht mehr und nicht weniger, auch wenn er selbst das anders sieht.

Er beschließt, Marina nackt zu überraschen, taucht wieder im dunklen Gang unter und wartet, bis sein Ding sich beruhigt hat. »Tataaaa!«, springt er ins Schlafzimmer, und augenblicklich kommt ihm das unglaublich dumm vor. Das Schlafzimmer ist leer, das Bett unberührt. »Marina? Marinaaa?!« Keine Antwort. »Rose! Roseee?!« Am anderen Ende des Ganges wird eine Tür geöffnet. »Was ist?« – »Nichts. Wo ist deine Mutter?« – »Weiß nicht.« Die Tür wird zugeschlagen, Werner steht nackt im Schlafzimmer, sieht auf sein Ding runter und tippt es mit dem Finger an. *Das bringt doch nichts.*

In der Küche steht er vor dem Kühlschrank. Er trinkt ein Glas Saft, dann noch eines. Es sieht aus, als würde er dabei nachdenken, während er das Glas vor seinem Mund auf und ab bewegt. Aber er denkt an überhaupt nichts. Er hat es geschafft, die Pausetaste zu finden und zu drücken. Nackt vor dem geöffneten Kühlschrank also, immer dann, wenn man es am wenigsten erwartet. Und da geht ein Ruck durch Werner – umso bemerkenswerter, da er dabei vollkommen stillhält und durch den Boden des Glases die Milchpackung im Kühlschrank beobachtet. Nichts Absolutes, das gesamte Dasein in Frage Stellendes, aber doch ein Ruck. Ein kleiner, der im Unterbewusstsein als *irgendwas war da* abgelegt wird. Dann verschluckt er sich am Saft, hustet und spuckt und ist wieder der Alte.

»Kalt!«, ruft Werner und drückt die Kühlschranktür zu. »Kalt, kalt, kalt!«

15:58 Uhr, sagt die Anzeige am Herd, der Tag ist noch jung, noch nichts ist passiert. *Eben.* Werner visiert die Terrassentür an, Zeit für den Garten, kühles Gras unter seinen Füßen, im Schatten des Schuppens sitzen, alles einfach baumeln lassen, mit Alfons plaudern. *Bitte kein Alfons!* Und da ist er schon, schwitzt mit der Motorsense, wirft einen Blick über den Zaun, und niemals schafft er es ohne eine sinnfreie Bemerkung, immer muss man reden, immer hat jemand den Mund offen.

»Na«, sagt er. Werner nickt und nimmt die Hand von seinem Ding (*irgendwann muss es auch einmal gut sein*). »Alfons«, nickt Werner, »schöner Tag, nicht wahr?« – »Was ist schon schön, was ist schon wahr?« Alfons kommt augenblicklich ins Philosophieren, ins Hosentaschen-Philosophieren. »Ich mähe das Unkraut nieder«, beginnt er mit einem Vortrag, den Werner schon kennt.

Und ob das Unkraut und ob der Tag und die Motorsense, aber die muss auch sein, weil irgendjemand muss sie ja von links nach rechts und wieder zurück bewegen, armes Unkraut. »Ich habe keine Ahnung, wovon du redest.« Und Alfons lacht und alles ist gut, weil Werner es zulässt.

Frischen Eistee habe er gemacht, sagt Alfons, »mit Schuss, wenn gewünscht!« Schon gehen seine Augenbrauen rauf und runter. Ach, wie Werner jede Phase ihres Aufeinandertreffens am Gartenzaun kennt, und es doch nie schafft, rechtzeitig die Notbremse zu ziehen. »Wenn's unbedingt sein muss …«, sagt er, mit einem Lächeln, um es als Witz erscheinen zu lassen, dabei meint er es genau so. »Na dann, kletter über den Zaun, Nachbar! Aber nirgends hängen bleiben, bitte!« – »Keine Angst, ich zieh mir was an. Bin gleich drüben.« – »Auch gut, ich bin ja schon da. Hahahaha.«

»Rose! Rose!« Werner steht im Vorzimmer und ruft, ein Stockwerk höher wird eine Tür geöffnet. »Ich muss zu Alfons rüber.« Keine Reaktion. »Bin bald wieder da.« Keine Antwort. »Wo ist eigentlich deine Mutter?« – »Deine Frau, meinst du?« – »Ja, genau die.« – »Keine Ahnung.« Die Tür wird zugeworfen, Werner schlüpft in seine alte Jogginghose, in sein *U2*-Shirt und in seine Hausschuhe, dann geht er raus auf die Gasse, sieht nur Häuser, keine Menschen, und beim Nachbarn wieder rein. Er drückt auf die Türglocke. Alfons öffnet sofort und hält Werner ein Glas mit Eistee hin. »Bitte schön«, sagt er, »bis bald dann mal wieder.« Werner lacht gezwungen. »Kleiner Scherz, komm rein!« – »Wenn's denn sein muss …«

Aber das Haus findet er interessant, viel interessanter als Alfons, der auch immer gerne betont: »Das war alles meine Frau.« Und dass seine Frau jetzt vermutlich ein anderes Haus nach ihren extravaganten Vorstellungen gestaltet, ist letztendlich auch der Grund für Alfons' Hang zur Gartenzaun-Philosophie und Nachmittags-Melancholie. So weit, so offensichtlich. »Werner, ich kämpfe«, sagt er jetzt, und Werner nickt, weil ihm nichts Besseres dazu einfällt. »Weißt du, ich habe so viel zu tun. Den ganzen Tag rauf und runter und raus in den Garten. Ich mache kaum einmal Pause.« – »Klingt gut«, antwortet Werner. – »Ist es auch. Oh ja!« Werner wird von der Einrichtung abgelenkt. »Ich werde bald neu dekorieren.« Alfons brüllt es beinahe heraus. »Vielleicht will sie ihre Sachen noch abholen. Ich hänge ja nicht so dran.«

Sie stehen in der Küche und trinken ihren Eistee. Sie stehen inmitten kleiner Puppen, afrikanischer Masken, erotischer Malerei und Pflanzen aus Plastik. »Ich weiß auch nicht«, seufzt Alfons und trinkt sein Glas leer. »Gut«, sagt Werner, »ich muss dann wieder.« – »Willst du noch einen? Mit Schuss vielleicht?« – »Du, danke. Meine … Frau kommt dann, äh, bald heim.« – »Klar.« – »Na dann. Danke für den Eistee. Der hat echt Potenzial.« Zum Glück lacht Alfons jetzt, auch wenn es nicht echt ist. Ohne ein Lachen könnte Werner nicht gehen, aber er muss gehen, unbedingt. Rückwärts, gewissermaßen, und raus durchs Vorzimmer. Alfons bleibt in der Küche und winkt zum Abschied.

Der späte Nachmittag duftet, würde Werner behaupten, würde ihn auf der Straße spontan jemand fragen. Da ist aber niemand. Auch kein Wagen vor ihrem Haus, keine Spur von Marina. Werner nimmt es zur Kenntnis und ist kaum enttäuscht, einfach nur sehr müde. Zum Teil kommt das vom Schnaps und von der Sauna, die wahnwitzige Nacht trägt auch Schuld daran. Aber nicht nur das. Es ist auch sein Kopf, der heute im Ganzen nicht mehr so richtig will. Und Werner geht die Straße entlang und sieht nur Häuser und keine Menschen.

15.

»Jetzt spinnt er schon komplett«, sagt Rose zu sich selbst. *Alt wird er, der Werner.* Das Zweite denkt sie nur, während sie ihm dabei zusieht, wie er die Straße entlanggeht. Es ist nicht die ganz große Sensation, aber selten genug: Werner ist, soweit sie es mitbekommen hat, noch nie spazieren gegangen. Noch dazu geht er da unten in seinen Hausschuhen herum. Rose steht am Fenster und raucht. Und wenn sie nicht raucht, dann liegt sie auf dem Sofa und starrt den Fernseher an oder die Wand. Das ist ihr Job, sie macht ihn gut. Der Finger auf der Fernbedienung, Nachmittags-Talkshows und vage Kindheitserinnerungen, Platzpatronen und Trickfilme, Werbung, falsche Bärte, Kochtipps, Lebenslügen und Bastelanleitungen. Rose drückt die Knöpfe, so wie sie an der Kassa die Knöpfe drückt. Sie hasst das Fernsehen am Nachmittag, aber Widerstand zwecklos.

Rauchen wäre eine Idee, draußen wird es langsam dunkel. Sie greift zur Packung, zieht das Feuerzeug aus einer Sofaritze, da beginnt ihr Mobiltelefon zu läuten und Rose hebt sofort ab: »Ja, hallo … zuhause … fernsehen … haha, einen Jogginganzug … vielleicht … vielleicht … vielleicht … gut … du auch … bye, bye.« Sie lächelt und sie sieht verwegen aus. So fühlt sie sich auch.

16.

Es kommt immer wieder vor, dass Fred das Gefühl plagt, in dieser Wohnung nicht allein zu sein. Klopft die Dämmerung an, dann bringt sie diesen Verdacht mit. Nicht das lustige *Wo hab ich denn schon wieder meine Brille gelassen?*, sondern das Wissen, dass im Zimmer nebenan vermutlich einer sitzt, das echte Scheiß-Gefühl, dass selbst ein Riesenkerl wie Fred lieber einmal den Gang aufs Klo so lang hinauszögert, wie es eben möglich ist – um den, der vermutlich nebenan im dunklen Zimmer sitzt, nicht zu stören. Und wenn man übermütig wird und mit Musik antwortet und mit einem Drei-Gänge-Menü, das um Punkt Mitternacht in scheppernden Töpfen zubereitet wird, dann nur deshalb, weil man es verdrängt und nicht etwa, weil er fort ist. Er ist da. Das gilt als so gut wie sicher. Es kann aber auch sein, dass Fred einfach eine blühende Fantasie hat und selbst daran schuld ist.

So oder so, seine Abende sind in letzter Zeit furchtbar anstrengend. Entweder sitzt er zuhause herum, den Fernseher weit unter Zimmerlautstärke, was sonst nie seine Art war. Oder aber er zieht um die Häuser und hält sich fern von seinem Haus.

So oder so, sehr anstrengend.

Für eine vernünftige Entscheidung – befindet Fred beim letzten Bissen seiner Wurstsemmel, den er mit einer alten Zeitung vorm Gesicht runterwürgt und noch Orangenlimonade hinterherspült, worauf er husten muss und die alte Zeitung schließlich über und über mit Wurstsemmelstückchen und Orangenlimonade versaut ist –, für eine vernünftige Entscheidung ist es nie zu spät, beschließt Fred und verlässt eilig die Wohnung.

Aber es gilt etwas zu beweisen, vor allem nach letzter Nacht. Es gilt zu beweisen, dass er noch etwas anderes kann, als sinnlos in einer Bar herumzusitzen. Sinnlos im Kino herumsitzen, zum Beispiel, einen Film sehen, in dem aufgeregte Kinderchöre Monster ankündigen, Autos durch die Luft fliegen oder Gummi-Arme über mehrere Stockwerke greifen. So einen Film. Fred macht alles, um abgelenkt zu werden. Außerdem ist das Kino zu Fuß gut erreichbar. Er glaubt nicht an Fahrkarten, und den Glauben an den Führerschein hat er schon vor Jahren aufgegeben. Andererseits geht er nicht gern zu Fuß, und für eine Taxifahrt ist ihm sein Geld zu schade.

Fred ist ein einziger Widerspruch. Das zeigt schon seine Wohnung, in der die Wände kahl sind, aber hinter der Tür hat er Fotos versteckt (Jugendfotos, Partyfotos, auf denen er aufrichtig grinst), der Kühlschrank ist überraschend gut gefüllt, aber er besitzt kaum Geschirr, und die paar Teller verbringen die meiste Zeit in der Spüle. Und er legt Wert auf sein Schuhwerk, wobei er ein Wort wie *Schuhwerk* nie verwenden würde, weil ihm solche Wörter schlichtweg egal sind. Fred eben, so ist er.

Kino also. Fred steht davor und prüft ein Plakat nach dem anderen. Alles dabei: Krimi, Klamauk, Romantik. Alles da, aber für ihn nichts dabei. Die Entscheidung wird ihm abgenommen, mit Reifenquietschen, Hupen, einem aufheulenden Motor und Gebrüll: »Alfredoooo!« Die Bande. So viel Glück und so viel Pech zugleich kann keiner haben. Fred schon.

In irgendeinem Paralleluniversum schneidet Fred gerade den Rand von einer Scheibe Toast ab, weil sein Sohn ihn nur so als Abendessen akzeptiert, und weil er ihm keinen Wunsch abschlagen kann. In diesem Universum wird Fred in einen gelben Wagen gezerrt, mit dem Kopf voran, dann wird hinter ihm die Autotür zugezogen. Er bekommt kaum Luft, jeder hier raucht und sie sind zu fünft, Fred ist der sechste Mann im Wagen, an Regeln hält die Bande sich nicht. *Warum auch?*

»Alfredoooo!« Mit ihm sind sie jetzt zu sechst, sie sind laut und sie sind unterwegs. Die sehr kurze Zeitspanne, in der es möglich gewesen wäre, Fragen zu stellen oder zu beantworten oder Protest gegen die Entführung einzulegen, ist ohne Fragen, ohne Antworten oder Protest verstrichen. Sie haben ihn übers Knie gelegt, ihm den Rücken durchgebogen, bis es geknackt hat, jetzt sitzt er als vierter Mann auf der Rückbank und lernt langsam wieder, wie man im Rauch gerade noch genug Luft bekommt, ohne dass man blau anläuft oder einem die kleinen Äderchen in den Augäpfeln platzen. *Oh ja!* »Wie geht's?! Wie geht's?!« Jetzt doch Fragen, doch einfach nur herausgebrüllt, ohne dass eine Antwort nötig wäre. »Turn around!«, oder »Liebe machen!«, oder »Wie geht's?!« Einerlei. Die Bande ist eine Saubande, wie man so sagt, und das trifft es ganz gut.

In die Jahre gekommene Halbstarke, auf ewig verdammt zum Katz-und-Maus-Spiel mit dem Sheriff; lausige Angeber, die auch heute Nacht nur eines wollen: Und das ist nicht einmal ein Stück vom Kuchen, sondern nur eine ordentliche Portion Romantik.

Dass sie die Romantik immer noch hartnäckig am Stadtrand suchen – mit freier Auswahl zwischen Industrie, Einkaufszentrum, Waldlichtung oder Niemandsland –, das zeugt vielleicht von Durchhaltevermögen, aber nicht gerade von Einfallsreichtum. Ebenso wie ihre Namen, die sie nie wieder loswerden, was ihnen nur recht so ist; ihre Namen, die von den Achtzigerjahren erzählen, von der Zeit, die nie wieder kommt. Also vom Lenkrad aus im Uhrzeigersinn: Turbo, Dave, Twix, Ringo und Knallfrosch und natürlich Fred, der immer nur Fred und manchmal wenigstens Freddy geheißen hat, aber das wollte immer nur er selbst mit aller Gewalt durchbringen, und keiner stieg ihm drauf ein.

Jedenfalls: So krampfhaft ihre Namen und bevorzugten Aufenthaltsorte auch sein mögen – was ihre Abendgestaltung angeht, überraschen sie nicht selten mit durchwegs kreativen Ansätzen. Und das eine oder andere Mal sind sie regelrecht groß, wenn es darum geht, nicht nur die Zeit herumzubringen, sondern all das wie einen Teenagerfilm aussehen zu lassen, also mit Vollmond, Bier, dummen Sprüchen und – wie im heutigen Fall – reichlich Feuerwerk.

Und nicht nur, weil heute der 23. Februar ist, sondern weil die Stadt an ihren Rändern gerne Kleinstadt spielt und es ruhig angehen lassen will, und weil wegen wirklich aufsehenerregendem Lärm – wie zum Beispiel jenem, den ein billiges Feuerwerk verursacht – die Nerven und Telefone heißlaufen, ebenso schnell wie die Boys auch wieder verschwunden sein werden, wenn erst der Sheriff am Waldrand auftaucht, oder was auch immer sie sich für ihren dämlichen Film dieses Mal zusammenreimen und schönreden werden – es wird genau so aussehen und nicht anders: Bummbumm! Blaulicht! Und die Boys werden flüchten und der Sheriff hinterher, wobei der ja lange schon weiß, wo jeder Einzelne von ihnen wohnt, und es wäre nur eine Frage der Zeit, sie einen nach dem anderen ausfindig zu machen, aber nicht heute Nacht, *scheiß auf die Idioten*! So in etwa.

Das wissen auch Ringo und Twix und Turbo und Knallfrosch, als sie unter Daves Regie die Feuerwerksraketen ordnungsgemäß abfackeln, und Fred steht mit seiner Bierdose am Waldrand daneben und lächelt, weil es ist ja nicht die schlechteste Abendgestaltung. Und dann: Bummbumm! Strahlende Kinderaugen am Stadtrand, und schon laufen die Telefone heiß, und während der Sheriff behäbig in seinen Sheriffwagen kriecht, sind die Boys längst auf und davon und feiern das Feuerwerk im Februar, ganz so, als wäre Silvester; und sie feiern den Donnerstagabend, als wäre er ein Samstag; und Fred mittendrin.

17.

Bella nach Dienstschluss unterscheidet sich von Bella im Dienst höchstens dadurch, dass sie ihre vom Dasein schwer gezeichnete Barschürze abnimmt, die einmal im Monat gewaschen wird und jedes Mal nach Dienstschluss in Bellas persönlicher Schublade verschwindet. Und auch wenn Bella dann nicht mehr in ihrer Schürze steckt, so bleibt sie großteils in ihrer Rolle. Dass die Bar, in der sie sitzt, nicht ihr gehört, hält sie nicht davon ab, mit Personal und Gästen so umzuspringen, wie sie es eben macht, eben genau so.

Ein gravierender Unterschied ist aber doch: Mit fortschreitender Zeit wird sie, wie gesagt, gesprächig, ja fast schon geschwätzig. Dabei achtet sie zwar weiterhin penibel darauf, nichts allzu Privates preiszugeben – zum Beispiel, dass es auch einen Herrn X gibt, der zuhause vor dem Fernseher sitzt und wartet (worauf auch immer er wartet) –, aber bei Belanglosigkeiten kommt sie richtig in Fahrt und erzählt jedem, der es nicht hören will, von ihrer Schuhgröße (Bella hat wirklich große Füße), von ihrer Lieblings-Fernsehsendung als Kind, von der Blödheit der Leute oder von den Vorzügen des *kleinen Hinterns* ihres Herrn … oh, jetzt hätte sie sich doch beinahe verplappert und Herrn X erwähnt – sie bessert aber schnell nach: die Vorzüge eines *kleinen Hinterns* bei Männern generell (dass man ihn dann nämlich … *so richtig fest im Griff … wenn's drauf ankommt*). Wer in Hörweite ist, hört zu; da gibt es keine Ausrede. Bella ist offensichtlich in ihrem Element, auch wenn es wohlgemerkt erst kurz nach drei Uhr Nachmittag ist. Manchmal geht es nicht anders.

Willi ist auch noch da. Er kaut auf seinem Daumennagel herum, aber das macht er oft, das hat nichts mit Bellas Geschichten zu tun, er hört ihr sowieso schon lang nicht mehr zu. Willi macht das, was er am besten kann: Er wartet ab – bis es Zeit ist zu gehen, bis abends die Dämmerung kommt, irgendwas. Willi hat Rezepte im Kopf, den Kopf in den Wolken, ein Glas in der Hand, und die andere Hand am Rand der Bar, das erdet.

»Aufbruch!«, brüllt ihm Bella ins Genick, »Abflug!« Sie hat ganz offensichtlich vergessen, dass es aufgrund der Ereignisse heute noch nicht so spät ist wie sonst um diese Zeit; dass jetzt erst der Nachmittag in Fahrt kommt und es keinen Grund zur Eile gibt, treibt sie das Warten auf das Hauptabendprogramm doch üblicherweise gegen sieben nach Hause – das aber auch nur, wenn keine *Zusatzschicht* in der Kantine nötig ist, was wiederum jederzeit vorkommen kann, also *Überstunden*, also hängen bleiben. Niemand hat behauptet, dass es ein einfacher Job ist.

»Abmarsch!«, brüllt Bella jetzt am Nachmittag und klopft immer wieder auf Willis Rücken, wobei es ihr egal sein könnte, ob Willi die Bar gemeinsam mit ihr verlässt oder ob er noch stundenlang sitzen bleibt. Willi will auch brüllen: »Mir reicht's! Es reicht mir schon lang!« Aber noch bevor er sich über einen neuen Rückzieher ärgern muss, schlägt bei Bella die Stimmung um, Ruhe kehrt ein und sie gibt der Kellnerin per Handzeichen zu verstehen, sie solle die Rechnung auf die Liste setzen: »Bella zahlt später.«

Der Grund für ihren akuten Stimmungswandel ist denkbar einfach und rund: Pizza! Irgendetwas – sei es die Farbe der Holzhocker, ein Rülpser an der Bar oder vermutlich schlicht und einfach ein bestimmter Geruch, vielleicht auch der des Rülpsers –, irgendetwas hat Bella an frische Pizza denken lassen. Der Mensch hat so viele Erinnerungen an Pizza gespeichert, dass es alles Mögliche sein kann, das in einem das Verlangen aufkommen lässt. In Bellas Fall ist es heute Nachmittag verbunden mit der Sehnsucht nach Ruhe zuhause, ganz ohne schnaufende, plärrende Bargäste, dafür aber mit Herrn X, ja, ein wenig denkt sie zwischendurch auch an ihn. Natürlich wird er maulen, wird es womöglich wieder einmal gut gemeint und selbst gekocht haben, *aber ab damit in den Kühlschrank*, wird Bella sagen, so wie wenn sie *Arbeit mitbringt*, also Übriggebliebenes aus der Kantine, »ab in den Kühlschrank, Mitgebrachtes muss immer frisch gegessen werden«, wird sie Herrn X belehren. Und vor allem Pizza.

Pizza! Bella verabschiedet sich ohne Worte, immerhin mit einem kurzen Handzeichen. Draußen vor der Bar holt sie tief Luft; am Himmel sind inzwischen Wolken aufgezogen, es wird Regen geben. Sie startet den alten Wagen und parkt ihn ein paar hundert Meter weiter gleich wieder am Straßenrand. *Pizzeria senza fine*, bestimmt nicht die beste Pizza der Stadt, aber die einzige direkt auf dem Heimweg. Drinnen hängt Rauch in der Luft und kaum jemand isst. Bella bestellt für zwei und für die Wartezeit noch ein Getränk dazu, fragt nach Zeitungen und bekommt eine von Dienstag. Keine Viertelstunde später trägt sie ihre *Diavolo* und seine *Funghi* raus und fährt los, es ist kurz nach drei, erste Regentropfen landen auf der Windschutzscheibe.

Als sie den Wagen vor ihrem Wohnblock einparkt, regnet es stark. Das ging schnell – das mit dem Regen, nicht die Autofahrt, da hat man ihr eine Umleitung in den Weg gestellt. »U-Bahn wäre schon schneller«, sagt Herr X immer in seinem üblichen Tonfall, und schon allein deshalb nimmt sie lieber den Wagen. Aus Prinzip, so funktionieren sie beide eben.

Die Pizza wird kalt, das mit der Vorfreude hat sich erledigt, der Karton bekommt einige Tropfen ab, als sie zum Eingang läuft. Schon im Stiegenhaus wird sie von einem aufdringlichen Gemüsegeruch empfangen, der eindeutig aus ihrer Wohnung kommt. Er hat gekocht, das war zu befürchten. »Bist du da?« – »Ja!« Bella steht im Vorzimmer und muss eine Entscheidung treffen. Problemlos könnte sie jetzt die üble Laune das Kommando übernehmen lassen und den Tag zum Teufel schicken, vielleicht sogar Streit provozieren und die Pizza an die Wand werfen, das wäre einmal etwas ganz Neues, etwas für die Geschichtsbücher. Das wäre insgesamt aber auch furchtbar anstrengend. Die Alternative – brav sein, Gemüsebrei essen und versuchen, mit den Beilagen satt zu werden, endlich fernsehen – klingt zwar weit weniger spektakulär, aber genau darum geht's ja. Also macht Bella etwas, das sie noch nie gemacht hat – sie versteckt die Pizzakartons im Vorzimmerschrank und ruft: »Was riecht denn da so gut?« Er kauft es ihr aber nicht ab, wobei er nichts von der Pizza im Schrank wissen kann und schon gar nicht von ihrem Plan, diese später noch aus dem Schrank zu naschen. Dennoch hält der Haussegen noch eine Weile, nach dem Gemüse wird auf dem Sofa gerastet, Zeitung gelesen, ferngesehen.

Die Ruhe auf dem Sofa setzt dann Herr X aufs Spiel, das aber unbeabsichtigt, mit einer harmlosen Frage, kombiniert mit der falschen Bewegung zur falschen Zeit: »Warum bist du eigentlich schon hier?«, fragt er und sieht sie von der Seite an. Bella hört, was er sagt, und aus dem Augenwinkel bemerkt sie, wie er seinen Kopf in ihre Richtung dreht. In einer ersten Reaktion beißt sie auf ihre Zunge, und die rechte Gesichtshälfte beginnt zu zucken. Ob es denn wirklich so schlimm sei, muss sie sich fragen. *Ja*, kommt sofort die Antwort zurück, *klar*! Worum es hier genau geht, kann sie nur vermuten; sie vermutet aber, dass es um ihre Freiheit geht. Die Freiheit, am Nachmittag heimzukommen und auf dem Sofa zu liegen, ohne von der Seite her blöde Fragen gestellt zu bekommen. Um nicht mehr und nicht weniger geht es hier, beschließt sie. *Punkt.* »Ich geh schlafen«, sagt Bella und steht vom Sofa auf. »Schlafen?« Herr X ist zu Recht ratlos. Für sie ist es aber nur eine weitere sinnlose Wortmeldung und das lässt sie ihn auch spüren. Nicht direkt, ohne Worte, aber unmissverständlich.

Und geschnauft wird auch, unmissverständlich geschnauft; und gestampft, sie stampft ums Sofa herum und bereitet gerade ihren Abgang vor, da murmelt er ihr noch ein »Ich hab ja nur gefragt« hinterher, was sie vollends aus der Fassung bringt. Bella stellt sich vor den Fernseher und hält ihm eine deftige Predigt – im übertragenen Sinn geht es darin eben um die Freiheit des Menschen, den Arsch in die Höhe zu bekommen, um das unablässige Ticken der Uhr und das Leben an sich. »Und damit du's weißt …«, stampft sie danach ins Vorzimmer, holt die Pizzakartons aus dem Versteck im Schrank und präsentiert sie ihm wie eine weitere bittere Wahrheit. Damit lässt Bella ihn endgültig und heillos verwirrt zurück, und während sie den Gang entlangtrampelt, an dessen Ende die Schlafzimmertür demonstrativ zugeschlagen wird, drückt er nur den Uhrzeitknopf auf der Fernbedienung. Und als die Zeit in der rechten oberen Ecke des Bildschirms erscheint, nickt er anerkennend und unterdrückt ein Grinsen.

Im Schlafzimmer muss auch Bella lächeln. Sie steht vor dem Bett, die beiden Pizzakartons in den Händen, sie denkt darüber nach, die *Funghi* auf seinem Kopfpolster zu platzieren, aus der Küche eine Dose Mais zu holen und rund um die *Funghi* noch ein paar Maiskörner hinzustreuen, und vielleicht macht sie das auch.

18.

Willi hat's noch keinem gesagt, aber es ist sich ziemlich sicher, dass er von einem verrückt gewordenen Hund verfolgt wird. Willi sitzt an der Bar und muss dringend raus hier. Es ärgert ihn, dass er nicht mit Bella gefahren ist, es ärgert ihn wirklich – dass er ausgerechnet heute dagegengehalten hat und es jetzt langsam Abend wird und er rausmuss, wo der Hund schon auf ihn warten wird. Es ist nicht etwa Einbildung, der verrückte Hund verfolgt ihn mit voller Absicht, ja, mehr noch: Er scheint irgendeinen irrwitzigen Plan ausgeheckt zu haben, den er Stück für Stück an

Willi abarbeitet. Als er Willi zum ersten Mal auf dem Nachhausweg gefolgt ist, da hat der noch gelacht und sich über den Begleiter gefreut. Beim zweiten und dritten Mal ist es ihm nicht seltsam vorgekommen, beim vierten Mal hat der Hund ihm den Weg verstellt, beim fünften Mal geknurrt und beim sechsten Mal die blanken Zähne gezeigt.

Heute ist das siebte Mal, und da hinten kommt er schon. Willi flucht und versucht nachzudenken, dafür ist aber keine Zeit. Dann beginnt er – *drauf geschissen!* – zu rennen, und was sagen sie immer: Bei Hunden niemals rennen, dann rennt auch der Hund. Und so ist es. Es eine Verfolgungsjagd zu nennen, wäre noch zu früh, eher einen Versuch, was alles möglich ist und was Willi angeht, immer hektischer. Der Hund bleibt ruhig und rennt. Willi schlägt Haken, sieht jede Menge Bäume, aber so verzweifelt ist er noch nicht. Stattdessen nimmt er den schmalen Weg durch die Kleingartensiedlung, denn dort gibt es Gartenzäune. Die sind aber allesamt nicht hoch genug, muss Willi feststellen, als er zwischen den verlassenen Häuschen Haken schlägt; Gartenzäune wie diese sind für einen Hund kein Hindernis und schon gar nicht für einen verrückt gewordenen Hund. Und weit und breit keine Menschen in den gepflegten Vorgärten, nur Gartenzwerge und Waldtiere aus Plastik.

Willi ist jetzt doch verzweifelt und beginnt zu rufen, während er schneller rennt: »Hilfe!«, ruft er, »der Hund! Hilfe!« Die Straßenlaternen sind angegangen, niemand hört sein Gebrüll, das immer panischer wird, und der Hund kommt keuchend näher. Und Willi trifft eine Entscheidung. Er bleibt mit einem Ruck stehen und bellt den Hund an: »Was?! Was?! Was?!« Auch der Hund bellt, es ist ein böses Bellen. Aber immerhin ist er stehen geblieben. Willi und der verrückte Hund bellen einander an. Macht Willi einen Schritt rückwärts, macht der Hund einen nach vorne. So geht es den Weg entlang, bellend kreuz und quer. Bis am Ende doch eine Tür aufgeht, die Tür einer Holzhütte, die im einzig verwahrlosten Garten der Kleingartensiedlung steht. Eine aufgebrachte Stimme fragt: »Was soll der scheiß Lärm?!« Willi lacht, der Hund sieht ihn nur ratlos an. Dann springt Willi über den Zaun, landet im heruntergekommenen Garten auf den Knien und verschwindet in der Holzhütte.

19.

Im Supermarkt kommt Jazz aus den Lautsprecherboxen. Susi mag Jazz nicht, besonders nicht den Moment, wenn sich das Saxophon wichtigmacht, und so ein Moment kommt gerade aus den Boxen. Aber Susi ist das egal. Sie kann zwar Jazz nicht leiden, aber sie liebt Supermärkte. Vor allem auch deshalb, weil sie üblicherweise kaum die Zeit findet, so richtig entspannt durch die Regalreihen zu spazieren. Schuld hat die Arbeit, und die hat immer Schuld, allein schon mit den ungesunden Überstunden – da gibt's sonst im Supermarkt nur die Chance auf einen Wettlauf gegen Kassaschluss oder im Normalfall eher den trostlosen Einkauf im Tankstellenshop. Und deshalb hat Susi nicht lang überlegt, was sie mit ihrem unverhofft freien Nachmittag anfangen wird: einkaufen, ohne auf die Uhr zu sehen, vielleicht sogar ein wenig ohne an die Brieftasche zu denken; zwischen den Regalen herumgehen, auch wenn ihre Füße wehtun, den Einkaufswagen geschmeidig um die Ecken lenken et cetera.

Im Wagen hat sie schon die schönen Sachen (Brokkoli, Nüsse in Honig, grüner Aufstrich, gefrorene Beeren), jetzt fehlen noch die notwendigen Sachen (Gebäck, Geschirrspülmittel, Servietten) und die überraschenden (Orangenkekse, Eiscreme, Schwammerlwurst, Saure Freunde). *Ja, so wird das was!* Susi ist geradezu beflügelt, sie humpelt kaum und ihr Kopf ist für die Dauer der gesamten Supermarkttour angenehm leer. Selbst die Musik macht jetzt mit und geht über in harmloses Geklimper. Nur in der Tiefkühlabteilung kommt kurz Ärger auf: Zwei achtlos abgestellte Einkaufswagen stören Susi bei der Auswahl der richtigen Eissorte, und da versteht sie keinen Spaß. *Heute nicht – ganz ruhig …* schiebt sie einen der beiden Wagen mit Schwung zur Seite, da dreht sich einer ebenso schwungvoll nach ihr um und sie zieht sofort den Kopf ein und die Schultern hoch, denn frech wird Susi nur, wenn keiner sie dabei erwischt.

»Ich stell den kurz weg, in Ordnung?«, sagt sie. Der Mann, der natürlich ausgerechnet vor dem Eiscremekasten steht, hat einen strengen Blick aufgesetzt, das aber mit freundlichen, dunkelgrünen Augen, die fallen Susi sofort auf. Und dann lächelt er: »Ausnahmsweise.« – »Hier wird's immer eng«, murmelt Susi und er fragt: »Wie bitte?« – »Der Gang hier ist so eng.« Mit übertriebenen Bewegungen sieht er von links nach rechts, schüttelt den Kopf und sagt: »Wirklich. Eine Frechheit. So enge Gänge bauen.« Susi lächelt auch und versucht, einen Blick auf den Eiskasten hinter ihm zu erhaschen. Er dreht sich einmal um und wieder zurück und sagt: »Ach ja, Eis! Bei mir wird's noch ein bisschen dauern. Ich kann mich nie entscheiden.« – »Ich schon. Ich nehm Karamell-Nuss.« – »Echt? Sie sehen gar nicht nach Karamell-Nuss aus.« – »Wie seh ich denn aus?« – »Na mehr so … fruchtig.« – »Aha. Und wie sieht man aus, wenn man fruchtig ist?« – »Na so bunt. Wie Sie.« – »Na gut. Dann danke.« – »Bitte. Ist die Wahrheit.« – »Darf ich?« – »Klar! Greifen Sie zu!« Er macht einen Schritt zur Seite, Susi öffnet den Eiskasten, nimmt eine Packung Karamell-Nuss und legt sie in ihren Einkaufswagen. Er hat jeden Handgriff genau beobachtet: »Beeindruckend. Sehr zielstrebig.« Susi gefällt das, ihr fällt aber keine schlagfertige Antwort mehr ein. Also sagt sie: »Na dann …« Und er: »Dann viel Spaß mit Karamell-Nuss.« – »Und Ihnen viel Glück. Sie werden schon was finden.« Noch während sie das ausspricht, antwortet er in ihrer Fantasie so, wie die Leute im Film darauf zu antworten haben: *Vielleicht hab ich ja schon was gefunden …* In der Wirklichkeit gibt's von ihm immerhin ein »Wir sehen uns bestimmt noch.« – »Ja, wahrscheinlich an der Kassa.«

Und jetzt kann sie eigentlich nur noch gehen, das macht sie dann auch, mit einem letzten Lächeln, den Tiefkühlgang entlang. In ihrer Fantasie murmelt sein Film-Ich: *Schenk mir noch deinen Über-die-Schulter-Blick …* – also versucht sie es. Aber er steht schon wieder voll konzentriert vor dem Eiskasten. Dann dreht er doch noch den Kopf zur Seite und grinst. Susi winkt, er winkt zurück. Sie ist am Ende der Tiefkühlabteilung angekommen und muss jetzt um die Ecke. Dort versperrt ihr wieder ein Einkaufswagen den Weg. Susi schiebt auch den zur Seite und zuckt lächelnd mit den Schultern. Er steht noch immer vor dem Eiskasten und hält mittlerweile triumphierend eine Packung in die Höhe. Die Sorte kann sie von hier aus nicht erkennen.

Für die letzten paar Meter lässt sich Susi viel Zeit, ebenso am Förderband, beim Bezahlen und später am Parkplatz, aber der Eismann taucht nicht wieder in ihrem Film auf. Nicht heute.

20.

Wie verbringt Robert Anker zuhause bevorzugt seine Freizeit?

a) nackt oder *b) bekleidet*

Gäbe es ein Quiz zum Leben des *aus Funk und Fernsehen bekannten Saunameisters Robert Anker*, so wäre diese Frage ein Muss. Aber Achtung: Bei einem Quiz sind Fragen wie diese meist eine Fangfrage! Es gibt aber gar kein Quiz, daher lösen wir auf:

b) bekleidet. Robert Anker ist zuhause nur nackt, wenn er duscht oder badet, sich rasiert und von oben bis unten eincremt und danach einige Zeit vor dem Spiegel steht.

Sonst aber trägt er einen ausgewaschenen, einst babyblauen Hausanzug, den er – würde er Wörter wie dieses verwenden – am ehesten als *kuschelig* bezeichnen würde. Auch an diesem Nachmittag, gleich nachdem er zuhause die Tür ins Schloss gedrückt hat, ist er ins Schlafzimmer geeilt, auf schnellstem Weg zu seinem geliebten Hausanzug. Er hat sich vorgenommen, ihn bis zum nächsten Morgen nicht wieder auszuziehen, und das schafft er locker.

Robert Anker sitzt auf dem Fußboden seines Wohnzimmers und ist umgeben von Zeitschriften, Fotos und Schnickschnack. *Was macht Robert Anker da?*

a) er sortiert seine Sammlung oder *b) er räumt auf*

Wir lösen am besten gleich auf: Wie jeder vernünftige Hotelmensch hat Robert Anker im Lauf der Jahre eine ansehnliche Menge an Souvenirs angehäuft, ja, mehr noch als das. Er hat in sehr vielen Hotels und Häusern gearbeitet, weshalb er zwar nicht unbedingt *bekannt aus Funk und Fernsehen* ist, es aber in einige Lokalblätter und Urlaubskataloge geschafft hat. Die machen mit Packen von alten Fotos (einige davon anzüglich und manche durchaus mit Potenzial für eine handfeste Erpressung) nur einen Teil der Souvenirsammlung aus, die er in mehreren Schachteln und Plastikboxen in einem eigenen Kasten versteckt hält. Dann ist da noch das Besteck – er weiß nicht warum, aber irgendwann hat er damit angefangen: Besteck hat es ihm angetan. Zuerst die kleinen Teelöffel (weil man sie am einfachsten in der Jackentasche verschwinden lassen kann), dann Messer, Gabeln, Suppenlöffel (ehrlicherweise auch nicht viel schwieriger), sogar einige Schöpfer, Schaber, Wender, und weiß der Kuckuck. Robert Anker hat in Hotels mehr Besteck entwendet als Kinder Kaugummi in Kaufmannsläden. Sozusagen. Er bewahrt es in kleinen Koffern auf, drei Stück, die klirren und scheppern so laut, dass er sich jedes Mal vorkommt, als hätte man ihn auf frischer Tat ertappt. Aber er muss die Koffer immer wieder rausholen aus dem Kasten und das Besteck aus den Koffern. Er legt es rundherum in Kreisen auf dem Fußboden seines Wohnzimmers auf. Er sortiert seine Sammlung. Und das ist längst nicht alles.

Wir haben gesagt, jeder vernünftige Hotelmensch häuft im Lauf der Jahre eine ansehnliche Menge an Souvenirs an. Das mag so sein. Robert Anker jedenfalls hat schon früh den Weg alles Vernünftigen verlassen. Er hat es übertrieben und wurde nie erwischt. Und es hat sich ausgezahlt: Deshalb braucht er keine Hobbys, er braucht auch sonst nichts und niemanden – er hat ja seine Sammlung.

Er sitzt in seinem ausgewaschenen, ehemals babyblauen Jogginganzug auf dem Wohnzimmerboden und ist umkreist von Silberbesteck in allen Größen und Formen, dazu die Stapel von Zeitschriften und Urlaubsfotos, unzählige Schlüssel, Feuerzeuge, Schuhbänder, Haarspangen, Zahnbürsten, Notizen, die Hotelgäste auf Hotelzimmerzettel gekritzelt haben, Berge von Wäsche, frische Socken und getragene Socken, Polsterüberzüge, Kabel aller Art, ein Sack voller Medikamente, eine kleine Box mit kleinen Haaren drin, Schminksachen, und vor allem Lippenstifte, Gürtel, Schlafmasken, Kontaktlinsen und so viel mehr.

Bleibt nur noch eine Frage: *Was macht Robert Anker mit all dem Zeug?*

a) er will es auf Flohmärkten verkaufen oder *b) fragt lieber nicht*

21.

Rose Antl macht sich keine Sorgen um Werner, sie würde nur gerne wissen, wohin er gegangen und vor allem, weshalb er noch nicht zurück ist. Andererseits will sie auf keinen Fall, dass er gerade jetzt auftaucht, ebenso wenig wie Marina – wo sie, Rose, doch so offensichtlich vor dem Haus herumsteht. Und nicht dass ihren Eltern dieses Bild nicht hinlänglich bekannt wäre, aber spätestens wenn dann zugleich der Wagen käme, wäre sie in Erklärungsnot. Sie hat die Sache nicht wirklich zu Ende gedacht (»Hol mich einfach vorm Haus ab!«), und er will sowieso immer aufs Ganze gehen, um es ihr zu beweisen (»Du kennst mich nicht, Baby. Niemand kennt mich …«).

Nur auf den einen kurzen Moment wird es ankommen: Der Wagen wird um die Ecke biegen, sie wird die Zigarette mit der Spitze ihres Stöckelschuhs austreten, Rauch aus den Nasenlöchern blasen, den Daumen rausstrecken und frech grinsen, der Wagen wird halten und sie wird einsteigen, und keiner in der ganzen verfluchten Langweiler-Straße wird es mitbekommen. Kaufmann wird das Gaspedal runtertreten, und sie werden verschwunden sein, bis zu den ersten Sonnenstrahlen am nächsten Morgen. So wird es sein und nicht anders und es wird gut sein. »Hallo, Baby …«

22.

Zur selben Zeit (wessen Zeit auch immer) kommt im Hallenbad aus Kästchen Nummer 25 eine Hand zum Vorschein, es folgt ein Kopf mit schwarzen Haaren, dann eine weitere Hand, Schultern, ein Oberkörper, ein ganzer Mensch kriecht heraus. Es ist András, und er ist immer noch András, aber zugleich auch jemand, der soeben aus einem fünfzig Zentimeter breiten und achtzig Zentimeter hohen Garderobenkästchen gekrochen kommt, aus dem mit der Nummer 25. Und das ist alles andere als normal – das wäre es bei keinem Kästchen, aber besonders nicht bei dem mit der Nummer 25. Und er ist jetzt auch jemand, der nicht zusammenzuckt, als sich ein Schatten von der Wand löst und den Gang entlangschleicht. András geht ebenfalls los, den Gang entlang bis zum Ende, er nickt dem Saunapärchen zu, das nur langsam und widerwillig den Weg freimacht. András grunzt leise und weicht ebenso widerwillig aus. Ganz hinten steht die alte Frau mit der grauen Haut und dem dunkelgrünen Badeanzug im Neonlicht, das ihre verbeulte Badehaube voll ausleuchtet. Ohne zu zögern geht András auf sie zu, und sie streckt ihm ihre Arme entgegen und grinst mit einem zahnlosen Mund.

23.

Die Nacht mit ihren dunklen Ecken und unkontrollierten Gedankengängen bereitet Marina Antl kaum einmal Sorgen. Mit nächtlichen Autofahrten sieht es da schon ganz anders aus. Und doch hat sie sich in diese Situation gebracht, ist in die Dämmerung gefahren. Und womit? Nicht *mit Recht*, wie der alte Witz besagt, das vielleicht auch, aber vor allem mit Selbstüberschätzung und gekränkter Eitelkeit, wie es eher einem Teenager gut stehen würde. Das alles durchaus nicht unbegründet, denn alle anderen sind Vollidioten. Aber wem wollte sie etwas beweisen und wen hat sie damit in Bedrängnis gebracht? Zweimal nur sich selbst, so viel ist ihr klar, während sie mit zusammengekniffenen Augen durch die Nacht rast.

Immerhin ist sie schon wieder in die andere Richtung unterwegs, in die Richtung, aus der sie gekommen ist. Kurz vor dem eigentlichen Ziel ihrer unmotivierten Fahrt ist ihr nämlich die Sinnlosigkeit dieses Unterfangens bewusst geworden und sie hat einfach umgedreht, ist an der Autobahntankstelle rausgefahren und auf der anderen Seite einfach zurück. Wenn es doch nur wirklich so einfach wäre.

Von der Aufregung im Hallenbad, von all dem Ärger und der waschechten Enttäuschung nachhaltig verwirrt – denn so etwas kommt in Marina Antls Innenleben nur selten vor –, stieg sie vor Stunden in den Wagen und fuhr los. Lange Zeit fuhr sie nur kreuz und quer durch die Stadt, von einem Stadtrand zum nächsten; viel Gegend, wenig los auf den Straßen, aber insgesamt eine unruhige Fahrt. Und weil Marina Antl noch nicht stehen bleiben und aussteigen, aber auch nicht planlos herumfahren wollte, brauchte sie ein Ziel.

Der erstbeste Gedanke machte das Rennen, und das einzig und allein aus Trotz: Dorthin zu fahren, wo sie eigentlich herkommt, rein in die Täler, denn wo es Täler gibt, da sind auch Berge, da, wo sie herkommt, beinahe Italien, aber eben nur beinahe. Dorthin wollte sie fahren, weil Werner es dort hasst, weil Werner ihre Familie nicht ausstehen kann und weil das auf Gegenseitigkeit beruht. Deshalb wollte sie zurück nach Hause. *Um was genau zu tun?* – kam dann auf der Straße endlich die richtige Frage. Um Werner von Beinahe-Italien aus anzurufen und frech in den Telefonhörer zu lachen? Um sich auf die Suche nach süß-sauren Erinnerungen und Jugendsünden zu machen? Nach den Herzchen suchen, die sie in Bäume geritzt hat, nach der Holzbank, auf der irgendeiner sie zum ersten Mal geküsst, und nach dem Schaufenster, das sie mit einem großen Stein eingeschlagen hat? Um zu sehen, ob es immer noch ein Schaufenster war? Um es dann – sofern sie überhaupt jemals eine neue

Scheibe eingesetzt haben sollten – ein zweites Mal einzuschlagen? Um mit ihren Leuten vor dem offenen Kaminfeuer zu sitzen und bei einem großen Glas warmer Milch von den vergangenen zwanzig Jahren zu erzählen? Oder würde es nicht doch wieder nur in Streit und Ärgernis enden?

Also stellte sie mitten auf der Straße, gar nicht mehr weit entfernt von ihrem angeblichen Ziel, endlich die richtige Frage, fuhr an der nächsten Autobahntankstelle raus und auf der anderen Seite einfach zurück.

Dass sie damit die Hälfte ihrer selbst auferlegten Reise hinter sich gebracht hat, halbiert jedoch das Problem nicht: Mehr als drei Stunden Fahrt bleiben ihr noch, und das kurz vor Mitternacht. Kaum andere Autos unterwegs und die Ortsnamen, die auf den blauen Schildern am Straßenrand aus der Nacht auftauchen, sind keine Option, keine Hilfe, kein Grund zur Entspannung. Für Marina Antl klingen sie nach Märchen, nach Orten, wo sie heute noch mit ernster Miene schreckliche alte Sagen erzählen: vom *Zeckenberger Käsemann*, von der *roten Gräfin auf Burg Wolkenstein* und den *seltsamen Leuten aus Bach Gedeih*. So etwas in der Art, Schwachsinn, der müde macht. *Aufwachen, Marina!* Und doch – obwohl sie sich über sie lustig macht – wird sie diese Geschichten nie ganz aus dem Kopf bekommen, dafür hat man gesorgt, genauso wie bei den anderen Dingen im Kopf. Die Straße verschwimmt vor ihren Augen; kann sein, dass Marina nur ausgiebig gegähnt hat, kann sein, dass sie weint.

So oder so ist es an der Zeit, ihr ein Lächeln ins Gesicht zu zaubern. Dafür sorgt das nächste Straßenschild: *Freizeitzentrum Staubtaler See*. Wo die Welt damals in Ordnung und Marina frei war. Wo der Fabian sie und sie ihn unmissverständlich berührte. Wo sie es an einem Nachmittag zuwege brachte, fünfmal ins Kaufhaus zu schleichen und fünfmal mit jeweils einer Flasche Wein ungesehen wieder raus. Wo sie federführend daran beteiligt war, die Zauner im Wasser zu versenken, worauf die Alte wild um sich schlagend den Grund unter den Füßen verlor und beinahe für immer im Staubtaler See verschwunden wäre, womit Marina jetzt mit ziemlicher Sicherheit hier nicht durch die Nacht fahren, sondern lallend an einem verwunschenen Ort herumhängen würde, weil sie das wohl nicht so locker wie alles andere weggesteckt hätte – die Schuld daran, aus der Zauner ein Sumpfmonster gemacht zu haben, den anschließenden Jugendarrest und das Ausgestoßensein danach. Aber zum Glück ersparte die Zauner sich und allen die Qual, fand den schlammigen Grund unter den Füßen wieder (und war zu dieser Zeit so nebenbei und danach endgültig davon überzeugt, mit dem Hauser-Wolf einen wahrhaftigen Grund zum Leben gefunden zu haben, wobei der sie nur zwei Wochen später mit einer namenlosen Lateinlehrerin hinterging, aber egal). Der Zauner blieb also ein ewiges Dasein als Sumpfmonster erspart, dem Staubtal eine weitere lästige Sage und Marina Antl eine allzu tragische Jugendgeschichte. Weshalb sie hier und jetzt durch die Nacht fährt und sich die Zeit mit Was-wäre-wenn-Erzählungen vertreiben muss, um nicht völlig sinnlos in den Schlaf und vom Rand der Welt zu fallen.

Also nehmen Sie den Fuß vom Gas und schalten Sie einen Gang zurück, bringen Sie Ihre Rückenlehne in eine aufrechte Sitzposition und stellen Sie gefälligst die Rückblenden ein, diese halbherzigen Rückblenden! Danke! Und so fährt Marina Antl weiter, was bleibt ihr sonst denn übrig?

Sie hält durch und irgendwann unterwegs gelingt es ihr sogar, die Gedanken abzudrehen und den Kopf dennoch einigermaßen in

Betrieb zu halten, immer geradeaus, im Blindflug auf der Autobahn. Nur mehr 150 Kilometer, dann 100 und dann Filmriss – und dann hat sie es geschafft. Sie stellt den Motor ab, zieht den Zündschlüssel raus und steigt aus dem Wagen. Stockdunkel ist es noch und sie muss unbedingt schlafen, sofort.

Marina Antl steht nicht vor ihrem Haus, sondern vor dem Hallenbad, aber das hat sie schon geahnt. Sie sperrt die Tür auf, geht zunächst zügig durch die Eingangshalle, so wie immer und als ob nichts wäre – doch plötzlich bleibt sie stehen: »Hallo?!«, ruft sie. Und gleich noch einmal: »Hallo?!« Und dann überkommt es sie und sie beginnt zu rennen, weil der nächste Lichtschalter so weit weg ist. Licht braucht sie aber dringend, bevor etwas auftaucht, das sie verfolgt und ihr zum Beispiel den Bauch aufreißt, wobei sie nicht sagen könnte, was das Licht daran ändern würde.

Sie hat es bis zum Lichtschalter geschafft, und bis jetzt hat ihr nichts und niemand den Bauch aufgerissen. Aber wem erzählt sie hier eigentlich Unsinn wie diesen? Und wer will ihr etwas erzählen? *Eben!* Marina weiß genau, was sie jetzt braucht – *Weil ich's kann!* Ein Vollmondbad, völlig egal, ob der Mond voll ist oder überhaupt am Himmel steht – jedenfalls ein Bad in der Nacht. Wenn auch bei voller Beleuchtung; man kann es ja machen, wie man will. Eine Deckenleuchte nach der anderen geht an, auf ihrem Weg zum Schwimmbecken hinterlässt Marina Antl eine Spur aus Kleidern; erst Jacke und Schuhe, dann Weste und Hose, T-Shirt, BH und Socken und Höschen. In Gedanken wiederholt sie auf dem Weg ständig die Worte: *Wär doch gelacht, wär doch gelacht, daswärdochgelacht!*

Und da schwimmt sie schon, rauf und runter, taucht auf und ab, spuckt Wasser vor sich her, aber von Zeit zu Zeit unterbricht sie den Spaß und ruft: »Hallo?!« Oder: »Hallo?! Das ist nicht witzig!« Was auch immer nicht witzig sein und wer auch immer es hören soll. Aber schaden kann es nicht, denkt Marina Antl, *das kann nicht schaden.* Und sie schwimmt so lange im Becken auf und ab, bis draußen die Sonne aufgegangen ist.

Episode 4

24.

András steht in der Ecke und beobachtet Marina Antl beim Schlafen. Das wollte er immer schon machen – nicht speziell Marina Antl beim Schlafen beobachten, aber jemanden. Zufrieden, dass es geklappt hat, schleicht András aus dem Zimmer, da wacht Marina auf. »András, hast du …?« – »Nein … *Was* hab ich? … Nein!« – »Was machst du dann hier?« Marina liegt nach wie vor mit geschlossenen Augen im Bett, als er stehen bleibt. »Kontrollieren.« – »Was kontrollierst du?« – »Na ja … die Fenster.« – »Auf was?« – »Wie bitte?« – »Wozu?!« – »Na, ob sie dicht sind.« – »Jetzt?« – »Wie?« – »Warum das *jetzt* sein muss!« – »Weil ich das immer mache, im Frühling.« Er ist ganz entspannt, sein Herz klopft auch beim Lügen nicht schneller als sonst, er kennt eine Antwort auf jede Frage. »Hast du mich beim Schlafen beobachtet?« – »Ich muss gehen«, antwortet András.

Auf der Treppe rennt er beinahe Werner Antl über den Haufen. »Aha«, sagt Werner, »guten Morgen.« – »Ja, alles klar.« Werner fällt dazu nichts ein, er hat andere Sorgen und er ahnt, dass sie genau hinter dieser Tür auf ihn warten.

Marina trägt einen Bademantel und steht bereits mitten im Zimmer, als Werner das Büro betritt. »Guten Morgen?« Es ist eine Frage. Sie nickt. »Du warst *wo*?« Noch so eine Frage. »Zuhause«, murmelt Marina. »Dann hab ich dich anscheinend irgendwie verpasst.« – »Nein, zuhause bei Mama und Papa. Aber nur fast.« – »Aha.« – »Wo warst *du*?« – »Ich war wirklich zuhause. Allein.« – »Und wo war Rose?« – »Was weiß denn ich, wer wo war die ganze Nacht?!« – »Ah ja. Du bist das Opfer.« – »Ich bin überhaupt nichts.« Werner hört schon gar nicht mehr richtig hin. Fasziniert beobachtet er auf einem seiner Bildschirme nämlich den Live-Einstieg in die Kantine, wo Bella drei Orangen zu jonglieren scheint. Das Schauspiel dauert aber nur kurze Zeit, zwei Orangen fallen zu Boden. *Kaum haben wir aufgesperrt, machen sie schon wieder Dreck*, denkt Werner. *Aber egal, ist ja nicht meine Kantine.*

»Verdammt!«, schimpft Bella. »Wie lange?«, fragt sie Willi. »Äh, keine Ahnung. So ungefähr zehn Sekunden?« – »Verdammt!« – »Wahrlich, ein Drama«, sagt Georg und wechselt den Barhocker. »Willi, räum die weg«, sagt Bella und meint die Orangen, und Willi sagt: »Ich bin nur der Koch.« – »Du bist ein Scheiß-Koch!«, ruft ihm Bella hinterher. »Na ja, ich bin *dein* Koch.« Georg grinst und sieht Bella an. »Heute gereizt?«, fragt er. »Halt doch du dein Maul!«, faucht sie. »Oh ja«, nickt Georg, »und wie!« Er trinkt seinen Kaffee leer, als wäre es Schnaps.

Als er die Tasse von seinem Gesicht wegnimmt, ist er allein. Und aufs Stichwort – *allein* – rutscht ihm ein Seufzen raus, aus tiefstem Herzen und ohne es kontrollieren zu können. Dabei geht es zweifellos um Grant. Grant, der ihm so sehr auf die Nerven geht, wenn er auf diesem Barhocker sitzt, der ihn jetzt aber allein gelassen hat, weil er – vermutlich von oben bis unten zugegipst – im Krankenhausbett liegt, und Georg nimmt sich vor, dass er ihn natürlich besuchen wird, wenn die Zeit es erlaubt, bald schon. Genaueres dazu kann er von hier aus noch nicht sagen, er muss seine Lage erst bewerten, abwarten, abwägen. Denn wo ihn sonst eine Nebelwand – oder eben Grant als ständiges Gegenüber – vor zu viel Grübelei schützt, macht sich schon heute Morgen Ratlosigkeit bemerkbar. Dass Grant von oben bis unten zugegipst im

Krankenhausbett liegt, ist also für ihn, Georg, eigentlich noch viel schlimmer. Er hat hier auch Schaden erlitten, aber das kennt man ja. »Ich geh aufs Klo!«, verkündet er und klettert umständlich vom Barhocker.

Am Klo vermeidet er es, in den Spiegel zu sehen, er taucht in eine der Kabinen ab und sperrt zu. Dann muss es schnell gehen, am Morgen gewohnheitsmäßig im Stehen, ab Mittag wegen beginnender Trägheit und abnehmender Zielgenauigkeit zumeist im Sitzen, große Geschäfte erledigt Georg aus Prinzip zu neunzig Prozent zuhause, die restlichen zehn Prozent sind widerwillige Ausrutscher.

Weil er in Gedanken ist, gehen ihm an diesem Morgen ein paar Tropfen daneben, landen also auf dem Sitz, den er nicht hochgeklappt hat und ab Mittag benutzen wird. Das nimmt er in Kauf. Er packt ein und greift zur Spülung, da bricht aus dem Nichts ein Geruch über seine Kabine herein, wie er ihn noch nie gerochen hat. Ein Geruch, den noch niemals jemand gerochen haben kann, denn sonst müsste es tagelang seitenweise in den Zeitungen gestanden haben, fantasiert sich Georg seine Version einer späteren Erklärung zurecht, wobei es keine Erklärung gibt und er auch keine Hilfe erwarten kann, denn mit der verzweifelten Umschreibung eines Geruchs ist man auf sich gestellt, überhaupt bei einem solchen. Und das, wo Georg in seinem Leben schon alle möglichen seltsamen Gerüche untergekommen sind. Ein Geruch kann nicht hinter einem stehen oder vor der Klotür auf einen warten, aber Georg überkommen Gedanken in diese Richtung. Er weiß, dass er in diesem Moment hier drinnen nicht allein ist. Und dann ist es genauso plötzlich vorbei. Denkt er.

Er vergisst auf die Spülung, rüttelt automatisch an seinem Gürtel, um den Sitz seiner Hose zu korrigieren, sperrt auf und tritt aus der Kabine – da trifft ihn die Wolke mitten ins Gesicht und drückt ihn gegen die Wand, zumindest kommt ihm das so vor, ein hilfloses Gerangel mit der Luft, das er nicht erklären kann und wieder nicht erklären wird können, wenn er später nach Worten suchen und es dann lieber bleiben lassen wird. Er glaubt, im Spiegel eine Bewegung gesehen zu haben, kann aber nicht ausschließen, dass das sein eigener zuckender Arm war. Im Spiegel sieht er auch sein ratloses Gesicht, seine zerrauften Haare, dicke schwarze Augenringe, das volle Programm.

Georg schlägt sich mehrmals auf die Wangen, er stürzt zum Waschbecken und dreht das Wasser auf, dass es nur so spritzt, hält den Kopf unter den Wasserhahn und brüllt dabei. Alles ist gut, es kann nur besser werden. Georg wird darüber nachdenken, den Tag über an der Bar, oder auch nicht. Oder auch nicht.

In der Eingangshalle hat Rose inzwischen ihren Platz hinter der Kassa eingenommen, und auf dem Weg zurück in die Kantine sieht Georg verstohlen zu ihr rüber, was in mehrfacher Hinsicht keinen Sinn ergibt. Rose registriert den Blick auch nicht und macht weiter mit ihrem Job: gelangweilt auf einem Kaugummi herumkauen, das kann sie so gut. Und das war's dann schon, was es an der Kassa zu sehen gibt. Rose sitzt und wartet, in voller Kenntnis der Trostlosigkeit eines lahmen Wochentags. *Welcher Tag ist jetzt eigentlich genau?* Und es verwundert, dass sie die Sache so gelassen durchzieht, aber es ist ja noch früh am Morgen. Die Ernüchterung wartet schon hinter der nächsten Ecke und sie wird kommen. Gewiss, Miss Rose, gewiss wird sie kommen.

Georg ist in der Kantine verschwunden, und als er weg ist, nimmt sie ihn doch wahr, also zumindest nimmt sie aus dem Augenwinkel eine Bewegung wahr. Weil: die einzige Bewegung in der Eingangshalle für lange Zeit. Selbst die Uhr steht still und

Rose macht mit und versucht, den Rekord zu brechen, den Rekord im Stillstand. *Gewonnen!* Es ist kurz vor zehn. Immerhin.

Immerhin – auch für Fred ist zehn Uhr eine Zeit, mit der man fürs Erste zufrieden sein kann, weil man es bis hierher schon einmal geschafft hat. Fred hat Schmerzen, die er so leicht nicht wegbekommen wird. Da zählt jede Minute. Und zugleich ist der Blick auf die Wanduhr völlig egal, wenn der Tag sich selbst auffrisst. Fred hört seinen eigenen Namen als Schlachtgesang in Dauerschleife, und der seltsame Geschmack in seinem Mund lässt ihn darüber rätseln, ob er heute Nacht nicht auch der Wiese am Stadtrand ein Stück rausgebissen hat. Ja, er hat zu viel Zeit zum Nachdenken, und müde fällt er in seinen grünen Plastiksessel am Beckenrand und beobachtet das Wasser, Wasser, Wasser.

»Ha, erwischt!« Jemand packt Fred von hinten und schüttelt ihn grob. »Verdammt noch mal!«, ist alles, was Fred dazu einfällt. Er sieht nach oben und ein grinsendes Gesicht kommt ins Bild. Es ist Robert Anker, der ausgesprochen gut gelaunt zu sein scheint, was die Sache nur noch ärgerlicher macht. Fred hat erst zweimal in seinem Leben jemand anderen außer sich selbst ins Gesicht geschlagen. Je breiter Robert Anker grinst, umso mehr denkt Fred darüber nach, ob jetzt nicht ein guter Zeitpunkt für das dritte Mal wäre. Damit hätte er dann womöglich auch den Jammer hier drinnen endlich überstanden: nach all dem Wahnsinn noch ein Schlag ins dümmlich grinsende Gesicht von Robert Anker und damit wäre der Bogen wohl überspannt und Fred frei; höhere Gewalt, sozusagen. So einfach läuft es nicht, aber träumen darf man.

»Was geht ab?« Fred nickt, Robert Anker grinst nach wie vor, bückt sich und taucht mit zwei Holzkübeln in den Händen wieder auf. »Lust auf einen Aufguss …« *Sag's nicht!* »… Baby?«

Er hat's tatsächlich gesagt! Für Fred wäre es ein Leichtes: Zuerst ein sauberer Schlag in die Magengrube, dann mit dem Knie gegen die Stirn und zum Abschluss würde er dem auf dem Boden liegenden Robert Anker den Plastiksessel drüberziehen. Aber das geht nicht. Was ginge, wäre ein ausgestreckter Mittelfinger.

Darüber denkt Fred nach und das dauert so lang, bis Robert Anker aufgibt und geht. Fred ist zufrieden. Ein sauberes Unentschieden, befindet er und entschließt sich doch noch für den Mittelfinger. Er nimmt auch den zweiten dazu und mit beiden ausgestreckten Mittelfingern winkt er Robert Anker hinterher. Der bemerkt das natürlich, und weil Fred nicht schnell genug ist und sowieso schon erwischt wurde, macht er einfach weiter. »Du stinkst nach Bier!«, ruft Robert Anker quer durch die Halle. »Zieh dir was an!«, bekommt er als Antwort. Beide meinen es nur halb im Spaß und winken einander zu.

Robert Anker schüttelt den Kopf und lacht dabei nicht. Er geht um die Ecke und nimmt die Treppe in den Keller. Hätte er eine Hand frei, würde er spätestens jetzt auch zumindest einen Mittelfinger in die Höhe strecken. Aber nein, keine Hand frei, im Gegenteil: Es scheint, als würden die beiden Holzkübel immer schwerer, seine Arme immer länger, der Unmut immer größer. *Stopp!* Er kommt am unteren Ende der Treppe an, stellt die Kübel ab, lässt sein Handtuch fallen und ist frei: *meine Sauna, meine Regeln!* Zehn Uhr Vormittag: Sauna geöffnet!

Zu seiner Überraschung wird Robert Anker bereits erwartet. Zwei Nackte stehen vor der versperrten Glastür, vertieft in eine lautstarke Unterhaltung; stehen da wie selbstverständlich, splitternackt, als wären sie hier zuhause. Dabei ist er der Nackte hier, derjenige mit dem Schlüssel zur Glastür, mit den Holzkübeln für den Aufguss, mit dem Handtuch zum Wedeln. Robert Anker kennt die beiden nicht, doch unaufhaltsam kommt der Verdacht in ihm hoch, dass er weder den einen noch den anderen leiden kann. Und ganz so, als wollten sie ihn bestätigen und in seiner Abneigung ermutigen, lärmen beide augenblicklich los, als sie Robert Anker mit seinen zwei Holzkübeln im Gang auftauchen sehen: »Da ist er ja!«, grölt der eine, »der Schlüsselmeister!« Und der andere macht mit: »Maestro!« *Verdammte Wichser*, denkt Robert Anker, grinst breit und achtet darauf, dass sein Ding auch schön schwingt, während er auf sie zukommt. Denen wird er einheizen.

»Guten Morgen, die Herren«, nickt er. »Buongiorno!« *Alter Wichser!* Robert Anker sperrt auf, dabei spürt er sie in seinem Nacken, sie atmen nur laut, sagen nichts. Er geht rein und dreht das Licht auf, sie bleiben dicht hinter ihm. Sie sind jetzt alle drei hier drinnen.

Ein Stockwerk höher, also direkt über der Sauna-Eingangshalle (zugleich Ruheraum), rührt Willi mit dem Kochlöffel in seinem Topf. Heute gibt es Gulasch, und Gulasch muss man so früh wie möglich anrühren. Willi ist sowieso schon spät dran, wobei: Wie es dann schmecken wird, ist ihm eigentlich egal. Er muss die Brühe ja nicht essen, nur einmal gegen Ende davon kosten – sie werden sie gierig reinlöffeln, so wie sie alles gierig reinlöffeln, was er ihnen hinstellt. *Schmeckt's? Gut so!* Dabei weiß Willi gar nicht, woher seine plötzliche Wut kommt, aber sie ist zweifelsfrei da. Das merkt er zum Beispiel an den hellbraunen Flecken auf den Küchenkacheln, die vom unfertigen Gulasch stammen, das immer wieder aus dem hohen Topf spritzt, weil er mit seinem Kochlöffel so zackig umrührt.

Willis Wut (das wäre im Übrigen auch ein ausgezeichneter Albumtitel für seine Band, gäbe es sie noch) ist noch kein Zorn, das beruhigt ihn, damit kann er umgehen. Er wird aber in den kommenden Stunden noch ein Ventil brauchen, Ablenkung, Entspannung, irgendwas, damit es nicht schiefgeht. Während seiner Ausbildung hat er es an solchen Tagen mit den berühmten *Spezialzutaten* versucht, so wie es alle machen, um ein wenig Ausgleich zum Stress, zu den Beanstandungen und Demütigungen zu finden. Das funktioniert anfangs ganz gut, ihm wurde das aber schnell langweilig und außerdem wird man ja älter und in gewissem Maße vernünftiger.

Zunächst hat er dabei auf die Klassiker zurückgegriffen, aus Anstand aber auch versucht, es nie zu übertreiben, was gar nicht so einfach ist, denn wenn man einmal in diese Kunst eingeführt wurde, neigt man zu Ausschweifungen. Die Klassiker also: Spucke und Rotz, geriebene Finger- und Zehennägel, die kleinen Stoffkugeln aus dem Bauchnabel, diese Kategorie, weiter ging er nie. Später wurde er noch kreativer, zerkleinerte Schamhaare und Achselhaare (man muss sie wirklich kleinmachen, wenn man keinen Verdacht erregen will), sammelte Ohrenschmalz (was Zeit und Geduld erfordert und es daher in etwa so wertvoll wie teure Trüffel macht), er braute zuhause seltsame Säfte und brachte sie in die Arbeit mit (zum Beispiel eignet sich Zahnpastaschaum frisch aus dem Mund gemischt mit Himbeersirup und Essig hervorragend für Desserts), er kaute Gummibären klein, steckte Erdnüsse in seine Unterhose und ließ sie einen ganzen Tag lang dort, um sie später verarbeiten zu können, er zerkochte Reste aus dem Kühlschrank zu Sauce, legte in Einmachgläsern Kulturen an – es wurde kurzzeitig zu einer regelrechten Manie. Heute hat er für solche Experimente kaum noch Zeit, besser gesagt: Er nimmt sich keine Zeit dafür, aber vielleicht sollte er. Und während Willis Wut in eine kindische Nostalgie übergeht und er beschließt, gleich heute Abend zuhause in seiner eigenen Küche nach Herzenslust ein *verrücktes*

Dinner zuzubereiten, wird auch der Kochlöffel im Topf langsamer. *Na bitte! Alles halb so wild.*

Und dann ist da noch die Hand auf seinem Rücken, ganz kurz, manchmal macht sie das. Die Kantinenküche ist eng und Susis Hinken hat zur Folge, dass sie immer wieder irgendwo Halt suchen muss, wenn sie vom guten zum schlechten Fuß wechselt und wieder zurück und gar nicht mehr weiß, welcher Fuß denn der gute und welcher der schlechte ist. Sie macht das ganz unbewusst, dass sie gerade an Willis Rücken Halt sucht, oder aber sie lässt sich nichts anmerken. »Wirklich Gulasch?«, fragt sie. »Was sonst?« – »Schaffst du nie.« – »Schaff ich locker.« – »Du hättest ein paar Dosen aufmachen sollen.« – »Ich improvisiere eben.« – »Bei Gulasch kann man nicht improvisieren.« – »Ich schon.« – »Pfff …«

Willi weiß: Wenn er jetzt nicht schnell etwas sagt, am besten etwas Witziges, dann ist der Wortwechsel (*Unterhaltung* kann man es noch nicht nennen) zu Ende. »Willst du kosten?«, ist das Einzige, was ihm einfällt. »Danke, lieber nicht.« Susi schmunzelt dabei zwar, aber trotzdem trifft Willi diese Antwort auch ein wenig unvorbereitet, denn selbst wenn er ein ausgebrannter Koch ist, so ist er immer noch ein Koch. Beinahe so etwas wie gekränkter Stolz kommt in ihm hoch; dass die Unterhaltung, aus der keine mehr wird, damit endgültig vorbei ist, akzeptiert Willi. Und geradezu erleichtert ist er, als ein Schatten das Licht in der Küche verdunkelt. Es ist Bella, die sich in den schmalen Eingang schiebt, und damit hätte am Ende nicht Willi alles in den Sand gesetzt, sondern es wäre von Anfang an auf höhere Gewalt hinausgelaufen, und da stehen sie jetzt.

»Was ist da los?«, fragt Bella mit gespielter Strenge. Willi und Susi machen wortlos weiter, sie stapelt leere Aschenbecher auf einem Tablett, er fixiert den Kochlöffel im Topf. »Na gut …«, murmelt Bella, öffnet eine Küchenlade und klimpert mit Besteck. Dann sticht sie Willi mit einer großen Fleischgabel mehrmals sanft in den Rücken: »Na komm, Willi, mein Willi … na komm, Willi …« Der zeigt immer noch keine Reaktion – doch, aber das sieht Bella nicht: Er lässt einen Batzen Spucke ins Gulasch. *Wann, wenn nicht jetzt?* Dann bemüht er sich um ein begeistertes Gesicht und hält ihr den Kochlöffel vor den Mund. Bella nimmt das vermeintliche Freundschaftsangebot an und kostet, Willi grinst, Susi sieht skeptisch aus, weil sie vielleicht etwas vermutet.

»Küchenparty?« Es ist Marina Antl, die plötzlich im schmalen Durchgang steht und prüfend in die Runde sieht. »Betriebsversammlung? Meuterei?« – »Orgie?«, stellt Willi die Gegenfrage, und Marina wackelt nur drohend mit dem Zeigefinger. »Ich hab Durst.« Das wiederum ist Georg, der hinter Marinas Schulter auftaucht: »Arbeitet hier noch jemand?« Alle lachen, ein anderes Ende fällt ihnen für die Küchenszene nicht ein.

Ein Stockwerk tiefer, zehn Minuten später und ein paar Meter weiter links wird geschwitzt. Robert Anker hat die Temperatur ordentlich nach oben gedreht, und zu dritt sitzen sie es aus. Einer seiner beiden ungebetenen Gäste scheint bereits nach dem Ausweg zu suchen, noch zu feige, um mit einer lahmen Entschuldigung und hängendem Altherrenarsch rauszuschlüpfen, das reicht Robert Anker für den Anfang; der andere macht den starken Mann und bleibt ruhig, das ist ärgerlich, aber kein Grund aufzugeben. Es braucht auch keine großen Worte, die Sache ist ausgemacht: Mann gegen Mann, Schweißtropfen für Schweißtropfen, das ist Dramatik, das gibt es heutzutage selten.

Robert Anker unterdrückt ein Grinsen, denn für ein freches Gewinner-Grinsen ist es zu früh – nicht weil ihm das Gewinnen nicht gewiss wäre, aber weil der Kampf noch nicht offen ausgerufen wurde. Wobei: Worte braucht es in der Sauna ja angeblich keine. Also gehen auch bei 80 oder 90 Grad die Dinge nur im Kreis.

Robert Anker unterdrückt sein Grinsen, das aber nur halbherzig, denn: *Sollen sie es ruhig wissen!* Da wundert es ihn kaum, dass von der gegenüberliegenden Saunabank ein Grinsen zurückkommt. Sie wissen es natürlich längst. Der eine hat es auf jeden Fall verstanden, der andere blickt verstohlen auf die Temperaturanzeige und schwitzt bereits beträchtlich. »Geht?«, fragt Robert Anker. »Geht!«, kommt die Antwort von der Saunabank gegenüber. »Dich hat er nicht gemeint!«, fährt ihn der andere an. »Aroma«, flüstert Robert Anker und spritzt Kräuterwasser auf die Steine. Es zischt, es dampft, gegenüber wird getuschelt, dann zu dritt geschnauft, dann ist es schlagartig still. Wird die Temperatur dreistellig, wird es immer still. Das einzige Geräusch ist das der Nasenlöcher, die sich öffnen und wieder verkleben. Dann halten alle die Luft an und die Augen werden groß und es ist endgültig still.

Gleichzeitig beginnen sie bald wieder mit dem Schnaufen, sie grinsen trotz allem, und das nicht etwa verstohlen, sondern jeder jedem ins Gesicht, denn immerhin stecken sie zu dritt in dieser Sache. »Mir reicht's!«, schnauft der Dritte und springt von der Saunabank, dass der Schweiß nur so in alle Richtungen spritzt. »Langsam«, flüstert Robert Anker, »langsam …« Das hört der aber nicht, oder er will es nicht hören, stürmt zur Tür und rüttelt daran, hektisch und wild, die Tür bleibt zu. »Das warst *du*!«, brüllt er. Schweißnass taumelt er mit ausgestreckten Armen auf Robert Anker zu. *Saunafieber!* Das kommt nicht oft vor, aber das gibt es, und es ist nicht ungefährlich für sämtliche Beteiligte.

Was in einer solchen Situation zu tun ist, lernt man schon in den Sauna-Grundkursen, wenn auch nur in einigen belächelten Nebensätzen, weil *Saunafieber* eher als Mythos gilt denn als belegtes Problem, und deshalb gibt es kein ausgewiesenes Rezept dagegen, sondern nur Empfehlungen, die größtenteils auf ein intuitives, der jeweiligen Situation angepasstes Vorgehen verweisen. Also: Flucht auf die oberste Bank, das Handtuch als einzige Möglichkeit zur Verteidigung und, wenn möglich, die Schöpfkelle als Waffe bereithalten, den Wirren oder die Wirre durch gutes Zureden bei Laune halten und gegebenenfalls einen Mitstreiter im Hintergrund mittels Augenkontakt dazu bringen, den Wirren oder die Wirre zu überwältigen. So weit die gängigen Tipps.

Hier aber geht es zur Überraschung aller viel schneller, ohne Hinhaltetaktik und Tricks: Der eine lässt sich direkt von seiner Saunabank auf den anderen fallen, sie rutschen aus und landen auf dem feuchten Fliesenboden, wo sie glitschig wie zwei Nacktschnecken ringen, einmal ist der eine oben, dann wieder der andere. Robert Anker sieht belustigt zu. Er gibt dem erbärmlichen Gerangel noch eine Weile, dann gleitet er selbst von der Saunabank, steigt seitlich am Schneckenkampf vorbei und drückt souverän gegen die Tür, so wie er es schon tausende Male gemacht hat. Aber dieses Mal bleibt die Saunatür zu, nicht einmal das Rütteln macht groß Sinn, weil da überhaupt nichts geht.

»Hahaaa, dein Gesicht!«, kommt es vom Fliesenboden, weil der eine, der gerade unten ist, freie Sicht gehabt und die kurzfristige Hilflosigkeit gesehen hat, mit der Robert Anker der Tür gegenüberstand und immer noch gegenübersteht. Aber dann fasst er sich wieder und wischt den Schweiß aus seinen ratlosen Augen. »Hahaaa, schau ihn dir an!«, fordert der eine am Boden den anderen, der auf seiner Brust kniet, auf. Der andere fällt darauf rein (obwohl es gar kein Trick war), lässt von ihm ab und dreht ebenso seinen Kopf, bekommt dann aber bereits einen etwas weniger hilflos dreinblickenden Robert Anker zu sehen, der vor der Saunatür steht und nachdenkt oder Nachdenken imitiert, der jeden Moment sagen könnte »Ich hol uns hier raus«, was er aber nicht sagt.

Der Ringkampf auf dem Fliesenboden ist jedenfalls zu Ende – genauso unmotiviert und plötzlich, wie er zuvor begonnen hat –, die beiden nackten Freunde helfen einander auf die Beine und kommen auf Robert Anker zu. Entschlossene Blicke werden ausgetauscht, dann rütteln sie zu dritt an der Tür, und die ist nicht und nicht zu bewegen. Das Thermometer an der Wand zeigt knappe 100 und der Kleinere der beiden Freunde kichert verzweifelt und sagt »Ein Fenster müsste man haben, hehe ...«, worauf wiederum er entschlossene Blicke erntet; die Art von Blicken, die einem ganz klar zu verstehen geben, dass man nun besser still sein sollte. »Hehehehe«, lacht der kleinere Nackte trotzdem dümmlich weiter, als wüsste er, dass er es immer noch auf das *Saunafieber* schieben könnte. »Und was machen wir jetzt?«, fragt der andere und Robert Anker antwortet: »Wir schwitzen.«

25.

Der Vormittag ist lang und Rose Antl denkt seit geraumer Zeit intensiv über eine Rauchpause nach, wohl wissend, dass das nicht geht, weil heimliches Rauchen unmöglich ist, wenn man Kassadienst im Hallenbad hat, und das gilt erst recht, wenn das Hallenbad den eigenen Eltern gehört. Also bleiben ihr nur das unablässige Kaugummikauen und ein finsterer Blick in die Welt hinein, und ein wenig tut sie sich selbst auch leid, denn langsam dämmert ihr, dass sie eigentlich nicht genau weiß, was ihr da dämmert, das kann man nie so genau wissen, aber dass es in jedem Fall ausreicht, es nicht einfach wegschieben oder ignorieren zu können, und das ist unterm Strich fast noch schlimmer, als hätte sie endlich einmal Klarheit darüber, was denn nun wirklich … *und so weiter.* Wenig überraschend machen Gedanken wie diese den Vormittag nur noch länger und das gilt erst recht, wenn man Kassadienst im Hallenbad hat und kein Schwein zum Schwimmen kommt.

Aber wie heißt es so schön: Vom übertriebenen Grübeln bekommt ein hübsches Gesicht übermäßig Falten! Weisheiten wie diese holt Rose selbst gerne aus ihrer Erinnerung, weil noch nie jemand sonst das getan hat, weil sie immer nur gehört hat: *Grüble ruhig, bis dein Hirn explodiert – und dann setz es wieder zusammen!* Oder: *Wenn's dir beim Nachdenken deine Augäpfel rausdrückt, dann drück sie wieder rein!* Oder so ähnlich. Also lernte sie schon früh dagegenzuhalten, und das kann man nicht einfach ablegen. *Vom übertriebenen Grübeln kommen abartig viele Falten! Da hilft oft nur noch ein Cowboy …*

Keine Frage, dieser – angesichts der vorangegangenen Aufregung und der weiter vor sich hinköchelnden Emotionen überraschend lahme – Vormittag scheint wie gemacht für Cowboystiefel, die zu den Klängen einer Western-Gitarre um die Ecke kommen, wie gemacht für einen riesigen Hut, oben auf dem Schatten, den der eine wirft, der da um die Ecke kommt.

Und wirklich taucht nun im Vormittagslicht, das durch die Glasfront der Eingangshalle fällt, ein Cowboy auf. Rose sieht ihn zunächst nur als Umriss, aber eindeutig, er nähert sich dem Haus, und bevor er gegen die Scheibe klatscht, schwingt die automatische Schiebetür auf, und da steht er: kein Cowboy, sondern Inspektor Wels, *der* Inspektor Wels, von dem sie schon vergessen hat, dass es ihn gibt, obwohl keine zwei Tage vergangen sind, seit sie ihm – *nur für den Fall* – ihre Nummer aufschreiben sollte. Immerhin mit einem Hüftschwung, der dem eines Cowboys nahekommt, geht er durch die Halle, genau auf die Kassa zu, hinter der Rose sich nun doch ein wenig aufrichtet.

»Fräulein«, sagt Inspektor Wels und schnippt von unten gegen seine Polizeikappe. Rose nickt: »Howdy, Partner.« – »Wie bitte?« – »Nicht so wichtig.« Wels lächelt verlegen, dabei war er mit seinem Auftritt so zufrieden. »Einmal mit Sauna?«, fragt Rose. Sie weiß, dass sie hier die besseren Karten hat. »Ach nein«, winkt Wels ab, »natürlich dienstlich, alles nach Vorschrift.« Er findet seine Rolle wieder, zumindest versucht er das. Aber Rose macht es ihm nicht leicht: »Stark«, antwortet sie nur, dann sortiert sie Stifte hinter der Kassa und hält dabei den Kopf gesenkt. »Na ja«, startet Inspektor Wels voll motiviert, aber zu motiviert – er beugt die Knie, um auf Augenhöhe zu sein, kriegt den Winkel nicht richtig hin und kippt nach vorne, worauf sein Kopf gegen den von Rose stößt. »Auuu!« Rose lacht zwar, während sie ihre Stirn reibt, Wels ist es trotzdem furchtbar unangenehm. »Ich ... das ist blöd. So war das nicht geplant.« – »Geht schon.« – »Aber das ist blöd ...« – »Nix passiert.« – »Ich ... am besten, ich schau mich mal um. Darf ich?« – »Feel free.« – »Äh, danke.«

Wels taucht ab, das dunkle Loch hinter der Kantinentür scheint ihm einladend genug, dort wird er sich sammeln und dann von vorne beginnen und zwar als der, der er ist. Rose nimmt seinen Abgang mit einem Schulterzucken hin, reibt noch einmal ihre Stirn und macht einen Strich auf ihrer Besucherliste: Mit Wels sind es drei, der Cop ist gut für die Statistik.

In der Kantine sitzt Georg da, als hätte er Inspektor Wels schon erwartet, strahlt ihm von der Bar her entgegen, trinkt einen

Schluck und sagt: »Hallo!« – »Auch«, antwortet Wels, zieht seinen Notizblock hervor, den er immer griffbereit hat, weil das nicht nur im Fernsehen so ist, blättert, blättert, »Herr … äh … Füllenhals! Da haben wir's!« – »Verdammt, woher weißt du das?« – »Wir haben geredet.« – »Ich hab mit niemandem geredet.« – »Mit mir.« – »Warum?« – »Weil wir mit allen geredet haben.« – »Wer ist *wir*?« – »Die Polizei.« – »Wann?« Blick auf den Block: »Vorgestern.« – »Warum?« – »Warum?« – »Ja.« – »Kommen Sie … wenn Sie nachdenken, dann wissen Sie's. Sind Sie allein?« – »Ich bin immer allein.« – »Na, denken Sie mir nur nicht zu viel nach. Ist noch jemand hier?!« Wels hebt die Stimme, als würde er die Frage einem 90-Jährigen stellen. Georg nickt. »Wo?« – »Kchm…« – »Wie?« – »Kchchch…« Inspektor Wels weiß es natürlich längst, auch weil der Küchenvorhang sich bewegt und er Stimmen hört, er fragt aber trotzdem noch einmal: »Wo?« – »Küche!«, brüllt Georg. »Na also«, sagt Wels, »weinen Sie?« – »Nein.« – »Wäre aber auch in Ordnung.« – »Ich weine nicht!« – »Alles klar.« Bellas Kopf taucht hinter dem Vorhang auf: »Was ist da … los?« Georg zeigt auf Wels: »Polizei!« – »Was haben wir schon wieder angestellt?«, fragt Bella, während hinter ihr noch zwei Köpfe auftauchen. »Versammlung in der Küche?« – »Ist das verboten?« – »Nur wenn eine Leiche dabei ist.« – »Das passt. Heute gibt's Gulasch.« – »Ha!« Georg lacht, Inspektor Wels schmunzelt. – »Haben Sie Hunger?« – »Nein, danke.« – »Ich auch nicht.« Jetzt lacht Inspektor Wels und sucht nach einem Grund, der dagegenspricht, sich zu setzen und einen Kaffee zu bestellen (den er vermutlich nicht bezahlen müsste). Er findet keinen Grund und nimmt einen Barhocker.

»Einen Kaffee, bitte. Klein, braun.« – »Kommt gleich. Bei uns gibt's aber nichts geschenkt, das sag ich gleich«, lautet Bellas Antwort, nicht etwa weil sie Gedanken lesen kann, sondern weil sie eben so ist, und weiß, wie die Dinge so laufen. Sie schraubt und zieht an der alten Kaffeemaschine, die zischt und brummt, dann stellt Bella Inspektor Wels scheppernd eine Tasse hin und überrascht mit einem sanften »Bitte sehr« und legt noch nach, weil sie auch die verständnisvolle Chefin an der Bar im Programm hat: »Na, harte Nacht, harter Tag?« Wels will gerade antworten (*Das Leben ist hart, aber wir sind härter* – das klingt gut und ein wenig geheimnisvoll und wird nicht mehr allzu oft verwendet), da hören seine Polizistenohren etwas. »Hört ihr das auch?« – »Na klar!« Dumpf durch die Lüftungsrohre, aber eindeutig, angefangen beim Einsatz des zumindest dreifachen *I*, wie in *Hiiilfe!* (worauf Polizistenohren besonders ansprechen), über das lange *A* und das lange *O*, wie in *Haaallo!* Oder *Hallooo!* und das durch die Rohre eher verwaschene *Wir sind hier drinnen!* bis zur Kombination aller möglichen Langlaute: *Haaaalloo! Hiiilfeee!*

Alle in der Kantine sind sitzen geblieben oder regungslos stehen geblieben und haben zugehört, den Kopf auf die eine oder auf die andere Seite geneigt, haben darauf gewartet, dass es aufhört, aber es hat nicht aufgehört; also alles aufgesprungen und herumgerannt, zuerst im Kreis, dann geordneter, angeführt von Inspektor Wels die Treppe runter und eingetaucht ins Saunareich, wo sie vor der Tür enden, hinter der laut um *Hiiilfe!* geschrien wird.

26.

»Hiiilfe!« – »Jaja, schon gut.« Durch das kleine Fenster in der Saunatür zeigt Inspektor Wels den ausgestreckten Daumen, lässt ihn aber gleich wieder sinken, als er sieht, was sie drinnen erwartet: Zwei entsetzte Gesichter starren ihm entgegen, ein Mann auf dem Boden. »Wir müssen da rein!« – »Warum kommen *die* nicht raus?« Anstelle einer Antwort rüttelt Wels an der Tür, als wollte er fragen: *Bin ich der Inspektor oder du?*

Und dann geht das Drücken und Schieben los, in verschiedensten Paarungen, und alle zusammen gegen die verdammte Tür, mit Anlauf, mit dem Besenstiel ans kleine Fenster, mit und ohne Erlaubnis, und immer wieder und aufgekratzter, immer wieder gegen die Tür. Von drinnen ist wenig zu erwarten, da stehen sie nur noch mit offenen Mündern, als würden sie ohne Ton schreien oder staunend dümmlich dreinsehen. Diesen Blick behalten sie bei, auch als die Tür mit einem überraschend leisen Knacken endlich nachgibt und der halbe Rettungstrupp in die Sauna stolpert. Es folgt allgemeine Verwirrung, ein Hin und Her, die zwei Nackten rennen überraschend motiviert los, um sich irgendwie abzukühlen, der dritte Nackte bleibt liegen.

Inspektor Wels versucht nachzudenken, aber keine Chance. Er muss zuerst hier Ordnung machen, bevor er in seinem Kopf Ordnung machen kann. *Jetzt zeig, was du gelernt hast!* Schritt eins: »Ruhe!« Schritt zwei: Blaulicht anfordern und einen Blick auf die Uhr werfen. Schritt drei: den nackten Mann versorgen. Er lebt und er muss aus der Hitze raus. Schritt vier: alle im Auge behalten, vor allem die beiden anderen Nackten. Schritt fünf: auf das Blaulicht warten, entspannt bleiben. »Ziehen Sie sich dann bitte etwas an«, sagt Inspektor Wels zu Robert Anker und dem kleinen Nackten, die tropfend aus der Dusche steigen.

~ ~ ~

Marina und Werner Antl haben Rose wie für ein Familienfoto in die Mitte genommen und sehen betroffen drein, als die Rettungsleute den namenlosen Saunagast auf einer Trage vorbeischieben.

»Wie geht es ihm?« – »Er lebt.« – »Ok.« Auf der anderen Seite der Eingangshalle stehen Bella, Willi, Susi, Georg und Fred vor der Kantine herum. Dort beginnt ein Kollege von Inspektor Wels mit dem Notizblock im Anschlag mit den Befragungen. Schon wieder Befragungen.

»Ist hier sonst noch jemand im Gebäude?« – »Nein, niemand.« – »Doch: András.« – »Wer ist András?« – »Na, András eben.« Der Polizist seufzt und lässt den Block sinken. Hinter der Rettungstrage werden Robert Anker (im Bademantel) und der zweite namenlose Saunagast (im modern geschnittenen Anzug) von zwei weiteren Polizisten begleitet. »Alles in Ordnung, Robert?« Der zuckt im Vorbeigehen mit den Schultern und Werner macht es ihm nach. Marina winkt mit der Hand nahe am Körper. Als die traurige Parade vorübergezogen ist, gehen die Antls in drei Richtungen ab – Werner nach oben, Marina nach rechts und Rose nach links. »Bitte halten Sie sich zur Verfügung!«, ruft der Polizist vom anderen Ende der Eingangshalle. Alle drei bleiben stehen. »Was?!«, ruft Werner. »In der Nähe bleiben«, kommt die Antwort, »für die Befragung!« – »Aber wir waren ja gar nicht dabei.« *Das sagen sie alle*, denkt der Polizist, zögert kurz und dann ruft er das Gedachte auch Werner Antl zu: »Das sagen sie alle!«

»Kennen Sie den Herrn Kästner?« – »Wen?« – »Den Verunglückten.« – »Aber man hat uns gesagt, er lebt noch.« – »Dann eben den Verunfallten.« – »Kästner heißt der?« – »Ja. Karl.« – »Karl. Wir kennen den jedenfalls nicht. Wir haben ja fast nur Stammgäste.« – »Und wo sind die heute?« – »Die haben frei.« Werner findet das lustig, der Polizist und Marina nicht. »Und den anderen? Kennen Sie zufällig den?« – »Den Kleinen? Nein, auch nicht.« – »Würden Sie Herrn Anker als vertrauenswürdig einschätzen?« – »Ja, natürlich kennen wir den. Der arbeitet immerhin schon seit …« – Werner sieht Marina fragend an, sie hält vier Finger hoch – »… vier Jahren hier.« – »Verkehren Sie auch privat miteinander?« – »Nein, nein. So gern haben wir uns auch wieder nicht.« Werner hält auch diesen Witz für gelungen, aber wieder bleibt er damit allein.

»Wissen Sie, dass Herr Anker schon öfters, nun ja, *Schwierigkeiten* hatte?« – »Er hat da was erwähnt. Sie sind wirklich gut.« – »Ich weiß«, antwortet der Polizist, und einmal mehr grinst nur Werner und sonst niemand im Raum. Sie sitzen zu dritt im Büro und kommen langsam zum Punkt. »Hat er hier auch Schwierigkeiten gehabt?« – »Überhaupt nichts. Was meinen Sie genau?« *Ich stelle hier die Fragen*, denkt der Polizist und dann sagt er es: »Ich stelle hier die Fragen!« – »In Ordnung. Wir können aber nichts dafür.« – »Haben Sie Ihre Bücher griffbereit?« – »Welche Bücher?« – »Alle. Die Abrechnungen und die technischen Dinge, alle eben.« Werner sieht zu Marina, die nickt und übernimmt: »Wir zeigen Ihnen gerne alles. Sie können auch Kopien machen, falls der da drüben noch funktioniert.« Dann sehen sie zu dritt den alten Kopierer in der Ecke an.

Inspektor Wels hat in der Zwischenzeit den Einsatz in der Kantine übernommen. »Mit denen kenn ich mich aus!« Das waren seine Worte, als er den zweiten Polizisten abgelöst und mit Werner und Marina Antl ins Büro geschickt hat, und der zweite Polizist war nicht unglücklich darüber, mit *denen* nicht allein sein zu müssen. Auch die Belegschaft der Kantine ist von Beginn an routiniert an die Sache herangegangen: Getränke wurden bestellt und entlang der Bar verteilt, Inspektor Wels wartete geduldig ab, denn er kennt sich aus. »Alle zufrieden? Dann können wir loslegen: Also …«

Und da sitzen sie, die Kaffeetassen sind bereits ausgetrunken, die Gläser halb voll, die neue Seite im Notizblock des Inspektors noch immer leer. Bella schüttelt nach jeder Frage den Kopf, Willi wirkt abwesend, Susi räumt Geschirr in einen Kasten, Fred wippt mit dem Bein und Georg starrt in sein Bierglas. »Also gut …«, fängt Inspektor Wels noch einmal von vorne an: Es sei ja offensichtlich, dass; man könne genauso gut aber auch fragen, ob; es sei noch abzuwarten, wer; und von weiteren Vermutungen dürfe ausgegangen werden; ganz bestimmt sei dies jedenfalls nicht das Ende. Wie ein Aushilfslehrer vor der unmotivierten Schulklasse versucht es Wels mit sämtlichen Tricks, außer Ratlosigkeit kommt kaum etwas zurück, und die ist nicht einmal gespielt, oder die Aufregung schon wieder halb vergessen, weil Aufregung nur stört. Die Befragung endet in lustlosem Geplänkel, bis beide Seiten aufgeben. Dem Inspektor wird noch ein Kaffee serviert, den er ohne Gegenwehr trinkt, dann ist Feierabend.

Dass es ein langer Tag war, stellen alle unabhängig voneinander fest, sogar Inspektor Wels und sein Kollege, als sie ihre Notizblöcke in die Taschen stecken und die Hallenbadbande sich selbst überlassen. Die ist rund um die Kantinenbar in eine Nachbesprechung versunken, bei der kaum ein Wort gewechselt wird. Nicht dass man allzu zerknirscht wäre über den regungslosen Saunagast, mit dem es inzwischen wieder *bergauf geht*, wie ihnen versichert wurde – aber »die Luft ist einfach raus«, spricht Bella das aus, was andere nur denken. Müde sei sie, sagt Bella, zum ersten Mal seit Jahren richtig müde, behauptet sie, und deshalb werde sie auch zusperren, natürlich nicht für immer, nur heute, und morgen wieder aufsperren, vor allem morgen. Man werde ihr das ausnahmsweise durchgehen lassen, wird gescherzt, gleich nach der vorletzten Runde. Bella willigt ein und so dauert die Nachbesprechung doch länger als geplant. Zwei gehen früher, das sind Werner und Marina Antl, denn die sind wirklich müde, wie sie mehrmals erwähnen. Und außerdem haben sie selbst noch etwas zu besprechen.

27.

Beim Frühstück am nächsten Morgen kommt Werner Antl das Müsli durch die Nase, weil er seinen Namen in der Zeitung liest. Dabei hat er mit niemandem von denen geredet, denn: Er, Werner Antl, sei *für eine Stellungnahme nicht erreichbar* gewesen. »Blödsinn!«, schreit Werner die Zeitung an, die mit den aufgeschlagenen Seiten 14 und 15 vor ihm auf dem Frühstückstisch liegt. Aber der Appetit auf Frühstück ist ihm vergangen. *Großes Rätselraten um »Vorfall« in der Sauna!*, steht da – ein Artikel, mittelgroß und am Ende gekennzeichnet mit einem fett gedruckten **P**.

»Pichler«, schnauft Werner, »dieser ...« *... verdammte Wichser!*, will er sagen, doch da erscheint Marina in der Küche und sie erscheint wirklich, bleibt vor seinem Gesicht stehen, öffnet kurz ihren Bademantel, unter dem sie nichts trägt, und drückt ihm einen feuchten Kuss auf die Stirn. »Schon besser!« Werner kann sein Grinsen nicht unterdrücken. »Was ist?« Werner klopft mit dem Finger auf die Zeitung, Marina beugt sich über ihn, er dreht den Kopf nach links, wo es freien Blick in den aufgeklappten Bademantel gibt, sie dreht seinen Kopf wieder zurück, und beide lesen. »Rätselraten! Vorfall! Rufzeichen!«, brüllt Werner in die Zeitung.

Großes Rätselraten um »Vorfall« in der Sauna!

Badegast im Krankenhaus: Kreislaufkollaps oder doch Schlägerei? Ein Sauna-Aufenthalt mit Folgen beschäftigt nun die Polizei.

Es hätte ein entspannter Vormittag in der Sauna werden sollen – für zwei Gäste des städtischen Hallenbads endete der Besuch jedoch mit einem Rettungseinsatz, der auch prompt zum Fall für die Polizei wurde. Die Umstände sind noch nicht geklärt; einer der beiden Badegäste liegt im Krankenhaus.

Wie zu erfahren war, handelt es sich bei dem Mann um einen bekannten Unternehmer, der mit Verdacht auf Kreislaufkollaps eingeliefert werden musste. Aussagen seines Begleiters zufolge, könnte dem vermeintlichen Zusammenbruch aber auch eine Schlägerei mit dem Saunameister vorausgegangen sein.

So weit, so verwirrend. Noch mysteriöser wird der »Vorfall« laut Polizeiprotokoll mit den Angaben des besagten Saunameisters. Demnach gibt dieser zwar ein Handgemenge zu, nennt als Grund für den gesundheitlichen Zustand des Unternehmers aber ein »technisches Problem«: Aus unbekannter Ursache sei man in der Sauna eingeschlossen und längere Zeit großer Hitze ausgesetzt gewesen, was in weiterer Folge zum Zusammenbruch des Badegasts geführt habe.

Dies soll der Saunameister, der seit mehreren Jahren im städtischen Hallenbad beschäftigt ist, der Polizei gegenüber zu Protokoll gegeben haben. Er wurde gestern, Freitag, nach dem Vorfall bis zum Abend einvernommen, ebenso der Begleiter des Unternehmers. Letzterer liegt nach wie vor im Krankenhaus.

Seitens des Polizeisprechers gab es auf Anfrage keine Details zum dubiosen Zwischenfall. Hallenbadgeschäftsführer Werner Antl war für eine Stellungnahme nicht erreichbar. Die Angelegen-

heit wird aber wohl noch weiterhin für Aufsehen sorgen. Das Hallenbad jedenfalls ist ohne Einschränkungen geöffnet. Für den heutigen Abend ist sogar ein Faschingsfest in der Bad-Kantine geplant.

(P.)

»Na ja«, sagt Werner.

»Ich hätt's mir schlimmer vorgestellt«, sagt Marina. »Na ja«, wiederholt Werner, formt aus der Zeitung eine Kugel, wirft und trifft in den Papierkorb, den sie aus ihren eigenen Beständen im Hallenbad abgezweigt und hier in ihrer Küche aufgestellt haben. Schön ist er nicht, der Papierkorb, aber groß, was die Trefferquote entsprechend erhöht. »Bravo!«, lobt Marina Werner und zerzaust ihm die Haare. »Danke.« Werner klingt wenig überzeugt, sitzt da und wartet auf Anweisungen. »Ich fahre dann«, sagt Marina. »Nimmst du mich mit?« – »Nein.« Sie verschwindet aus der Küche, so wie sie zuvor erschienen ist. Werner lässt den Kopf runtersacken, aber er ist zufrieden. »So ein Luder«, murmelt er, steht auf und sieht nach, was es im Kühlschrank Neues gibt: nicht viel.

28.

Für Fred dreht sich die Welt seit diesem Morgen ein klein wenig anders: Er hat András heimlich dabei beobachtet, als der aus dem Kästchen mit der Nummer 25 gekrochen gekommen ist. Er ist aber noch dabei, die Sache richtig einzuordnen und ihr nicht allzu viel Bedeutung zukommen zu lassen. Denn dass einer rückwärts mit verdrehtem Kopf aus einem Kasten kriecht, der nur halb so groß ist wie er selbst, das kann schon vorkommen. Oder? András jedenfalls hat's gemacht (schon wieder), und Fred hat's gesehen. Und Werner Antl hat über die Kamera 5 auf seinem Bildschirm den einen dabei beobachtet, wie der den anderen dabei beobachtet hat. Und nachdem András gründlich zugesperrt hat und in den Gängen untergetaucht ist, hat Fred an der Nummer 25 gerüttelt, dass ihm fast einer der langen Fingernägel abgebrochen ist, aber da war nichts zu machen.

Werner hat zugesehen und gewartet – ob das Rütteln, das er auf seinem Bildschirm nur gesehen, aber nicht gehört hat, das aber bestimmt laut gewesen sein musste, ob das Rütteln András aufschrecken und wieder zurückholen würde, um mit Fred wer weiß was anzustellen, ob er ihn womöglich packen und hineinstopfen würde in das Kästchen mit der Nummer 25, aber nichts dergleichen. Fred ist nur dagestanden und hat in Schwarzweiß von schräg oben ausgesehen, als würde er selbst auf etwas in der Art warten, aber András ist nicht wieder aufgetaucht. Also hat Fred beschlossen, weiterzumachen, den Fliesenboden im Hallenbad trocken zu halten, in seinem Sessel zu sitzen, die Sache so anzugehen, als würde er nicht doch darüber nachdenken, was er gesehen hat, als würde er nicht doch nach András Ausschau halten, aber András ist bis zum Mittagessen nicht wieder aufgetaucht.

Endlich Mittagessen, dabei hat der Tag noch nicht einmal richtig angefangen und niemand, aber wirklich niemand macht Anstalten, sich darin zurechtzufinden.

Endlich Mittagessen, aber Magerkost, Gulasch von gestern mit kaum noch Fleisch darin und das Brot vermutlich von vorgestern. Willi kocht wie wild, wird aber erst am Abend fertig sein, so hat Bella es ihm aufgetragen. »Nicht übertreiben«, hat sie gesagt, denn das Essen wird am Abend ausnahmsweise an die Gäste verschenkt. »Die fressen uns sowieso die Haare vom Kopf, die Schmarotzer.«

Im Moment deutet kaum etwas darauf hin, dass hier heute jemandem zum Feiern zumute sein wird. »Nach dem Kaffee wird dekoriert«, befiehlt Bella, und die einzige Reaktion ist ein zaghaftes Nicken von Susi. »Susi, bring uns Kaffee!« – »Wie sagt man?«, fragt Marina Antl streng. »Bitte«, sagt Susi und geht hin und drückt den Knopf, und der Kaffeemaschinenlärm bringt ein wenig das Leben zurück.

»Haha!« Werners Reaktion täuscht einen ähnlichen Gedanken vor, dabei verfolgt er, wenn überhaupt, einen anderen Plan. Auf der einen Seite András, dazwischen einige gelangweilte Gesichter, gegenüber Fred, stellt Werner ihnen belanglose Fragen, auf die keiner richtig antwortet, und das nicht nur, weil der Kaffeemaschinenlärm das sowieso nahezu unmöglich macht (nach dem gemeinsamen Mittagessen werden üblicherweise an die zehn Tassen Kaffee gewünscht, da sollte man sich einmal etwas überlegen, zum Beispiel die gemeinsamen Mittagessen bleiben lassen, wie manche meinen).

Ob er schon alle Lieder für den Abend beisammenhabe, will Werner von Fred wissen (»Nie. Kommt immer drauf an.«), ob er dies, ob er das (»Ja. Nein.«), ob er früher sein Geld wirklich in der *Unterhaltungsbranche* verdient habe (keine Antwort nötig, denn von früher redet man hier drinnen nicht, und Werner sollte wissen, dass er damit gegen eine Grundregel verstoßen hat). Außerdem verwundert die Verwendung des Wortes *Unterhaltungsbranche*, und was er damit gemeint hat, aber wie gesagt, zum Glück: Es geht alles im unentwegten Mahlen und Spucken der Kaffeemaschine unter.

Das hält Werner nicht davon ab, weiter seine unmotivierten Fragen zu stellen, jetzt kommt András dran, Fred behält er dabei im Auge. András aber antwortet kaum, stochert im Gulasch herum, dann gehen Werner die Fragen aus. Vereinzelt schlägt eine Gabel gegen einen Teller, ein Löffel fällt auf den Boden, die Kaffeemaschine gibt auf, Ruhe kehrt ein.

Ein Teller wird über den Tisch geschoben, und Georg sinkt stöhnend in seinen Sessel zurück: »Gut war's!« – »Pssst!«, zischt Rose. Eine Zeitung wird umgeblättert, jemand rülpst, noch ein Löffel fällt auf den Boden, Marina bläst lautstark in ihre Serviette, noch ein Löffel fällt auf den Boden, dann noch einer, noch einer. Marina springt auf und läuft zu Susi hin, die vor der Besteckladе steht und einen Löffel nach dem anderen auf den Boden fallen lässt. Hinter dem Küchenvorhang wirft Willi den Mixer an. Marina packt Susis Hand. Bella lässt noch einmal die Kaffeemaschine laufen, weil sie von dem Gerangel nichts mitkriegt. »Zuuu lauuut!«, schreit Georg, und András schlägt mit der Faust auf den Tisch. »Da …!«, brüllt Fred und zeigt auf das Fenster, das die Kantine vom Hallenbad trennt, »… da!« Werner versteht nicht. »Ich hab den Herbert gesehen, den Peter!«, brüllt Fred mit dem Finger in Richtung Fenster, »da war er!« – »Da ist keiner …« – »Doch, er war da! Er sieht nicht gut aus.« – »Ruuuhe!« András schlägt noch einmal mit der Faust auf den Tisch. »Entschuldigung …« Eine Stimme, die niemand kennt, hinter ihnen, vom Eingang her, »… ich hätte gerne eine Karte.« Alle sehen den Mann mit der Tasche über der Schulter verwundert an. »Zum Schwimmen und so«, sagt er.

~ ~ ~

Am Nachmittag liegt jedem und jeder Willis Gulasch im Magen, und die Gründe kennt nur Willi allein. Verdacht kommt aber keiner auf; zum einen ist dafür keine Zeit, und zum anderen – das würde jeder und jede unterschreiben – gibt es schon genug Fragezeichen. Zweien davon ist der arme Fred auf der Spur (eher jagt er ihnen sinnlos hinterher), denn er hat nicht nur den verdrehten András aus der Nummer 25 kriechen sehen, sondern tatsächlich auch den verschwunden geglaubten Herbert Peter hinterm Hallenbadfenster. Das war keine Einbildung, und gerade das macht die Sache nicht einfacher. Also kommt Fred seinen Aufgaben – sitzen und schauen und von Zeit zu Zeit den Boden wischen – zwar nach, wendet den Großteil der Energie aber dafür auf, seine Augen nach allen Seiten zu drehen, um zu sehen, was András so treibt (bislang nichts weiter Ungewöhnliches) und ob Herbert Peter noch einmal erscheint.

Auf diesen Samstag hat Fred sehnsüchtig gewartet: endlich wieder feiern mit Grund, noch dazu im Mittelpunkt am CD-Player. Jetzt hat der Tag eine völlig neue Richtung genommen und das ärgert ihn nicht einmal besonders.

In der Kantine treibt Bella ihre kleine Mannschaft in der Zwischenzeit zu Höchstleistungen an. Das Dekorationsteam (Susi, die sich nach eigenen Angaben nicht mehr an die Löffel, die sie auf den Boden hat fallen lassen, erinnern kann) ist mehr oder weniger bei der Arbeit und mit Faschingsschlangen und Fischfiguren beschäftigt, um Bellas Motto gerecht zu werden: der *Verzauberung am Meeresgrund.*

»Weiter links!«, kommandiert Bella, oder: »Dichter! Mehr Krepp!« Das Küchenteam (Willi, der nach eigenen Angaben Pause macht und vom Vorhang aus Kommentare abgibt) redet dazwischen und fragt, wen es denn überhaupt interessiere, ob da drüben noch eine Papierschlange hänge oder *noch ein vertrottelter Fisch oder was.* »*Mich!*«, dreht Bella durch, »mich interessiert's!« – »Schon gut«, verschwindet Willi wieder in der Küche. Jeder klammert sich an diesem Tag an seinen Strohhalm (gemeint ist auch Georg, der dieser Aufgabe an seinem Stammplatz an der Bar gewissenhaft nachkommt), und Bellas Strohhalm ist die verdammte Dekoration für den verdammten Fisch-Abend, mit der es jetzt so richtig losgehen wird. Und ihr Kostüm. Das ist aber noch geheim. Damit wird sie alle überraschen. Alle.

»Da steht nichts von Kostümzwang!« Werner Antl wedelt mit Bellas Flugzettel und ist dafür sogar aus seiner Kommandozentrale aufgestanden. »Aber *ich* kann dich zwingen.« Marina sieht verwegen drein. »Ach ja? Sonst was? – »Das siehst du dann schon.« Und während Werner über eine gute Antwort nachdenkt, schweift sein Blick zum großen Fenster und durch die leere Eingangshalle. Fast leer – denn da stolpert einer ins Bild, einer, den Werner hier heute nicht erwartet hätte: »Pichler!«, schnauft er. »Was?«, fragt Marina. »Pichler!«, wiederholt Werner, noch aufgebrachter. »Dieser …« – »… verdammte Wichser!« Werner stürzt zum Schreibtischsessel, sucht mit den Füßen unter dem Tisch nach seinen Hausschuhen und findet sie, springt auf, stolpert beinahe über den Teppich und rennt aus dem Büro. »Werner!« Marina läuft hinter ihm her, aber er ist schneller als sonst.

In der Eingangshalle spielt Pichler den Unschuldigen oder zumindest den Ahnungslosen; aus seiner Sicht ist er das vielleicht sogar.

Auftritt Werner: »Pichler!« – »Ah, schönen Tag! Ich hoffe, Sie sind …« – »Ich bin *was*? *Was* bin ich?!« – » … nicht …« – »Für eine Stellungnahme nicht erreichbar?« – »Ja, das hab ich ja geschrieben.« – »Sie haben überhaupt nicht angerufen!« – »Doch, hab ich. Da oben!« – »Woher willst du wissen, dass da oben ein Telefon steht?« – »Wir sind jetzt per *Du*?« – »Du …« – »Werner!« – »Was?!« – »Ruhig bleiben.« – »Ich *bin* ruhig! Und *du* gib die Kamera weg!« – »Ja, das wollte ich nämlich fragen: Ob ich runtergehen und ein Foto machen darf.« – »Wo willst du ein Foto machen?« – »Unten, in der Sauna.« – »Spinnst du?« – »Oder wollen Sie mir jetzt was dazu sagen, zum Zwischenfall?« – »Zum *Zwischenfall*! Hier gibt's auch gleich einen Zwischenfall!« – »Werner! Ruhig. Und Sie gehen jetzt besser.« – »Kann ich heute Abend zum Fotografieren kommen?« – »Was willst du?! Warum?« – »Na, beim Faschingsfest. Als Werbung, sozusagen.« – »Es gibt kein Faschingsfest.« – »Ich hab aber eine Einladung.« – »Das ist ein Flugzettel.« – »Aber eine öffentliche Veranstaltung, oder?« – »Werner, wir gehen.« – »Darf ich jetzt kommen? Hallo …?« – »Nein!« – »Ich meld mich dann. Sie können mich auch immer erreichen!«

Pichler schleicht noch ums Haus herum und fotografiert halbherzig durch die Kellerfenster, ist mit dem Ergebnis aber nicht zufrieden. Er sieht es ein, dass man ihn hier nicht sonderlich gut leiden kann, findet aber zugleich, dass man ihn bis zu einem gewissen Grad ungerecht behandelt hat. Man kann es so sehen, man kann es aber auch anders sehen, formuliert er es umständlich in seinem Kopf, und bevor er sich dort noch weiter in Widersprüche verstrickt, läutet sein Telefon. »Ja, Pichler!«

»Ein bisschen zu viel war's schon«, sagt Marina inzwischen. »*Er* hat angefangen«, erwidert Werner trotzig. »Aber irgendwie macht er auch nur seine Arbeit.« – »Scheiß Arbeit.« – »Jede Arbeit ist scheiße!«, lacht Georg, der versucht, Marina und Werner zu belauschen, doch schnell das Interesse verloren hat.

»Meine Herren, die Dame – Sperrstunde!« Bella steht so da, dass jeder und jede weiß, dass sie es ernst meint. »Was heißt *Sperrstunde*?« Georg ist empört, Bella nickt nur: »Bis Punkt acht. Dann geht's los!« Oh ja, sie meint es ernst. »Willi und Susi – ihr bleibt natürlich da.« – »Natürlich«, antwortet Willi, und Susi schüttelt den Hausschuh von ihrem schlechten Bein und reibt ihre Fußsohle. »Und was machen *wir?*« – »Keine Ahnung. Gehen wir heim.« – »Ich leg mich hin. Nein, ich kann mich nicht hinlegen.« – »Ach, egal.« – »Kommt schon, sind nur zwei Stunden!« – »Darf ich früher Schluss machen?«, fragt Fred. »Wisst ihr was: Wir machen alle Schluss!« Es bricht zwar kein Jubel aus, aber alle stimmen sofort zu.

29.

»Di-di-di-di Di-di-di-di-di … I came for you!«, grölt Fred ins Mikrofon seiner semiprofessionellen (steht auf der Packung) Anlage, und dass DJ Freddy Fresh *back in business* sei, *back on the track* und, ja, auch *back in black.* In Leder gehüllt steht er da, mit funkelnden Augen (das hat er vor dem Spiegel geübt) und Gel im Haar. Den halbfertigen Reim gibt's geschenkt. Freddy Fresh ist bereit, das ist seine … Das Telefon läutet, aber er hört es nicht. Wird schon nicht so wichtig sein.

»I came for you, for you, genau – for you!«

Im Haus der Antls, wo man in der Regel nicht gemeinsam am Tisch sitzt, gibt es heute ein vorzeitiges Abendessen. Werner und Marina haben damit angefangen, aus gutem Grund, wie sie Rose erklären. Es habe mit ihren Verkleidungen zu tun – wobei sie ihr nicht verraten, um welche Verkleidungen es sich handelt; nur so viel: aufgeklebte Bärte, die später beim Essen im Weg sein und vielleicht erst beim Mitternachtsgulasch kein Problem mehr darstellen werden, weil es dann vermutlich egal sein wird. Rose interessiert das überhaupt nicht, sie hat den Weg zum Tisch nur gefunden, weil sie Hunger hat, sagt sie. Und weil sie sich vor Willi ekelt und ihr sein Essen einmal am Tag reicht, sagt sie und isst. Und wie es der Zufall will, denkt Willi nahezu zeitgleich darüber nach, einfach irgendetwas über die Brötchen und Fleischbällchen zu schmieren, das dort nicht hingehört, weil ihm so gar nichts Kreatives einfallen will und die Gäste bald kommen.

»Als was gehst eigentlich *du*?«, will Marina von Rose wissen, aber die lacht nur. »Wenn ihr mir nichts verraten wollt, warum soll *ich* dann?« – »Weil ich deine Mutter bin!« Werner nickt mit gespieltem Ernst; das hat Rose immer schon amüsiert.

»Also?« – »Ein Stichwort!« – »Falscher Bart« – »Ha ha, falscher Bart, das weiß ich schon.« – »Dann sag du!« – »Dreizack.« – »Was?« – »Dreizack.« – »Du auch?« – »Kommt dein Freund?«, fragt Marina plötzlich, und Rose wird ganz ohne Schminke rot wie eine Teufelin. Und dann folgt gleich der nächste Fehler: »Woher …?«, sie beißt schnell in ihr Wurstbrot, aber zu spät. »Komm schon: Ich bin deine Mama«, sagt Marina, und das findet Rose jetzt so rührend, dass es ihr die Tränen in die Augen drückt. »Nur mit der Ruhe«, greift Werner über den Tisch und nimmt ihre Hand und damit lassen sie es gut sein. »Stellst ihn uns eben vor, wenn ihr heiratet.« – »Bestimmt!« Rose lacht mit kleinen Wurstbrotstückchen zwischen den Zähnen.

Entgegen der altmodischen Meinung, dass man dann weiß, dass über einen geredet oder an einen gedacht wird, hat Kaufmann in diesem Moment keinen Schluckauf – im Gegenteil, wobei man nicht sagen kann, was eigentlich das Gegenteil von Schluckauf sein soll. Eben kein Schluckauf. Das kommt wahrscheinlich daher, dass er aus seiner Sicht gar nicht Roses richtiger Freund und schon überhaupt nicht ihr Zukünftiger ist. Als solcher greift er zum Telefon und drückt Roses Nummer, sie hebt nicht ab, er legt auf, drückt noch einmal. Nur so ist man überzeugend. Und wie jeden Tag stehen seine beiden am häufigsten gewählten Nummern im direkten Vergleich dicht nebeneinander: Gottfried

Spreitzer knapp vor Rose Antl. So ist es, so war es, so wird es hoffentlich noch lange sein. Und wieder hebt sie nicht ab. Kaufmann weiß, dass der heutige Abend für ihn entweder ein Spaziergang oder ein Eiertanz wird, oder – wovon auszugehen ist – irgendetwas in der Mitte, was die Sache nur wenig besser macht. Es stinkt ihm, aber das wird er sich nicht entgehen lassen. Das ist er seinen beiden bevorzugten Telefonkontakten schuldig, sowohl als auch.

Na bitte – eine Nachricht: *Kann nicht.* Von Rose.

Was soll das für eine Nachricht sein? *Kann nicht.* Er kann immer, und das ist kein dummer Witz der Sorte *Ich kann immer*, sondern ganz einfach eine Feststellung. Er kann mit Rose, er kann mit dem Alten, er kann mit ihnen beiden und muss sie dazu nicht einmal ernst nehmen. Die eine weiß nicht, dass der andere von ihr weiß, und der wiederum erhofft sich auch davon wie immer nur eines: einen eigenen Vorteil.

Ganz zufrieden ist Kaufmann damit nicht, wenn er auch vorgibt, dass ihn dies und das und so ziemlich alles kalt lässt. »Richard Kaufmann ist nur schwer zufriedenzustellen«, sagt er manchmal und redet gern in der dritten Person von sich, und wenn ihm das gut gelingt, wenn sein Gegenüber das zur Kenntnis nimmt, ist er erfreut. Nicht dass in seiner kleinen Wohnung (geerbt) überall Pokale mit dem zweiten Platz oder Bronzemedaillen herumstehen oder -hängen würden, aber eben auch keine ersten Plätze und Goldmedaillen, außer vielleicht die Urkunde vom Zeichenwettbewerb '89, was ihm jedoch eher peinlich wäre, hätte er es nicht ohnehin vergessen. Man muss es aus seiner Sicht so sagen: Würde er nicht ständig über die Maßen auf seinen nächsten Schritt achten, wäre Kaufmann ein offenes Buch, in dem alle ungeniert jederzeit lesen könnten.

Ein weiterer Überraschungsgast nimmt ebenfalls bereits Kurs auf den Abend, wobei es Inspektor Wels keinesfalls um den Überraschungseffekt oder um seinen Auftritt geht, denn auch in seiner Freizeit und besonders da gilt das Lebensmotto: *um keinen Preis auffallen!* Er wird sogar sein Notizbuch zuhause lassen und seine Waffe sowieso. Hätte er Roses Telefonnummer und wäre er nicht Inspektor Wels, so würde er ihr womöglich eine Nachricht schreiben, um sein Kommen anzukündigen, nur zur Sicherheit. Mit der Hand wischt Inspektor Wels zweimal durchaus brutal über seine rechte Wange: *Jetzt reicht's dann einmal!*

Dem Ordnungsruf folgt ein Geistesblitz: Er *wird* eine Nachricht schreiben! Er wird an diesem Abend nicht allein auftauchen, denn das ist es, was ihn insgeheim unter Druck setzt. Er wird um Unterstützung bitten, und zwar jemanden, der genau dazu da ist, solche Aufgaben zu erfüllen. All diese Informationen versucht Inspektor Wels in eine Kurznachricht zu pressen, und kaum hat er sie abgeschickt, leuchtet sein Telefon schon wieder auf. Die Antwort von Kollegin Fritz kam schneller als gedacht und dreht sich im Wesentlichen darum, dass sie, also Kollegin Fritz, bereits von ihrem Sofa verschluckt und momentan verdaut werde, und außerdem um die Frage, wie es ihm eigentlich gehe. *Gut, danke*, schreibt Inspektor Wels ebenso schnell zurück, schlagfertig, wie er findet, *und im Gegensatz zu dir werde ich heute noch Spaß haben!* Na wenn er sich da nur nicht täuscht.

»Schön langsam ist es nicht mehr lustig«, stöhnt Susi im Vorbeigehen, und dabei streift sie Willis Rücken wieder mit ihrer Hand. Das kribbelt! »Schön langsam?« Willi ist immer noch brav am Schneiden, Streichen, Rühren, Belegen, Löffeln. »Sie will unbedingt Muscheln. Ich hab keine Muscheln.« – »Sie hat keine

Muscheln? Das ist unverantwortlich.« Susi lacht. »Nein, ich mein's ernst! Du kannst keine *Verzauberung am Meeresgrund* machen und dann keine Muscheln haben.« – »Drehst du jetzt auch schon durch?« – »Möglich wär's. Also, bestimmt sogar. Aber zuerst …« Willi spart sich das *Ta-da-da-daaam!*, aber präsentiert mit ausladenden Bewegungen seine Brot-Häppchen. Susi staunt aufrichtig: »Wow, die sehen super aus! Und fast wie Muscheln.« – »Na bitte.« – »Susi!«, stört Bellas Stimme von draußen, »Suuusi!« – »Sie werden gebrüllt, Madame.« – »Oh Mann«, seufzt Susi und rastet mit der Stirn noch kurz an Willis Schulter, bevor sie den Vorhang zur Seite schiebt und antritt. Willi genießt das Kribbeln. Das läuft langsam ganz gut hier! Da tut es ihm fast schon wieder leid, dass er, bevor er sie auf seinen Brötchen platziert hat, jede einzelne Weintraube einmal durch seine Unterhose hat wandern lassen.

Ein Stockwerk tiefer sitzen András und Herbert Peter im Dunkeln und erzählen einander wirres Zeug, das nur sie verstehen.

Robert Anker hat den Vormittag wieder mit Polizisten verbracht (und gut fünfzigmal zu erklären versucht, dass es keine Erklärung gibt), er hat zu Mittag eine Schnitzelsemmel gegessen, ist danach erstmals seit Jahren spazieren gegangen und hat am Nachmittag ferngesehen ohne hinzusehen. Erst mit der Dämmerung nach fünf hat er es in seinen Hausanzug und vor den Spiegel geschafft und die Schachteln aus dem Kasten geholt. In seinem Gesicht all das, der ganze Tag und der gestrige auch noch dazu und die Frage, was das war, warum es ausgerechnet seine Sauna heimgesucht und wie viele Fehler er eigentlich am Stück begangen hat. Und da ist noch etwas in den Augen von Robert Anker, das dort nicht hingehört: Angst.

Die falsche Zeit für Faschingsfeste, das auf jeden Fall. Sollte er heute Abend dabei sein, so wie er es in einer Zeit vor dieser ursprünglich vorgehabt hat, dann bestimmt nicht in Verkleidung, und die wiederum hätte ohnehin nur aus einem Handtuch um die Hüften und sonst nichts bestanden, *haha*. Das geht aber nicht mehr.

Angst braucht Ablenkung, und deshalb macht Robert Anker endlich, was er schon seit einem Tag hinauszögert: In seiner Ledertasche hat er ein Papiertuch versteckt und im Tuch ein neues Souvenir, das er umständlich und vorsichtig auswickelt – einen Zahn, hellgelb, hinten noch ein wenig Blut dran. Bevor er einen schönen Platz in Robert Ankers Schachteln bekommt, hält er ihn zwischen Daumen und Zeigefinger vor seinen offenen Mund und sieht ihn sich im Spiegel an. Komisch, dass sie ihn das nicht gefragt haben: *Wo ist der Zahn von Herrn Kästner?* – »Der gehört *mir*!«

»Hallo?!« Georg ist, wenig überraschend, keiner, der besonders leicht über seinen Schatten springt, und Dinge, die ihn dazu veranlassen, sind, ebenso wie die Dinge, die ihn tatsächlich noch berühren, an einer Hand abzuzählen. Umso überraschender, dass er an diesem Nachmittag gleich zwei seiner Regeln bricht, wobei er nicht einmal weiß, dass in seiner Welt ein solches Regelwerk existiert, und natürlich wäre er nie hierhergekommen, hätte man sie nicht aus der Kantine geworfen. Die unvorhergesehene Freizeit und die Aussicht auf einen Abend, der endlich einmal wieder einen Grund für Bier liefert, hat Georg dazu gebracht, hat ihn gewissermaßen spontan handeln und einem Gefühl nachgeben lassen, das er nicht benennen könnte, nicht zuletzt deshalb, weil niemand fragt. Aber er ist hier.

»Hallo?!« Georg hört seine eigene Stimme von den Wänden abprallen. Der Gang ist menschenleer. So viel weiß auch er über Krankenhäuser, um zu wissen, dass das nicht normal ist. Er ruft kein weiteres Mal, das würde ihn nur fertigmachen. Georg überwindet sich und drückt den erstbesten Türgriff, und hinter der Tür findet er nur absolute Dunkelheit. Dann eine Stimme, direkt neben seinem Ohr: »Darf ich?« Eine Putzfrau mit Kübel, sie drängt ihn zur Seite, stellt ihren Kübel mit Wischmopp in die absolute Dunkelheit, schließt die Tür und versperrt sie. Georg atmet laut, ist aber zugleich erleichtert, dass es noch Menschen gibt.

»Entschuldigung, Schwester?« Sie dreht sich belustigt um: »Ja, Herr Doktor?« Er sieht verlegen zu Boden: »Wo sind denn die Patienten?« – »Na ja, was hätten Sie denn gerne?« – »Schwerer Sturz.« – »Ah, da haben wir einige.« – »Wo find ich denn die?« – »Überall.« – »Wie jetzt?« Sie stöhnt, er wartet auf eine Antwort, beide legen eine unfreiwillige Pause ein. »Sie müssen fragen«, antwortet sie schließlich entnervt, »irgendwo da vorne.« Der Spaß ist zu Ende. »Danke«, murmelt Georg und geht den leeren Gang entlang. Die beiden werden einander nie wieder begegnen, aber ohne es zu wissen, teilen sie noch einen komödiantischen Moment. Denn während sie in verschiedene Richtungen verschwinden, sagt die Putzfrau: »Was für ein Spinner!« Und zeitgleich sagt Georg: »Was für eine Spinnerin!« Und das war's.

»Hallo?!« Georg ist wieder allein. Einen Moment lang vermutet er, dass alles genauso gut ein Tagtraum sein könnte, wackelig und lustlos abgefilmt, um ihn zu ärgern. Aber dann sieht er es ein: Der Geruch ist echt, eindeutig, ebenso das ungute Gefühl, das bei ihm in den Schulterblättern sitzt, das Unbehagen, das einen zusammendrückt und bis knapp unter den Kunststoffboden saugt. Und außerdem, da vorne, ein Mensch!

»Entschuldigung!« – »Nichts passiert.« – »Ich suche jemanden.« Jetzt könnte der Mann im weißen Kittel antworten: »Tun wir das nicht alle?« Was er zum Glück nicht macht. Stattdessen will er, dass Georg ihm einen Namen nennt, denn nur so könne er ihm weiterhelfen. Er meint es gar nicht böse, bringt sogar reichlich Geduld auf, aber ohne Erfolg. Ob man es glaubt oder nicht – und Georg glaubt es selbst nicht –, er hat keine Ahnung, wie Grant eigentlich heißt. »Grant«, beginnt er zögerlich. Der andere fragt nach: »Und weiter?« – »Grant.« – »Nur Grant?« – »Äh, ja.« – »Ok. Aber so wird das nichts. Und außerdem muss ich dann wieder.« Der Mann mit dem weißen Kittel tippt auf eine imaginäre Armbanduhr am Handgelenk (*Komisch*, denkt Georg, er war immer überzeugt davon, dass Ärzte Uhren tragen). »Also, ich muss wirklich«, wiederholt er, kommt ganz nah an Georg ran und zeigt den Gang entlang, als würde er ihm zeigen, wo er seinen Golfball versenken muss. »Da hinten wird man Ihnen helfen.« – »Aber da ist nichts.« – »Gehen Sie nur. Gehen Sie schon!«, ruft er lachend und rennt mit fliegendem Kittel davon (*Komisch, denkt Georg, ich hab immer geglaubt, auf dem Gang ist Laufen verboten*).

Also rennt auch er los, er springt hoch und verbringt ein paar Sekunden in Zeitlupe, grinst wie irre und hat augenblicklich zu schwitzen begonnen, er rutscht die letzten Meter mit quietschenden Sohlen über den Boden, bis es an der Wand endet. Das hat gutgetan, Georg keucht und bleibt mit geschlossenen Augen eine Weile sitzen. Dann erst bemerkt er die Geräusche. Er öffnet die Augen, links und rechts ein neuer Gang, der dem, was er von einem Krankenhaus erwartet hat, schon näherkommt: voller Menschengewühl, Ärzten und Ärztinnen, Schwestern und Pflegern und Zivilisten, Wäschewagen und scheppernden Essenstabletts. Georg dreht sich um, will wieder dorthin zurücklaufen, wo es so schön still war – und steht plötzlich vor einer zweiten Wand, und die war zuvor noch nicht da.

»Kann ich Ihnen helfen?« Das ist offensichtlich eine Krankenschwester, und sie war mit ihrer Frage schneller, als Georg es mit seiner im eigenen Kopf war. Er klopft gegen die neue Wand, sie sieht ihm dabei zu. Dann holt er Luft und beginnt von vorne: »Na gut …« Dass er einen Mann suche, der möglicherweise von oben bis unten im Gips steckt (»Das gibt es nur in Filmen«, wirft die Krankenschwester ein), und dessen vollen und bürgerlichen Namen er ihr nicht nennen könne, aber er sei sein bester Freund und habe sich einen Besuch verdient. Schwer zu sagen, ob die Schwester gerührt oder gelangweilt ist, aber es scheint, als wolle sie die Sache schnell erledigen. Und damit gibt sie Georg weiter an eine dienstältere Schwester, und die nimmt ihn mit und führt ihn dreimal um die Ecke, öffnet eine Tür und sagt: »Das ist der mit den meisten Verbänden. Ist das Ihrer?«

Georg erkennt Grant zunächst nicht, dafür aber seinen Bettnachbarn. Es ist der alte Nazi Hermann, der schlechteste Bettnachbar, den er nur kriegen konnte. Wären die beiden nicht außer Gefecht, würden sie ihren Kampf wohl quer durchs ganze Krankenhaus fortsetzen.

So aber bleibt ihnen nichts anderes übrig, als gemeinsam fernzusehen, falls sie überhaupt schon einmal hingesehen haben. Samstagnachmittagsprogramm, Georg kennt es zur Genüge. Er nickt, die Schwester ist weg. »Hey, Big Geee!«, zischt er ins Zimmer rein, gefolgt von einem verhalten gehusteten »Nazi!«, so wie er und Grant es immer in der Kantine machen, wenn sie Hermann ärgern wollen. Weder der eine noch der andere zeigt eine Reaktion, doch Georg glaubt, eine Regung in Grants Gesicht gesehen zu haben. Georg denkt nach, das dauert einige Minuten, aber wo er es schon bis hierher geschafft hat, macht er auch noch die paar Schritte zum Bett hin und beobachtet seinen Freund beim Schlafen. Sieht friedlich aus. Daneben grunzt Nazi Hermann mit geschlossenen Augen, klingt auch ganz zufrieden. Sie sind jetzt zu dritt.

Georg geht zum Tisch, nimmt einen Sessel und zieht ihn durchs Zimmer, niemand wacht auf. Unter Grants Decke findet er die Fernbedienung, damit lässt er sich in den Sessel fallen und drückt alle Sender durch. Samstagnachmittag, eindeutig. Ein Blick zur einen, dann einer zur anderen Seite; würde Georg es nicht besser wissen, würde er sagen, dass er damit im Moment ganz zufrieden ist. *Komisch*, denkt er.

~ ~ ~

Es ist so weit: Bellas Kostüm sitzt. Die Flossen hängen vor den Füßen, was ihr die Fortbewegung nur mit Trippelschritten erlaubt. »Na, wie hab ich das gemacht?«, fragt sie ihren Mann, der mit offenem Mund vor ihr steht. Sie in ihrer ganzen Pracht – der glitzernde Fischschwanz ist das eine; was ihn noch mehr verstört, ist das freizügige Oberteil. »*So* willst du gehen?«, fragt er vorsichtig. »Nein, ich schwimme«, ruft Bella gut gelaunt wie selten, »und du kommst mit!« – »Ach«, seufzt Herr X und es klingt nicht so, wie es geplant war. »Keine Angst, du bist sowieso nicht eingeladen.« – »Ach so?« – »Du bringst mich nur hin.« – »Hm.« Bella fasst ihm ins Gesicht und zieht an seinen Wangen: »Freu dich! Das willst du doch!« Sie macht weiter, legt die eine Hand auf seine Stirn und nimmt sein Kinn zwischen Daumen und Zeigefinger. »Ja, das will ich. Danke, meine Königin … meine Meereskönigin«, sagt Bella mit verstellter Stimme, und Herr X findet das allem Anschein nach keineswegs lustig. Er wischt ihre Hände weg, holt mit seiner Hand weit aus und schlägt auf den

Fischschwanz, dass es nur so klatscht: »Los, wir fahren!« Bella staunt und hebt die Augenbrauen. »Das war gut«, lobt sie ihn, und hüpft dann brav ins Vorzimmer, um Schuhe und Jacke anzuziehen.

Die Fahrt von ihrem Block bis zum Hallenbad dauert nicht länger als eine Viertelstunde, und die verbringen sie für ihre Verhältnisse harmonisch, geradezu romantisch. »Steak essen könnten wir auch wieder einmal gehen«, sagt Herr X, als sie am Steakhaus vorbeifahren. »Sicher! Und du zahlst.« – »Würde ich machen.« Sie nickt: »Musst du nicht. Ich glaub, ich hab noch den Gutschein.« – »Siehst du?« – »Was?« – »Wir unterhalten uns.« – »Ja, kann man so sagen.«

Die Stadt hat noch nicht ins neue Jahr gefunden, in einigen Auslagen ist die Weihnachtsbeleuchtung hängen geblieben, zugleich sind etliche Menschen verkleidet unterwegs, unter den dicken Jacken tragen sie offensichtlich Kostüme. »Die kommen hoffentlich nicht alle zu uns«, knurrt Bella. »Bestimmt nicht«, antwortet Herr X und drückt den Blinker runter. Gleich sind sie da, das Hallenbad am Ende der Straße. »Da vorne ist es schon, das Gruselschloss«, murmelt er, und sie findet das sogar passend und legt ihre Hand auf sein Knie. Er weiß in etwa, was sie jetzt sagen wird. »Mein Lieber«, sagt sie, »stell dich schlafend, wenn ich heimkomme.« – »Bestimmt.« Dann sind sie da, er bremst, weit und breit ist niemand zu sehen. »Viel Spaß.« – »Warten wir's ab.«

Bella wuchtet ihren Fischschwanz aus dem Wagen und klettert umständlich hinterher. Er findet das irgendwie rührend und auch ein wenig peinlich, *aber bitte, wenn sie glaubt*, denkt er. »Und nicht rauchen!«, sagt sie, bevor sie die Tür zuschlägt. Er nimmt beide Hände vom Lenkrad, hält sie in die Höhe, dann legt er den Gang ein und fährt los, verdächtig schnell. »Dich krieg ich schon!«, ruft Bella und damit es nicht zu romantisch wird, legt sie mit ihren Trippelschritten los in Richtung Stiege. Die Schiebetür geht einsam auf und zu, als würde sie auf Bella warten. Und vielleicht ist es auch so, vielleicht wartet die Schiebetür wirklich.

Episode 5

30.

Das Wasser ist kalt, viel kälter, als es sein sollte. An einem normalen Tag würde András das schwer auf die Nerven gehen, denn es wäre allein sein Problem. Das ist heute nicht anders, aber mit dem großen Unterschied, dass es ihm einfach egal ist. Dieser Tag ist kein normaler Tag, erstens weil András schwimmt, was er sonst wirklich nie macht, und zweitens aus den bekannten Gründen. Die sind ihm im Moment zwar entfallen, das kalte Wasser wirkt, aber neben dem András, der sich nichts sehnlicher als ein idiotisches Faschingsfest wünscht, gibt es jetzt eben noch den anderen, der am Morgen aus dem Kästchen Nummer 25 gekrochen ist, und er ist beide zugleich, vor allem jetzt gerade im Wasser, das seinen Kopf klar macht. Tauchen wäre eine Idee, tauchen ist immer eine Idee, aber András bringt es nicht zuwege. Außerdem muss er raus aus dem Becken, bevor ihn noch jemand beim Schwimmen erwischt, und sich für den Abend fertig machen. Denn: egal, wer man gerade ist – wenn es schon einmal eine Party gibt, dann … *verdammt*, Fred hat ihn gesehen.

Ja, wirklich, Fred winkt. *Verdammt*, denkt Fred, *warum winke ich dem Irren denn?* Schnell gibt er vor, mit seiner CD-Sammlung beschäftigt zu sein (was er ja auch ist) und nicht zu bemerken, wie András hinter dem großen Fenster im Bad heimlich aus dem Becken steigt (was er auch nicht bemerkt). »Under the sea!« – »Was?« – »Unter dem Meer«, ruft Bella, »dein erstes Lied!« – »Kenn ich nicht!«, ruft Fred zurück. »Aus dem Trickfilm, die Meerjungfrau. Das musst du mir spielen.« – »Hab ich nicht.« –

»Dann besorg es dir gefälligst.« Bella meint es ernst, sie kann ihre überraschend gute Laune aber nur schwer verbergen.

Den Raum, wie er jetzt ist, hat sie geträumt. Vor ein paar Tagen hat Bella die Kantine im Traum so gesehen und ist gleich nach dem Aufwachen in die Küche geeilt, um alles, woran sie sich erinnern konnte, aufzuzeichnen, heilfroh, dass ihr so kurz vor dem Fest doch noch die Ideen zugeflogen sind, für ihre Verhältnisse war sie an diesem Morgen geradezu berauscht. Zufrieden steht sie nun da, die Meereskönigin, und blickt auf ihr Reich. Einfach ein paar Kartonfische an die Bar kleben, das kann jeder, aber einen Drei-Meter-Oktopus an der Decke hat sonst keiner. Dazu getrocknete Seesterne (auch Bella war schon einmal am Meer), ein Netz mit Plastikfischen, Pflanzen, die fast wie echte Algen aussehen, und eine Zombie-Kleiderpuppe aus dem Vorjahr, komplett im Taucheranzug, ein *Zombietaucher*, wie Willi und Susi beschlossen haben, und weil Bella nicht widersprechen wollte, als die zwei sich einbrachten, weil sie sonst gemeutert hätten, hat sie es ihnen durchgehen lassen.

Das allein erklärt aber wohl kaum die Begeisterung, mit der die beiden jetzt durch die Kantine eilen, Susi hält Willi an der Hand und zieht ihn zu einem der Tische, der schon besetzt ist, obwohl das Fest offiziell noch nicht begonnen hat. Das interessiert Bella nun doch, also trippelt sie mit ihren Flossen hinterher und zweifelt erstmals an ihrem Kostüm, wobei sie ohnehin vorhat, den Abend zum Großteil sitzend zu verbringen, auf ihrem Thron. »Wo ist mein Thron?«, fragt sie, und Susi und Willi antworten gleichzeitig: »Der kommt schon. Später.« Sie haben offenbar Besseres zu tun.

»Das ist er! Das ist unser Willi!« – »Guten Abend.« – »Guten Abend! Der beste Koch der Puszta!« – »Na ja …« – »Und was würden Sie uns heute empfehlen?« – »Hm, zum Anfang einmal

Brötchen.« – »Bröööötchen!« Es wird gejubelt. »Und dann natürlich den falschen Hummer«, legt Willi schnell nach. »Fischtopf! Fritto misto! Bananenbrot!« Bella würde zu gern wissen, was der Scheiß soll. Sie zischt mehrmals durch die Schneidezähne, und Susi weiß, dass damit nur sie gemeint sein kann. Widerwillig geht sie rückwärts und beobachtet weiter aufmerksam, wie am Tisch mit Willi gelacht wird, nicht *über* ihn, da ist sie sich ziemlich sicher. Ebenso widerwillig hält sie Bella ihr Ohr hin. »Wer sind die?« – »Keine Ahnung, aber sie sind nett.« – »Nett?« – »Und neu hier.« – »Neu. Ja, eben.« – »Sie glauben, sie sind in einem Fischlokal.« – »Fischlokal?!« Das hat einer am Tisch gehört, und begeistert schwenkt er sein Glas Weißwein in Bellas Richtung. »Wegen der Dekoration?« – »Sie sagen, irgendjemand hat's ihnen empfohlen.« – »Wer sind die?«, wiederholt Bella. »Spannend, oder?« Susi hüpft wieder zum Tisch hin und Bella fällt daran etwas auf, sie kann es aber nicht festmachen, dabei ist es doch so einfach: Wann ist Susi jemals gehüpft?

Bella reicht's, sie hat genug gesehen und trippelt zur Bar, das dauert seine Zeit. Zeit, die sie verwendet, um innerlich ein paar Flüche loszuwerden – über aufdringliche Leute, dummes Gelächter, generell über alles, was die Sache am Anfang schon anstrengend macht. Aber zwischen den Flüchen beschließt sie auch, dass ihr diesen Abend niemand verderben wird. Und schon gar nicht solche Idioten, die einfach einen Tisch besetzen und selbstgefällig darauf warten, bis man ihnen alle noch so idiotischen Wünsche erfüllt hat (auch *Gäste* genannt). Und da kommt Bella Georg in die Quere, ihr »Aus dem Weg!« ist aber eigentlich nicht nötig, denn er hat gesehen, dass sie auf ihn zutrippelt und springt zur Seite; alles in allem völlig übertrieben, denn die Gefahr eines Zusammenstoßes war so nie gegeben. Dafür aber bietet Georg seine Hilfe an, hält Bella den Arm hin –

»Darf ich bitten!« – und als wäre das nicht schon seltsam genug, nimmt sie das Angebot an und hüpft an seiner Seite zur Bar hin, wo sie ihm auch noch erlaubt, dass er ihr einen Hocker zurechtrückt. Das war's dann aber mit den Freundlichkeiten. »Nicht übertreiben«, brummt Bella, als Georg ihr von hinten unter die bereits verschwitzten Arme fassen will, um sie auf den Barhocker zu heben. »Finger weg!«, zischt sie und gleichzeitig bittet sie ihn um ein Glas, weil sonst keiner da ist, der sie bedienen könnte.

Geradezu ehrfürchtig bewegt sich Georg hinter der Bar, denn das darf man selbst nach den vielen gemeinsamen Jahren nur mit Erlaubnis der Meereskönigin. Er mischt für Bella den bestellten *exotischen Wein* mit Zitronenscheibe und sieht zu, dass er schnell an seinen Platz kommt, nachdem er ihr das Glas freudestrahlend hingestellt hat. Sie nickt zufrieden, er hat bestanden. Und dann beginnt Georg zu reden, was ebenfalls seltsam ist, weil er sonst nie redet, aber scheinbar muss es raus. »Ich war heute im Krankenhaus.« – »Tut dir was weh?« – »Nein, zu Besuch.« – »Ich weiß. Darfst dir auch eins nehmen.« Bella deutet mit dem Kopf in Richtung der gespülten Gläser, Georg setzt zu einer Verbeugung an, als wäre sie wirklich die Königin des Meeres, was sie ja auch ist, weshalb sie großmütig abwinkt und ihn ohne weiteren Kommentar dabei beobachtet, wie er überraschend geschickt den Zapfhahn bedient. »Aber echt. Ich glaub, Grant geht's nicht gut.« – »So ist das Leben. Wenn man nach dem Salto auf dem Gesicht landet.« – »Er hat die ganze Zeit nur geschlafen.« – »Schlafen ist schon in Ordnung.« – »Ja, wahrscheinlich.« Georg prostet Bella zu, aber die sieht es nicht oder ignoriert ihn.

Hinter ihnen kommt ein neuer Gast dazu, steht ratlos im Eingang, als wäre er völlig falsch hier, dabei trägt er eine Perücke und verbringt auch sonst fast jeden Tag in der Kantine. Als er es an die Bar geschafft hat, nimmt er die Perücke ab, dann setzt er sie doch wieder auf den Kopf. »Kann ich was bestellen?«, fragt er vorsichtig. Bella nickt: »Kannst du.« Und nach und nach tanzen immer mehr Leute an, einige hochmotiviert und verkleidet; wenn das Lied passt, tanzen sie wirklich zur Tür rein, ganz so, als wären sie Mitte zwanzig oder als hätten sie vergessen, dass sie hier drinnen sonst nur ihre Sorgen pflegen oder neue erschaffen. Die Kantine wird auch heute gewinnen, an einem bunten Abend wie diesem wird sie vermutlich ein noch leichteres Spiel haben als an einem normalen, graubraunen Tag.

»Mit wem muss man hier ins Bett gehen, damit man was zu trinken kriegt?« – »Na mit mir!« Bella winkt von ihrem Platz an der Bar und sie winkt auch mit ihren Flossen. Dann schnippt Bella mit den Fingern und Susi hasst das wie die Pest, aber zugleich sieht sie es ein, macht ein Glas voll und verschüttet auf dem Weg keinen einzigen Tropfen. Wie immer, wenn der Wahnsinn so richtig losgeht, ist sie mit einem Mal voll bei der Sache.

Die Tischgesellschaft ist immer noch da, mit Willis Vorspeisen im Bauch wird eine neue Flasche bestellt; dass es die Hauptspeise nie geben wird, ahnen sie womöglich längst. »Trinken Sie ein Glas mit uns!«, rufen sie, und Susi lehnt ab. »Bitte!«, rufen sie und lassen nicht locker, aber Susi bleibt standhaft, obwohl sie penetrant an ihrer Schürze ziehen und ihr überhaupt nicht mehr so nett vorkommen wie noch bei den Vorspeisen (*Wer sind die?*, hört Susi Bellas Stimme im Kopf). Dabei ist es auch völlig egal, dafür sorgt nicht zuletzt die Musik, mit der Fred gerade einen Frühstart hinlegt, der sich gewaschen hat. »Yeah!«, keucht er in sein Mikrofon und schwitzt heftig (*scheiß Leder*), aber gleich noch einmal: »Yeah!« Wer soll ihn denn aufhalten und wann kann man das sonst schon ungestraft aus voller Überzeugung in ein Mikrofon brüllen? Na eben! Und einmal geht's noch!

»Freddy Fresh ist wieder daaaa!« Alles klar. Und gut für Werner und Marina, denen Freds Feuerwerk den tadellosen Auftritt beschert, auf den sie es keinesfalls angelegt haben, den sie aber doch genießen: Hauptabendprogramm, 20 Uhr 15, Poseidon und seine bärtige Piratenbraut werden zu *Come on Eileen* reingeklatscht, als hätte man einzig und allein darauf gewartet. Susi hat ein Rauschen in den Ohren wie selten, Willi streckt neugierig den Kopf aus der Küche, Bella wedelt mit den Flossen, Fred schwitzt stärker. Werner schwingt seinen grünen Bart und sticht mit dem Dreizack in die Luft, Marina hat ein falsches Messer zwischen den Zähnen, kneift ein Auge zusammen und immer, wenn ihr jemand nahe kommt, macht sie Piratengeräusche: »Grrrrrr!«

Wer die beiden kennt, gönnt ihnen die Freude und ist begeistert – und das sind eigentlich alle, außer die Fremden am Tisch hinten links; sie gönnen ihnen die Freude zwar, klatschen aber rein aus Höflichkeit mit. Und auch Bella weiß nicht so recht, was sie von der ganzen Aufregung halten soll: Einerseits wollte sie den großen Eröffnungsauftritt persönlich hinlegen (dass sie es nicht rechtzeitig vom Barhocker geschafft hat, sieht sie durchaus selbstkritisch), andererseits scheinen Werner und Marina mit ihren Kostümen (die Bella nicht so besonders spektakulär findet, auf jeden Fall nicht so sehr wie ihr eigenes) zur richtigen Zeit zum richtigen Lied die richtige Stimmung erwischt zu haben (dafür ist sie ihnen wiederum dankbar, denn damit kriegt die Sache Schwung). Also lässt es Bella gut sein und ihnen den Spaß. Sogar Fred muntert sie mit hochgestrecktem Daumen auf, um ihm dann mit Zeigefinger und kreisendem Handgelenk das Zeichen für *Jetzt nur nicht nachlassen!* zu geben. Fred antwortet seinerseits mit *Alles klar!* und schüttelt den Kopf übertrieben im Takt, immer vor und zurück, vor und zurück.

Noch einen freut es, dass der Auftritt von Werner und Marina die gesamte Aufmerksamkeit auf sich lenkt, weil damit kurzzeitig nicht darauf geachtet wird, wer durch den Kantineneingang reinkommt, ob das ein Neuer ist und wer das überhaupt sein soll, der da nicht nur aufs Fischthema gepfiffen hat (wie übrigens viele andere auch), sondern noch dazu im Anzug auftaucht, aber diese Frage wäre nur vollends geklärt, wenn ihm jemand die Affenmaske runterziehen würde.

Wir lösen auf: Kaufmann ist der Affe im Anzug. Dass er es gänzlich unbemerkt in die Kantine geschafft hat, macht bei näherer Betrachtung nur bedingt Sinn, denn um auch weiterhin unbemerkt zu bleiben, hätte er vielleicht auf eine unauffälligere Verkleidung setzen sollen – wobei Affenmasken so selten auch wieder nicht sind, und wenn er rechtzeitig eine der dunkleren Ecken nimmt, und wenn es ihm gelingt, dort eine halbe oder eine ganze Stunde ungestört zuzubringen, dann wird auch der Rest des Abends kein Problem, beschließt Kaufmann und sucht durch seine Affensehschlitze im Getümmel nach einer Teufelin. Eine solche hat das Fest noch nicht im Angebot, stattdessen aber eine Nonne, eine Fischerin mit Gummistiefel an der Angel, ein Seepferdchen und Supergirl. Und das ist nur ein kleiner Querschnitt, den Kaufmann auf dem Weg zu seinem zukünftigen Platz in der Ecke mitbekommt. Er ist froh, als er endlich sitzt, denn in der Kantine ist schon einiges los. Blick auf die Uhr: kurz vor halb neun.

Dabei kann das alle Beteiligten auch in die Enge treiben – wenn auf so einem Fest zu früh zu viel los ist. Da braucht es dann irgendwann einen Plan und Fingerspitzengefühl ohne Ende. Das lässt Fred bereits auf den ersten Metern vermissen, wie Bella findet, und sie könnte damit sogar recht haben: Welcher Wahnsinnige antwortet schon um diese Zeit mit Zeltfestschlagern, wenn er die Meute zuerst ohne große Mühe mit 80er-Disco weichgekriegt hat? Am liebsten würde Bella es selbst machen. Aber was soll sie denn noch alles machen, denkt sie, während sie Susi mit ihrem gefürchteten Zeigefinger tonlose Befehle dirigiert: *nachfüllen, abwischen, aufwischen, Aschenbecher!*

Susi spielt mit und humpelt von A nach B nach C und D und einmal im Kreis. Das Interessante dabei ist, dass die Anzahl der Gäste sie zwar unbewusst beeindruckt, um nicht zu sagen: einschüchtert – dass sie die maskierte und bunte Truppe aber nicht als solche wahrnimmt, und vorgibt, durch einen ganz normalen Abend zu humpeln, an dem es eben zufällig etwas mehr Betrieb gibt als sonst. Die Musik blendet sie vollkommen aus. Bella zeigt Fred wieder den Daumen, bewegt ihn aber in kurzen Stößen mehrmals von unten nach oben und meint damit, dass er gefälligst in Schwung kommen soll. Fred versteht es falsch und dreht um einiges lauter. Bella fährt mit der flachen Hand durch die Luft und trifft beinahe die Wange der Nonne, die ihr als Antwort das riesige Kreuz hinhält, das sie um den Hals trägt, und weil Bella trotz Freds beginnendem Versagen gut gelaunt ist und die Gastgeberin spielen muss, bekreuzigt sie sich dreimal und senkt den Kopf, worauf die Nonne ihr den Segen erteilt und zufrieden weitermacht. Na bitte, so einfach ist das.

Werner Poseidon und Piratenbraut Marina haben es inzwischen an die Bar geschafft, nicht zuletzt da eine klatschende Menge generell schnell das Interesse verliert, und auch weil Freds musikalische Kehrtwende alle noch schneller zurück auf den Boden geholt hat. Werner klopft Bella begeistert auf die Schulter, was er noch nie gemacht hat und auch nie wieder machen wird, obwohl er zwar bald die Details des Abends insgesamt verdrängen wird und damit auch Bellas schweißnasse Schulter – ab sofort hat er aber eine vage Erinnerung daran gespeichert und jetzt im Moment weiß er es ja nicht nur, er bemerkt es auch, also direkt schweißnass auf seiner Hand, mit der er kurz darauf geistesabwesend über sein ganzes Gesicht wischt und Bellas Schweiß damit gleichmäßig über Nase und Mund verteilt. Sein Glück also, dass er es wieder vergessen wird. Aber wie gesagt: Noch weiß er es. Er schmeckt es sogar.

Dass im Gegenzug Bella selbst an guten Abenden wie diesem keine allzu große Begeisterung für ebenso unangekündigte wie unangebrachte Berührungen aufbringt, muss nicht extra erwähnt werden. Das gilt umso mehr für Berührungen von Werner, der für sie immer noch so etwas wie einen Geschäftspartner darstellt, was aber wiederum der Grund ist, warum sie ihm das Schulterklopfen ohne großen Protest durchgehen lässt. Und außerdem ist ja Fasching.

»Wo kommen die Leute alle her?!«, schreit Werner ihr ins verschwitzte Ohr, und würde Bella es nicht besser wissen, würde sie sagen, dass er schon eine kleine Gladiole vor sich herträgt, wie man das hier drinnen nennt. »Das weiß ich nicht!«, schreit Bella, nur etwas leiser, weil es ist kaum einmal neun, sie hat ihre Stimme noch im Griff, und so laut ist es auch wieder nicht. Noch nicht so laut, wie es später bestimmt sein wird. Der Andrang der Leute ist aber für Bella tatsächlich ein Rätsel und wenn es so weitergeht, wird es langsam eng. Soll ihr nur recht sein.

»Muss irgendwo ein Nest sein!« Bella nickt. Es blitzt. Warum blitzt es? »Oder es hat etwas mit ihm zu tun!«, wird jetzt auch Bella lauter und zeigt auf Pichler, der soeben die Kantine betreten und sofort zu fotografieren begonnen hat. »Mit wem?« Bella zeigt noch mal in Richtung Eingang. »Den hol ich mir!«, brüllt Werner und schwingt seinen Dreizack. »Werner!«, hält Marina Antl ihn zurück. »Was ist?« – »Sei friedlich.« – »Bin ich immer … Peace!« Und wieder dreht er seinen Dreizack wie einen Propeller über dem Kopf und macht sich auf den Weg zum Eingang, wo Pichler einen falschen Polizisten, eine Biene, das Seepferdchen, einen Fußballer und Popeye zum Gruppenbild zusammengestellt hat und wild herumblitzt.

»Sofort hörst du auf!« Werner hält Pichler den Dreizack vor die Kamera. »Hallohallo, immer langsam«, wird der frech. »Aufhören!« Der falsche Polizist und das Seepferdchen wollen damit nichts zu tun haben und tanzen in die Menge, die Biene und der Fußballer bleiben und wollen wissen, wie es weitergeht, Popeye baut sich mit seinen Muskeln bedrohlich neben Werner auf, weil er weiß, wohin er gehört und sowieso nicht fotografiert werden wollte. Pichler blitzt noch einmal, mit voller Absicht in Werners Gesicht. »Super Foto!« – »Werner, friedlich!«, ruft Marina von der Bar aus, aber das hört er nicht. »Spinnst du?« – »Sind Sie betrunken?« – »Bist du schwerhörig?« – »Warum?« – »Aufhören!« – »Ich mach ja gar nichts.« Popeye holt ein Säckchen mit Tiefkühlspinat aus seiner Hosentasche und wedelt damit vor Pichlers Nase herum (weil er das witzig findet). »Ich sehe schon«, sagt Pichler, »so wird das nichts.« – »Mitkommen!«, befiehlt ihm Werner und geht vor, Pichler folgt ihm an die Bar. Dort diskutieren sie es unter den wachsamen Augen Marinas aus.

Kurz zusammengefasst: Werner erklärt Pichler, warum er ihn nicht leiden kann und dass er ihn wegen seines furchtbaren Sauna-Artikels verklagen wird, Pichler antwortet, dass er das in Kauf nimmt, aber dass der Abend zu schön sei, um ihn mit einer solchen Kleinigkeit zu verderben. Werner nickt, Pichler verspricht, seine Kamera ins Auto zu bringen und als Gast für reichlich Umsatz zu sorgen. Bella nickt anerkennend, Werner willigt ein, Marina ist damit auch zufrieden. Als wäre es genauso geplant gewesen, dreht Fred die Musik lauter und damit kann jeder und jede wieder weitermachen, womit auch immer.

Und dann kommt Rose zur Tür rein und die Musik setzt aus (was aber reiner Zufall ist, denn Fred hat eine alte CD mit Kratzern erwischt und muss das korrigieren). Der Moment Stille (bevor die Ersten »Heeee!« brüllen) passt dennoch ganz gut, um Rose als Teufelin willkommen zu heißen; selbst Kaufmann steht unter seiner Affenmaske der Mund offen, ebenso Werner, aber vor Entsetzen. »Nur mit der Ruhe«, streichelt ihm Marina über den Rücken, schon leicht genervt, dass sie ihn heute Abend ständig beruhigen muss. Rose winkt mit ihrem Dreizack, und Werner winkt mit seinem zurück. Rose dreht den rot geschminkten Kopf nach links, dann nach rechts, dort sitzt der Affe, wie angekündigt im Anzug. Sie tippt mit dem Zeigefinger auf ihre Zungenspitze und danach in seine Richtung. Der Affe klatscht begeistert in die Hände und kratzt sich unter den Armen. Das muss für den Anfang genügen, sie haben vereinbart, erst später am Abend zusammenzukommen, ein Tänzchen zu wagen, ein Gläschen zu trinken oder – je nach der eigenen Stimmung und der aller anderen – die Maske fallen zu lassen und ganz offiziell herumzumachen. »Traust du dich nie«, hat sie gesagt. »Du aber noch weniger«, hat er geantwortet, und da lag kurz Streit in der Luft, weil sie wusste, dass er recht hat. Wobei für sie das letzte Wort noch nicht gesprochen ist – und das, obwohl es keinerlei Vorteil bringen dürfte, wenn ihre Eltern von Kaufmann erfahren würden. Vielleicht will sie ihm einfach beweisen, dass sie keine Angst hat. Ja, das wird's sein.

Die Nacht ist jung, aber *zu* jung. Also muss auch sie zuerst an die Schank, und dort muss auch sie die Frage zum Abend stellen: »Wo kommen die denn alle her?« – »Wir wissen es nicht.« – »Kennt ihr den?« – »Ja, der heißt Klaus, glaub ich.« – »Kennt ihr die?« – »Nein, nie gesehen.« – »Wo ist der Rest vom Gewand?«, fragt Werner. »Bin eh angemalt«, entgegnet Rose, und Werner droht ihr mit erhobenem Zeigefinger. Aber das stimmt, da kann man nicht widersprechen, rot von der Stirn bis zu den Zehen, die Teufelstochter. Marina bessert an einigen schlecht verwischten Stellen nach. »Danke«, sagt Rose. Und Werner schluckt den Satz, der jetzt eigentlich von ihm kommen müsste (*Und du hilfst ihr auch noch!*) einfach runter und ist stolz darauf. Stattdessen sagt er: »Da fehlt ja auch was.« Marina wischt drüber und schon ist der Rest von Roses Schulterblatt knallrot. Rose ist ebenfalls stolz, weil sie dazu nichts weiter sagt (zum Beispiel: *Habt ihr's dann bald?*) und stillhält.

Als Willi aus der Küche kommt, lässt er beinahe einen Teller Fischstäbchen fallen. Aber er kriegt sich ein und geht übertrieben gelassen an der halb nackten Rose vorüber. »Stopp!«, befiehlt Bella, die von Willi aus einer kurzzeitigen Meditation gerissen wird, die sich daraus ergeben hat, dass sie zuvor in Marinas Wischen auf Roses Haut versunken ist. »Stopp! Was ist das?« – »Na Fischstäbchen.« – »Aha.« – »Passt das?« – »Ja, passt.« Willi nimmt den direkten Weg ins Getümmel, und er weiß, dass er es mit dem Teller nicht so leicht bis zu dem Tisch schaffen wird, an dem der Fisch schon erwartet wird. Das ist einer der Hauptgründe, warum all jene, die den Hausbrauch kennen, an einem solchen Abend wohlweislich kein Essen bestellen, und warum all jene, die nicht wissen, wie es läuft, das bestellte Essen kaum einmal bekommen. Und da fährt schon eine Hand aus der Menge und greift zu, dann gleich noch eine Hand. »Also bitte!«, protestiert Willi, und ein Clown sieht ihn mit aufgerissenen Augen an, während er das entwendete Fischstäbchen im Ganzen runterschluckt, als wäre er ein Seehund.

»Ganz toll«, sagt Willi und beschließt, es mit einem Umweg zu versuchen und von hinten an Tisch drei heranzuschleichen.

Dabei besucht er Fred, der an seinem improvisierten DJ-Pult nach wie vor im Dauerstress ist. Auf die Frage, wie es denn so laufe, hat Fred nur ein hektisches Zappeln übrig, das vieles bedeuten kann, aber es könnte schlimmer sein, davon ist Willi überzeugt.

»Nimm dir eins.« – »Ein was?« – »Fischstäbchen!« – »Fischstäbchen?« – »Selbst gemacht! Was glaubst denn du?« – »Ok«, sagt Fred. »Nimm das da links«, rät ihm Willi. »Warum?« – »Glaub mir: Nimm das.« – »Ok.« Fred gehorcht und kostet: »Gut!« – »Na bitte!« Willi selbst beißt genüsslich vom Fisch ab und präsentiert mit offenem Mund die zerbissenen Teile. Und damit überlässt er Fred wieder seinem Schicksal, das einzig und allein vom nächsten Lied abhängen wird und dann vom übernächsten Lied und von dem danach. Von Freds Platz aus sind es nur noch wenige Meter zu Tisch drei und die nimmt Willi im Stechschritt, bereit, jedes noch so vertrottelte Kostüm aus dem Weg zu räumen. Darauf legt es aber sowieso niemand an, ungehindert liefert Willi den Teller ab, Tisch drei hat ihn offensichtlich schon sehnsüchtig erwartet und fällt über die restlichen Fischstäbchen her, kaum dass er sie hingestellt hat, weshalb es gar nicht auffällt, dass schon einige fehlen. »Mahlzeit!«

»Brav«, lobt ihn Bella, als er wieder in sein sicheres Nest hinter der Bar schlüpft und Susi, die auch gerade von einer solchen Mission in der Meute zurückkommt, legt Willi zum Dank für seinen Einsatz die Hand auf den Rücken. Es kribbelt genauso wie beim letzten Mal, wie beim ersten Mal – und beinahe kitzelt das Kribbeln aus ihm die Worte heraus, die es dann doch nicht an die Luft schaffen (in etwa so: *Wenn wir das hier überleben, koche ich einmal nur für dich*). Aber Susi lächelt ihn an – und das ist nicht nichts, denkt Willi.

Während drinnen das Fest so richtig zu laufen beginnt, weil es einfach keine Alternativen dazu gibt, während die Kenner unter den Gästen nach Bellas Eröffnungsrede verlangen und Bella langsam aber sicher auf Betriebstemperatur kommt, während die ersten Gläser umkippen und für feuchte, fleckige Tischtücher sorgen (»Tischtücher! Wer braucht denn im Fasching Tischtücher?«), während zwei Nonnen einen Fußballer in die Zange nehmen, Schneewittchen auf Zorros Schultern das Gleichgewicht verliert, ein Außerirdischer eine Flasche Schnaps von der Bar in seinem Bauchnabel verschwinden lässt, während der falsche Polizist mit seinem falschen Funkgerät Verstärkung anfordert, weil er von Elvis mit einer erschreckend echt aussehenden Pistole bedroht wird, während die Musik immer lauter und der Nebel immer dichter wird, steht draußen vor dem Hallenbad ein Cowboy im Schatten der Straßenlaterne und kommt nicht vom Fleck.

Nicht nur sein Kostüm findet der Cowboy lächerlich – obwohl es nur aus einem Hut und einem Revolvergurt besteht –, sondern vor allem auch, dass er als gestandener Mann, der schon einiges gesehen hat, Angst davor hat, sich auf einem dämlichen Faschingsfest zu blamieren. Dabei übersieht Inspektor Wels, also der Cowboy, dass er sich das Dilemma, das genau genommen gar kein so großes ist, selbst zuzuschreiben hat und allein er dessen Ausgang in der Hand hat. Denn zum einen müsste er nur den Hut runternehmen und schon wäre sein Kostüm kein Kostüm mehr, und zum anderen müsste er einfach reingehen, aber so weit ist er noch lange nicht. Deshalb steht Inspektor Wels unschlüssig vor dem Hallenbad herum, dann kommt er hinter der Ecke hervor und verschwindet wieder, und das wiederholt er mehrmals. Und auch wenn dieses jämmerliche Schauspiel nicht für ihn spricht, hat Inspektor Wels noch genug Schneid, um zu bemerken, dass am Fenster einer steht. *Du beobachtest nicht mich*, denkt Wels und macht weiter mit dem sinnlosen Hin und Her, *ich beobachte dich!*

»Meine Freunde, Damen und Herren, liebe Fische!«

Es ist so weit: Bella hält ihre Eröffnungsrede. »Ich begrüße euch in der Hölle!« Und jeder, der noch nie dabei war, fragt sich zu Recht, was das werden soll. »Eines ist fix: Wir gehen alle gemeinsam unter.« Gelächter, verunsicherte Blicke treffen auf erwartungsvolle – und dann kommt's: Bella rülpst so laut in Freds Mikrofon, dass die Boxen dröhnen. Jubel bricht aus, darauf haben die Stammgäste gewartet, und ohne Mühe reißen sie die Neulinge mit. Bella salutiert mehrmals und verbeugt sich mit der Hand auf der Brust. Seit ihr vor einigen Jahren an einem Abend wie diesem mit dem Mikrofon vorm Gesicht ein Rülpser rausgerutscht ist, gilt in der Kantine die ungeschriebene Regel, dass der Spaß nie zu Ende sein darf und in unregelmäßigen Abständen wiederholt werden muss, auf jeden Fall dann, wenn ein Mikrofon verfügbar ist, denn alles, was öfter als zweimal vorkommt, ist eine Tradition, und die Leute lieben Traditionen, auch hier in der Kantine. Warum Bella den Unfug mitmacht, ist dabei das eigentliche Rätsel, das könnte sie selbst nicht erklären, würde man sie fragen, aber das wagt natürlich niemand.

»Es war ein langer Winter!«, ruft Bella ins Mikrofon, »es war ein langer Winter!« Dann schickt sie einen weiteren gewaltigen Rülpser hinterher. »Aber jetzt sind wir wieder hier. Und die Nacht gehört uns! Die Nacht ist noch … jung!« Es geht keineswegs darum, was sie sagt, sondern einzig und allein um die Rülpser, die sie in willkürlichen Abständen gekonnt ins Mikrofon drückt.

Bellas Eröffnungsrede: So einfach kann Abendunterhaltung

sein. Und bestimmt sind einige dabei, die vordergründig zwar klatschen, aber nur, weil sie nicht aus ihrer Haut können. Die meisten fühlen sich aber wohl damit, in etwa so wohl wie in ihrer Verkleidung, die sie für den heutigen Abend zumeist nicht zufällig gewählt haben. Wer könnte es ihnen verübeln, wo die Welt zu Beginn des neuen Jahrtausends doch schon kompliziert genug ist und in wenigen Monaten noch viel komplizierter sein wird? »Na eben!«, keucht Bella ins Mikrofon und meint etwas ganz anderes. Zum Beispiel, dass man es ihnen auch nicht übel nehmen dürfe, sollten sie plötzlich den Drang verspüren, die Kantine und das ganze Hallenbad in Flammen aufgehen sehen zu wollen. »Jaaaa!«, jubelt die Meute Bella zu. »Nein, nein, nein!«, hält Werner mit seinem Dreizack dagegen. Sein halbherziger Protest geht unter in einem weiteren ohrenbetäubenden Rülpser und noch mehr Geschrei. Und dieses Mal macht Fred alles richtig, denn er weiß, dass das Universum nach Bellas Rede eine kleine Weile lang bereit für ihn ist. Er wäre nicht Freddy Fresh, würde er diese Gelegenheit verschlafen, anstatt sich Hals über Kopf in die *We-are-the-Champions*-Phase zu stürzen und so viele wie nur möglich mitzureißen, was er in diesem Fall tatsächlich zuwege bringt.

Willi und Susi tauschen besorgte Blicke aus, denn auch sie wissen, was ihnen das Universum in dieser Phase in Kürze abverlangen wird. Da schlägt es schon in Wellen gegen die Bar, und Willi schnappt sich noch schnell zwei Silbertabletts und stellt sie ihnen zur Ablenkung hin und jedes Brötchen, das gierig runtergeschlungen wird, ist ihm eine besondere Freude, denn jedes Brötchen hat eine Geschichte und wurde von ihm mit Liebe mit zumindest einer Spezialzutat versehen. Einzelne Brocken fallen ihnen aus dem Mund, als sie ihnen ungeduldig die Bestellungen zurufen, und nicht einmal die ergeben einen

Sinn, werden aber von Willi und Susi minutiös befolgt. *Sehr brav* sogar, wie Bella von Freds Tisch aus beobachtet, wobei Fred sie jetzt langsam wirklich von seinem Tisch runterhaben will, denn erstens gehört die Bühne ihm und zweitens ist ihm das zu viel Haut und zu viel Fisch direkt vor der Nase. »Bella! Bella! Bella!«, stimmt er daher einen Sprechgesang an und nichts liebt die Meute mehr als einen Sprechgesang, und da das auch bedient und belohnt werden muss, nimmt Bella ein verschwitztes Bad in der Menge und Fred hat wieder freie Sicht. *Da soll noch einer was sagen*, denkt er und weiß schon ganz genau, welches Lied er als nächstes spielen wird.

Werner und Marina tanzen, und Rose strahlt sie von der Bar her aufrichtig an, und als Kaufmann Rose vom anderen Ende der Kantine aus strahlen sieht, da passiert etwas mit ihm, das er so aber nicht zu fassen kriegt, weil er unter seiner Affenmaske kurz vor dem Kollaps steht. Rettungsschwimmer, Fischköpfe, Superhelden und ganz normale Fratzen schwimmen vor seinen Gummisehschlitzen durchs Bild und Kaufmann atmet längst nur noch durch die Nasenlöcher, und die Affenmaske zieht sich in der Mitte zusammen und wird von den Nasenlöchern wieder aufgeblasen und wie durch ein Wunder geht alles gut, weil heute Abend ein ganz besonderer Zauber in der Luft liegt, redet sich Kaufmann die Sache schön.

Es blitzt. Jetzt wird er auch noch fotografiert. Weil er nicht auffallen will, hält er seinen Affendaumen in die Kamera, und es blitzt noch einmal und noch einmal. Marina dreht Werner schneller im Kreis, weil sie das Blitzen bemerkt hat und neue Aufregung vermeiden will. Dann ist das Lied zu Ende, und Marina drängt Werner raus aus der tanzenden Menge und drückt ihn gegen die Schank, bis es hinter ihrem Rücken nicht mehr blitzt. »Bravo, Papa!«, klatscht Rose in die Hände, und Werner grinst und schnappt mit seinen verklebten Lippen nach ihrem Strohhalm, was sie ihm gerade noch durchgehen lässt. Gleichzeitig zwickt Marina Werner von hinten, und weil er wild drauflosschimpft, behauptet sie, dass das genauso gut Elvis, der falsche Polizist oder das Seepferdchen gewesen sein könnten, die ebenfalls um einen Platz an der Bar kämpfen. Das akzeptiert Werner, was Marina zwar seltsam findet, aber es muss wohl daran liegen, beschließt sie, dass langsam und unaufhaltsam die Zeit kommt, in der fast alles erlaubt ist und alles andere im Gedränge untergeht. Und Fred spielt dazu die schönsten Lieder der Welt und die sind im ganzen Haus zu hören, im Hallenbad, wo der Wasserball allein durchs Becken treibt, am Klo, wo Georg in einer Kabine sitzt und eigentlich nur noch schlafen will, in den Gängen und in den Umkleidekabinen, wo sich in diesem Moment die Tür von Kästchen Nummer 25 öffnet.

»Guten Abend.« – »Abend.« Dass sie einander schon begegnet sind, beruflich sozusagen, ist in diesem Zusammenhang nicht von Bedeutung. Robert Anker hat Inspektor Wels von hinten im Halbdunkel überrascht, und der zuckt zusammen, grüßt und greift nach seiner Waffe, die aber zuhause im Schrank liegt. *Ruhig, Rambo …* Schon hat Robert Anker ihn überholt und das, obwohl er nur Badeschuhe trägt, wie Inspektor Wels jetzt bemerkt, außerdem ein Handtuch anstelle einer Hose, aber oben drüber immerhin eine Jacke. Er hat hinsichtlich seiner Verkleidung die Meinung also geändert, wobei noch lange nicht entschieden ist, ob das Handtuch später auch fallen wird, das wird davon abhängen, ob sich die da drinnen das verdienen. Vom jetzigen Standpunkt aus gibt's dazu ein klares Nein, und Robert Anker würde viel Geld darauf verwetten, dass seine Laune im Lauf des Abends nicht wesentlich besser, eher viel schlechter werden wird. Warum er dann ausgerechnet zu einem Faschingsfest unterwegs ist? Gute Frage.

Worauf es im Fasching ankommt, das ist – wie so vieles oder eigentlich alles im Leben – eine Sache des Standpunkts: Die einen (zumeist die Veranstalter oder jene, die den Dreck am nächsten Tag wegräumen müssen) vertreten eher die Meinung, dass es nach Möglichkeit nicht zu sehr ausarten sollte – alles verkleidet, alles bunt, Musik und Tanz, das müsse schon reichen. *Wo leben die?*, fragen die anderen (und das sind zumeist alle anderen und damit unabhängig von ihrer Anzahl eine Übermacht). In der Kantine ist aber noch ein weiterer Faktor zu beachten: Bella. Und Bella kommt immer mehr in Fahrt (außerdem muss sie den Dreck ja nicht selbst wegräumen, wenn alles vorbei ist). Bella spielt heute sogar die gute Gastgeberin und trippelt zwischen den Tischen herum, klatscht ihren Fischschwanz da und dort auf einen Sessel und erzählt Witze (passend zum Thema: »Sitzt ein Fischer am See und fängt einen Fisch. Will der Fisch wegschwimmen. Singt der Fischer: *Please don't go ... please don't go!* Singt der Fisch: *It's my life ...!*«), Bella tanzt, was in voller Meerjungfrauen-Montur nicht gerade einfach ist, denn unten muss sie das Gleichgewicht halten und oben muss sie darauf achten, dass sie nicht zu viel zeigt, also nicht noch mehr, die anhaltenden Komplimente reichen völlig aus. Kurzzeitig geht sogar das Gerücht herum, Bella hätte eine Lokalrunde geschmissen. »Wirklich! Kannst sie fragen!« – »Stimmt nicht«, sagt Willi und verweigert zehn Mischgetränke, was ihm einen ausgestreckten Mittelfinger von Elvis einbringt, aber das hält er aus, vor allem, wenn's nicht mehr ist, denn Elvis geht im echten Leben leidenschaftlich seiner Bestimmung als Vorstadt-Rowdy nach und keinem Ärger aus dem Weg. Willi stellt ihm zur Sicherheit wenigstens ein Gratis-

Mischgetränk hin und fragt sich, wie er den Moment verpassen konnte, in dem er vom Koch zum Kellner degradiert wurde, dann sieht er, wie Susi mit dem Nachschub kämpft und nimmt es in Gedanken wieder zurück.

»Was ist mit Bella los?«, fragt er. Susi winkt ab, keine Zeit, dann wirft sie doch einen Blick auf die tanzende Bella. »Keine Ahnung«, antwortet Susi, »machst du mir bitte acht Cola-Rum?« – »Cola-Rum? Trinkt das noch wer?« – »Du würdest dich wundern!« Aufs Stichwort trommeln die Nonnen, die sich in der vergangenen Stunde wundersam vermehrt haben, aufgestachelt von der Oberschwester mit den Fäusten auf die Bar: »Cola-Rum! Cola-Rum!« – »Ja, ja, schon gut!« – »Cola-Rum! Cola-Rum!« *Sprechgesang – in Deckung!* Auch das ist allgemein bekannt: Sprechgesang macht ein Fest immer schlimmer. Überhaupt wenn die Meute aufgepeitscht wird, was Fred nur liebend gern mit seinem Mikrofon übernimmt: »Cola-Rum! Cola-Rum!« – »Na super«, stöhnt Willi, »wo sind die Gläser?« – »Da hinten. Danke.« Susis Augen leuchten, Willi ist ein Held.

Bis alle versorgt sind, ist Fred vollends im Schlagerhimmel angekommen, und weil vor allem auch Schlager ein Fest immer schlimmer macht, zeichnet sich da bereits der perfekte Zeitpunkt zum kollektiven Durchdrehen ab. Die gemischte Fußballmannschaft in Strapsen hat ihren Plastikball verschossen und spielt Fußball mit Orangen, Plastikfischen oder Gläsern, Elvis verzichtet auf eine Romanze mit Marilyn und fängt eine Rangelei mit einem Scheich an, Popeye wird in Kürze mitmischen und kaut vorsorglich einen Batzen Tiefkühlspinat, ein Gespenst im komplett verdreckten Leintuch trinkt den Nonnen im Rekordtempo alle Gläser aus (»Gnade ihm Gott!«, flucht die Oberschwester, oder so ähnlich), Spiderman klettert an der Dekoration bis zur Decke, Neptun-Werner schwingt seinen Dreizack, Piraten-

Marina redet auf ihn ein, Georg ist eingeschlafen, Schneewittchen und zwei überdimensionale Zwerge versuchen sich an einer menschlichen Pyramide, und dann marschiert eine halbe Blasmusikkapelle ein und spielt *Sierra Madre*.

Kaufmann reibt seine Affenhände, mehr Wirbel geht nicht, jetzt kann er aus seiner dunklen Ecke. Auch Teufelin Rose hat es erkannt und tanzt auf ihn zu. Jemand schlägt Kaufmann zum Spaß grob auf den Rücken, der macht laut »Uh-uh-uh!« und meint niemand Bestimmten, weil es ihm auch egal ist. Rot leuchtend springt Rose aus der Menge und nimmt ihren Affen in einen Tango-Würgegriff, und dann legen sie los, als ginge es darum, den Tanzwettbewerb zu gewinnen. Sie drückt ihn eng an sich und beißt so heftig in seine Schulter, dass sie mit den Zähnen beinahe ein Stück aus seinem Anzug reißt, was ihm normalerweise eine Rüge wert wäre. Der Anzug ist aber ebenso wie Kaufmanns falsches Fell sowieso schon mit roter Farbe verschmiert, weshalb er ihren Kopf noch stärker gegen seine Schulter drückt, worauf Rose noch stärker zubeißt und es nicht ganz sicher ist, wo das Spiel aufhört und der Ernst beginnt. Das ist es bei ihnen beiden aber nie. »Affe! Wir gehen!«, schreit sie an der Stelle ins Fell, wo sie sein Ohr vermutet. »Uh-uh-uh!«, macht Kaufmann. Das passt immer.

Rose zieht ihn zur Tür, ganz offiziell hält sie seine Hand, das ist aber noch kein Kunststück, denn unter einem Affenkopf kann eben jeder stecken. Kaufmann ist das gleich, er will nur seine Maske runterreißen und die rote Farbe auch über sein Gesicht schmieren, aber in Wirklichkeit will er einfach einmal nur seine Maske runterreißen und hätte dann gerne fünf Minuten Ruhe und frische Luft. Davor hetzt ihn Rose aber noch durch die Gänge, die Treppe runter und um die Ecke und raus in den schmalen Hof, wo sie ihn auf den weißen Plastiksessel zwischen den Mülltonnen setzt und wieder zu tanzen beginnt. Kaufmann streift die Affenhandschuhe ab und schüttelt seine Hände, dann packt er voll Vorfreude die Maske. »Stopp«, haucht Teufelin Rose, und er ahnt es bereits, »lass sie auf«, haucht die Teufelin. »Uh!«, macht der Affe, denn das passt immer. Rose tanzt auf seinem Knie, Kaufmann schließt die Augen und deshalb sieht er auch András nicht, der hinter Rose in einem kleinen Fenster auftaucht und sie beobachtet.

Die Außenwand entlang, ein Stockwerk höher und dann rechts – dort ist in etwa die Kühlkammer und dort sucht zur selben Zeit Willi nach Zitronen, weil sie in der Kantine von Cola-Rum auf Tequila umgestellt haben. »Schau dir die an! Die brauchen gar keine Masken«, hat Susi ihn zuvor mit dem Ellbogen angestoßen, und beide haben im Wahnsinn kurz stillgehalten und den Figuren auf der anderen Seite der Bar dabei zugesehen, wie sie die Zitronenspritzer von ihren Handrücken geleckt haben. Dann hat Susi Willi nach hinten in die Kühlkammer geschickt und ohne Murren ist er losgegangen. »Brav«, hat Bella gesagt.

»Zitronen … Zitronen«, murmelt Willi, als er in der Kälte die Kisten durchsucht, »Scheiß-Zitronen …« Da fällt mit einem Mal das Licht aus. Willi hält sofort still und stellt das Denken ein, steht in der Kälte und im Dunkeln und wartet ab. Aber das Licht geht nicht wieder an. *Zeitschalter*, denkt Willi und liegt damit sogar richtig. Er bleibt tapfer und tastet die Kisten ab, er wird nicht ohne Zitronen hier rausgehen. »Hallo?!«, ruft er, weil da ein Geräusch gewesen sein könnte. Scheiß auf die Zitronen. Willi tastet sich an der Wand entlang, greift nebenbei pflichtbewusst in weitere Kisten, will nicht wissen, wo er da reingreift, und dabei neigt er den Kopf zur Seite, weil er ja kein Geräusch verpassen will. Stück für Stück kommt er so vorwärts und findet schließlich den Lichtschalter an der Stelle, an der er ihn vermutet hat, drückt ihn runter und das Licht geht an. *Halleluja!* »Haha … hahaha!«, lacht Willi in kindischer Erleichterung. Aber doch. Dass die Zitronen leider aus seien, wird er Susi dann ein wenig anschwindeln. Ein guter Plan.

In der Kantine kommen sie inzwischen auch ohne Zitronen ganz gut zurecht, das sieht man nicht so eng. Susi wird mit Bestellungen aller Art bombardiert, sogar Bella brüllt ihr Kommandos in Form irrwitziger Cocktailkreationen entgegen. Susi schluckt es hinunter, mitsamt der einzigen Frage, die längst schon angebracht wäre – ob Bella ihr nicht lieber helfen sollte, nur ein kleines bisschen vielleicht, *Scheiße noch mal!* Aber das hat Susi nicht nötig. Lieber wartet sie auf Willi und mixt Getränke, halbherzig und dafür überraschend schnell, beinahe unter Tränen, doch fehlerfrei.

Es ist plus-minus halb 11 – zu spät, um noch auf Vernunft zu hoffen, zu früh, um ans Heimgehen denken zu können, ohne bei jedem Blick auf die Wanduhr den Verstand zu verlieren. »Mit Pfeffer … und Süßsauer-Sauce … und Olive!« Bella will's wissen. *Vielleicht quält sie mich ja absichtlich*, denkt Susi, was so aber auch nicht stimmt. Wenigstens erlauben Bellas ausgefallene Wünsche es ihr, auf der Suche nach Pfeffer, Süßsauer-Sauce und Oliven ein oder zwei Minuten lang die Ruhe hinter dem Küchenvorhang zu genießen, wobei es ganz gut die Lächerlichkeit ihrer Lage beschreibt, das als Ruhe zu bezeichnen.

Susi öffnet Küchenkästen und den Kühlschrank, findet Pfeffer und Oliven und keine Süßsauer-Sauce, dafür aber eine kleine Schachtel, in der Willi ein paar seiner Spezialzutaten aufbewahrt, sie erkennt nur einen erschreckend großen Zehennagel und klappt den Deckel gleich wieder zu. Sie wird erst später darüber nachdenken, es ist jedoch davon auszugehen, dass sie ab sofort wohl immer auch diesen ausgewachsenen Zehennagel im Hinterkopf haben wird, wenn sie mit Willi zu tun hat, oder dass es zumindest einige Zeit oder eine gute Erklärung brauchen wird. Bevor sie überhaupt zu Fragen wie diesen vordringt, bricht auf der anderen Seite des Vorhangs ein Susi-Sprechgesang los, was sie beinahe ein wenig stolz macht, das hält aber nur kurz an, außerdem tut ihr Fuß höllisch weh, das ist aber wirklich nichts Neues.

Vor dem Hallenbad gewinnt der Cowboy in Inspektor Wels das innerliche Duell und zeigt ihm, wer das Sagen hat – nämlich der Cowboy, der im Licht der Straßenlaternen einen beeindruckenden Schatten mit Hut wirft, als er ohne Zögern losgeht. *Na, wer ist jetzt der Feigling?* Wels lässt es geschehen und schwingt die Hüften, schon nimmt er die ersten Treppen, schon öffnet sich die Schiebetür, schon steht er in der Eingangshalle. *Na also …* »Peng, Peng!«, kommt es aus einem orangen Sofa in der Ecke. Dann noch einmal: »Peng!« Wels muss zweimal hinsehen, um zu erkennen, dass dort einer sitzt, nicht direkt verkleidet aber – vielleicht Zufall – von Kopf bis Fuß orange und mit dem Sofa verschmolzen, auch das Gesicht irgendwie orange. »Peng!«, antwortet Inspektor Wels, und der orange Mann scheint zufrieden.

Am anderen Ende der Eingangshalle tobt das Fest, Stimmengewirr, Schlagermusik und Rauchschwaden bis hierher, und der Cowboy in Wels wird wieder kleinlaut. Es erwartet ihn ja niemand da drinnen. Wozu also beeilen? Ein Platz auf dem Sofa wäre jetzt genau das Richtige, abtauchen und beobachten, das kann er gut. Kann er aber nicht, weil der orange Mann mit ziemlicher Sicherheit nur darauf wartet, dass sich einer zu ihm hinsetzt und er ihn dann heillos zumüllen oder anwinseln und am Ende beschimpfen kann. *Nicht mit mir, Partner!* Und wenn das Haus schon offen und unbeaufsichtigt ist, kann er genauso gut eine Runde drehen, überkommt Wels eine plötzliche Idee. Überstunden, sozusagen. Trödeln, würden es andere nennen, die Sache verschleppen, also feige sein. Ein wenig von allem, gibt Wels seinem inneren Cowboy gegenüber freimütig zu. Und Intuition. Darüber spricht man aber nicht, die hat man. Zur richtigen Zeit am richtigen Ort, eben. Oder am falschen.

»Zitronen sind aus«, wird Susi von Willi jenseits des Küchenvorhangs in Empfang genommen (da zeichnet sich in ihrem Hinterkopf schon zum ersten Mal das Bild des besagten Zehennagels ab). »Keine Zitronen, echt nicht!«, übertreibt es Willi, und Susi nickt nur genervt. »Was machen wir?« – »Cocktails.« – »Aha.« Willi schreibt ihren Stimmungswandel den fehlenden Zitronen zu, lässt es damit einmal gut sein und mischt mit. Das ist auch dringend nötig, denn die Wellen schlagen unaufhörlich gegen die Schank: aberwitzige Bestellungen, die mehrmals überprüft werden sollten, gespielter und ernsthafter Ärger über die Wartezeit und nur wenige, die es gut mit einem meinen. Da fällt Willi auf, worauf er bislang vergessen hat: mitzutrinken! So einfach wird es kaum einmal sein, wird er beinahe euphorisch, schenkt zehn Gläser in einem Schwung voll, serviert neun davon und stürzt das zehnte selbst runter, rennt in die Küche und holt ein paar Boxen mit Snacks (*Fischbrötchen mit Härchen, Mini-Würstel im eigenen Saft gekocht, Chips mit Dip des Teufels, Faschiertes à la surprise*), die er auf kleinen Tellern drapiert und sie entlang der Bar verteilt, dann kümmert er sich um die nächste Bestellung, und so weiter. Sogar Susi taut wieder auf, mit so viel Motivation war nicht mehr zu rechnen.

Das beflügelt auch die Gäste. Das – und DJ Freddy Fresh, der wieder in die Spur gefunden hat und vom Schlager auf dem kurzen Weg zur Disco abgebogen ist. Spiderman, Marilyn, der Tormann in Strapsen, der Scheich, das Seepferdchen, Elvis und die ganze Bande danken es mit noch weniger Respekt vor diesem Abend, vor der Einrichtung und vor dem eigenen Körper und lassen sich so richtig gehen.

Mittendrin sitzt Marina, sieht zu und wartet darauf, dass die Meereskönigin einschreitet, und weil sie auch nur ein Mensch ist, kippt Marina nach dem mittlerweile vierten Glas in den Ärger der vergangenen Tage hinein. Da Bella keine Anstalten macht, das wilde Treiben zu bremsen – im Gegenteil: Sie befiehlt Willi, die Wanduhr heimlich um eine Stunde zurückzudrehen (alter Bar-Trick), und Susi, da und dort die Schnapsration zu verdoppeln (das hebt die Stimmung) – und weil sich Marina in Erinnerung gerufen hat, dass das immer noch *ihr* verdammtes Hallenbad ist, beschließt sie, die Sache selbst in die Hand zu nehmen. Aber wie bekommt man einen Haufen verkleideter, volltrunkener Vollidioten in den Griff?

Ganz einfach: Indem man ihre Musik und ihren Rausch manipuliert! Dazu bräuchte es zum Beispiel ein Fass alkoholfreies Bier, mehr fällt Marina nach angestrengtem Nachdenken nicht ein, aber selbst wenn es hier irgendwo alkoholfreies Bier gäbe, was sie schwer bezweifelt, müsste sie dieses Fass auf eigene Faust und noch dazu unbemerkt hinter die Bar rollen und dann mit dem echten Bierfass vertauschen und so weiter und all das wäre unterm Strich sowieso verlorene Mühe, weil die meisten verkleideten Vollidioten Bier um diese Uhrzeit nur noch als lästiges Beiwerk zu ihren sonstigen Getränken sehen. Sie könnte Werner in der Frage um Hilfe bitten, aber Werner geht momentan voll in seiner Rolle als Poseidon auf. Also wird sie sich für den Anfang mit der einfacheren, aber weniger durchschlagenden Maßnahme begnügen müssen und versuchen, die Stimmung über die Musik zu torpedieren. Da hat sie jedenfalls die besseren Karten – weil direkten Einfluss auf den DJ, den sogenannten. Und wenn es auch keinen merklichen Effekt auf das Fest haben oder die aufkommende Zerstörungswut der sogenannten Gäste dämpfen würde, so hätte sie wenigstens mehr Ruhe, um in der Ecke sitzen zu können, noch ein Glas zu trinken und noch ein bisschen tiefer in ihre persönliche, üble Stimmung vorzudringen. Was will man schon mehr von einem Faschingsfest erwarten?

Das ist Marina den Weg durch die hüpfende Menge allemal wert, hinüber zum DJ-Tisch, wo sie mit ihrer Plastik-Hakenhand Freddy Freshs Kopf zu ihrem Mund runterzieht und sinngemäß hineinschreit, dass sie jetzt mindestens zehn ruhige Lieder am Stück hören will, sonst könne er sich gleich morgen nach einem neuen Job umsehen. »Grrrrrr!«, endet sie in Piratensprache, drängt ein tanzendes Pärchen zur Seite und steuert wieder ihren Barhocker an.

Marinas Wunsch schätzt Fred vollkommen richtig als gnadenlosen Befehl ein, den er zwar überschlagsmäßig gegen Bellas möglichen Zorn abwägt – weil der Chefin aber in jedem Fall der Vorzug vor der einschüchternden Kantinenwirtin zu geben ist, reagiert er sofort. Mit einer einzigen, nahezu eleganten Handbewegung schiebt Fred die Regler runter und schaltet das Stroboskop ein (Ablenkungsmanöver aus dem Bauch heraus), die andere Hand fummelt eher verzweifelt als elegant im CD-Koffer herum, und weil es schnell gehen muss, schiebt sie notgedrungen blindlings eine namenlose Scheibe rein, worauf ein Lied erklingt, das Fred nicht kennt, das, wenn überhaupt, womöglich nur ein paar Leute auf der Welt kennen, denn weiter kann es das Lied nicht gebracht haben, und auch dass es hier und heute Abend überraschend abgespielt wird, dürfte es wohl kaum weiterbringen, dieses Lied, denn wer es hört, der bekommt es gar nicht mit. So in etwa fantasiert sich Fred das zusammen, ebenso die Noten, die wie im Trickfilm unaufhaltsam aus den Boxen tropfen, und er kann es nicht stoppen, es ist ihm ehrlicherweise auch schon egal. Und zu seiner Überraschung protestiert vorerst niemand.

Es handelt sich um eines dieser Lieder, mit denen die Zeit stillsteht – weil es so unfassbar langsam und unglaublich langweilig ist. Und ausgerechnet da – als dieses unendlich langsame Lied den Raum lähmt – geschieht alles zur gleichen Zeit.

Das beginnt vergleichsweise unspektakulär mit Georg, der schlafend und ganz sanft vom Barhocker gleitet und mit einem »Nix passiert!« auf dem Boden aufwacht. Es geht nahtlos weiter mit Spiderman, der überhaupt nicht mehr richtig klettern kann und einen ganzen Tisch abräumt, was Geschrei und betrunkene Hilfsbereitschaft zur Folge hat. Einen Tisch weiter kotzt Popeye seinen Tiefkühlspinat wieder aus, woraufhin ein paar Nonnen empört das Weite suchen und Willi mit dem Wischmopp losrennt, dabei von Robert Ankers Handtuch am Auge getroffen wird, weil Robert Anker sein Handtuch endlich runtergerissen hat und nun sein Ding im seltsamen Takt des seltsamen Liedes im abgehackten Stroboskoplicht schwingen lässt, was wiederum eine weitere kleine Kettenreaktion auslöst, die auf der Tanzfläche Platz schafft.

Und genau in diese Lücke tritt plötzlich wie aus dem Nichts die alte Frau im dunkelgrünen Badeanzug, und im flackernden Licht leuchtet ihre Haut noch grauer. Sie grinst unter der Badehaube hervor, die ihre Augenbrauen zusammendrückt und unförmig auf ihrem Kopf sitzt. So steht sie da und wiegt den Körper ganz leicht von einer Seite zur anderen. Was die meisten wohl für eine saubere Verkleidung halten, ist echt. Wasser tropft vom dunkelgrünen Badeanzug und sammelt sich um die nackten Füße der Alten. Die ersten Wahnsinnigen auf der Tanzfläche werden auf sie aufmerksam und klatschen begeistert in die Hände: »Hey! Hey! Hey!« Die alte Frau grinst einfach nur weiter und schwingt hin und her, hin und her.

»Was ist da los?«, fragt Bella, und da erkennt Werner die Alte wieder. Es gibt sie also wirklich – leibhaftig, und so wie er sie auch auf seinen Überwachungsbildschirmen gesehen hat! Er lässt seinen Dreizack fallen und stürmt auf die Tanzfläche, kommt aber nicht durch, weil die klatschende Menge einen Kreis rund um die Alte gebildet hat. Werner stolpert und stürzt, und vom Boden aus sieht er nur noch, wie Herbert Peter die alte Frau im dunkelgrünen Badeanzug aus dem Bild zieht und durch die Kantinentür nach draußen schiebt. »Buuuuh!«, wird auf der Tanzfläche protestiert, dann haben sie es gleich wieder vergessen und das Getümmel löst sich auf. Zurück bleibt Werner, auf dem Boden mit aufgeschlagenen Knien und mit einem großen leuchtenden Fragezeichen über seinem Kopf.

31.

Das Jammern ist Werner noch nie gut zu Gesicht gestanden. Um genau zu sein, war das schon der erste Minuspunkt, der Marina damals bei ihrem Kennenlernen in einem früheren Jahrtausend aufgefallen ist. Sonst hat nicht allzu viel gegen ihn gesprochen. Zum ersten Mal vor Marina gejammert hat Werner an einem Abend im November ’70, da hatte er sie ins Theater ausführen wollen, aber erstens besaß er keine Krawatte, zweitens wollte er Geld sparen, und drittens spielte er ihr den kritischen Geist mit Vorliebe für subversive Kunst nur vor, das gestand er aber erst kurz nach der Hochzeit.

Eine klassische Studentenliebe eben – das antworten Werner und Marina bis heute auf Detailfragen nach ihrer Mädchen-aus-den-Bergen-trifft-Jungen-vom-Land-in-der-großen-Stadt-Geschichte, obwohl die eigentlich ganz gut zu erzählen wäre. Bei einem Konzert sprach sie ihn an – ob es die Schmetterlinge waren, Waterloo und Robinson oder Tante Poldi, das wissen sie nach so langer Zeit nicht mehr, eins von denen auf jeden Fall.

»Und was machst du so?«, fragte Marina. »Ich lass mir die Haare wachsen!«, antwortete Werner frech, und das gefiel ihr, diese Unverbindlichkeit, dass er sich keine rechte Mühe gab. Noch bevor sie ihn bewusst angesprochen hatte, war sie in einer anderen Ecke des kleinen Saals schon auf seinen Schultern gesessen, um besser auf die Bühne zu sehen. Das hatten beide aber nicht mitbekommen, sie dachten und denken noch immer, das wäre jemand anderes gewesen. Werner hatte sich eine Zeit lang sogar an dem Gedanken abgearbeitet, was wohl gewesen wäre, wenn er diese andere ins Theater eingeladen und dann doch nur zum Wirten ausgeführt hätte, ob das vielleicht nicht auch *die Eine* hätte sein können, ohne zu wissen, dass die, die er auf den Schultern gehabt hatte, dieselbe war und ist, die eine, die er auch geheiratet hat.

Bei näherer Betrachtung ist es wohl doch keine so berauschende Geschichte, aber immerhin eine ausbaufähige. So oder so erzählen sie, falls jemand fragt, stattdessen nur vom Getränk, das Werner ihr über die Bluse geschüttet hat, vom einen, das zum anderen führte, und von jenem Theaterbesuch ein paar Abende später, der beim Wirten endete, worauf Werner sich auf dem Nachhauseweg übel den Fuß verdrehte, als noch offen war, ob sie ihn oder er sie in die Studentenbude begleiten würde, und so wurde nur die Röntgenstation daraus, und Werner jammerte ihr die Ohren voll, aber das ließ sie gelten, weil der Grund dafür als dick geschwollener Knöchel deutlich sichtbar war, und weil er damit scheinbar ihren Mutterinstinkt geweckt hatte, selbst wenn sie damals Stein und Bein darauf schwor, niemals ein Kind in die Welt setzen zu wollen, in diese dunkelbraune Welt der frühen 70er-Jahre. Amen.

Das Gejammer, das Werner jetzt zur Schau stellt, ist selbst für Marina neu, weil gleichzeitig auch ein Flehen, eine hysterische Gekränktheit. »Du hast sie doch auch gesehen, oder?«, wimmert Werner und schnauft so heftig, dass aus seinem linken Nasenloch eine Blase Rotz hervorkommt, die gleich wieder platzt. »Du hast sie gesehen, oder?«, fragt Werner noch einmal, weil Marinas Antwort ausbleibt; auf die hat er gar nicht wirklich gewartet, mit dem Gesicht ganz nahe an den Bildschirmen drückt er nur hektisch auf den Knöpfen seiner Überwachungsanlage herum. Er hat darauf bestanden, dass Marina ihn ins Büro begleitet, und sie bereut es.

»Und *ihn*? Hast du ihn auch gesehen?!« – »Wen?« – »Den Herbert! Den Peter!« – »Den Herbert? Nein. Wo soll der gewesen sein?« – »Na eeeben!«, stöhnt Werner und zerzaust seine Haare, »der war auf einmal wieder daaa!« – »Werner …« – »Ja.« – »Werner, bitte.« – »Ha! Da ist der Willi!« Werner zeigt auf den Bildschirm mit dem Bild von Kamera 4: Willi schleicht in Schwarzweiß durch den Gang in Richtung Umkleidekabinen. »Braver Willi«, murmelt Werner. Er hat ihn persönlich hinter der Schank hervorgezogen und losgeschickt, mit dem Auftrag, Herbert Peter und der alten Frau im dunkelgrünen Badeanzug zu folgen und sie zu stellen (»Schnapp sie dir!« – »Ok! … Wen genau?«), und da ist er schon, *braver Willi.* »Siehst du?!«, strahlt Werner, als würde das etwas beweisen. Marina streichelt ihm über die Stirn und bringt seine Haare in Ordnung.

Gemeinsam sehen sie dem schwarzweißen Willi dabei zu, wie er durch die leeren Gänge schleicht, von Bildschirm 4 auf Bildschirm 5 wechselt und die Kästchen kontrolliert, die Kabinentüren aufstößt und, soweit sie es erkennen können, mit einer Pistole zielt, die er aus seinem Zeige- und Mittelfinger geformt hat. »Schön, dass wenigstens einer Spaß hat«, sagt Marina, und Werner hebt seinen eigenen Zeigefinger, um sie zu ermahnen, dass es hier um alles außer Spaß geht – aber er sieht ihr mit einem kurzen Blick zur Seite an, dass sie weiß, was er vorhat, und deshalb lässt er es lieber bleiben.

»Wohl kaum«, sagt Werner, um doch etwas dagegengehalten zu haben, und darauf ist er stolz. Und dann zeigt er begeistert auf Bildschirm 7: »Schau! Schau!« Das interessiert auch Marina; es ist Rose, Hand in Hand mit einem Affen. »Das ist ja ein Affe! Haben wir einen Affen hier?« – »Na warte!« Marina Antl stürmt aus dem Büro, ihren Piratensäbel nimmt sie mit, Werner feuert sie an: »Jaaa! Schnapp sie dir!« Er schnauft. »Schnapp … sie dir …« Dann ist er allein. Darüber denkt er kurz nach, dann wieder volle Konzentration auf die Bildschirme, die heute jeden einzelnen Eurocent wert sind, denn inzwischen ist einiges zu sehen:

Auf Bildschirm 2 läuft Piraten-Marina vorüber, die, wie Werner weiß, über Bildschirm 4, 5 und 6 in Richtung 7 unterwegs ist, wo Rose ungeniert den Affen gegen die Wand drückt, was Werner mit Zähneknirschen mitansehen muss und dabei den Beinahe-Zusammenstoß von Marina und Willi auf Bildschirm 6 verpasst, während Nummer 5 die eigentliche Sensation bietet, nämlich die Bestätigung seiner Erscheinung in der Kantine. In der Herren-Umkleide taucht Herbert Peter gewissermaßen aus dem Nichts auf, trotz Deckenbeleuchtung hat er seine Nachtwächter-Taschenlampe im Anschlag und in der anderen Hand den nackten Oberarm der alten Frau im grünen Badeanzug, die er wie eine Gefangene vor sich herschiebt. »Daaa!«, schreit Werner den Bildschirm an, »da sind sie!« Er sucht nach Bestätigung, aber er ist allein, und weil er nicht weiß, wie er damit umgehen soll, springt er auf, rennt zu seinem Schreibtisch (in dem übrigens noch immer ein Vorschlaghammer steckt), reißt die Seitentür auf und schenkt ein Glas mit Schnaps voll, dabei schwankt er zwischen Begeisterung und Verzweiflung.

Als Werner zu seinen Bildschirmen zurückkehrt, mischt auf Nummer 5 mit einem Mal auch András mit. »Dieser Hund!«, versteht Werner in keiner Weise, was er da sieht, aber es passiert trotzdem: András sperrt ein Kästchen auf, und mit vereinten Kräften lassen er und Herbert Peter die Alte darin verschwinden, falten sie sozusagen zusammen und stecken sie mit dem Kopf voraus hinein, dann sperrt András wieder zu und das war's. Das war's aber noch nicht ganz, das war längst nicht alles.

Bildschirm 7 lenkt Werner ab, dort fuchtelt Marina mit ihrem Plastiksäbel herum, und Rose hält mit ihrem Teufels-Dreizack dagegen – eine ganz normale Mutter-Tochter-Diskussion im Fasching. Werner bemerkt, dass er erstens seinen eigenen Dreizack verlegt hat und zweitens ja eigentlich als Poseidon verkleidet ist. Keine Zeit dafür, der Affe hat sich aus dem Staub gemacht und wechselt von Bildschirm 7 auf 6 und dann auf 5, wo er mit András und Herbert Peter ins Gespräch kommt, was das imaginäre Fragezeichen über Werners Kopf erneut zum Leuchten bringt, und aus dem Fragezeichen wird ein Rufzeichen, als am Rand von Bildschirm 5 zu allem Überfluss ein Cowboy auftaucht, der András, Herbert Peter und den Affen zur Rede stellt, woraufhin die drei ihn kurzerhand überwältigen, Herbert Peter und der Affe ihn zu Boden drücken, während András neuerlich das Kästchen aufsperrt, in das die drei dann auch den Cowboy schieben und gemeinsam gegen die Tür drücken, die András wieder zusperrt.

Werner ist überfordert. Er steht auf, zieht seine Turnschuhe aus und holt unter dem Schreibtisch die Hausschuhe hervor, und wo er schon einmal da ist, nimmt er auch die Schnapsflasche mit. Er wirft einen Blick auf die Bildschirme, auf Nummer 7 sitzen Rose und Marina am Gang auf dem Boden und rauchen (*Was?! Marina raucht?*), auf Bildschirm 5 stehen András, Herbert Peter und der Affe im Halbkreis und diskutieren angeregt miteinander. Werner weiß, dass er jetzt den Drang verspüren müsste, etwas zu unternehmen – und da dieser Drang ausbleibt, macht er einen Kompromiss daraus, trinkt sein Glas leer und schenkt nach, geht rüber zum Sicherungskasten, öffnet ihn und schaltet ihnen in der Herren-Umkleide das Licht ab. »Ha!« Ein Blick auf Bildschirm 7 bestätigt die Aktion: alles schwarz.

Werner ist zufrieden und der Schnaps beruhigt ihn. Das hält aber nur kurz an. Denn der Affe geht auf Nummer 4 durchs Bild, verschwindet. Werner nimmt einen Schluck, der Affe kommt am rechten Rand von Bildschirm 2 wieder raus, ist in der Eingangshalle. Werner nimmt noch einen Schluck, der Affe scheint den Weg zu kennen und kommt die Stufen hoch. Werner nimmt einen Schluck, auf Bildschirm 2 ist kein Affe mehr zu sehen. Werner schnauft und richtet seinen Drehstuhl zur Bürotür hin aus, und da klopft es auch schon. Genauso muss es wohl klingen, wenn ein Affe an die Bürotür klopft.

32.

»Werner …«, sagt der Affe. »Affe …«, nickt Werner ihm zu. »Bist du jetzt mein Schwiegersohn, oder was?« – »Gute Frage«, antwortet der Affe und grunzt ein wenig; weil er lacht, nimmt

Werner an. »Nächste Frage!«, fordert ihn der Affe auf. »Nächste Frage … ok: Was soll der ganze Scheiß?« – »Noch bessere Frage!«, lobt ihn der Affe und nimmt die Maske ab.

In der Kantine kommt DJ Freddy Fresh beim fünften der von Marina Antl unmissverständlich in Auftrag gegebenen zehn langsamen Lieder an, und er liegt mit seinem Gefühl vollkommen richtig, dass es den Leuten mittlerweile aufgefallen ist und spätestens ab dem nächsten Lied schwer auf die Nerven gehen wird. Die improvisierte Tanzfläche hat ihren Namen nicht mehr verdient, und die Pärchen, die zu den totgespielten Melodien zwischen den Tischen herumstolpern, sind auch nur noch am Rande beteiligt. Ausgerechnet dieser traurige Anblick bringt ein wenig das Leben in Fred zurück, beinahe die Rebellion, was davon befeuert wird, dass Marina die Kantine verlassen zu haben scheint und Bella bereits zornig zu ihm hinsieht. Und schließlich ist er nicht irgendjemand, schlägt er mit der Faust auf den Tisch – zunächst nur in Gedanken, dann auf den realen Tisch –, nicht irgendjemand, sondern immer noch DJ Freddy Fresh, und der geht gefälligst mit dem Schiff unter und sorgt für den Soundtrack dazu. Allein, musikalisch kriegt Fred diese Entschlossenheit nicht ganz so sehr rüber, und weil ihm nichts Besseres einfällt und auch aus Feigheit, flüchtet er blindlings zurück in die Arme des Schlagers, aber sei's drum. Das Schiff wird untergehen – so oder so.

»Darf ich?«, fragt Rose und hält ihre noch qualmende Zigarette über das kleine quadratische Gitter zwischen ihnen beiden. »Tu dir keinen Zwang an.« Rose lässt die Zigarette ins Gitter fallen, es zischt. »Warum ist da unten Wasser? Wo kommt das her?« – »Lenk nicht ab!« Marina wirft ihre Zigarette hinterher. Rose seufzt, Marina seufzt. »Können wir uns darauf einigen, dass ich gewonnen habe?« – »Wenn es dich glücklich macht.« – »Ja, macht es«, sagt Rose trotzig. »Aber, Schätzchen, hier geht's doch nicht ums Gewinnen, sondern darum, dass ich recht habe.« – »Hast du aber nicht!« – »Wenn du meinst …« – »Kannst du mir einmal eine vernünftige Antwort geben? Nur ein einziges Mal im Leben?« – »Ganz ruhig, mein Schatz. Vor lauter Ärger bist du ja schon ganz rot«, tippt Marina auf Roses Teufelsschminke, auf Nase, Schulter, Arme, Knie. Rose lächelt, und Marina hat gewonnen. »Na komm, wir gehen wieder rauf.«

»Und?«, fragt Kaufmann grinsend und wischt mit der Affenmaske sein verschwitztes Gesicht einigermaßen trocken, ein paar schwarze Haare bleiben kleben und ihm fällt das nicht auf. »Ich stell hier die Fragen!«, schnauzt ihn Werner von seinem Drehstuhl aus an: »Was zum Teufel machst du hier?« – »Fasching feiern. Uh-uh!« Kaufmann trommelt mit den Fäusten gegen seine Brust. »Witzig.« – Schon, oder?« – »Nein.« – »Hahaha.« – »Maul halten!« – »Na endlich zeigen Sie ein bisschen …« – »Was zeig ich?« – »… Eier.« – »Das sagst gerade du!« – »Waren wir nicht per *Sie*?« Werner grummelt, beinahe wie ein Schwiegervater: »Weiß ich nicht mehr.« Er schenkt Schnaps in sein Glas, schwenkt es, überlegt und hält dann die Flasche hoch. »Willst du?« – »Unbedingt!« Werner rollt mit seinem Drehstuhl zum Schreibtisch, holt ein Glas raus, macht es halb voll und stellt es lautstark auf der Tischplatte ab. Dann rollt er wieder zurück zu seiner Überwachungszentrale. »Saubere Anlage«, nickt Kaufmann anerkennend und meint die Bildschirme. Dabei geht er vorsichtig auf das Schnapsglas zu, schnappt es und setzt sich auf Marina Antls Schreibtisch. »Runter vom Tisch!«

Kollegin Fritz lümmelt zuhause auf ihrem Sofa herum und wartet darauf, dass ihr die Augen zufallen, aber dafür ist ihr Leben zu aufregend. Im Fernsehen wirft ein Mann mit Eiern auf eine Zielscheibe. Jedes Ei, das danebengeht, macht Kollegin Fritz mehr Freude als ein Treffer. Ihr Finger auf der Fernbedienung sitzt locker, noch zögert sie. Dabei täuscht der Eindruck, sie ist nicht unzufrieden, man nennt das einen freien Abend, *und was soll daran schlecht sein?*, fragt sie in die Runde, und die Stofftiere, die mit ihr das Sofa teilen, zucken ängstlich mit den Schultern.

Kollegin Fritz gibt dem Eierwerfer noch eine Chance, nimmt den Finger von der Fernbedienung und greift zu ihrem Mobiltelefon. Ohne groß darüber nachzudenken, tippt sie die folgende knappe Nachricht ein und schickt sie dann an Inspektor Wels: *Und, lustig?* Eine Antwort erwartet sie nicht so schnell, umso verwunderter ist sie, als ihr Telefon aufleuchtet und zu läuten beginnt: Wels. »Ja, Herr Kollege?«, hebt sie ab. Nur ein Knacken kommt zurück, ein Rauschen, die Ahnung einer Stimme. »Äh, ok!«, ruft Kollegin Fritz. Sie legt auf und drückt auch gleich auf die Fernbedienung und bekommt einen badenden Bären zu sehen, also einen Bären in einer Badewanne, worauf sie sich überhaupt keinen Reim machen kann, aber das muss sie auch nicht, denn die Ablenkung kommt vom Telefon, das wieder aufleuchtet und zu läuten beginnt: Wels. »Ja? Hallo?« Knacken, Rauschen, eine entfernte Stimme, kein Wort zu verstehen. »Was ist da? Ist was?« Kollegin Fritz schreit in ihr Mobiltelefon, eine Antwort bleibt aus. »Hallo, hallo?« Sie nimmt das Telefon vom Ohr und sieht, dass die Verbindung längst unterbrochen ist.

Kollegin Fritz bleibt auf dem Sofa, mit Blick auf den Fernseher, ja, ein ruhiger freier Abend – aber *dreimal dürft ihr raten*, informiert sie ihre Stofftiere.

Schon auf dem Weg zur Eingangshalle hört Marina, dass das Fest entgegen ihren Anweisungen wieder ordentlich Fahrt aufgenommen hat. Das hätte sie wissen müssen, und sie sieht es ein: Da ist man eben machtlos. Was sie noch mehr verstört, ist der Spaß, den Rose mit dem Faschings-Schlager hat. Neben ihr beginnt sie ernsthaft damit, den Kopf zum unsäglichen Lied hin und her zu wiegen, bald zu schütteln, je näher sie der Kantine kommen und je lauter es wird. Marina fragt sich, woher ihre Tochter den schlechten Musikgeschmack hat, dabei macht Rose das natürlich mit voller Absicht – weil sie weiß, wie sehr es Marina ärgert, wie gerne die ihr die CCR und *I can see clearly now the rain has gone* und dieses Zeug auf den Weg mitgegeben hätte, was sie ja auch getan hat, aber darauf ist sie, Rose, nie reingefallen. Ein knappes Unentschieden im heutigen Match mit Mama also, nein, noch besser: In Wahrheit hat sie, Rose, das Spiel gewonnen, weil Marina am Ende gar nicht mehr nach ihrem Affen gefragt hat. *Apropos*, denkt Rose nebenbei: *Wo steckt der eigentlich?*

In der Kantine geht Fred in Deckung, als er Marina reinkommen sieht, was jedoch keinen Sinn hat, weil man als DJ kaum ein gutes Versteck findet. Er entspannt sich ein wenig, als Marina ohne Zögern wieder ihren Platz an der Schank einnimmt und ihn und seine Musik – ob mit Absicht oder ohne – wie es scheint ignoriert. Und weil Marina auch danach stillhält und sogar, soweit er es von seinem DJ-Tisch aus erkennen kann, ein wenig auftaut, wird Fred maßlos und spielt sich um Kopf und Kragen. Die Leute danken es ihm, oder zumindest denkt er das und macht immer weiter, bis er schnaufend und verschwitzter denn je seine Ohren massiert und den Abend nie vergessen will, was ihm nur schwer gelingen wird. Es ist kurz vor Mitternacht.

Oben im Büro schwenkt Werner noch immer sein Glas, ganz so, als wolle er Zeit gewinnen. Kaufmann macht es ihm nach, ganz so, als hätte er Zeit ohne Ende. Beide sind der festen Überzeugung, im Vorteil zu sein.

»Also?«, fragt Werner nach einer Weile. »Also … was?« – »Was treibt ihr da in meinem Bad?« – »Wer ist *wir*?« – »Na du und deine Affenfreunde.« – »Das verstehe ich nicht.« – »Hmpf«, macht Werner. Kaufmann grunzt. »Grunzt du immer, wenn du lachst?« – »Ist mir noch nie aufgefallen. Außerdem lache ich nicht.« – »Sondern?« Und weil keine Antwort kommt, wirft Werner einen Blick auf seine Bildschirme. »Sollen wir ihnen das Licht aufdrehen?«, tippt er auf den Bildschirm mit der Nummer 7. »Wir drehen ihnen das Licht wieder auf!« – »Meinetwegen«, zuckt Kaufmann mit den Schultern und zieht sein Sakko aus. »Heiß habt ihr's hier drinnen.« – »Hmpf«, macht Werner, geht zum Sicherungskasten und schaltet den Strom in der Herren-Umkleide wieder an. Auf Bildschirm 7 ist wieder Ruhe eingekehrt, nur Herbert Peter sitzt auf dem Boden, mit dem Rücken gegen die Kästchen.

»Was macht Herbert Peter da?« – »Hält die Tür zu. Das hab ich ihm eingeredet.« – »Und warum hört er auf dich?« – »Weil ich das kann.« – »*Was* kannst du?« – »Den Leuten Dinge einreden.« – »Und ich hab immer gedacht, du bist nur ein kleiner Schleimer.« – »Dann hab ich ja alles richtig gemacht.« Darauf geht Werner nicht näher ein, stattdessen fragt er: »Und wo sind die anderen jetzt?« – »Wer?« – »Na *die*!« – »Ach so, Sie meinen die!« Kaufmann unterdrückt ein Grunzen. »Die Alte zum Beispiel«, geht Werner aufs Ganze. »*Wer?*« – »Die Alte mit der Badehaube. Ihr habt sie da reingesperrt! Ich hab das alles auf Video!« Während er es ausspricht, wird Werner das erst so richtig bewusst und er strahlt. Er hat alles auf Video! »Das weiß ich«, gibt Kaufmann ungerührt zurück. »Und?« – »Videos kann man löschen. Ist keine große Sache.« Werner denkt nach. »Und wenn ich die Polizei rufe?« – »Die ist vielleicht schon da.« Auch darauf fällt Werner keine passende Entgegnung ein. Also bleiben beide sitzen und schwenken das Glas, Werner auf seinem und Kaufmann auf Marinas Drehstuhl.

»Hören Sie«, unterbricht Kaufmann nach einer Weile die Stille, die keine echte Stille ist, weil von unten unaufhörlich die Faschingsmusik durch die Mauern dröhnt und der Bass das große Bürofenster zum Zittern bringt. »Hören Sie«, geht jetzt er aufs Ganze, »ich greif da wahrscheinlich ein bisschen vor, aber wir hätten vielleicht ein Angebot für Sie.« – »Ha! Daaa! Du hast es gesagt! Wer ist *wir*?« – »Na was glauben Sie?« Werner zieht mit dem rechten Zeigefinger sein rechtes Auge in die Länge, eine Geste, auf die er sonst nie zurückgreift und die in diesem Zusammenhang auch nur bedingt Sinn ergibt: »Jaja, schon klar, der Spreitzer ... aber wer noch?« – »Wer weiß?« – »Pfff! Und was soll das überhaupt für ein Angebot sein?« – »Raten Sie ...« – »Viel zu einfach.« – »Überraschen Sie mich.« – »Überrasch *du* mich! Ihr wollt was von *mir*!« – »Sagen wir: dreißig Prozent.« – »Von ...?« – »Hundert, natürlich.« – »Spinnst du?!« Kaufmann holt tief Luft und sagt: »Wissen Sie, wir kriegen das Bad auch so.« – »Ach ja? Und wie soll das gehen?« – »Sagen wir mal: Politik.« – »Das ist doch Scheiße!« – »Das haben jetzt Sie gesagt.«

Werner schwenkt sein Glas schneller, und im Schwenken führt er es zu seinem Mund und schluckt und hustet. Kaufmann setzt zu einem Grinsen oder Grunzen an, unterdrückt es aber. »Ruf ihn an!«, platzt es aus Werner heraus. »Wen soll ich anrufen?« – »Na den Spreitzer natürlich, den alten Sack!« – »Das mache ich nicht. Sie können auch mit mir verhandeln.« – »Ich verhandle nicht!« – »Sie haben vielleicht vergessen: Wir haben auch noch die Fotos.« – »Fotos? Welche Fotos?« – »Erinnern Sie sich nicht?« Werner schüttelt den Kopf: »Mir egal! Ruf ihn verdammt noch mal an!« – »Wissen Sie was? Ich hab eine Idee«, hält Kaufmann dagegen, »ich rufe jemand anderen an.«

»Let's go surfing now!«, brüllt DJ Freddy Fresh in sein Mikrofon und erwartet keine Antwort. Immerhin werden in der Menge zustimmend zwei, drei Arme gehoben, dabei dürfte es aber eher um Bestellungen an der Bar gehen. Fred kann das egal sein, denn in diesem Stadium des Abends bleibt der DJ immer Sieger. »Jaaaaaaaa!«, kommt seine Stimme krachend über die Lautsprecherboxen. Willi, der von seiner erfolglosen Verfolgungsjagd in den Gängen längst zurück ist – im Grunde kann er sich kaum noch daran erinnern –, wird von Bella angewiesen, Fred das Mikrofon abzunehmen, was er für einen Witz hält, und weil er auch nicht richtig hingehört hat, wird Bella zornig und lässt es an Susi aus, und so geht es an der Bar immer wieder im Kreis.

Zugleich bricht die Faschingstruppe in der Kantine nach und nach weg, aber einige halten durch und nehmen ihren Job ernst. Unfug fällt ihnen dabei kaum noch ein, eher Dienst nach Vorschrift. Nur Spiderman will's wissen und vollführt einen akrobatischen Tanz, der mit einer Bruchlandung auf dem DJ-Tisch endet, worauf das Fest eine ganze Weile ohne Musik auskommen muss. Selbst das passt ganz gut, besonders für Fred, der auf den letzten Metern den Überblick verloren und gegen sämtliche DJ-Regeln verstoßen hat, inklusive unabsichtlicher Wiederholungen und Endlosschleifen und jeder Menge zerkratzter CDs.

In den Applaus nach Spidermans geglückter (weil überlebter) Landung auf dem DJ-Tisch mischen sich empörte Pfiffe, aber Fred ist vernünftig genug, um zu wissen, dass er jetzt keine Nerven dafür hat, die Anlage wieder aufzubauen und verklebte

Kabel in stromführende Geräte zu stecken. Das überlässt er den anderen Experten und nützt die kurzfristige Aufregung rund um seinen Tisch zur Flucht, nimmt die nächstbeste Tür, landet im Hallenbad, und dort ist er genau richtig: Die plötzliche Ruhe nach dem irren Abend, das Plätschern des Wassers, er hat es vermisst. Fred grinst und geht zu seinem grünen Plastiksessel. Und weil er seine Zigaretten in der Kantine vergessen hat, schläft er selig ein, ohne Gefahr zu laufen, dabei Feuer zu fangen.

Kollegin Fritz sitzt in einem Taxi und denkt nach. Unter dem Mantel trägt sie ihre Waffe. Sicher ist sicher, alte Polizeiweisheit, obwohl die Dienstwaffe nach Dienstschluss absolut nicht unter ihrem Mantel stecken dürfte. Solange sie aber dortbleibt, wird es nie jemand erfahren. Insgesamt geht Kollegin Fritz von einer völlig überzogenen Reaktion ihrerseits aus und darüber denkt sie nach: Wie es so weit kommen konnte, dass nur zwei missglückte Anrufe sie vom Sofa holen können und mitten in der Nacht in ein Taxi steigen lassen. Pflichtbewusstsein, nimmt sie an. Sie denkt nach, ob da noch mehr ist. Das wird sie mit Inspektor Wels eines Tages besprechen müssen, bevor ihr Dienstverhältnis darunter zu leiden beginnt, oder bevor er sich anderweitig umsieht. Vielleicht werden sie das sogar noch heute besprechen, nachdem er sie ausgelacht haben wird, weil sie wegen zwei missglückter Anrufe mitten in der Nacht mit der Waffe unterm Mantel durch die Gegend fährt und ohne Verkleidung auf einem Faschingsfest auftaucht, um ihn zu retten. Völlig überzogen, aber sicher ist sicher, denkt Kollegin Fritz. »Haben Sie was gesagt?«, fragt der Taxifahrer. Hat sie?

33.

Inspektor Wels tastet seinen Brustkorb ab: alles noch da. Er ist auch noch da, war keine Sekunde lang weg, hat jedes Detail mitbekommen, sogar die teuren Schuhe des Affen. Er wird sich das alles aufschreiben, sobald er hier fertig ist. Sie waren grob, haben ihn aber offensichtlich nicht verletzt, nur ins Kästchen reingestopft. Er war draußen, jetzt ist er drinnen. Was immer *drinnen* auch bedeuten soll. Da hinten sieht er Licht und dort wird er hinkriechen, so bald wie möglich. Erst noch die Selbst-Diagnose zu Ende bringen: Brustkorb und Rippen also intakt, Beine eingeengt, doch beweglich, keine Beulen auf dem Kopf, Gesicht in Ordnung. *Moment!* Er spürt etwas in seinem Gesicht, das dort nicht hingehört. Unschwer erkennt er es als Hand, eine fremde, raue Hand, die über seine Stirn kratzt. Ein guter Zeitpunkt, um alles rauszulassen und panisch loszuschreien, aber er kriegt nur ein hilfloses Wimmern zustande. Die Hand tätschelt seine Stirn und zieht sich dann zurück. Inspektor Wels atmet schwer. Er streckt sein Bein durch und tritt mehrmals gegen die Tür des Kästchens, in dem er offensichtlich steckt. Die Tür gibt nicht nach, von draußen kommt aber ein Klopfen zurück. Er tritt noch ein paar Mal gegen das Blech, das Klopfen bleibt aus. Wels drückt seine Knie gegen die Decke, unten bewegt er seinen Körper mithilfe der Ellbogen in kleinen Stößen dorthin, wo das Licht herkommt. Er träumt das nicht, er ist hellwach. Angst hat er kaum und weil es nur diese eine Richtung gibt, muss auch keine Entscheidung getroffen werden. Immer nur raus aus der Enge des Blechkastens, Stück für Stück zum Licht.

Das klappt einfacher als gedacht. Inspektor Wels kann auf seine Ellbogen zählen, sie ziehen und schieben ihn verlässlich ans Ende des kleinen Korridors – bis er sich zuerst auf den Bauch drehen, bald schon aufrichten und schließlich im Ganzen stehen kann. Erst da kommt ihm die Abwegigkeit dieses Raums in den Sinn. Umso mehr, als ein zweiter Raum folgt, und dann noch einer – und all das hinter der Tür eines unscheinbaren Hallenbadkästchens. Es könnte doch ein Traum sein, hofft Wels und hält die Luft an, wobei die Frage bleibt, was das allein bringen soll.

Auf den Raum folgt also ein zweiter, und dann noch einer, und so weiter. Im gedämpften Licht, das kleine rote Laternen von den Wänden werfen, erkennt er Liegen und Sofas in verschiedenen Größen, die in Ecken stehen, oder kreuz und quer im Weg, mit Tapeten verkleidete Nischen, die offenbar als Schlafplätze genutzt werden, Tische voller Zeug: altes Essen auf eingetrockneten Tellern, Gläser, Zeitungen, Kerzen, volle Aschenbecher, abgenagte Äpfel, Kugelschreiber – Zeug eben. Mit seinem Telefon leuchtet er die Tischplatten ab und die Räume aus und wird nicht schlau aus dem, was er sieht. Und viel mehr sieht er auch nicht. Er könnte um Hilfe rufen oder *Hallo! Hallo!*, doch erstens fehlt ihm dazu noch der Grund und zweitens will er auf keinen Fall Aufmerksamkeit erregen.

Als das Telefon in seiner Hand zu vibrieren beginnt, entfährt ihm doch ein ängstliches Quieken. Er drückt eine Taste und hält den kleinen Bildschirm vor sein Gesicht. *Und, lustig?*, steht da. Kollegin Fritz! Er drückt zwei Tasten und hält das Telefon an sein Ohr. Es läutet, es knackt und rauscht. »Ja, Herr Kollege?«, hört er ihre Stimme vom anderen Ende der Welt. »Hallo!«, zischt er, »ja, hallo! Ich bin's!« – »Äh, ok!«, kommt es zurück und kurz glaubt er, dass sie ihn tatsächlich gehört hat, doch dann ist die Verbindung tot und Inspektor Wels dreht den Kopf nervös von einer Seite zur anderen und wieder zurück, in Erwartung sämtlicher Monster, die sich aus Blumentapeten schälen, um ihn zu erwürgen und zu zerquetschen und so weiter, aber alles ruhig. *Piep*, drückt er noch einmal die Anruftaste durch. Es läutet und rauscht. »Ja? Hallo?« – »Ja! Ich bin's!« Keine Antwort, nur Knacken und Rauschen und Ende.

»Ja! Ich bin's!« Das Echo kommt aus einer Ecke, die vom Licht der kleinen roten Laternen nicht erreicht wird. Inspektor Wels fährt der Schreck von der Kopfhaut abwärts über den Rücken. »Ja«, kommt es noch einmal aus der Ecke, »ich bin's!« Er holt Luft und haucht ein »Hallo?« ins Halbdunkel. Pause. Dann kommt ein gehauchtes »Hallo« zurück. »Hallo?«, fragt Wels ein wenig lauter in den Raum. »Hallo?« Und wenn er schon dabei ist: »Hallo? Wer ist da?« – »Hallo? Wer ist da?« Ein Pfeifen in den Ohren, die Haut am Nacken gespannt, wird aus der anfänglichen Furcht auch ein wenig Ärger, immerhin. »Hallo? Das ist nicht lustig!« Und prompt kommt es zurück: »Hallo? Das ist nicht lustig!« Einmal geht's noch: »Hallo? Wer sind Sie?« Pause.

»Hallo?«, fragt Wels noch einmal und wird von einer echten Antwort überrascht: »Hören Sie endlich auf …« – »Was?« – »… *Hallo* zu sagen!« – »Was? Wer ist da?« Keine Antwort. »Hallo?« – »Haaaa! Erwischt!« Aus der Ecke, aus dem Schatten tritt ein nackter Mann, gefolgt von einer nackten Frau. Beide sehen nicht nur gut aus, sondern zugleich richtig nett, sie lachen ihn an, zu gut, zu nett – es ist das Saunapärchen. »Und ich sag ihm noch«, beginnt die nackte Frau, »ernst bleiben, hab ich gesagt! Schön, dass du auf mich hörst.« Sie boxt gegen seinen Oberarm und der Nackte schreit auf: »Auuutsch!« Sie sehen nicht nur gut aus und sind nett, sondern auch ein wenig überdreht; manche nennen es *gekünstelt* und drehen die Augen zur Decke, wenn sie draußen, im wirklichen Leben, länger als nötig mit ihnen zu tun haben. Dieses Auftreten behält das Saunapärchen auch hier drinnen bei, hinter der Tür von Kästchen 25, wo es nicht allzu viele Zuseher gibt, und wenn, dann immer dieselben.

»*Der* und ernst bleiben …«, kommt die alte Frau im grünen Badeanzug aus dem Nebenraum. »Hallo, Fremder«, wendet sie sich Inspektor Wels zu, der mit offenem Mund dasteht und es geschehen lässt. »Vielen Dank auch für die Hilfe«, faltet die Alte die Hände und deutet eine Verbeugung an. *Gern geschehen*, will Wels antworten, doch daraus wird nichts. *Wer sind Sie?*, will er fragen: *Wo sind wir und was mache ich hier?* »Alles in Ordnung. Wollen Sie einen Kaffee? Sie wollen doch bestimmt einen Kaffee! Sven, bring uns einen Kaffee!« – »Schon dabei«, ist eine Stimme aus dem Nebenraum zu hören, dann das Brummen einer Kaffeemaschine. Die vertrauten Geräusche und der Geruch, der langsam den Raum erfüllt, holen Wels ein wenig zurück aus den Windungen seines Gehirns, und er schafft es, seine erste Frage rauszupressen, die erste von vielen Fragen.

»Darf ich mich setzen?«, fragt er. »Wohin Sie wollen!« Wels nimmt den nächstbesten Stuhl. »Warten Sie, ich mach da ein bisschen sauber«, sagt die Nackte und räumt leere Tassen und Teller und einen vollen Aschenbecher von einer Tischplatte auf eine andere. Ein blonder Riese mit Handtuch um die Hüften erscheint und serviert Inspektor Wels eine Tasse Kaffee. »Ist er Schwede?«, fällt Wels dazu nur ein. »Nein, nein«, lacht der Nackte, »der sieht nur so aus.« Der blonde Riese schüttelt wortlos sein halblanges Haar und schenkt Wels ein freundliches Augenzwinkern. Das Saunapärchen setzt sich ebenfalls: »Das ist Sven, ich bin Tom«, sagt der Nackte, »und das ist Tina.« Die Nackte an seiner Seite nickt einmal. »Wo sind die anderen?«, fragt die Alte mit der Badehaube, sie hat es sich auf einer Liege bequem gemacht. »Die schlafen wahrscheinlich.« – »Bei dem Lärm?« Da fällt Wels erst so richtig auf, dass man auch hier in dieser verdrehten, versteckten Welt von oben das Dröhnen des Festes in den Wänden hört, den Bass und vielleicht sogar das Ächzen der Barhocker auf dem Fliesenboden der Kantine.

»Halloooo«, brüllt die Alte, dass der Inspektor vor Schreck den heißen Kaffee zu schnell runterschluckt, »wir haben Besuch! Wissen Sie, wir haben noch nie Besuch gehabt«, klärt sie Wels auf. »Aha«, antwortet der. Aus einem Durchgang kommt von rechts ein gepflegter älterer Herr im Bademantel, aus einem anderen von links einer mit langem Bart, dahinter folgt eine Frau mit Igelfrisur. »Wie viele gibt's hier drinnen denn noch?«, stammelt Inspektor Wels. Alle Anwesenden sehen sich um und zählen durch. »Das war's«, sagt die Alte von ihrer Liege aus, »ja, das sind alle.« – »Und was machen Sie hier?«, fragt Wels. – »Wonach sieht's denn aus?« – »Sind Sie etwa die ganze Zeit hier drinnen?« – »Nun ja …« – »Wir nicht«, unterbricht Tom, der Nackte, schlägt die Beine übereinander und tätschelt Tinas Oberschenkel, »wir machen nur Urlaub.« Tina nickt: »Erholung pur«, lacht sie. Wels schluckt: »Muss ich jetzt auch für immer hierbleiben?« – »Aber nein!« Dass seine Frage die anderen zu amüsieren scheint, ärgert den Inspektor, aber außer einer weiteren Frage fällt ihm dazu nicht viel ein: »Sind wir denn nicht eingesperrt?« – »Na ja, im Moment vielleicht schon. Aber es gibt Wege nach draußen.« – »Mehr als man denkt.« – »Man darf es nur nicht übertreiben!« Diese Stimme ist neu, der gepflegte Herr im Bademantel fixiert die Alte auf der Liege: »Nicht wahr, Angela?« – »Ach ja?«, hält sie angriffslustig dagegen. »Sonst fällt dir nichts dazu ein?« – »Leute, hört auf zu streiten!« – »Wir haben noch gar nicht angefangen.« – »Sehen Sie«, klopft Tom auf den Tisch, »hier ist es auch nicht anders als anderswo. Sind alles nur Menschen …« Tina sieht Tom an, als hätte er gerade etwas sehr Bedeut-sames gesagt. »Jaja, Herr Professor …«, mischt sich Sven ein, und seine Stimme klingt tatsächlich wie die eines Schweden, wie Wels findet, aber das sollte seine geringste Sorge sein, ob er da etwas hineininterpretiert oder ob Sven doch gelogen hat und wirklich ein Schwede ist. Inspektor Wels hebt die Hand, und alle verstummen. »Darf ich etwas fragen?« – »Ja, klar, Sie sind ja schon dabei.« – »Also dann noch einmal: *Wer seid ihr eigentlich, wo zum Teufel sind wir und was mache ich hier?*« Zunächst antwortet niemand, betretenes Schweigen, ein Räuspern, Sven schlürft Kaffee, Tom schnalzt mit der Zunge. Nur Angela meldet sich von der Liege aus: »Entschuldigen Sie«, sagt sie, »aber das ist irgendwie eine blöde Frage.«

Das Summen und Dröhnen in den Wänden kommt jetzt nicht mehr von der Musik des Festes, das ein Stockwerk höher tobt, sondern von den Wänden selbst. Inspektor Wels wird eines klar: Es muss das Haus sein, das da summt und ihn in die Enge treiben will, das wollte es schon von Anfang an. Das Haus und sein eigener Kopf. Beide werden in Kürze explodieren, davon geht er mit Sicherheit aus: Das Haus wird explodieren und sein Kopf wird auch explodieren. Gleich – in *einundzwanzig, zweiundzwanzig, dreiundzwanzig …*

Episode 6

34.

»Ja? Pichler.« – »Kommen Sie rauf!« – »Wohin rauf?« – »Ins Büro. Jetzt.« – »Wer spricht da?« – »Haben Sie meine Nummer nicht eingespeichert?« – »Was weiß denn ich?« – Hier spricht Kaufmann.« – »Oh, ok. Und in welchem Büro sind Sie?« – »Was glauben Sie?« – »Weiß nicht. Im Hallenbad.« – »Na bitte! Kommen Sie dann *endlich mal rauf, Mann*?!« – »Ich fliege«, sagt Pichler, nimmt sein Telefon vom Ohr, drückt zwei Tasten, steckt es ein, küsst seine Nonne zum Abschied, nimmt die Kamera von der Bar, steckt sie in seine Kameratasche und verlässt das sinkende Schiff.

Im Büro wird Pichler von Kaufmann und Werner erwartet, mehr von Kaufmann, weniger von Werner, der einzig auf eine Erklärung wartet, was das Ganze eigentlich bedeuten soll. »Stichwort Politik …«, leitet Kaufmann seinen Schachzug ein. »Stichwort *leck mich am Arsch!*«, unterbricht ihn Werner. »Herr Antl, jetzt wird's aber tief.« – »Meinst du? Ich sag, das passt schon so.« – »Wie auch immer.« – »Kann ich auch so ein Glas haben?«, fragt Pichler. Werner überlegt, ob er mit seinem Drehstuhl zum Schreibtisch rüberrollen und ihm ein leeres Glas hinstellen soll, weil ihm das aber zu viel Aufwand für einen seichten Witz wäre und er nicht zum Scherzen aufgelegt ist, sagt er einfach: »Nein!« Pichler schnauft verächtlich und sieht Kaufmann an. »Ich kann da nichts machen«, hält der sichtlich amüsiert beide Hände in die Luft.

»Also, Herr Antl«, fährt Kaufmann dann fort, »warum ich

Herrn Pichler hinzugezogen habe: Wir haben zuvor ja von Fotos gesprochen …« Aufs Kommando kramt Pichler in seiner Kameratasche, holt ein paar zerknitterte Blätter heraus und übergibt sie Werner. Der wirft einen flüchtigen Blick drauf, es sind Bilder, die sein Gerangel mit Hofrat Spreitzer im Kinderbecken zeigen, Werners Hände am Hals des Hofrats, Werner eher der Täter, Spreitzer eher das Opfer.

»Und was soll das beweisen?«, gibt er die Blätter zurück, wobei er sie mit Absicht noch ein bisschen mehr zerknittert. »Das beweist eine ganze Menge, würde ich sagen. Ich würde sogar bezeugen, dass Sie ihn ersäufen wollten«, sagt Kaufmann, »und wie Sie sich denken können, ist es immer gut, wenn man die Presse auf seiner Seite hat.« Beim Wort *Presse* salutiert Pichler theatralisch und hält dann den Zeigefinger in die Luft, um noch etwas zu sagen, kommt aber nicht dazu, weil Kaufmann weiterredet: »Und soweit ich Ihre Zahlen kenne – und glauben Sie mir, die kenne ich gut –, können Sie zurzeit alles brauchen, nur keine schlechte Presse.« Pichler salutiert nicht, er grinst nur, hebt wieder den Zeigefinger, dieses Mal unterbricht ihn Werner, bevor er überhaupt dazu kommt, etwas zu sagen.

»Ich …«, beginnt Werner, »… will mit meiner Frau reden«, bringt er es zu Ende. »Gut so«, nickt Kaufmann, »das will ich auch.« Werner kneift seine Augen zusammen und fixiert Kaufmann, der hält problemlos stand, Pichler sieht seine Chance gekommen: »Meine Herren«, klatscht er in die Hände, »ich hätte da noch ein zusätzliches Angebot.« Er kichert: »Ein Sonderangebot, sozusagen.« – »Sind Sie betrunken?«, fragt Kaufmann. »Bin ich?«, kommt die Gegenfrage, während Pichler in seiner Kameratasche kramt und wieder etwas hervorholt, dieses Mal ein einzelnes Blatt, das er Kaufmann vors Gesicht hält. Der reißt es ihm aus der Hand und beginnt zu lesen. »Ja ja, die Presse«, singt Pichler,

»die Presse, die Presse …« – »Bitte halten Sie den Mund«, sagt Kaufmann mit betont ruhiger Stimme, »ich lese noch.«

Geheime Räume im Bad: Wer war eingeweiht?

Mysteriöses Bau-Rätsel:
Hinweise auf versteckte Räumlichkeiten im städtischen Hallenbad bringen Bezirkspolitiker in Erklärungsnot.

Die Frage, wie die Geheimräume im städtischen Hallenbad so lange unentdeckt bleiben konnten, ist nur eine von vielen. Außer Frage steht, dass die Aufarbeitung der spektakulären Entdeckung noch einige weitere Rätsel zutage fördern wird – und dass damit auch die eine oder andere (Polit-)Karriere gehörig ins Wanken geraten könnte. Zumindest auf den Fall eines Hofrats dürften wohl bald die Behörden aufmerksam werden: Der Polit-Promi soll Recherchen und konkreten Hinweisen zufolge nicht nur von den geheimen Räumen gewusst, sondern auch versucht haben, diese für seine Zwecke zu nutzen. Die Rede ist von Projekten, den versteckten Hallenbadtrakt als ebenso geheimes Obdachlosenasyl zu missbrauchen, bis hin zu windigen Immobiliengeschäften und dem Vorwurf möglicher Erpressungsversuche. Seitens des Politikers werden auf Anfrage alle Anschuldigungen vehement zurückgewiesen.

Doch was steckt nun hinter den Geheimräumen im Hallenbad? Sie bleiben vorerst ein Mysterium, von dem bislang nicht einmal in lokalen Stadtlegenden die Rede war. Fest steht nur, dass der Trakt, der im offiziellen Plan des Hallenbads nicht verzeichnet sein dürfte, schon rein technisch aus der Zeit der Errichtung stammen muss. Eröffnet wurde das Bad im Mai 1972, der Bau war als Gemeinschaftsvorhaben aller damals im Stadtrat vertretenen Parteien und Verantwortlichen eines von vielen prestigeträchtigen Projekten in der Aufbruchsstimmung der frühen 1970er-Jahre.

Dem Vernehmen nach umfasst der versteckte Bereich des Hallenbads mehrere miteinander verbundene Räume, die zum Teil auch fertig eingerichtet worden sein sollen – im Stil eines Lokals oder einer »privaten Sauna«, wie zu hören ist. Nicht zuletzt dieser Umstand deutet darauf hin, dass hier vor Jahrzehnten eine Art Geheimclub geplant gewesen sein könnte oder womöglich auch betrieben wurde.

Ob ein solches Vorhaben – geschweige denn die Errichtung eines ganzen Trakts – ohne das Wissen der damaligen Betreiber und verantwortlichen Funktionäre über die Bühne gehen hätte können, bleibt selbst aus heutiger Sicht noch eine der Kernfragen. Was auffällt: Der eingangs erwähnte Bezirkspolitiker startete seine Laufbahn einst just im Büro eines damals für den Hallenbadbau zuständigen Stadtrats. Ob es sich hier nur um einen Zufall handelt, wird wohl ebenso Teil der Untersuchungen sein. Und die werden nicht lange auf sich warten lassen.

(P.)

»Hm«, macht Kaufmann. »Hm. Und das soll mich beeindrucken?« – »Lassen Sie es auf sich wirken«, entgegnet Pichler, »das wird schon noch.« – »Hm, nein. Beeindruckt mich nicht.« – »Sie werden sehen: Wenn es erst einmal *gedruckt* ist … von mir aus schon übermorgen.« – »Und was soll dann sein?« – »Dann wird irgendjemand Fragen stellen. Oder ich stelle selbst noch ein paar.« – »Lächerlich.« – »Meinen Sie?« Kaufmann denkt nach. »Lächerlich! Und was könnten wir da machen? Im Fall des Falles?«, seufzt er schließlich. »Schlagen Sie was vor!« Pichler ist auf

Kurs, Kaufmann verliert beinahe die Beherrschung, nur beinahe. Bevor es so weit kommt, steht er auf, trinkt aus und mit einem »Würden Sie mich kurz entschuldigen?« ist er zur Tür raus. Werner sieht Pichler an, der zuckt nur mit den Schultern und sagt: »Ich würde jetzt wirklich gerne so ein Glas haben.«

35.

Dass man ein Fest erst so richtig zu schätzen weiß, wenn man fast schon alles versäumt hat und zum Schluss gerade noch rechtzeitig kommt, ist Unsinn, das hat auch nie jemand behauptet, das hat András soeben als plumpe Weisheit in den Raum gestellt. Am Ende ist es eben, was es ist – ein vergeigter Abend, ein Schuss in die Hose, eine verpasste Gelegenheit, ohne im Geringsten etwas erwartet zu haben. Und da ist es nie zu spät, gepflegt an der Bar Platz zu nehmen, auf einem kleinen bis mittelgroßen Haufen neuer Probleme, soweit er das von hier aus beurteilen kann.

András hat keine Ahnung, wer der Cowboy ist, den er gemeinsam mit Herbert Peter auf Zuruf des Affen weggesperrt hat. Ja, er weiß nicht einmal genau, wer der Affe war, auf den er da gehört hat. Aber es tut ihm leid, dass er auch Angela in das Kästchen zurückgestopft hat. Immerhin schafft er es, sich vorzustellen, dass sie ihm womöglich gar nicht böse sein wird, wenn er ihr die Sache beim nächsten Mal erklären wird. Denn ob er es will oder nicht: Er wird den Schlüssel mit der Nummer 25 wieder benutzen, wenn sich die Lage beruhigt hat, auch wenn er jetzt heiß in der Tasche seines Trainingsanzugs brennt. Am liebsten würde er den Schlüssel im Becken versenken und dort weitermachen, wo er aufgehört hat, bevor er ihn die Finger bekommen hat. Aber das wäre auch irgendwie schade, denkt András.

»András, mein Freund! Was darf ich dir antun?« Willi gefällt sich in der Rolle des Gastgebers, dem die Flucht aus der Küche geglückt ist, sehr sogar, was in seinem momentanen Zustand kein Kunststück ist. »Kaffee«, murmelt András, der in einer beginnenden Erkenntnis unterbrochen wurde, mit der ihm soeben klar werden sollte, dass er früher nie so war und jetzt … irgendwas. »Was?«, fragt Willi. »Kaffee.« – »Jetzt noch?« Willi meint die Frage ernst. »Wo warst du eigentlich die ganze Zeit?«, schickt er gleich noch eine hinterher. »Unterwegs.« – »Ja, das kenn ich.« – »Wo warst duuu?!« Das ist Georg, wie aus dem Nichts, der András ins Ohr brüllt. »Wo warst *du*?« – »Gute Frage«, zeigt Georg den Daumen nach oben, »und ich habe auch eine Antwort für dich, mein Freund!« András und Georg wechseln sonst kaum ein Wort miteinander. »Lass hören!« – »Ich habe geschlafen!« Darauf streckt András seinen Daumen hoch: »Gute Idee!« – »Danke!« – »Meine Herren«, unterbricht Willi, »Kaffee!« Und damit stellt er zwei Gläser mit pechschwarzer Flüssigkeit auf die Schank. »Was ist das?« – »Kaffee.« András und Georg sehen ein, dass hier keine weiteren Fragen und schon gar keine Diskussionen nötig sind und würgen es runter, was immer es auch ist. Susi steht daneben und sagt nur: »Oje …«

»Aaaah«, macht Georg, nachdem er geschluckt hat. »Na? Na?«, erwartet Willi auch von András eine Reaktion, doch die bleibt aus. Der dreht nur mit tränenden Augen seinen Barhocker, um erste Reihe fußfrei beim großen Finale dabei zu sein.

Getanzt wird nicht mehr allzu wild, obwohl sich Fred hinter seinem DJ-Tisch sichtlich abmüht. Zwei Fußballer in Strapsen rollen auf dem Fliesenboden lustlos eine zerfetzte Orange hin und her, Elvis baut ein Haus aus Bierdeckeln und kommt nie über den ersten Stock hinaus, gibt aber trotzdem nicht auf, in seinem Schoß schläft oder betet die Oberschwester, Robert Anker steht nackt und planlos mitten im Raum, und verloren in der Ecke sitzt ein Trompeter in Tracht und kämpft mit seiner Trompete. Einzig Spiderman ist noch übermotiviert und springt in einer Mischung aus Tanz und Karate zwischen den halb leeren Tischen herum – bis er dann mit voller Wucht in Freds DJ-Tisch kracht und die Sache ihrem Ende noch näherbringt.

»Musik ist aus«, trippelt Bella wenig später auf ihrem ramponierten Fischschwanz durchs Bild, mustert András, als hätte sie ihn noch nie zuvor gesehen, trippelt fluchend weiter und verschwindet hinter dem Küchenvorhang. »Was ist mit der Musiik?!«, fragt Georg verzweifelt, geht aber im allgemeinen Gemurmel unter. Das war's, András ist zufrieden, wenn man so will. Ohne Verabschiedung springt er vom Barhocker und geht. In der Eingangshalle bleibt er noch einmal stehen, hört sinnlose Sätze und dümmliches Gelächter aus allen Richtungen; hier hält ihn heute Nacht nichts mehr, beschließt er. Seine Hand umklammert den kleinen Schlüssel in der Tasche seines Trainingsanzugs, das beruhigt ihn. Aus Gewohnheit wirft er zum Abschluss einen Blick nach oben zum großen Bürofenster, wo noch Licht brennt, was ihn ebenso beruhigt. Dann geht er raus in die Kälte, ohne Jacke.

36.

Rose hat Kaufmann mehrmals angerufen, er hat weder abgehoben noch zurückgerufen. Das irritiert sie nicht übermäßig, trotzdem sucht sie nach ihm. Zuerst draußen, dann unten in den Gängen. Dass dort Herbert Peter sitzt und ins Leere starrt, irritiert sie schon eher. Gerade noch rechtzeitig bremst Rose hinter einer Umkleidekabine und beobachtet ihn beim nahezu regungslosen Dasitzen. Der Weg zum Hinterhof ist damit versperrt, außer sie traut sich an Herbert Peter vorbei – aber als ihr dann bewusst wird, dass der doch seit Tagen verschwunden war und jetzt plötzlich hier herumsitzt, da wird es doch noch unheimlicher, und darauf hat sie nun wirklich keine Lust. Sie wird es unterdrücken (das kann sie gut), um es später ihren Eltern zu erzählen. Außerdem hat das nichts mit ihr zu tun, und um sie geht es hier schließlich, ist es immer gegangen, wird es immer gehen. So funktioniert Rose – auf der Treppe nach oben hat sie beinahe wieder vergessen, dass Herbert Peter da unten in der Herren-Umkleide sitzt und ins Leere starrt, denn das hat nichts mit ihr zu tun. Das könnte ja genauso gut auf Kaufmann zutreffen, kommt ihr kurz ein Gedanke: dass er in Wirklichkeit nichts mit ihr zu tun hat. Warum also weiter nach ihm suchen? Noch dazu nachts im Hallenbad, wo sie sowieso schon tagsüber gefangen ist.

In der Eingangshalle lässt sich Rose in eines der orangen Sofas fallen, um dieser Idee ein wenig nachzuhängen. Es läuft darauf hinaus, dass sie doch nur wieder ihr Telefon zur Hand nimmt und ein weiteres Mal versucht, Kaufmann zu erreichen. Es läutet am Ohr – und zugleich hört sie den Klingelton vom anderen Ende der Halle und ein Stockwerk höher, dann noch einmal, eindeutig. Wie zum Beweis tritt Kaufmann dort oben vor der Bürotür aus dem Schatten und brüllt sein Telefon an: »Jetzt nicht!«, brüllt er und drückt eine Taste, worauf das Läuten an Roses Ohr abrupt in ein klassisches *Tüt-tüt-tüt* übergeht. »Arsch!«, zischt sie und beobachtet ihn, wie er weiter auf seinem Telefon herumdrückt, um dann eines seiner geheimen Gespräche zu führen (das erkennt sie selbst auf die Distanz, allein schon an seiner gekrümmten Haltung, denn solche Telefonate hat sie mittlerweile oft genug mitangesehen, wenn auch nie gehört).

Von ihrem Versteck im Sofa aus überblickt Rose die gesamte Eingangshalle, ein paar verlorene Seelen in Kostümen irren noch umher, hinter dem beleuchteten Bürofenster erkennt sie die Umrisse ihres Vaters, und von rechts eilt mit fliegendem Piratenmantel plötzlich ihre Mutter durch die Halle. Selbst für eine grundsätzlich desinteressierte Person wie Rose ist unschwer zu erkennen: Irgendetwas dürfte hier los sein. »Mama!«, ruft sie, und Marina Antl zuckt vor Schreck zusammen. »Hier drüben!« Marina entdeckt Rose im orangen Sofa, winkt mit ihrem Säbel, macht aber keine Anstalten, die Richtung zu ändern. »Er hebt nicht ab!«, ruft Rose nur und kennt die Antwort ihrer Mutter: »Komm damit …«, beginnt Marina, »… klar«, bringt Rose den Satz zu Ende. »Ich bin gleich bei dir, mein Schatz!«, ruft Marina, setzt ihren Weg durch die Halle fort und von der Bürotreppe aus winkt sie noch einmal mit ihrem Piratensäbel.

»Dann bin ich aber nicht mehr da«, flüstert Rose trotzig. Wo sie dann sein wird, ist aber auch noch offen.

37.

In der Tasse, die Inspektor Wels in seiner Hand hält, geht schon der Kaffee zu Ende. Den allerletzten Schluck hebt er sich noch auf. Er will erstens keine weitere Tasse angeboten bekommen, und zweitens befürchtet er, dass ihm mit dem Kaffee zugleich der Gesprächsstoff ausgehen könnte, so unsinnig es auch scheint, sich an einen letzten Schluck zu klammern. Aber Menschen bleiben eben Menschen – sogar zwei Meter unter dem Erdboden in einem kleinen Labyrinth geheimer Räume: Wenn alle Fragen gestellt und beantwortet sind, wenn ihnen der Gesprächsstoff ausgeht, dann werden sie unrund.

»Und was machen Sie so?«, fragt die Frau mit der Igelfrisur, deren Name bislang noch nicht gefallen ist. »Ich bin bei der Polizei«, sagt Wels und dreht die Kaffeetasse in seiner Hand. »So richtig? Mit Waffe und Verbrechern?«, fragt die Frau mit der Igelfrisur. »Ja, schon auch.« – »Spannend.« – »Ich bin früher oft verhaftet worden!« Das sagt der Mann mit dem langen Bart, der sich im Zuge ihres Kennenlernens zuvor als Paul vorgestellt hat. »Wirklich?«, spielt Inspektor Wels den Erstaunten: »Haben wir vielleicht einmal zusammengearbeitet? Irgendetwas, das ich kenne?« Er bekommt dafür höfliches Gelächter, gefolgt von der unangenehmen Stille, wie sie nur ein ins Stocken geratenes Gespräch kennt. Aber was soll man schon groß reden, wenn man hinter der Tür eines Umkleidekästchens im Hallenbad sitzt? Dabei müsste Inspektor Wels nur auf seine Erfahrung zurückblicken, also Polizeischule-Grundkurs, den Befragten oder die Befragte in die Enge treiben, ihm oder ihr die Luft zum Atmen nehmen. So tief bräuchte er gar nicht in die Trickkiste greifen. Außerdem ist es ihm egal, was die hier machen, er will nur langsam raus. Wels aktiviert seine persönlichen Maßnahmen gegen aufkommende Panik: übertrieben gleichmäßiges Atmen und heimliches Pulsmessen, mehr ist ihm noch nie eingefallen, wenn es so weit war.

»Geht es Ihnen gut?« – »Ja. Ein bisschen eng.« – »Daran gewöhnt man sich.« – »Wirklich?« – »Dauert nur ein paar Tage.« – »Ja, haha.« – »Dann vergisst man, wie es draußen ist.« – »Haha. Aber echt: Wann können wir wieder raus?« – »Dauert noch eine Weile.« – »Ich weiß, was Sie jetzt brauchen!« – »Ja? Was?« – »Einfach ausziehen! Runter mit dem Hut, Cowboy!« Alle lachen, der namenlose ältere Herr im Türstock hebt und senkt den Unterteil seines Bademantels, die nackte Tina wackelt mit ihren Brüsten, Wels lacht mit. Er trägt tatsächlich noch den idiotischen Cowboyhut, und eine neue Idee macht sich in seinem Kopf breit:

Vielleicht haben sie gar nicht vor, ihn jemals wieder hier rauszulassen. Vielleicht brauchen sie Fleisch für den nächsten Grillabend. *Man wird nach mir suchen!* Soll er es jetzt schon rausbrüllen oder soll er es sich noch aufsparen? Wie den kalten Kaffee in seiner Tasse.

»Wollen Sie noch einen Kaffee?« Da ist sie schon: die unsägliche Frage. »Ja, einen nehm ich noch.« – »Sven, machst du das?« Der nackte Tom übernimmt wieder das Kommando. Sven trottet ins Nebenzimmer, kurz darauf ertönt die Kaffeemaschine und der Geruch breitet sich aus. »Er riecht besser, als er schmeckt«, lacht Wels, aber dieses Mal lacht er allein. »Wir tun, was wir können«, sagt Tom ernst, »wir tun, was wir können.« – »Natürlich«, stimmt Wels ihm verlegen zu. »Aaaahahaha«, lacht Tom mit einem Mal laut drauflos, »war nur Spaß! Wir wissen ja selbst, dass er fürchterlich schmeckt!« Wels fällt erleichtert in sein Gelächter mit ein, auch wenn nur sie beide das lustig zu finden scheinen.

»Leute, ich werd dann langsam schlafen gehen.« Angela im grünen Badeanzug klettert umständlich von ihrer Liege. Als er ihr dabei zusieht, kommt in Inspektor Wels ein neues Gefühl in Bewegung: leiser Zorn, der gefährlichste Zorn von allen, in diesem Fall aber nur Selbstzweck. Dennoch: Abgesehen davon, dass er sich nicht einmischen hätte müssen, ist er streng genommen nur wegen der Alten hier drinnen gelandet. *Und jetzt geht sie einfach schlafen?*

Bevor Wels seinen Ärger zu fassen bekommt, fällt sein Blick dummerweise auf den nackten Tom, der in dem Moment aufgesetzt gähnt, und da kann Wels sein eigenes Gähnen nicht unterdrücken, und er weiß, was jetzt kommt: »Leute«, sagt Tom, »was haltet ihr davon, wenn wir alle schlafen gehen?« – »Aber …«, will Inspektor Wels protestieren. Unterbrochen wird er von Sven, der mit einer Tasse in der Hand aus dem Nebenraum tritt: »Und was machen wir dann mit dem Kaffee?«

38.

Kaufmann spricht mit gedämpfter Stimme noch immer in sein Telefon, als Marina Antl am oberen Ende der Treppe ankommt. »Störe ich?« Kaufmann winkt ab und legt den Finger auf die Lippen. »Ja«, nickt er mit dem Telefon am Ohr, »jaja, klar.« Dabei geht er auf engem Raum auf und ab. »Ich lass Sie dann mal in Ruhe!«, sagt Marina übertrieben laut und öffnet die Tür zum Büro. Drinnen hängt Rauch in der Luft. »Guten Abend«, wird Marina von Pichler begrüßt, zwischen seinen Lippen eine Zigarette. »Was macht *der* hier?! Warum raucht der in meinem Büro?!«, legt sie sofort los, und Werner Antl wird auf seinem Bürostuhl kleiner und versucht es gar nicht erst mit einer Erklärung. »Uuuh, dicke Luft«, wird Pichler frech, aber Marinas Blick wischt ihm immerhin das Grinsen aus dem Gesicht. »Ausdämpfen!« Pichler lässt die Zigarette widerwillig in sein Glas fallen.

»Was ist hier los?« – »Komplizierte Geschichte«, seufzt Werner. »Dann erklär's mir bitte!« – »In Kurzform?« – »Egal.« – »Sie wollten uns erpressen, und jetzt will er *sie* erpressen.« Werner zeigt mit dem Finger auf Pichler. »Ich versteh kein Wort«, schüttelt Marina den Kopf. »Und Kaufmann ist der Affe. Also der Affe von Rose«, fügt Werner hinzu. »Das überrascht mich nicht.« – »Echt?« Alle drei sehen zur Tür hin, denn jetzt würde es gut passen, dass Kaufmann reinkommt, aber der telefoniert noch. »Und was heißt *erpressen*?«, fragt Marina. »Wirst du dann schon sehen. Sie wollen das Bad, er hat Fotos davon, wie ich Spreitzer würge.« Werner zeigt wieder mit dem Finger auf Pichler, der gerade dabei ist, den Zigarettenstummel aus seinem Glas zu fischen. »Und ich hab sogar mehr als nur Fotos«, grinst der wieder frech. »Ja, da gibt's noch was«, sagt Werner, »das ist aber wirklich kompliziert.«

Bevor er ihr die Geschichte von den geheimen Räumen hinter den Umkleidekabinen erklären kann, von den Menschen erzählen kann, die offenbar zwischen den Wänden leben, und dass er doch nicht verrückt ist, weil er geglaubt hat, auf seinen Bildschirmen Geister zu sehen, bevor er an dem Versuch, ihr all das verständlich zu erklären, scheitert, öffnet sich die Bürotür und Kaufmann ist zurück. »Gratuliere«, sagt er, »der Chef kommt heute noch persönlich vorbei.«

39.

Als ihn Kaufmanns Anruf erreicht, ist Hofrat Spreitzer beinahe erfreut darüber, dass sein Telefon läutet – über den Inhalt des Gesprächs wird er alles andere als erfreut sein, und eigentlich müsste er es schon ahnen, denn ein Anruf gegen Mitternacht ist in seinem Geschäft zwar nichts Ungewöhnliches, bedeutet aber selten etwas Gutes. Erfreut ist er über das Vibrieren in seiner Sakkotasche zunächst deshalb, weil es ihm die Gelegenheit gibt, sich am Tisch zu entschuldigen und rauszugehen, heimlich eine zu rauchen und meinetwegen zu hören, was Kaufmann zu sagen hat. Selten noch ist er an einem derart lahmen Tisch gesessen und ein Abend, an dem erst um elf die Suppe serviert wird, endet entweder in einem Gelage oder mit einer Ehekrise auf der Taxi-Rückbank. Spreitzer ist sich zu 80 Prozent sicher, dass Zweiteres der Fall oder zumindest kein Gelage zu erwarten sein wird. Als ihm zuvor gegen zehn auch noch eingefallen ist, dass die halbe Welt heute Abend Fasching feiert, während er bei Jourgebäck und Schaumsuppe vergammelt, ist sein innerlicher Protest um ein paar weitere Grade gewachsen, was nur funktioniert, wenn man die Gabe besitzt, andere Wahrheiten auszublenden, also zum Beispiel, dass der Fasching ihn noch nie interessiert hat und dass der Termin am lahmen Tisch unterm Strich auf seinen Terminkalender zurückzuführen ist und nicht auf den seiner Frau. Aber da das Ausblenden von Wahrheiten ebenso zu seinem Geschäft gehört wie Anrufe gegen Mitternacht, geht in seiner Welt die Rechnung auf und schon ist Spreitzer im Recht und zur Tür raus, die heimliche Zigarette zwischen den Zähnen und das Telefon am Ohr.

»Schieß los«, sagt er und verbrennt sich beim Anzünden der Zigarette um ein Haar seine Nasenspitze, weil das Feuerzeug eine unerwartet hohe Flamme spuckt.

Kaufmann eröffnet mit einer Frage: »Wo sind Sie? Da ist es laut.« Spreitzer steht auf dem Gehsteig und sieht ins Leere, das Telefon am Ohr, die Zigarette in der rechten Hand, die Bremslichter der Autos verschwimmen ineinander. »Hallo, Chef?« – »Ja, was ist denn jetzt?!« – »Entschuldigung, nur kurz. Es geht um Pichler.« – »Was ist mit dem?« – »Na ja, wir sind hier im Büro, im Bad. Ein bisschen festgefahren, das Ganze.« – »Weil …?« – »Weil er einen Artikel hat.« – »Und?« – »Über die Räume.« – »Die Räume? Scheiß auf die Räume!« – »Aber er schreibt auch was über die Leute.« – »Was schreibt er da?« – »Na ja, er deutet alles irgendwie an. Genau genommen deutet er auch etwas über *Sie* an.« – »Und was deutet er da an? Was will er?« – »Keine Ahnung. Ich glaub, er will mit Ihnen reden.« – »Dann gib ihn mir.« – »Äääh …« – »Was ist denn jetzt?! Glaubst du vielleicht, dass ich da noch hinkomme?« – »Vielleicht wär's besser?« – »Warum wär das besser?« – »Dann könnten Sie den Artikel lesen.« – »Dann lies ihn mir vor.« – »Da müsste ich reingehen und ihn holen.« –

»Und?« – »Das wäre irgendwie … peinlich. Wenn ich den jetzt holen gehe.« – »Ist das alles in Wirklichkeit ein Telefonscherz? Lustig!« – »Nein, ich glaube, das geht so am besten. Also persönlich.«

Spreitzer steht wieder still und lässt die Zigarette abbrennen und in seinen Augen die Bremslichter ineinander verschwimmen. »Na prima«, sagt er. Und dann, fast ein wenig trotzig: »Ich krieg noch ein Steak.« – »Jetzt noch?«, fragt Kaufmann, und Spreitzer platzt kurz der Kragen: »Was geht dich das eigentlich an?« Doch dieses Mal antwortet Kaufmann nicht, ganz so, als wollte er ihn daran erinnern, dass er hier nur seine Arbeit macht (wobei *seine Arbeit machen* zu einem guten Teil auch immer bedeutet, seine eigene Haut zu retten). Das wird aber heute Abend nicht mehr ausdiskutiert.

»Na prima«, sagt Spreitzer noch einmal und lässt die Zigarette fallen, »ich frag mal meine Frau.« Dann beißt er sich gleich auf die Lippen, weil der letzte Satz – das mit seiner Frau – nicht für Kaufmann bestimmt war, weil der ohnehin schon zu viel weiß. »Ich halte ihn so lange hin.« – »Was?« – »Den Pichler. Ich halt ihn hin.« – »Ja, schon gut. Lass ich mir mein Steak halt einpacken.« – »Kann man das?«

Spreitzer legt auf und nur knapp widersteht er der spontanen Idee, sein Telefon in den Verkehr zu werfen. Auf dem Stück Rasen zwischen Straße und Gehsteig versucht er auszumachen, welcher der Zigarettenstummel seiner war, dabei arbeitet sein Kopf auf Hochtouren, ja, er kommt erst so richtig in Schwung. Denn es gibt noch einen Grund (außer dem Geld und den Schaumsuppen und so weiter), dass Spreitzer sein Geschäft so liebt: Weil er verdammt gut darin ist. Mit Sätzen wie diesem zwingt er seinen Kopf und seinen Körper zum Spaß an der Arbeit, so auch jetzt, während er die Zigarettenstummel auf dem Rasen zählt und kurz davor steht, sein Mitternachts-Steak serviert zu bekommen. Er glaubt selbst nicht daran, dass man sein Steak einpacken lassen und am nächsten Tag einfach so aufwärmen kann, vielleicht sogar in der Mikrowelle, das wäre ja noch schöner! So oder so: Er wird diesem Schmierfink Pichler zeigen, wo es langgeht, *scheiß auf das verschissene Steak!*

Aber zuerst muss er es tatsächlich seiner Frau erklären. »Elfriede«, wird er sagen, »du musst allein nach Hause fahren.« Genau. »Geschäfte«, wird er sagen, denn das passt immer und stimmt in diesem Fall sogar. »Du riechst nach Rauch«, wird sie sagen. »Und du nach Shrimps«, wird er antworten, weil er sich auf diesen Konter schon den ganzen Abend lang vorbereitet hat.

40.

In der Kantine ist die Luft draußen, das streitet niemand mehr ab. Das verstörende Nachtprogramm eines Radiosenders ersetzt den ausgefallenen DJ Freddy Fresh und seine desolate Anlage, Robert Anker tanzt dennoch – allein und nach wie vor nackt –, Supergirl und die Oberschwester sind heute Abend doch kein Paar geworden (wie so viele nicht), die Fußballer in Strapsen sind längst mit der Blasmusik weitergezogen, und fast alle anderen schlafen (zuhause oder an einem der Tische). Willi und Susi streiten im übertriebenen Flüsterton, wer den Blick hinter den Vorhang wagen soll, denn Bella hat sich in der Küche verschanzt und bewirft jeden, der es gut mit ihr meint, mit Essen oder Kochbesteck. Ein Großteil ihres Ärgers kommt daher, dass sie es von allein nicht aus ihrem Fischschwanz schafft und – wie sie brüllend seit Minuten mitteilt – große Sorge hat, von den Füßen aufwärts zu ersticken, und weil man sich von der Welt keine Hilfe erwarten darf. Schon wird wieder geworfen, und etwas bleibt im Küchenvorhang hängen und fällt scheppernd zu Boden.

»Mir reicht's!« Willi reißt den Vorhang zur Seite, ganz im Guten, und zugleich ruft er: »Wir schneiden dich da raus!« Er denkt zum Beispiel an die Hähnchenschere, die man gegen den Fischschwanz einsetzen könnte, und während sich Bella mit diesem Vorschlag – dem Rausschneiden – anfreundet, sieht sie leider auch dem Schöpflöffel hinterher, den sie soeben aus dem Topf auf dem Herd gezogen und geworfen hat, und Willi sieht ihn durch die Luft fliegen, begreift es und denkt darüber nach, dass er sein Austerngulasch heute Nachmittag anscheinend zu hell erwischt hat, weil unten am Schöpflöffel klebt ein Rest aus dem Topf, und erstaunlich, wie viel Zeit zum Nachdenken bleibt, wenn ein Geschoß auf einen zufliegt, denn Willi bessert das Austerngulasch in Gedanken noch mit Kochschokolade auf, bevor der Schöpflöffel auf seiner Stirn aufschlägt, worauf Gulaschreste und Blutstropfen wegspritzen, und im Fallen hört Willi, wie Bella sich für den Volltreffer entschuldigt und wie Susi neben ihm mit einem erschrockenen »Willi!« auf die Knie fällt. Dann wird es bei ihm kurz schwarz, gleich darauf kommen Lichtblitze und er ist wieder zurück.

»Willi!« Er murmelt Unverständliches. »Alles ok mit ihm?« – »Wir heben ihn hoch.« – »Heben wir ihn hoch!« Das machen sie schließlich, umständlich und unter Stöhnen; Willi blinzelt, er spielt ihnen nichts vor. »Und was jetzt?« – »Keine Ahnung.« – »Bringen wir ihn raus.« – »Und dann?« – »Verarzten wir ihn.« Es ist nicht allzu viel Blut, aber es rinnt von Willis Stirn abwärts über sein Gesicht, und das sieht schlimm genug aus. »Haben wir überhaupt einen solchen Kasten?« – »Erste Hilfe?« – »Ja.« – »Haben wir?« – »Setzen wir ihn erst mal raus.« Zu zweit ziehen sie Willi mit seinen Armen über ihren Schultern durch die enge Küche, vor dem Vorhang bleiben sie ratlos stehen. »Soll ich dir was sagen? Der war schon immer im Weg«, schnauft Bella und reißt ihn von der Eisenstange, die gleich mit zu Boden fällt. Willi murmelt etwas, das klingt, als würde er Bella zustimmen. »Na bitte«, sagt sie zufrieden. Sie meint damit einerseits den Küchenvorhang, der nach so vielen Jahren besiegt vor ihren Füßen liegt, und andererseits Willis Gemurmel, das ihrer Ansicht nach Beweis genug dafür ist, dass es ihm so schlecht nicht gehen kann.

»Dann also los!«, gehen sie los. Und von Weitem macht es keinen Unterschied, und man weiß nicht, wer wen stützt, wie der benommene Willi, die humpelnde Susi und Bella auf ihrem Fischschwanz so aus der Küche taumeln.

~ ~ ~

Kollegin Fritz hat den Taxifahrer bezahlt, steht vor dem Hallenbad und tastet nach der Waffe unter ihrem Mantel; schön schwer. Das und die Winterluft geben ihr Auftrieb, auf der Taxirückbank hat sie nur noch lustlos auf ihrem Telefon herumgedrückt und mehrmals versucht, Inspektor Wels zu erreichen, er hat nicht abgehoben. Aber jetzt, mit dem alten Bad vor den Augen und der kalten Luft in der Nase, kehrt das Jagdfieber zurück. Oh ja, sie wird ihn da rausholen (*wenn er überhaupt drinnen ist*, fügt sie hinzu). Entschlossen nimmt sie die paar Schritte, das Hallenbad steht schwarz und unförmig im Mondlicht, und beinahe erschrickt sie vor der verdreckten Mumie, die mit Müh und Not ihren Weg entlang der Hausmauer findet. »Alles in Ordnung?«, fragt Kollegin Fritz, weil man als Polizistin – auch wenn man die Waffe nicht privat auf ein Faschingsfest mitbringen sollte – immer im Dienst ist. »Uääääh!«, macht die Mumie, und das genügt Kollegin Fritz. Sie geht davon aus, dass die Mumie eben in ihrer Rolle geblieben ist und beschließt, dass sie selbst keine Zeit dafür hat. Eine Chance gibt sie Wels noch, sie drückt die grüne Taste ihres Telefons und hält es ans Ohr, es läutet fünfmal, dann schaltet sich seine Sprachbox dazwischen.

~ ~ ~

Weil zur selben Zeit hinter der Tür zu Kästchen 25 Inspektor Wels' vorherige Befürchtung, das Gespräch könnte ins Stocken geraten oder gar komplett aussetzen, wahr geworden ist – nicht weil seine Kaffeetasse am Ende doch noch leer war, sondern weil die Androhung des kollektiv verordneten Schlafengehens der zu diesem Zeitpunkt ohnehin schon holprigen Unterhaltung endgültig die Luft abgedreht hat –, weil also seine Befürchtung wahr geworden und für einen Moment völlige Stille im spärlich beleuchteten Raum eingekehrt ist, hören auch alle, wie das Telefon in seiner Jacke vibriert und keine Anstalten macht, damit aufzuhören. »Ach«, sagt Inspektor Wels verlegen. »Wollen Sie nicht abheben?«, fragt der Mann mit dem langen Bart, der bislang kaum etwas gesagt hat, und ginge es nach Wels, dann hätte er es dieses Mal auch bleiben lassen können. – »Hier drin gibt's sowieso keinen Empfang.« – »Woher willst du denn das wissen?« – »Ich weiß es eben!« – »He da! Was haben wir gesagt?!« – »Es wird nicht mehr gestritten«, murmeln die Frau mit der Igelfrisur und Paul mit dem Bademantel beschämt im Duett, und der nackte Tom nickt zufrieden, während die nackte Tina sein Knie tätschelt, und Inspektor Wels will jetzt wirklich endlich raus aus der Sache.

»Ich wiederhole: Ich gehe jetzt schlafen«, verkündet Angela im grünen Badeanzug, was zumindest ein wenig den Druck rausnimmt – in dem Raum, der für die acht Menschen darin eigentlich viel zu klein ist und die Luft zum Schneiden. »Ich wiederhole: Wer will noch Kaffee?« Sven lässt ebenso wenig locker. »Ich wiederhole: Wollen Sie nicht abheben?« – »Es läutet doch gar nicht mehr.« – »Lass ihn doch selbst antworten!« – »Was soll das denn bringen, wenn's ja nicht mehr läutet?« – »Mich interessiert das!« – »He da! Was haben wir gesagt?«

Und dann ist es wieder still, viel zu still, wie Inspektor Wels feststellt.

~ ~ ~

Der Drang, sofort aufstehen und weglaufen zu müssen, um nicht aus Langeweile den Verstand zu verlieren, bricht plötzlich über Herbert Peter herein, vergleichbar mit dem Druck auf die Blase, wenn gerade kein Klo in der Nähe ist, was bei ihm auch langsam ein Thema wird, aber vorerst geht es ihm nur darum, nicht durchzudrehen und darum, ein Zeichen zu setzen, selbst wenn das keiner mitkriegen sollte, denn er sitzt hier nur allein herum. Und deshalb erscheint es ihm rückblickend umso absurder, Kommandos von einem Affen im Anzug entgegengenommen zu haben und vor allem, dass er diese jetzt noch immer ausführen soll.

Natürlich hat er Kaufmanns Stimme unter der Maske erkannt, den Befehlston, wie er ständig die Wörter in die Länge zieht; es war nicht das erste Mal, dass Herbert Peter Kaufmann einen Gefallen tun musste. Wie unangebracht das aber in diesem Fall war, wo er doch erst vor wenigen Tagen erkannt hat, dass man ihn anderswo auch ohne blinden Gehorsam respektiert, das ist ihm nach einer guten Stunde Sitzen und Starren klar geworden. Also springt er auf und streckt zunächst einmal ausgiebig die Beine durch. Dann rückt er gewissenhaft seine Ausrüstung am

Gürtel zurecht – Taschenlampe, Pfefferspray, kleine Taschenlampe –, und danach klopft er behutsam gegen Kästchen 25. Das wiederholt er nach einer Weile, aber niemand öffnet. Vielleicht hat er sie ja wirklich gekränkt, auf jeden Fall ihr Vertrauen missbraucht; vielleicht bedeutet es aber auch nur, dass sie schon schlafen gegangen sind. Im Haus ist es wieder still geworden, und als er von oben überdrehtes Gelächter hört, legt er seine rechte Hand aus Gewohnheit auf die Dose Pfefferspray an seinem Gürtel. Gleich darauf lacht Herbert Peter – beinahe hätte er vergessen, dass er sich selbst dienstfrei gestellt hat; dass er ab sofort immer dienstfrei haben wird.

~ ~ ~

Kollegin Fritz macht sich in der Eingangshalle ein Bild von der Lage. Alles unter Kontrolle, sosehr die Lage im Fasching eben unter Kontrolle sein kann, zuweilen kreuzt eine *verwirrte Person*, wie es in Polizeisprache heißt, ihren Weg, der sie direkt zur Kantine führt. Hinter der Kantinentür das erwartete Bild: das Ende eines Abends, Faschingsdekoration und Plastikfische auf dem Boden, leere Gläser auf den Tischen, das Discolicht flackert in Blau, Gelb, Rot, Grün zur traurigen Musik.

»Sperrstunde!«, wird Kollegin Fritz von Bella begrüßt. Sie erkennt die Polizistin nicht wieder, vermutlich weil die Uniform fehlt, aber eher deshalb, weil sich Bella in den vergangenen Jahren generell nur geschätzte zwanzig Gesichter merken musste. »Sperrstunde!«, also. »Ich schau nur«, sagt Kollegin Fritz, und dann schaut sie genauer und sieht den blutenden Willi im Chaos sitzen, sieht, dass Bella einen Fischschwanz hat und Susi eine Träne auf der Wange. »Was ist hier los?«, fragt sie sofort im Polizeiton. »Alles ok.« – »Sieht aber nicht so aus. Was hat er?« –

»Gestürzt«, antwortet Bella voller Überzeugung. Susi wischt immer wieder mit einem Küchentuch das Blut von Willis Gesicht, Willi stöhnt. »Wollen Sie nicht die Rettung rufen?« – »Nicht schon wieder!«, schnauft Bella. »Sie wissen, dass wir diese Woche schon einmal hier waren?« Wieder der Polizeiton. »Wer ist *wir*? Ich sehe nur Sie.« – »*Wir*, die Polizei«, sagt Kollegin Fritz und ärgert sich, dass sie so schnell ihre Maske hat fallen lassen. »Aha«, ist Bellas einzige Antwort darauf. »Ich rufe jetzt jedenfalls die Rettung.« Kollegin Fritz holt ihr Telefon aus der Manteltasche. »Warten Sie! Ich bringe ihn ins Krankenhaus«, schlägt Susi vor. »Ich weiß nicht … Können Sie überhaupt noch fahren?« Kollegin Fritz wäre das nicht ganz unrecht, denn erstens wollte sie ja eigentlich nach Inspektor Wels suchen, und zweitens hat sie so gar keine Lust auf eine halb-offizielle Amtshandlung mit Waffe unterm Mantel. »Ich bin nüchtern«, sagt Susi. »Ich auch!«, ruft Bella und schwingt im Sitzen ihren Fischschwanz. Das ignoriert Kollegin Fritz. »Draußen steht mein Wagen. Ich hol nur schnell die Tasche«, sagt Susi, und sie humpelt in die Küche, und Kollegin Fritz bleibt mit Bella und dem blutenden Willi zurück.

Niemand sagt ein Wort, bis Susi zurückgehumpelt kommt und Willi vom Sessel hochzuziehen versucht. »Ich helfe Ihnen«, sagt Kollegin Fritz mit einem abfälligen Blick auf Bella. »Super«, sagt Bella nur und rückt einen zweiten Sessel zurecht, legt ihre Flossen drauf und schließt die Augen: »Gute Nacht.«

Als Kollegin Fritz und Susi draußen auf dem Parkplatz Willi auf die Rückbank von Susis Wagen legen, biegt ein Taxi um die Ecke, schießt auf das Hallenbad zu und bremst lautstark vor der Eingangstreppe ab. »Na!«, ruft Kollegin Fritz streng. Den Mann mit Mantel und Hut, der aus dem Taxi steigt und durch das Seitenfenster den Fahrer bezahlt, erkennt sie von hier aus nicht, sie kennt ihn aber. Er nimmt jeweils zwei Stufen auf einmal und tänzelt durch die offene Schiebetür.

»Kommen Sie auch mit?«, fragt Susi. – »Was?« – »Ins Krankenhaus?« – »Nein, ich bleib noch da«, sagt Kollegin Fritz. Sie wartet, bis Susi den Motor gestartet hat, dann klopft sie gegen das Fenster, worauf es langsam nach unten fährt. »Sie bringen ihn aber wirklich ins Krankenhaus, haben Sie gehört?« – »Ja, klar, wo soll ich ihn denn sonst hinbringen?« – »Weiß nicht. Nur so.« – »Na dann fahr ich mal, ist das in Ordnung?« – »Sicher. Schönen Abend.« – »Äh, Ihnen auch.« Susis Wagen rollt langsam vom Parkplatz. Auf der Rückbank winkt Willi Kollegin Fritz zum Abschied. Vielleicht hat sie sich das aber auch nur eingebildet.

~ ~ ~

Das Erste, das Hofrat Spreitzer sieht, als er die Eingangshalle betritt, ist Robert Anker, der wie ein nackter Untoter auf ihn zuhält, langsam, doch bedrohlich. »Was ist los, Mann?!«, hebt Spreitzer den Arm, zur Abwehr bereit, worauf Robert Anker mit beiden Handflächen nach oben signalisiert, dass er harmlos ist. Er dreht ab, fällt in eines der orangen Sofas, wo Rose mit einem Kreischen aus dem Schlaf schreckt, der zuvor wie aus dem Nichts über sie gekommen ist. »Lauter Irre«, sagt Spreitzer mit Blick auf den nackten Untoten und die kreischende Teufelin, aber er hat in etwa mit so etwas gerechnet. Nach der peinlichen Verabschiedung von seiner Frau – in Zischlauten und vor Publikum, unter dem Tisch hat sie nach seinem Schienbein getreten – ist ihm der Auftritt hier, wo es um diese Uhrzeit nichts mehr zu verlieren und nichts mehr zu gewinnen gibt, auch nicht wirklich unangenehm. Er muss nur ein wenig aufräumen; mit diesem Vorhaben nimmt er die Treppe nach oben, Sachen zurechtbiegen, das, was er immer so macht. Geschäfte eben.

~ ~ ~

Im Büro hat Marina Antl in der Zwischenzeit das Rauchverbot aufgehoben, was Werner mehr verwundert als verärgert. Sie hat Pichler sogar um eine Zigarette gebeten. »Weil es heute schon egal ist«, hat sie gemeint. Erfreut hat ihr Pichler seine Packung hingehalten und dann selbst eine rausgenommen, jetzt rauchen sie zu zweit.

Werner dreht seinen Stuhl von einer Seite zur anderen und wieder zurück und kontrolliert die Bildschirme. Auf Nummer 7 fehlt das vermeintliche Standbild von Herbert Peter mit dem Rücken gegen die Kästchen. »Dein Aufpasser ist weg«, sagt Werner, deutet mit dem Kopf in Richtung Bildschirm und dann zu Kaufmann. Dessen Reaktion fällt knapp aus: »Hm«, macht er, aber wenn man so will, klingt selbst da eine gewisse Verstimmung durch. Angespannt ist er sowieso, überhaupt läuft das alles nicht gerade nach Plan. Und langsam dämmert es Kaufmann, dass sie genau den, streng genommen, nie hatten. Der Einzige, der einen Plan zu haben scheint, ist Pichler. *Deshalb grinst er so selbstgefällig, dieser Drecksack*, denkt Kaufmann und grinst zurück. *Ich könnte auch wieder mit dem Rauchen anfangen*, überlegt er zugleich.

»Guten Abend, die Herren, küss die Hand, die Dame!« Mit diesen Worten platzt Hofrat Spreitzer kurz darauf durch die Bürotür; die lockere Begrüßung, sein gelassenes Auftreten, alles aufgesetzt, was die Wirkung aber nicht wesentlich beeinträchtigt. Sofort übernimmt Spreitzer das Kommando, Kaufmann wird vom Verhandler wieder zum Handlanger, Pichlers Grinsen ist verblasst, in seinem Gesicht steckt eine weitere Zigarette; Werner und Marina kennen den Hofrat und seine Tricks gut genug, um nicht in unüberlegte Unruhe zu verfallen, ruhig sind sie aber keineswegs.

»Also dann«, legt Spreitzer direkt los, »worum geht's?« Kaufmann drückt ihm wortlos das Blatt mit Pichlers Artikel in die Hand, er beginnt zu lesen, alle sehen dabei zu.

Man wartet ab, man ist angespannt. Spreitzer liest, nickt mehrmals, lacht auf und sagt: »Wirklich? Das wusste ich gar nicht!« Natürlich lügt er. Pichler hat die Sache mit den geheimen Räumen ganz gut erfasst, was Spreitzer durchaus irritiert; dass im Artikel die groß angelegte Geldwäsche nicht erwähnt wird, ist vorerst noch der einzige Trost. Aber Spreitzer wäre nicht Spreitzer, würde er das Blatt nicht in der Mitte durchreißen, die zwei Hälften zu Boden segeln lassen und angriffslustig in die Runde blicken. »Damit kommen wir wohl kaum weiter«, sagt er – und weil das im Grunde keinen Sinn ergibt, funktioniert es für die weiteren Verhandlungen umso besser.

Zugleich weiß Spreitzer, dass er ihnen ein wenig Vorsprung geben muss, weshalb er mit einem fröhlichen »Selbstverständlich!« antwortet, als Pichler endlich einsteigt und fragt: »Sie wissen aber schon, dass ich weiß, dass es genauso läuft?« Das Spiel ist eröffnet. Dabei hat Spreitzer keine große Lust darauf und überraschend wenig Konzept, aber wo sie schon dabei sind, versucht er es für den Anfang mit schonungsloser Offenheit und schlägt Haken: »Ich nehme an, das Wesentliche ist schon geklärt?« Auch Kaufmann sieht ihn prüfend an, weil ihm unklar ist, ob es sich um eine ernst gemeinte Frage oder nur um eine weitere Finte handelt; zur Sicherheit bestätigt er: »Das schon, aber wir haben hier so etwas wie eine Pattstellung.« – »Was soll das für eine Pattstellung sein?« – »Aus meiner Sicht ist eigentlich alles klar«, wendet Pichler ein und reibt den Daumen an Zeige- und Mittelfinger. »Aus unserer Sicht eigentlich auch«, sagt Werner Antl. Marina stimmt ihm nickend zu, und obwohl sie keine Ahnung hat, worum es eigentlich geht, sagt sie: »Ich hätte da noch eine Idee.« Alle sehen sie erwartungsvoll an. »Wir könnten einfach alles so lassen, wie es ist.« – »Pattstellung, sag ich doch«, sagt Kaufmann. »Einfach alles so lassen, wie es ist …«, wiederholt Hofrat Spreitzer andächtig, ganz so, als wäre das der beste Vorschlag seit langer Zeit, und irgendwie ist es das auch.

41.

Es ist natürlich lächerlich, als erwachsener Mensch (und Polizist noch dazu) auf Kommando schlafen zu gehen, aber Inspektor Wels spielt mit. Zu seltsam ist ihm die Angelegenheit, zu unklar sind die Regeln hier, für Widerworte ist der Respekt vor dem nackten Tom und seiner Truppe zu groß. Einerseits lächerlich also, andererseits gibt es kaum Alternativen, wenn man hinter den Mauern der Umkleidekabine eines Hallenbads an einem geheimen Ort eingeschlossen ist. Daher akzeptiert Wels die Liege, die ihm zugewiesen wird, und richtet sich darauf ein; er würde es mit Leichtigkeit auch schaffen, wie gewünscht auf der Stelle einzuschlafen, müde ist er ja.

Von seinem Platz aus beobachtet er, wie sich die anderen auf die Nacht vorbereiten. Der Mann mit dem langen Bart kämmt vor einem der Spiegel, die großflächig an jeder Wand angebracht sind, ebendiesen langen Bart, dann spannt er ein Netz um sein Kinn und wünscht allen eine gute Nacht. Paul im Bademantel und die Frau mit der Igelfrisur sind schon zuvor verschwunden, Angela scheint eingeschlafen zu sein oder täuscht Schlaf vor. Tom und Tina sitzen noch an ihrem Tisch und warten ab. Unter anderem warten sie auf Sven, der angekündigt hat, dass er seine Zähne erst putzen wird, wenn die Kaffeekanne leer ist – »und wenn ich sie persönlich austrinken muss«, was er nun auch macht, direkt aus der Kanne, ohne Tasse. So viel Rebellion lässt Tom ihm anscheinend durchgehen, er wartet geduldig ab und sieht Sven beim Kaffeetrinken zu, Tina tätschelt weiter Toms Knie.

Inspektor Wels fallen die Augen zu. Sven schluckt, und nach jedem Schluck entkommt ihm ein »Aaah!«. – »Schmeckt's?«, fragt eine Stimme aus dem Nebenzimmer. »Nein«, antwortet Sven, und Tom sieht demonstrativ auf eine imaginäre Uhr an seinem Handgelenk. Wels fallen noch mal die Augen zu, und dieses Mal bleiben sie zu. Er beobachtet sich selbst beim Schlafen, eingerollt in eine überraschend weiche Decke, er ist eingenickt, aber sein Kopf arbeitet noch, er bemerkt ein dumpfes Summen in seinen Ohren, das von innen kommt; sollte es die ganze Nacht anhalten, so hätte es das Zeug dazu, ihn um den Verstand zu bringen. Auch davor fürchtet sich Wels, dabei schläft er, und mit einem Ruck ist er wieder zurück – das letzte »Aaah!«, nachdem Sven die Kanne geleert hat, ein Knacken und Sesselrücken, als Tom und Tina aufstehen, dann schweben ihre nackten Hintern in Augenhöhe an Wels vorüber, vermutlich auf dem Weg in die Präsidentensuite. Wels kann Tom und Tina nicht leiden, er schneidet ihren nackten Hintern eine Grimasse, dann holt ihn wieder der Schlaf ein.

Die Stille weckt Wels. Die Stille und das Summen in seinen Ohren, das in seinem Kopf langsam in ein konstantes Pfeifen umgewandelt wird. Ja, es wird ihn definitiv verrückt machen, genauso wie das Nachdenken über diesen Ort. Und das ist der Plan: Gleich morgen Früh wird er schreien und um sich schlagen, er wird ihnen Arrest und Gewalt androhen, er wird etwas finden, das er als Waffe benutzen kann, und hier rausspazieren, nachdem diese Nacht überstanden ist. Das ist der Plan. Er ist hellwach und schlägt die Augen auf. Im schwachen Licht sieht er direkt auf Angelas Liege, und sie ist leer. Angelas Gesicht taucht vor seinem auf, und beinahe hätte er laut losgebrüllt, aber sie legt einen Finger auf ihre Lippen, und das wirkt. »He«, flüstert sie, »he, Cowboy. Willst du mitkommen? Ich geh jetzt schwimmen.«

42.

Rose hat eins und eins zusammengezählt, ist über ihren Schatten gesprungen und hat allen Mut zusammengenommen, um an die Bürotür zu klopfen. »Herein!«, kommt es von drinnen, laut und unfreundlich, das war Spreitzer. Vorsichtig öffnet sie, bereit für unschöne Szenen: ihre Mutter und ihr Vater gefesselt und geknebelt auf dem Boden, ihr Liebhaber, der um den brennenden Bürotisch tanzt, während Spreitzer halb nackt einen Dirigentenstab schwingt, und der verrückte Pressefotograf Fotos macht.

Ungefähr so hat sie sich das zuvor zusammengereimt und die Umrisse hinter dem großen Bürofenster von ihrem orangen Sofa in der Eingangshalle aus den Darstellern ihrer grausamen Mitternachtsfantasie zugeordnet.

Stattdessen wird sie von Spreitzer nur mit einem »Na toll!« begrüßt. Alle sehen sie an, alle sitzen oder stehen unmotiviert im Büro herum. »Hey«, winkt Rose mit ihrem Dreizack, den sie Spreitzer oder Pichler oder beiden ursprünglich ins Gesicht rammen wollte. »Hey«, antwortet Kaufmann, hebt seine verkrampfte Hand und wirkt nervös. »Ich wusste es«, stöhnt Werner, und Marina klopft ihm auf die Schulter: »Ich weiß es schon lange.« – »Prima, dann wissen wir es ja alle!«, ruft Spreitzer. »Ich weiß es noch nicht«, zeigt Pichler auf, wird aber ignoriert. »Zurück zum

Thema«, sagt Spreitzer, »irgendwann sollten wir ja auch einmal ins Bett kommen. Oder?« Alle bis auf Rose nicken. Weil aber schon fast alles gesagt ist und sie auf dem Stand treten, sagt keiner mehr was.

Rose geht langsam durch den Raum, als würde sie überlegen, wohin sie eigentlich soll – und das ist tatsächlich ihr Dilemma: Soll sie sich auf Papas Schreibtisch setzen, auf Mamas Schoß oder neben Kaufmann hinstellen und ihre Arme um seinen Hals legen? Nichts davon, sie landet an der Wand, zwischen Pichler und Werners Schreibtisch, um eine entspannte Haltung bemüht. Und weil nach Roses holprigem Spaziergang durch den Raum immer noch geschwiegen wird, versucht es Kaufmann mit einem theatralischen Einwurf: »Wir sind jetzt für immer miteinander verbunden«, sagt er und meint damit das Geschäft, das ihnen nicht und nicht gelingen will. »Sind wir das?«, fragt Pichler. »Yes!« Während Werner noch darüber nachdenkt, ob das auch Vorteile haben könnte, sagt Marina nur: »Na ja ...« Spreitzer hört ihnen belustigt zu. Rose versteht kein Wort. Durch die offene Bürotür hören sie ein Poltern von der Treppe her, ein immer wiederkehrendes Poltern, jemand plagt sich die Stufen hoch. Der Lärm kommt näher, die Spannung steigt, dann erscheint Bella im Türrahmen und hüpft auf ihrem Fischschwanz herein, als ob nichts wäre. »Was ist das hier? Löwinger-Bühne?«, schnauft Kaufmann. »Was ist Löwinger-Bühne?«, fragt Rose, und er erklärt es ihr: »Das war so eine alte Fern...« – »Hä-häm!«, räuspert sich Spreitzer. »Tschuldigung«, murmelt Kaufmann. »Darf ich mitmachen?«, lallt Bella, dann ändert sie ihre Meinung und beginnt nach einer Schere zu brüllen, bis Werner schließlich eine aus seiner Schreibtischlade holt und ihr in die Hand drückt. Bella schnippelt an ihrem Fischschwanz herum, es sieht gefährlich aus, sie bekommt jedoch keine Hilfe. »Wie auch immer …«, beginnt Spreitzer, bringt es aber nicht zu Ende.

43.

Wie oft haben sie in der Kantine schon gescherzt, wie lustig das wäre, würde einer von den Dauergästen über Nacht bleiben – sich vorsätzlich einsperren lassen oder irrtümlich eingesperrt werden –, was man da nicht alles anstellen und austrinken könnte, und wo er oder sie (aber eher er) zum Beispiel den nackten Hintern draufdrücken würde (Bellas Barhocker wurde dabei immer als Erstes genannt), welche Details an der Einrichtung man verändern könnte, um die anderen am nächsten Tag an ihrem Verstand zweifeln zu lassen (die Lampenschirme vertauschen, die Reihenfolge der Gläser in den Regalen durcheinanderbringen, die Bierdeckel unter den Tischbeinen rausziehen und so weiter), welche Möglichkeiten sich da sonst noch eröffnen würden? Gut, so oft haben sie darüber auch wieder nicht geredet, aber doch einige Male. Oft genug, dass es Georg wieder einfällt, jetzt, wo es wirklich passiert ist: ganz offensichtlich irrtümlich eingesperrt.

Er hat geschlafen, mit einem Tischtuch zugedeckt, Bella hat ihn übersehen, als sie zuvor ein letztes Mal durch die Kantine gehüpft ist, einen letzten halbherzigen, halb angewiderten Blick auf das Vollbrachte geworfen hat, den Schlüssel im Anschlag und bereit zur Flucht. Die Scherben, die Essensreste, das Konfetti, Willis Blut auf dem Boden – darum würde sich morgen jemand anders kümmern müssen. Mit diesem Entschluss hat sie guten Gewissens die Kantinentür von außen versperrt, bevor sie auf ihren Flossen Richtung Bürotreppe getrippelt ist, einfach weil sie dort oben das Licht hinter dem großen Fenster bemerkt hat.

Wenig später ist Georg zu sich gekommen, nach gut zwei rekordverdächtigen Stunden Schlaf im Chaos, und langsam dämmert ihm, dass der Fasching für ihn noch nicht zu Ende sein muss. Im Gegenteil: die Verwirrung und das bisschen Müdigkeit, die ersten Anzeichen eines Katers – alles kein Thema. Er lebt den Traum! Sozusagen. »Hallo?!«, ruft er vorsichtig, nur um es versucht zu haben und ja nicht gerettet zu werden. »Halloooo?« Keine Reaktion. Georg klatscht in die Hände. Wie gerne hätte er jetzt Grant dabei! Sie würden all das verrückte Zeug machen, sie würden ... ziemlich sicher bis zum Morgengrauen Karten spielen und Bier trinken. Das auf jeden Fall. »Hallohallo?« Keine Reaktion. Zeit für irres Gelächter: »Hahahaha!«

Georg rauft sich die Haare und schaltet das Licht hinter der Schank ein. Herrlich! Er lässt die Hose runter und setzt sich auf Bellas Barhocker. Das wäre erledigt. Dann mischt er Bier mit Averna und Tabasco und steckt ein Schirmchen in den Schaum. Nur nicht nachlassen, der Spaß fängt gerade erst an! Er isst von Willis Faschingsbuffet direkt aus dem Kühlschrank, ohne zu wissen, was er da alles so schluckt. Er bemerkt das Blut auf dem Küchenboden und würgt, macht aber weiter.

Georg steht kauend hinter der Schank, und dann kommt ihm die Idee: Er vollführt eine halsbrecherische Drehung, bis sein Körper in unnatürlicher Position mit dem Rücken an der Kante der Bar zu liegen kommt, er spannt seinen Kopf unter den Zapfhahn, zieht den Abzug – und röchelt, als ihm das Bier sofort wieder zur Nase rauskommt. So wie die Sache mit dem Kopf unter dem Zapfhahn gut genug ist für Trinker-Tagträume, verhält es sich unterm Strich auch mit dem In-der-Kantine-eingesperrt-Sein: Es funktioniert nicht so richtig. Das lässt er als Erkenntnis aber längst nicht gelten, noch ist es nur eine Ahnung. Georg bleibt dran, trinkt wieder aus einem Glas und denkt über seine nächsten Schritte nach. Die Kantinenuhr zeigt viertel eins (aber die hat Willi zuvor auf Bellas Befehl bekanntlich zurückgedreht) Er hat jedenfalls noch viel Zeit, mehr, als ihm lieb ist, genug, um auch ein wenig davon zu verschwenden.

Also nimmt er jede einzelne Ansichtskarte von der Korktafel an der Wand, sieht sich die Bilder an, die das jahrelange Sitzen an der Bar ohnehin schon ins Gehirn gebrannt hat, liest die Texte, bis die Zeilen und Kritzeleien vor seinen Augen verschwimmen (*Wetter kalt, Bier kalt! / Hier sind alle so ernst. / Hab schon 5 Kilo/Liter zugenommen.* Und so weiter.). Er lässt die Karten einfach liegen und geht noch mal in die Küche, schlägt Eier in eine Pfanne, bricht den Versuch mittendrin ab, vergisst, die Herdplatte abzudrehen, geht zurück an die Bar und liest die Zeitung von vorgestern.

Kaffee! Das sollte man versuchen, auch wenn er nicht an Kaffee glaubt.

Georg klettert behäbig vom Hocker, wechselt einmal mehr die Seite und steht ratlos vor der Kaffeemaschine. Sein Blick wandert von links (Kaffeemaschine) nach rechts (Zapfhahn), hin und her, dabei weiß er schon, was er trinken wird.

Ein Kratzen und Schaben lenkt ihn ab. Es folgt ein Klopfen auf Metall, dann wird etwas Schweres über den Fliesenboden geschoben, begleitet von einem kurzen Stöhnen. Langsam beugt sich Georg über die Bar und sieht einen Kopf aus dem Fußboden auftauchen. Einen Kopf, der in einer Badehaube steckt. Ein mittelgroßes Kanalgitter, das er in all der Zeit scheinbar übersehen hat, liegt daneben; aus dem Loch im Boden kriecht eine alte Frau im Badeanzug. Georg hat keine Ahnung, wer Angela ist (sie sind einander noch nie erschienen, und als sie vorher getanzt hat, hat er geschlafen), und der Mann, der nach ihr aus dem Kanal kriecht, lässt in seiner Erinnerung immerhin kurz etwas aufflackern, das jedoch schnell wieder verpufft. Er erkennt Inspektor Wels zwar, schafft es aber nicht, sein Gesicht den jüngsten Ereignissen zuzuordnen. Außerdem fragt sich Georg weniger, wer das seltsame Duo ist, das da mitten in der Kantine aus einem vergessenen Kanal gekrochen kommt, sondern vielmehr, warum die zwei das machen, wo sie herkommen und wo sie hinwollen. All das bereitet ihm auch ein wenig Angst. Sein Gesicht hängt als Standbild zwischen der Kaffeemaschine und dem Zapfhahn und fällt kaum auf. Die zwei aus dem Boden sind inzwischen vollständig geschlüpft. Georg bleibt, wo er ist.

Angela geht geradewegs zur Glastür, die ins Hallenbad führt, Inspektor Wels rüttelt verzweifelt an der anderen Tür, der Tür zur Eingangshalle und damit in die Freiheit. Angela hat mehr Erfolg, die Glastür schwingt auf, und sie rennt los, nimmt direkt Anlauf und schlägt kurz darauf mit einem lauten Klatschen im Wasser auf. Wels seufzt und betritt zögerlich ebenfalls das Hallenbad. Auch hier muss es einen Ausgang geben, und der könnte womöglich offen stehen, kombiniert er. Inzwischen ist Angela im Wasser um zehn Jahre jünger geworden, sprichwörtlich – aber irgendwie sieht sie auch jünger aus. Jedenfalls für Wels, der am Beckenrand steht, während die Alte laut planschend Länge um Länge schwimmt. Wels lacht, weil es eine Freude ist. Das Lachen und das Platschen wecken Fred in seinem Plastiksessel. Aber Fred hat nicht vor, Stress zu machen. Er hat nur vor, nach einem ruhigeren Platz zu suchen.

Angela schwimmt und winkt Wels zu sich ins Wasser, und er hat keine Ahnung, weshalb er ihrer Aufforderung folgt, aber es erscheint ihm die einzig vernünftige Antwort auf all die Fragen, die dieser Abend aufgeworfen hat: nass werden, untertauchen. Er streift seine Jeans ab, knöpft sein kariertes Cowboyhemd auf und lässt es fallen, steht schwankend am Rand und dann lässt auch er seinen Körper fallen, vornüber ins Wasser. Er sinkt bis zum Boden, dann stößt er sich mit den Händen ab und schießt nach oben und taucht spuckend auf. Angela schwimmt vorüber und grinst. Inspektor Wels krault ihr hinterher und hat den plötzlichen Drang, sich der Alten anzuvertrauen, er will ihr davon erzählen, wie er das Wasser entdeckt hat – da fällt ihm ein, dass sie es ja sehen kann: Wie er hier mit sich selbst um die Wette schwimmt und drauf und dran ist, das Rennen zu gewinnen.

44.

»Leck mich«, murmelt Werner, als er die Aktivitäten auf Bildschirm 3 bemerkt. Weil er noch abwägen muss, ob er die anderen daran teilhaben lassen soll, oder ob das die allgemeine Verwirrung nur befördern würde, schiebt er seinen Oberkörper nach rechts und die Rückenlehne seines Drehstuhls nach links, um das Bild einigermaßen zu verdecken. Zu gerne würde er zusehen und draufkommen, wer da im Becken auf und ab schwimmt, aber er glaubt, es durchziehen zu müssen, und so bleibt er fürs Erste verdreht sitzen. Bella und Marina, von denen aus seiner Sicht die wenigste Gefahr ausgeht, sind in jedem Fall abgelenkt: Bella hat ihren Fischschwanz zwar zerschnitten, aber nicht runtergekriegt und frech auf Marinas Schreibtisch geklatscht, und das diskutieren sie jetzt aus. Pichler raucht eine nach der anderen, weil niemand ihn davon abhält, Rose würde gerne mitrauchen, traut sich aber nicht. Hofrat Spreitzer und Kaufmann tuscheln am anderen Ende des Büros.

»Hast du jemanden, den du anrufen kannst?«, fragt Spreitzer, was Werner nicht hört und auch sonst niemand. »Bestimmt«, antwortet Kaufmann, und Spreitzer nickt: »Am besten, wir räumen hier auf.« Kaufmann wartet auf genauere Angaben, aber da kommt nichts mehr, deshalb nickt auch er.

Werner wagt einen Blick auf den Bildschirm und erkennt die Badehaube wieder. »Scheiße, was ist das?!«, ruft Pichler und zeigt mit seiner Zigarette in Werners Richtung, meint aber nicht Bildschirm 3, sondern die Nummer 11 – ausgerechnet den unsäglichen Gang im Keller, den Werner aus unerfindlichen Gründen so hasst. Die Kamera dort hat eine weitere Szene eingefangen, die so nicht sein sollte: Herbert Peter wird mit einer Pistole bedroht – von einer Frau, die keiner von ihnen als Kollegin Fritz in Zivil erkennt. Das Ratespiel ist eröffnet, denn plötzlich drängen sich alle um Werners Heiligtum, seine Kommandozentrale. »Was ist da los?« – »Wer ist das?« – »Der Herbert, der Peter?« Jeder und jede wartet darauf, dass Herbert Peter von einer Kugel getroffen wird, einfach umfällt, oder dass er umgekehrt die Frau mit der Waffe überwältigt und erschießt, aber nichts davon passiert.

Pichler geht langsam rückwärts, nimmt seine Kameratasche und will sich rausschleichen, weil Menschen, die in Hallenbadgängen mit Waffen bedroht werden, sein Geschäft sind (und im Optimalfall für eine kleine Erpressung gut). Er wartet aber noch ab und sieht gebannt auf den Bildschirm. Rose nutzt die allgemeine Aufregung und packt Kaufmann von hinten zwischen den Beinen, der stöhnt laut auf. Marina sieht das und schlägt ihre Hand auf die Stirn, Werner kriegt nichts mit, weil er vollends in seinen Bildschirmen aufgeht, Bella lässt das alles kalt, Hofrat Spreitzer aber steht der Mund offen. Er hat ganz andere Sorgen, und wenn man es genau nimmt, sind es keine Sorgen – es ist eher ein Prickeln, das aus seiner Magengrube aufsteigt.

Spreitzers Augen hängen an Bildschirm 3, wo die Alte im grünen Badeanzug aus dem Becken steigt und trotz Badehaube wie wild auf einem Bein hüpft und gleichzeitig mit der Hand gegen den Kopf klopft, um das Wasser aus ihren Ohren zu kriegen. Da hat Spreitzer sie wiedererkannt, nicht weil sie auf einem Bein hüpft, sondern weil ihn selbst das unscharfe, schwarzweiße Bild nicht täuschen kann: Er kennt diesen Körper, wenn ihn auch die Jahre und sonst etwas aus der Form gebracht haben.

»Angela?«, fragt Spreitzer den Bildschirm, und Kaufmann sieht ihn verwundert an. Spreitzer versucht gar nicht erst, ihm etwas vorzumachen, dreht stattdessen seinen Kopf, und was Kaufmann dann sieht, ist der bislang wohl ratlo-seste Blick, seit er seinen Chef kennt. Aber auch ein kleines Funkeln in seinen Augen, das Kaufmann nicht deuten kann. Das kommt von der Rückblende, die in Spreitzers Kopf läuft.

… Es waren die Achtziger, und in den Achtzigern war alles möglich, wirklich alles, zumindest, wenn es um Affären ging. Die Schreibkräfte waren üblicherweise Sache der höheren Tiere, aber der junge Spreitzer, den sie dank seines flotten Auftretens *Roger* nannten – von Roger Moore, James Bond –, war in seiner damals mittelprächtigen Position gerade gut genug für sie und sie für ihn. Sie legten mit dem Standardprogramm los, ließen kein Klischee aus, aber als die Sache *privat* wurde, waren sie schnell überfordert, zogen weiter, verloren einander aus den Augen. Als er einmal so nebenbei von ihrem Pech hörte, war er schon zu beschäftigt, um dafür nur irgendwie Zeit zu haben, ebenso wenig für ein schlechtes Gewissen, das aber sowieso nicht nötig gewesen wäre, denn sie hätte sich nie retten lassen, und schon gar nicht von seinem damaligen Ich. An ihn denken musste sie aber schon manchmal und er an sie, großteils, weil sie dann ihren früheren Ichs näher waren, die ihnen trotz allem besser gefallen hatten. Weiter kamen sie nicht. Das heißt, jeder für sich schon, der eine bis fast ganz nach oben, die andere unaufhaltsam nach unten, aber beide nie wieder zueinander. Bis zur heutigen Nacht. Ende.

Spreitzer ist zufrieden mit seiner Rückblende. Und jetzt wird er gehen, hat er sich vorgenommen. Er setzt zum ersten Schritt in Richtung Ausgang an. Dass auch er schwarzweiß im Bild auftauchen wird, sollte er sein Vorhaben in die Tat umsetzen und Angela im Hallenbad aufsuchen, das hat er vorerst nicht bedacht, es könnte sogar sein, dass ihm das in der jetzigen Situation egal ist, dass ihm die Sache zu bedeutend und, ja, zu zwingend erscheint; dass er und sie ausgerechnet hier einander wiedersehen (sicher, er wird noch überprüfen müssen, ob sie es denn wirklich leibhaftig ist, und ob man überhaupt noch etwas mit ihr anfangen kann). Zugleich rattern ihm auch etliche Fragen durchs Gehirn, und er hinterlässt dort das Memo an sich selbst, Kaufmann später einmal zur Rede zu stellen – wie es sein kann, dass man ihn nie davon in Kenntnis gesetzt hat. Andererseits: Woher hätte Kaufmann wissen sollen, wer Angela ist, wer sie einmal war? Denn unbewusst hat Spreitzer schon eins und eins zusammengezählt und noch verdrängt, dass sie vermutlich nur durch sein Zutun hier gelandet ist, von der Straße im Bad, im Zuge des (wie von Schmierfink Pichler in seinem Zeitungsartikel, der nie erscheinen wird, so treffend angedeutet) wegen Sinnlosigkeit eingestellten Projekts mit dem ebenso unglücklichen Namen Projekt *Lumpazivagabundus.*

Was die Sache noch außerordentlicher macht, Angela aber nicht geschadet haben dürfte, und Spreitzer kann sich ebenso unbewusst eine späte Bestätigung für seinen damaligen Vorwand abholen: Im Grunde wollte er immer nur Gutes tun. Ja, genau. Die Welt ist so kompliziert und so einfach zugleich.

»Und was ist da jetzt wieder?«, unterbricht Bella Spreitzers inwendigen Versuch einer Zusammenfassung endgültig. Sie zeigt auf Bildschirm 5, auf dem die Tür eines Kästchens aufgeht (Spreitzer, Kaufmann, Werner und Pichler wissen, welche Nummer es hat), und eine Hand erscheint, dann ein Kopf, dann klettert ein nackter Mann raus.

»So, jetzt reicht's!« Kaufmann reißt sich aus seiner Ideenlosigkeit und will es Spreitzer beweisen, er wird da unten für Ordnung sorgen (wobei er noch nicht weiß, wie er das genau anstellen soll). Spreitzer stimmt ihm zu und sieht eine Möglichkeit, unbemerkt ins Bad schleichen zu können. Rose imitiert ein Gähnen, um ihren Abgang einzuleiten und Kaufmann heimlich folgen zu können, Pichler ist mit seiner Kameratasche endlich auf und davon, Marina hat das Gefühl, auch irgendwie nach dem Rechten sehen zu müssen und fragt Werner: »Kommst du?« Der bleibt so lange sitzen, bis sie beim Ausgang ist, dann steht er auf und sagt: »Gleich.« Marina nickt.

Jetzt ist nur noch Bella übrig. Sie und Werner hatten noch nie viel miteinander zu reden, und auch er ist erleichtert, als sie mit den Schultern zuckt und sagt: »Hm. Dann geh ich jetzt nach Hause.« Damit hüpft sie auf ihren Flossen raus. Werner sieht ihr hinterher, sieht sie einmal noch als Meerjungfrau und weiß bereits, dass er dieses Bild von ihr nur schwer aus dem Kopf kriegen wird. Er hört, wie sie die Bürostiege runterhüpft und wie durch ein Wunder nicht stolpert und sich den Hals bricht.

Er wartet, bis sie unten angekommen ist, dann kontrolliert er noch einmal seine Bildschirme, auf denen sie einer nach dem anderen herumirren. Danach geht er langsam durchs Büro, öffnet den Sicherungskasten und dann kommt der Moment, in dem das Licht ausgeht. Ein gepflegter Stromausfall, also ein absichtlich herbeigeführter, hat Werner beschlossen, hat, wenn man nicht mehr weiter weiß, noch nie geschadet. Er sperrt die Bürotür von innen zu und setzt sich zur gemütlich flackernden Kerze, die er auf dem Schreibtisch angezündet hat.

Ein Stockwerk tiefer flackert es auch bereits: in der Küche, wo Georg vergessen hat, den Herd abzudrehen. Weil er sich zaghaft auch ins Hallenbad gewagt hat und zum Zeitpunkt des Stromausfalls an der Wand entlangschleicht, um von Angela und Inspektor Wels nicht entdeckt zu werden, ist niemand da, der die Flamme bemerken könnte. Von der Herdplatte aus springt sie auf ein Geschirrtuch über und mehr ist gar nicht nötig. Bald wird ein echtes Feuer daraus geworden sein.

Episode 7

45.

Das Licht geht aus, und ein Schuss knallt durchs Haus. Keine gute Kombination, das versetzt alle in Aufruhr, mehr noch, als sie es ohnehin schon sind. Zuallererst diejenigen, die den Grund dafür geliefert haben. Kollegin Fritz geht im Entengang an der Wand entlang und hat keine Ahnung, ob sie dabei noch weiter in den Bauch des verfluchten Hallenbads vordringt, ob sie es rausschaffen wird oder ob der Verrückte ihr irgendwo auflauert. Der Verrückte, also Herbert Peter, ist in Wahrheit keine echte Bedrohung – er kauert in einer Ecke und hat die Hose voll.

Vom Schuss halb taub, hört er sie trotzdem in der Dunkelheit, und sie hört ihn.

»Ich höre Sie«, keucht Kollegin Fritz, »und ich schwöre, ich schieße noch mal!« – »Ich hab gar nichts gemacht«, entgegnet Herbert Peter. »Sie haben mich bedroht!« – »Das war ja nicht so gemeint«, wimmert er. »Geben Sie mir Ihre Taschenlampe!« – »Warum?« – »Weil ich in Ihre Richtung ziele.« – »Ich hab keine Taschenlampe.« – »Die hab ich vorher aber genau gesehen!« – »Gut. Was wollen Sie damit?« – »Ich will raus hier, verdammt noch mal!« – »Und ich darf dann hierbleiben?« – »Ja, von mir aus …« In der Ecke leuchtet der Kegel seiner Taschenlampe auf, dann rollt das Licht auf sie zu. Als Kollegin Fritz danach greift, erhellt ein Blitz den Gang. »Was ist …« Es blitzt zwei weitere Male. »… denn jetzt?!« – »Entschuldigung«, ruft Pichler, »bitte nicht schießen!« Mit zitternden Händen hält er die Kamera vor sein Gesicht und drückt wieder ab; er ist unheimlich aufgeregt, will es aber genau so. »Presse!«, ruft er und blitzt in Serie. »Hören Sie sofort auf«, befiehlt Kollegin Fritz. Es blitzt ein letztes Mal, und dann hört es auf.

Sie reißt die Taschenlampe hoch und leuchtet zuerst in die Dunkelheit vor sich, wo sie Herbert Peter vermutet hat; dort ist aber niemand. Sie leuchtet den Gang entlang nach hinten und glaubt, etwas zu sehen: zwei Schuhe, die senkrecht nach oben stehen und um die Ecke wandern, als würde der Körper, der in den Schuhen steckt, nach hinten gezogen. »Hallo?!« Keine Antwort. Kollegin Fritz kontrolliert ihre Waffe, auch ihre Hände zittern – eigentlich eine Seltenheit –, sie leuchtet einmal im Kreis und registriert, dass sie allein im Gang steht. Dann rennt sie los, mit Taschenlampe und Pistole im Anschlag, um die besagte Ecke, aber – Überraschung! – dort ist auch niemand. Nur ein weiterer leerer Gang. Denn so läuft das hier nun einmal.

~ ~ ~

Das Licht geht aus, und Rose hat Kaufmann schon davor aus den Augen verloren. Sie hegt sogar den Verdacht, dass er sie absichtlich abgehängt hat. Der Verdacht ist begründet. Auf und davon. Rose schnauft trotzig und kaut Kaugummi. Kurz bevor der Schuss knallt, zündet sie sich eine Zigarette an; eigentlich gleichzeitig mit dem Schuss, der Knall ist ihr Feuerzeugfunke. Das fasziniert sie einerseits, denn mit einem echten Schuss kommt jemand, der noch nie einen gehört hat, auch nicht leicht zurecht, da galoppieren die Gedanken davon. Gleich darauf folgt der Schreck, und da ist – wie in Roses Fall – die Panik nur eine Frage der Zeit. Sie erledigt all das gewissenhaft und in schneller Abfolge, bleibt am Ende bei der Panik und fasst dennoch einen klaren Entschluss: Mama, Papa, Büro – so in etwa.

Die Suche nach Kaufmann spielt plötzlich nur noch eine

untergeordnete Rolle, daran ist allein er schuld, und eine Ratte weiß sich ganz gut selbst zu helfen. Richtig überrascht ist Rose über diesen Gedanken nicht, und richtigerweise schreibt sie es der überbordenden Emotion in der doch sehr speziellen Lage zu, bis sie bemerkt, dass sie ihren Aufbruch in die Dunkelheit mit ungefragten Analysen wie diesen scheinbar nur hinauszögern will und sich schließlich vorsichtig auf den Weg macht.

Mama, Papa, Büro, das liegt ja beinahe um die Ecke, also nur rauf in die Eingangshalle und dann noch die paar Stufen. Rose dreht um – und stößt mit dem Knie gegen etwas, das nachgibt und mit einem Scheppern ins Schloss fällt: ein Kästchen. Ach ja, genau: Sie ist allein hier unten bei den Umkleidekabinen, vielleicht auch nicht ganz allein, denn der nackte Mann, der zuvor aus dem Kästchen gekrochen ist, der könnte auch noch hier sein. Na prima, denkt Rose.

~ ~ ~

Das Licht geht aus, und selbst als das ganze Haus hinter ihrem Rücken im Dunkeln liegt, kriegt Bella es nicht mit. Sie friert, sie hat keinen Wagen – und der Fischgott ist ihr Zeuge, dass sie ihn auch benutzen würde, hätte sie einen –, und sie hat immer noch das Gefühl, als würde ihr von unten die Luft abgeschnürt (was daher kommt, dass ihr Kostüm wirklich eng ist). »Neptun«, murmelt sie, der Fischgott heißt Neptun. Damit wäre das auch geklärt. Bella kichert, obwohl sie nie kichert. »Taxi!«, brüllt sie in die Nacht hinein und wartet der Vollständigkeit halber auf eine Muschelkutsche, die von zwei Seepferdchen gezogen wird. »Taaxi!«

~ ~ ~

Das Licht geht aus, und Marina weiß sofort, dass Werner etwas damit zu tun hat. Kunststück: Der Sicherungskasten ist im Büro, und an Zufälle glaubt sie kaum, und an diesen schon gar nicht. Eines ärgert sie aber doch – er hätte ihr etwas sagen, sie einbeziehen müssen, obwohl sie richtigerweise davon ausgeht, dass es keine konkrete Idee war, kein Plan, sondern eine typische Werner-Idee: den Strom abdrehen und dann weitersehen. Unterschied macht es keinen, jetzt ist es dunkel.

Bevor Marina zu einem weiteren Gedanken kommt, knallt der Schuss durchs Haus. Sie zieht den Kopf ein und die Schultern hoch, als ob das etwas helfen würde. Der Ausgang ist nur wenige Schritte von ihr entfernt, Werner ist im Büro und Rose verschwunden, Flucht also keine Option. Hinter einem der orangen Sofas geht sie in Deckung und wartet ab. Es bleibt ruhig und dunkel. Sie wird sich bewegen.

Zuerst Werner (weil sie seine Hilfe braucht): Marina läuft geduckt durch die Eingangshalle, nimmt immer zwei Stufen auf einmal und kracht oben gegen die Bürotür. »Werner«, versucht sie es mit einem Flüstern, so laut, dass er es hören muss. »Werneeer!« Es dauert ewig, dann wird drinnen der Schlüssel umgedreht, und er erscheint im Türspalt, erleuchtet von der Kerze hinter seinem Rücken. »Was ist?«, fragt er. »Was *ist*?«, antwortet sie entgeistert mit der sinnlosen Gegenfrage. »*Das* ist!« Sie zeigt in die Dunkelheit der Eingangshalle, aber kein weiterer Schuss liefert die Erklärung. Sie weiß auch nicht, warum sie mit einem weiteren rechnet, sie weiß überhaupt nichts mehr. »Egal«, zieht sie Werner aus dem Büro, »wir müssen Rose suchen.« – »Ich will aber hierbleiben.« – »Hierbleiben? Hier wird geschossen!« – »Wer schießt?« – »Ich habe keine Ahnung, Werner. Und jetzt dreh das scheiß Licht wieder auf.«

Er hört die offensichtliche Verwirrung in ihrer Stimme, und er sieht, dass ihre Augenbrauen über der Nase zu einem Pfeil zusammenlaufen – eindeutige Zeichen dafür, dass sie es ernst meint. »Schon gut«, murmelt Werner, im Glauben, dass er sie damit beruhigt, aber Marina macht seine Ruhe nur wütend, zu einem Teil, weil die Emotion mit ihr durchgeht, zum anderen, weil es ihr selbst in einer solch aberwitzigen Situation langsam aber sicher reicht. »Jetzt dreh endlich auf!« Sie vergisst auf das Flüstern und schreit, und Werner zuckt zusammen. Auf seinen durchgetretenen Hausschuhen (sie hasst diese Hausschuhe) schlurft er im Kerzenschein zum Sicherungskasten und drückt den Hauptschalter nach oben: »Es werde … Licht!« Marina sieht ihn fassungslos an: Er findet das alles immer noch lustig. Sie hat diesen Mann geheiratet. Irgendwann einmal. Aber immerhin: Es wird … Licht.

~ ~ ~

Das Licht geht an, und Kaufmann bleibt stehen, als ob er fotografiert würde. Er schüttelt seine Haare zurecht und lässt sein Sakko auf den Schulterpolstern hüpfen. Aber er wird nicht fotografiert, er erscheint nur als weitere schwarzweiße Figur unscharf auf einem der Bildschirme (Nummer 4), das sieht jetzt aber niemand, weil Werner mit Marina ebenfalls bereits durchs Haus läuft.

Kaufmann hat den Gang eines Mannes, der weiß, wohin er geht. Zumindest weiß er, woher er kommt (Umkleidekabinen Herren, dort ist alles erledigt). Nächster Programmpunkt: den Chef suchen. Der hat ihn abgehängt, wie es ihm zuvor mit Rose so leicht gelungen ist. Er mag Rose gern, doch seinen Job liebt er, besonders wenn er richtig stressig und schmutzig wird, wie es sich an diesem Abend abzeichnet. Geht es nach Kaufmann, dann sind für heute gut 80 Prozent der Probleme erledigt. Ob es in diesem verrückten Haus bei 80 Prozent bleibt oder ob der Pegel noch ausschlägt und 120 Prozent nötig sein werden, das kann man nicht sagen, das hat auch Kaufmann schon gelernt. Na bitte: Er riecht Rauch, keinen Zigarettenrauch, sondern echten. Das hat etwas zu bedeuten, das kann kein Zufall sein (dabei ist es genau das: ein dummer Zufall, der Georg in der Küche hat wüten lassen). Kaufmann nimmt es sportlich und die Treppe nach oben. Der simple Plan: Er wird Hofrat Spreitzer suchen und finden und rausschaffen, noch bevor die Feuerwehr kommt, wenn sie denn überhaupt kommt, denn am besten wäre es aus seiner Sicht, wenn das Hallenbad einfach abbrennt und sie hier einen Wohnblock hinstellen oder ein kleines Einkaufszentrum.

~ ~ ~

Das Licht geht an, und Robert Anker wacht in der Sauna auf. Er hat keine Erinnerung daran, wie er dorthin gekommen ist, und ob er selbst es war, der den Ofen angeworfen hat. Das Thermometer zeigt jedenfalls knapp über 80 Grad, kein Problem für Robert Anker. Doch er ahnt es bereits: Schon wieder klemmt die Tür. Er hat keine Lust, sich dagegenzustemmen und hysterisch um Hilfe zu schreien, davon ist er weit entfernt. Im Gegenteil: Er klettert auf die oberste Saunabank und schließt die Augen. Und wenn er hier in seiner geliebten Sauna verdampfen würde, dann wäre ihm das heute auch egal. Wird er aber nicht, alles wird gut ausgehen. So gut es eben werden kann.

~ ~ ~

Das Licht geht an, und Hofrat Spreitzer steht Angela gegenüber. Sie erkennen einander wieder, allein das ist erstaunlich. Zur Sicherheit stellt jeder von ihnen aber noch die entscheidende Frage: »Angela?« – »Gottfried?« – »Ja, ich bin's.« – »Ich auch.«

Romantik liegt in der Luft; den Geruch von Chlor wird Spreitzer für immer mit diesem Augenblick verbinden. »Gottfried!« Er spart sich ein erfreutes »Angela!«, stattdessen stellen beide die zweite entscheidende Frage, und das zeitgleich: »Was machst *du* hier?« Das bringt sie zum Lachen. Das war's immer – ihr Lachen! Wie konnte er es vergessen? Spreitzer lacht auch, zum ersten Mal seit Wochen, wahrscheinlich Monaten, impulsiv aus dem Bauch heraus. Wie sie da steht, noch ganz nass. »Mein Gott, du brauchst ein Handtuch!« – »Mein Gottfried!« Der Retter mit dem Handtuch (auch wenn er noch keines gefunden hat und mit seinem Blick hilflos die Liegen absucht). Die Schärfe ist aus Angelas Stimme gewichen, sie wirkt gelöst, als hätte sie die schweren Jahre mit einem Mal aus ihrem Kopf gelöscht (was sie so lange vergeblich versucht hat), als hätte sie auch das hässliche Ende ihrer Affäre vergessen (mit Schreiduellen und – soweit sie sich erinnert – ein bisschen Hotelzimmer-Zertrümmern).

»Angela mit dem braunen Haar«, murmelt Hofrat Spreitzer gedankenverloren und wühlt in seinen eigenen Erinnerungen. Sie wischt verlegen eine graue Strähne von ihrer Stirn und antwortet ebenso gedankenverloren: »Gottfried mit dem schönen …«

Weiter kommen sie vorerst nicht, denn zum einen mischt sich Inspektor Wels ein, der tropfend aus dem Wasser steigt, vom Schwimmen noch ganz benommen (»Begrüße Sie, Herr Hofrat!«, ruft er, denn ein guter Polizist kennt die Bezirksprominenz), und zum anderen ist der Rauch, der sich inzwischen in Küche und Kantine ausgebreitet hat, hier zwar nicht zu riechen, aber deutlich zu sehen. »Brennt's da hinten?« – »Ich glaub, da brennt's.«

Nur ein paar Meter weiter, aber bislang unentdeckt, wacht Fred im selben Moment erneut in seinem Plastiksessel auf und beginnt zu singen, irgendein Lied, das sein Gehirn aus mehreren Liedern zusammengesetzt hat. Hofrat Spreitzer, Angela und Inspektor Wels erschrecken, sind aber weiterhin eher wegen der Rauchschwaden verwirrt, die aus der Kantine jetzt immer dichter ins Hallenbad ziehen.

Fred springt aus seinem Sessel hoch, geht wortlos an ihnen vorbei, stellt sich an den Beckenrand und macht ins Wasser. Inspektor Wels schüttelt empört den Kopf. »Ich glaube, wir sollten die Feuerwehr rufen.« Das ist nun Georg, der sein Versteck im Schatten aufgegeben hat und plötzlich in der Runde auftaucht, als würde er auf einer Stehparty Anschluss suchen. »Ich glaube, ich war das«, fügt er noch hinzu.

»Was heißt, Sie waren das?« – »Ich weiß es wirklich nicht«, antwortet Georg, »also, gekocht hab ich auch.« – »Egal, ich rufe die Feuerwehr.« Endlich fällt Inspektor Wels ein – nachdem ihn Flucht, Mitternachtsbad und die kuriose Konstellation am Beckenrand derartig abgelenkt haben –, dass er eigentlich nur Empfang für sein Telefon und raus hier wollte. Er läuft zur Liege, wo er zuvor aus Jacke, Hose, Cowboyhemd, Schuhen und Socken geschlüpft ist, und durchsucht hektisch jede Tasche, findet sein Mobiltelefon jedoch nicht, was ihm doppelt und dreifach seltsam vorkommt. Oder hat er es etwa gar auf seiner Liege vergessen, unten in den versteckten Räumen? Das wäre peinlich, erscheint ihm aber mit einem Mal sogar am wahrscheinlichsten.

Hofrat Spreitzer drückt inzwischen auf seinem Telefon herum. »122, ruf 122«, sagt Angela. »Ich weiß.« Spreitzer lächelt milde. »Und?«, fragt Georg. »Es läutet.« Sie werden erneut von Fred aufgeschreckt, dieses Mal, weil er mit einem lauten Klatschen ins Wasser gefallen ist. »Um Himmels willen!«, ruft Wels und springt hinterher. Er will Fred unter den Armen packen, um ihn rauszuziehen, der schwimmt ihm aber irre kichernd davon. Spreitzer, Angela und Georg beobachten die sinnlose Verfolgungsjagd im Wasser vom Beckenrand aus. »Ja?! Hallo! Hier Hofrat Spreitzer!«, nennt er unabsichtlich seinen Namen und hebt unwillkürlich die Stimme, wie aufgeregte Menschen das beim Telefonieren eben machen. »Haha, Schluss jetzt! Ich gebe auf!«, kommt es aus dem Becken. Fred schwimmt an den Rand und klettert im durchnässten Gewand raus, gefolgt von Inspektor Wels, der kein Wort dazu sagt. »Sie kommen«, verkündet Spreitzer stolz und drückt die rote Taste auf seinem Telefon.

Der Rauch ist mittlerweile bis zu ihnen vorgedrungen, der Schleier hängt schon über dem halben Bad, Flammen schlagen noch keine aus der Kantine, aber niemand würde mehr abstreiten, dass es da drinnen eindeutig brennt.

»Ich darf dann bitten«, sagt Inspektor Wels im Polizeiton und weist mit der Hand zum Ausgang. Aber als sie sich allesamt umdrehen und zum Gehen aufmachen, sehen sie am anderen Ende der Halle die kleine Gruppe. Der nackte Tom und seine Tina, der Mann mit dem langen Bart, die Frau mit der Igelfrisur, Paul und Sven stehen einfach nur da. Schwer zu sagen, ob sie vorhaben, ihnen den Weg zu versperren oder ihnen helfen wollen.

Und dann laufen sie plötzlich los, jeder in eine andere Richtung, aber zwei auch direkt auf sie zu. Fred sieht keine andere Möglichkeit als einen neuerlichen Sprung ins Wasser. Spreitzer stellt sich schützend vor Angela, und Inspektor Wels beginnt zu kreischen, als würde er wilde Tiere verscheuchen. Das zeigt Wirkung, also machen Georg und Spreitzer mit. Der nackte Tom rennt knapp an ihnen vorbei und kreischt selbst, Tina rennt hinterher, und jeder ist vom Anblick ihrer wogenden Brüste abgelenkt. Auf der gegenüberliegenden Seite verschwindet die Frau mit der Igelfrisur in einem Loch im Boden, Paul und Sven klettern unter eine Liege und sind danach nicht mehr zu sehen, der Mann mit dem langen Bart steht als Einziger noch immer regungslos am anderen Ende der Halle. »Buhuuu!«, ruft Georg ihm zu, und langsam geht der Mann mit dem Bart rückwärts und wird vom Schatten verschluckt.

Kurz darauf – und kurz bevor die ersten Feuerwehrleute im Bad auftauchen – sind Fred, Georg, Inspektor Wels und Spreitzer allein. »Was war das bitte?«, keucht Georg. »Ich …«, beginnt Spreitzer, stockt aber mitten im Satz, weil ihm auffällt, dass auch Angela verschwunden ist. »Kann mir mal jemand helfen?«, fragt Fred vom Beckenrand aus, und Inspektor Wels zieht ihn dieses Mal wirklich raus, und Fred lässt es geschehen. »Gehen wir jetzt nach Hause?« – »Ganz bestimmt.« – »Ich will aber nicht nach Hause …«

46.

Die Wanduhr über der Bar zeigt halb drei, aber seit elf ist die Zeit in der Kantine eine Lüge, weil Willi, wie erwähnt, auf Geheiß von Bella die Uhr um eine Stunde zurückgedreht hat. Und außerdem ist sie halb geschmolzen. Vieles ist geschmolzen, manches nur halb, manches ganz und zu einem Klumpen. Die Bar steht noch, der Zapfhahn funktioniert (zwei Feuerwehrmänner haben es ausprobiert), die Ansichtskarten zum Beispiel sind verbrannt. Bis dorthin hat das Feuer gewütet.

Willis Küche ist hinüber, verkohlt und traurig. Besteck, Töpfe und Pfannen haben den Brand, wie es scheint, halbwegs überstanden, die Teller wiederum hat es in der Hitze zerrissen, Teile des Kühlschrankinhalts sind womöglich noch immer genießbar.

Von der Bar weg sieht die Kantine aus wie zuvor, nach dem Fest. »Das war schon so«, hat man der Feuerwehr erklärt, aber die hat es ja selbst gesehen. Willis Blut haben sie mit ihren Feuerwehrgummistiefeln und dem ganzen Ruß, der naturgemäß unten an diesen Stiefeln dranklebt, über den Fliesenboden verschmiert und so verschwinden lassen.

Von der Schank weg sieht die Kantine aus wie zuvor (sieht man von den kleinen Veränderungen ab, die Georg vorgenommen hat, als der Spaß erst anfing, die letztendlich auch vergebens waren, und nicht zu vergessen: Die ganz große Veränderung hier drinnen hat ebenso einzig und allein Georg zu verantworten), riecht aber höllisch, nach Rauch eben, nach kaltem, mit Wasser und Schaum bearbeitetem, Brechreiz verursachendem Rauch. Kein Vergleich zum Geruch, der Bella sonst so entgegenweht, wenn sie am Morgen aufsperrt, nachdem sie sich am Tag und am Abend davor alle Mühe gegeben haben.

Ein paar Gläser sind zersprungen, aber kaum mehr als sonst an einem Abend im Fasching. Die Umstände sind aber doch besonders. Davon wird man noch lange erzählen, daran wird man zu nagen haben, selbst Bella. Vor allem Bella. Aber sie wird weitermachen. Weil es zum Weitermachen keine brauchbare Alternative gibt. »Gut lüften werden Sie müssen«, sagt ein Feuerwehrmann zu Marina und Werner, nachdem die letzte kleine Flamme gelöscht ist. Und er meint es ganz im Ernst, überhaupt nicht ironisch oder gar bösartig.

47.

Blaulicht schmerzt auf Dauer in den Augen, stellt Werner fest. Vielleicht tragen deshalb einige Feuerwehrleute Sonnenbrillen. Vielleicht gehört das aber zu ihrer Verkleidung vom Faschingsfest, auf dem auch sie noch waren, bevor sie vom Notruf davon abgezogen wurden; vielleicht bildet er sich das auch nur ein. Vermutlich wegen der Rauchgasvergiftung.

»Sie *haben* keine Rauchgasvergiftung«, hat ihm der Rettungsmann zuvor mehrmals versichert, aber Werner hat nicht lockergelassen. Wann er eine Rauchgasvergiftung hat, wird er selbst wohl noch am besten wissen. Marina sitzt neben ihm und streicht mit den Fingerspitzen über seine Wirbelsäule. Das soll ihn beruhigen, nervt aber in Wirklichkeit sogar ein wenig. Nie würde er das sagen, schon gar nicht jetzt. Rose sitzt neben Werner und raucht. »Weil es auch schon egal ist«, hat sie gesagt und eine angezündet. Werner war doppelt entsetzt: weil sie raucht, und weil sie es neben ihm macht, wo er doch höchstwahrscheinlich an einer Rauchgasvergiftung leidet.

Rose raucht und sucht mit fahrigen Blicken den Parkplatz nach Kaufmann ab, doch keine Chance im Blaulicht-Chaos. Da sehen alle gleich aus, man kann höchstens noch zwischen Feuerwehr, Rettung, Polizei und Menschen mit Decken um die Schultern unterscheiden. Rose hat ihre fallen lassen, weil sie es lächerlich findet, als erstes eine Decke übergeworfen zu bekommen, wenn man aus einem brennenden Haus kommt. Das wäre nur sinnvoll, wenn man selbst brennt, so sieht sie es zumindest. Und obwohl sie Kaufmann im Gewirr nirgends entdecken kann, geht sie davon aus, dass er hier irgendwo sein muss, außer er hätte sich davongestohlen, aber sie werden das alles noch ausführlich besprechen – die Sache von dem Moment an, in dem er sie auf den Stufen abgehängt hat und das Licht ausgegangen ist.

Jedenfalls, so reimt sie sich zusammen, muss er noch hier sein, weil alle hier sind. Wie beim Schlussbild einer Samstagabend-Show, wenn noch mal in die Kameras gewunken wird. Und sie hat sogar recht, wenigstens im Fall von Kaufmann, der pflichtbewusst an Hofrat Spreitzers Seite Aufstellung genommen hat, während der mit einigen Polizisten spricht. Sie befragen ihn nicht offiziell, aber es gibt unter ihnen auch welche, die offensichtlich keine Wähler sind und ihn argwöhnisch beobachten, und um etwaige Pannen schon im Keim zu ersticken, steht Kaufmann neben Spreitzer und hört dem banalen Einsatz-Smalltalk zu und fragt sich doch, was er hier eigentlich macht. Und ja, er denkt auch an Rose, und daran, dass er selbst noch offiziell befragt werden wird, also von ihr. Aber wer weiß – vielleicht darf er ihr bald mehr darüber erzählen, was er den ganzen Tag so treibt, vielleicht arbeiten sie in Zukunft enger zusammen. Spreitzer nickt ihm so ganz nebenbei zu, während er die Polizisten mit Stehsätzen abspeist. Eines ihrer geheimen Zeichen; für diese Spielchen ist Kaufmann heute schon zu müde. Dasselbe gilt für Spreitzer, der mit dem Kopf ganz woanders ist (bei Angela natürlich), der aber Profi genug ist, es selbst unter diesen Voraussetzungen mit zehn oder mehr Polizisten aufzunehmen. Das denkt er jedenfalls.

Ob es ihr gut geht da drinnen? »Und? Haben die Leute überhaupt zugehört?« – »Was?« – »Na bei Ihrer Rede?« Hat er vorhin etwa behauptet, am Faschingsfest offiziell aufgetreten zu sein? Oder weiß er offiziell gar nichts von einem Faschingsfest? Verdammt, er hat nicht aufgepasst, das passiert ihm zumal, auch während er spricht oder eben eine seiner Reden hält, vor allem dann. Das ist im Normalfall auch kein Problem, nur bei der Polizei, da sollte man vielleicht besser aufpassen. *Ab jetzt besser zuhören*, nimmt er sich vor – und denkt daran, dass er auch Elfriede zuhause noch eine Geschichte auftischen muss, wobei die seit Ewigkeiten sowieso kaum noch fragt, nie viel gefragt hat, was im Grunde auch einer der Hauptgründe für ihre Hochzeit damals war. Kann's sein, dass es diesen Sommer schon dreißig Jahre werden? »Der wird wahrscheinlich selbst feiern«, sagt ein Polizist und sieht Spreitzer an, als würde er eine Antwort erwarten. »Wie?«, fragt Spreitzer. »Der Chauffeur«, sagt der Polizist. Verdammt, er hat schon wieder nicht aufgepasst! »Ja, der hat heute frei«, springt Kaufmann ein (*guter Kaufmann*, denkt Spreitzer) und sieht nervös zur Seite, zufällig genau in die Augen von Inspektor Wels.

Der wird zusammen mit Kollegin Fritz einen Polizeiwagen weiter tatsächlich argwöhnisch befragt: »Was haben Sie beide eigentlich da drinnen gemacht?« Wels und Fritz schweigen zunächst. Das sei kompliziert, wollen sie der Kollegin antworten, wollen auf gut Glück losreiten, ohne davor eine gemeinsame Geschichte abgestimmt zu haben, obwohl sie so gesehen ja keine Geheimnisse hätten, aber nach kurzer Überlegung treffen sie – jeder für sich und doch gemeinsam – eine Entscheidung: Sie lassen es lieber bleiben und werden vorerst noch in Ruhe über den Abend nachdenken müssen. »Also?«, fragt ein anderer Kollege, weniger argwöhnisch, vielmehr bestimmt. »Na ja«, sagt Inspektor Wels, »ich hab mich vielleicht ein wenig in die Tochter verschaut.« Sofort fixiert er den Asphalt, nachdem er das gesagt hat, wobei er der Meinung ist, die perfekte Ausrede gefunden zu haben, um sich Zeit zu verschaffen, noch dazu, weil er nur zu einem gewissen Prozentsatz gelogen hat. »Welche Tochter?«, geht es unmittelbar weiter. »Äh, die Tochter vom Hallenbad.« – »Aha. Und Sie?« Das fragt der Polizist jetzt Kollegin Fritz, die – obwohl sie all diese Tricks selbst kennt – davon überrumpelt wird.

»Na ja«, antwortet auch sie zögerlich, »sagen wir, ich bin ein wenig eifersüchtig.« Da hebt Inspektor Wels seine Augenbrauen und seinen Kopf, weil das ein ganz neues Licht auf den Abend und auf die Sache wirft.

Auf einer Rettungsbahre wird Robert Anker vorübergeschoben. Unter der Decke, die man ihm übergeworfen hat, ragt sein nackter Arm hervor, und mit dem Daumen nach oben signalisiert er, dass er noch lebt und dass es ihm angeblich gut geht. Inspektor Wels antwortet ebenfalls mit dem aufgestellten Daumen, weil er glaubt, das Zeichen gelte nur ihm. Robert Anker lächelt selig, vom Küchenbrand ein Stockwerk darüber hat er vorhin in der Sauna überhaupt nichts mitbekommen. Die Feuerwehrleute haben ihn befreit und genau genommen hat er nur einen intensiven Saunagang und einen gewaltigen Rausch hinter sich. »Alles klar, Robert?«, fragt Fred, als Robert Anker mit ausgestrecktem Daumen an ihm vorübergeschoben wird. Alles klar.

Fred hat auch mit einem nur zur Hälfte ausgeschlafenen Rausch zu kämpfen und denkt für seine Verhältnisse übermäßig an seine DJ-Anlage, die den Brand zwar überstanden zu haben scheint, aber immer noch da drinnen ist, an die Stunden, die ihm in der Erinnerung fehlen, und an die seltsame Truppe nackter und halb nackter Menschen, die im Hallenbad beinahe über sie hergefallen ist. Es könnte sogar sein, dass er ausnahmsweise mit jemandem darüber reden will. Es ist aber niemand da, bis auf Georg, der ihm – offensichtlich selbst aus übermäßigem und ungewohntem Redebedarf – nicht von der Seite weicht, seit sie aus dem Hallenbad geholt wurden. Dann lieber den Mund halten und dem wirren Zeug zuhören, das Georg von sich gibt, was Fred irgendwie tröstlich findet. Wenigstens ist er nicht der Einzige, der am Ende den Verstand verliert.

Die ersten Taxis rollen an, weil es sich in dieser Ecke der Stadt herumgesprochen hat, dass vor dem Hallenbad Kundschaft warten könnte. Die Feuerwehrleute ziehen ihre Schläuche ein, die Hintertüren von Rettungswagen werden zugeschlagen, die Polizei geht mit Notizblöcken umher. »Sind alle hier, die vorhin drinnen waren?« Werner würde gerne wissen, was das für eine Frage sein soll, aber für die Gegenfrage ist er zu feige und zu müde. Und außerdem haben sie ab jetzt gemeinsam etwas zu verbergen. Es sind nicht alle hier, die vorhin drinnen waren. Einige sind noch drinnen und werden es vielleicht immer sein, aber immerhin fast alle von ihnen, weil sie es so haben wollen. Damit kann man leben.

Rose will mitreden, schluckt es aber runter. Hinter ihr taucht Kaufmann auf und legt eine Hand auf ihre Schulter. Marina sieht es und sieht schnell wieder weg. »Der Herr Schwiegersohn!«, will Werner im Scherz ausrufen, das lässt er aber schön bleiben, weil es die Polizisten verwirren könnte, und damit wäre wirklich niemandem geholfen. »Ja«, sagt Werner stattdessen, »alle hier.« Es wird Zeit, nach Hause zu fahren, zu duschen, das Licht abzudrehen und im Morgengrauen einzuschlafen, das Denken wenigstens für eine Weile einzustellen.

Das Blaulicht zieht langsam ab. Einige steigen in Taxis, andere in ihre eigenen Wagen. Man macht sich aus dem Staub. Das Hallenbad steht da, so wie es seit beinahe dreißig Jahren dasteht. Es hat auch diese Nacht überstanden, kein Problem. Die Fenster sind noch hell erleuchtet, alle sind einfach gefahren, und keiner hat daran gedacht, das Licht auszumachen und die Tür zuzusperren, was aber auch nicht weiter schlimm ist. Heute Nacht will niemand mehr da rein und niemand kommt raus.

Zwei Wochen später

48.

Man könne sich nicht erinnern, dass es an einem 11. März jemals so warm gewesen sei, haben sie im Radio gesagt, und das komme nicht von ungefähr: Der wärmste Märztag seit Beginn der Aufzeichnungen stehe bevor, der erste Rekord werde um die Mittagszeit herum fallen, gegen Ende der Woche würden sich die Temperaturen aber wieder einpendeln, also kein Grund zur Besorgnis, haben sie gesagt. Werner hatte von besagtem Rekord schon vor dem Aufstehen so eine Ahnung – noch nie zuvor seit Beginn seiner Aufzeichnungen war er in einer Märznacht so verschwitzt gewesen. Das ist auch Marina aufgefallen. Beide haben es dem unruhigen Schlaf zugeschrieben, den dicken Winterdecken und dem unrunden Lebenswandel, der in den vergangenen Tagen in ihrem Haus Einzug gehalten hat. Aber kein Grund zur Besorgnis, haben sie gesagt, am Montag werde alles wieder seinen gewohnten Gang gehen.

Werner putzt seine Zähne und sieht Marina über den Badezimmerspiegel beim Rasieren in der Dusche zu. Danach Frühstück, Rose schläft noch. »Ist Rose überhaupt da?« – »Das will ich doch hoffen!« Geräusche aus dem oberen Stockwerk bestätigen das, dann die Klospülung und darauf wieder die Zimmertür. Werner beißt ein Stück vom Toastbrot ab und spült es mit Kaffee runter. »Fahren wir mit dem Auto oder mit der Straßenbahn?« – »Ist mir beides recht.« – »Mir auch. Sag du.« – »Nein, du.« – »Äh, mit dem Auto?« – »Klar, was denn sonst?!« Marina schmunzelt. *Na bitte*, denkt Werner, darauf kann man aufbauen. Er isst auf, trinkt aus und räumt Teller und Tasse in den Geschirrspüler.

Marina bleibt auf dem Weg in die Garderobe im Vorzimmer stehen und ruft nach Rose: »Wir fahren! Kommst du dann nach?« *Tok-tok-tok*, kommt es von oben. Rose pflegt manchmal mit Klopfzeichen zu antworten, wenn sie die Informationen, die von unten zu ihr raufdringen, nicht ernst nimmt, oder wenn es keine konkrete Rückmeldung braucht. Marina akzeptiert es auch heute; sie wird es so lange akzeptieren, bis es Rose langweilig wird, so lautet zumindest der Plan.

Ein Stockwerk höher zieht Kaufmann in Roses Bett die Decke über den Kopf und kommt sich dabei reichlich blöd vor. Auch Rose findet sein kümmerliches Versteck (für den Fall, dass Werner oder Marina doch unangemeldet im Zimmer auftauchen sollten) lächerlich und das lässt sie ihn spüren. Kaufmann ist erst zum zweiten Mal hier drinnen, und sie hat ihn in der Hand. Ein ehemaliges Jugendzimmer, das ist einfach nicht sein Revier. Überhaupt lässt Rose Anwandlungen erkennen, die ihm bislang unbekannt waren. Während sich Kaufmann im Hallenbad zuletzt zwangsläufig einmischen durfte, übernahm Rose nach Badeschluss Stück für Stück das Kommando. Sie hat gestern auch darauf bestanden, dass er spät am Abend in ihr Zimmer schleicht und flüsternd die Nacht mit ihr verbringt. Damit will sie ihn weichklopfen und die Kontrolle, ist Kaufmann überzeugt – und es funktioniert. Und wo er schon dabei ist, läutet jetzt auch noch sein Telefon. Er streckt die Hand unter der Decke hervor und nimmt es vom Schreibtisch, der – ganz Jugendzimmer – zugleich auch als Nachttisch herhalten muss. Hofrat Spreitzer ist dran, er will abgeholt werden, Kaufmann soll den Chauffeur organisieren und so weiter.

»Lass mich raten …«, hat Rose in den frühen Tagen nach einem solchen Anruf immer gesagt. Heute sagt sie gar nichts mehr, denn bald stellte sich heraus, dass Kaufmann nur von zwei Leuten angerufen zu werden scheint: von ihr und vom Alten. Deshalb ist bei diesem Spruch schon lange die Luft draußen, aber zur Feier des Tages: »Lass mich raten …«

~ ~ ~

Dass dieser 11. März der wärmste seit Beginn der Aufzeichnungen werden soll, ist auch in der Welt hinter Kästchen 25 angekommen, selbst wenn das keine Rolle spielen wird. Seit Kurzem gibt es hier aber ein Radio, einen sogenannten *Weltempfänger*. Sven hat eine neue Kaffeemaschine ausgehandelt, Paul will endlich einen Fernseher und die Frau mit der Igelfrisur einen Wandföhn, wie sie zuhauf in den Umkleidekabinen herumhängen – beides ist jedoch noch nicht geliefert worden, und Paul zweifelt bereits daran –, der Mann mit dem langen Bart und Angela hatten keine Wünsche (Kaufmann nannte die Wünsche *Forderungen*), Tom beließ es dabei, alles abzunicken, und Tina nickte synchron mit.

Pichler gestand man Notizbuch und Stifte zu. »Er nimmt's sportlich«, sagte Sven, »er will endlich seinen Roman schreiben, sagt er.« Sven ist der Einzige, mit dem Pichler spricht, wenn er ihm jeden Morgen und jeden Nachmittag seinen Kaffee ins Zimmer serviert. In den ersten Tagen stand Tom dabei vor der halb offenen Tür, um zu lauschen; Sven wusste davon, er konnte Pichler aber keine Fluchtpläne entlocken. Pichler habe sich, so scheine es, seinem aktuellen Schicksal gefügt, sagte Sven einmal bei einer der abendlichen Besprechungen, die von Tom zuletzt eingeführt worden waren. Seinem *aktuellen* Schicksal, sagte Sven, so als gäbe es mehrere, und man könnte daran schrauben, wie es einem beliebt. So als wäre

Pichlers Arrest eine Art Kuraufenthalt, aber vielleicht ist es das auch in gewisser Weise.

Der Großzügigkeit (Überheblichkeit und Maßlosigkeit) der Erbauer ist es gedankt, dass Pichlers Arrestzimmer eher einer kleinen Wohnung gleichkommt, mit eigenem Bad und mehr Einrichtung, als man den anderen Räumen gegönnt hat. Es war zu seiner Zeit offensichtlich für den Zeremonienmeister oder wen auch immer vorgesehen, und jetzt gehört es Pichler, weil es sich um die einzige Tür handelt, die man von außen versperren kann. »Er wird nie wieder gehen wollen …« – »Wir können aber nicht ewig auf ihn aufpassen.« – »Da werden wir schon noch zusammenfinden«, beendete Kaufmann die Verhandlungen mit einem alten Zeitschindertrick, der eigentlich schon so was von 90er-Jahre ist; aber woher sollen die da drinnen das wissen? Außer Tom vielleicht, der als harter Verhandler dagegenhält: »Wir werden sehen«, sagt er als vorerst letztes Wort.

49.

Der Geruch von altem Rauch und verkohlter Küche hängt in der Kantine noch immer in der Luft, aber dafür wurde in den Tagen nach dem Brand die Flügeltür zu einer vergessenen Terrasse wiederentdeckt. Sie mussten nur den Billardtisch, der vor Jahren mit einer Plane abgedeckt und seither als Abstelltisch verwendet worden war, zur Seite schieben, und da war sie, die kleine, mit Waschbetonplatten ausgelegte Terrasse, die Bella und ihre Leute in diesen ersten warmen Märztagen zu schätzen gelernt haben, den beinahe unverstellten Blick auf die Ausläufer der Stadt und, ja, auch die frische Luft, die in der Kantine sonst nie eine Rolle spielte. Überhaupt verwundert Bella seit jenem Morgen, an dem sie das Ausmaß des Küchenbrands zum ersten Mal sehen und akzeptieren musste, mit neuen Einfällen und nie gekanntem Optimismus. Ein Karibik-Abend ist bereits in Planung, und diesen Sonntagnachmittag hat sie als Grillnachmittag ausgerufen, und die Vorbereitungen laufen. Ein Vorschlag, der auch bei Werner und Marina Antl Anklang findet: Die Gäste des Jubiläumsfests müssen schließlich verköstigt werden. »Für alle wird genug da sein. Mehr als genug«, hat Bella fröhlich verkündet, und Willi und Susi konnten darauf nur mit einem eingefrorenen Lächeln reagieren; Willis Gesichtsausdruck umso verzwickter, weil die Naht über seinem Auge noch spannt.

Jetzt posiert Bella mit den beiden und mit einer Grillzange in der Hand auf der besagten Terrasse. Die Zeitung hat anstelle von Pichler einen Ersatzmann geschickt, der aufgrund einer Verwirrung in seinem Terminkalender lang vor der Eröffnung des Festes erschienen ist und die Zeit herumbringen muss, was ihm an einem Sonntag aber nur recht zu sein scheint. Man gehe in der Redaktion davon aus, dass Pichler seine großspurigen Ankündigungen endlich in die Tat umgesetzt habe und an einem sonnigen Ort oder in Grönland untergetaucht sei, wird der Ersatzmann später an der Bar erzählen, und alle, die es hören – ob eingeweiht oder nicht –, werden glaubwürdig nicken.

Ein weiterer Umstand, der die Laune in der Kantine hebt: Grant ist wieder da! Er wurde vor gut einer Woche aus dem Krankenhaus entlassen und stellt seitdem mit Georg einen Rekord im Dauerkartenspiel auf. Wie zwei alte Sitznachbarn, die nach den Sommerferien wieder auf der Schulbank vereint sind, reißen sie Witze und trinken und knallen die Karten auf den Tisch. Darüber beschwert sich wie eh und je Nazi Hermann, der nur einen Tag nach Grant das gemeinsame Krankenzimmer verlassen durfte. Manche meinen, man habe den alten Querulanten rausgeschmissen, andere meinen, er habe es nicht ausgehalten, von seinem Bettnachbarn allein zurückgelassen worden zu sein. »Ich geh schwimmen«, grummelt der alte Nazi, ganz so, als ob das jemanden interessieren würde. »Hermann!«, ruft ihm Georg hinterher, und der Alte dreht sich um, als würde er es nicht besser wissen. »Aufpassen!«, sagt Georg emotionslos, und alle lachen. Die Kantine lebt.

»Hermann!«, ruft dann auch Fred, der von seinem Plastiksessel aus das Gelächter mitbekommen hat. Der alte Nazi bleibt stehen und lässt die Schultern hängen. »Ich pass auf dich auf«, lacht Fred über seinen eigenen Witz, und niemand kriegt es mit. Es ist kurz vor viertel zwölf, und wenn man die beiden Babys mitzählt, sind acht Badegäste da. Fred hat ein Auge auf sie.

»Aufguss!«, macht Robert Anker am Beckenrand Werbung für seine Sauna. Die beiden Holzkübel hat er abgestellt, und als er sie wieder hochhebt, reißt er so stark an den Henkeln, dass das Wasser über die Ränder schwappt. Damit will er nur Fred mit seinem Wischmopp aufscheuchen. Die Aktion erzielt die gewünschte Wirkung, denn Fred steht fluchend von seinem Sessel auf. »Nichts für ungut«, kichert Robert Anker. »Das hier beginnt gerade erst«, antwortet Fred und meint es als Drohung. »Versteh ich nicht«, sagt Robert Anker und geht mit schwingendem Handtuch um die Hüften ab. »Arsch!«, zischt Fred. »Knackarsch, bitte«, trällert Robert Anker und wackelt weiter in Richtung Treppe.

Die Fassade bröckelt, als er in den Keller runtersteigt. Das mit Robert Anker und der Sauna ist nicht mehr so, wie es einmal war; und er ist kurz davor, sich das auch einzugestehen. Irgendetwas verdirbt ihm die Freude, und er weiß, dass es mit dem Hallenbad zu tun haben muss. Da kann man in noch so vielen Häusern silberne Löffel und Unterhosen mitgehen lassen, den Damen und Herren schöne Augen und heimlich Fotos machen und bei

95 Grad Garnelen essen – am Ende kriegt man immer die Sauna, die man verdient. Da vorne ist sie schon, am Ende des Ganges, die Tür halb geöffnet (obwohl sie am Sonntagvormittag eigentlich noch versperrt sein sollte), wie ein zahnloser Mund oder etwas ähnlich Traumatisierendes, jedenfalls bereit, ihn anstandslos zu verschlucken.

Wie so oft in letzter Zeit, kommt ihm András hier unten in die Quere, aufgekratzt, auf der Flucht, wie es scheint. Robert Anker, der selbst am besten weiß, dass gepflegte Geheimnisse das Salz in der Suppe sind, erscheint dieses Verhalten äußerst verdächtig, geradezu beunruhigend. Dabei versucht András nur, seine eigene Fassade zu pflegen, er ist darin aber weniger geübt. »Na, ein Tänzchen gefällig?«, fragt Robert Anker, um die Sache aufzulockern. András winkt ab, als würde ihn das an längst vergangene Tage erinnern, was ja auch hinkommt. Mit der anderen Hand umklammert er in der Tasche seines Trainingsanzugs den Schlüssel zu Kästchen 25 und sucht nach einer Ausrede. Robert Anker erlöst ihn und erzählt etwas vom *Aufguss aller Aufgüsse*, den er jetzt da drinnen in der Sauna hinlegen werde und dass es ihm vollkommen gleichgültig sei, dass das scheinbar niemanden interessiert. »Doch«, will András ihn aufmuntern, »mich interessiert's.« – »Tatsächlich? Dann komm doch mit!«, lässt Robert Anker sich kurz täuschen. »Würde ich gern, aber danke.« Und das muss genügen, denkt András und liegt damit richtig. »Also dann«, sagt Robert Anker, weil auch er weiß, dass dieses Gespräch längst vorüber ist. Sie gehen und werden einander vermutlich so bald nicht wiedersehen. Aber wer weiß das schon.

50.

Der 11. März 1972 war ein verregneter Tag und auch für die kommenden Tage hatten sie Regen angesagt, obwohl der Wetterbericht damals gerne mit der Lotterie gleichgesetzt wurde. Aber man glaubte daran und wurde belohnt: Der 13. März 1972 war noch verregneter. Optimal also: Hallenbadwetter. Als die Stadtpolitiker in ihren grauen und braunen Anzügen gemeinsam das rotweiße Band vor der Treppe zum Eingang durchschnitten, warteten hinter ihrem Rücken bereits dutzende, beinahe hunderte Menschen mit ihren Badetaschen über den Schultern, und kurz darauf fing das Gedränge an.

Am 11. März 1986 hatten Werner und Marina Antl schon den Großteil der Finanzierung aufgetrieben (heute wissen sie selbst nicht mehr, wie sie das geschafft und warum sie sich überhaupt an ein solches Projekt herangewagt haben). Sie waren in mehr oder weniger verbindlichen Gesprächen mit der Stadtverwaltung, und drauf und dran, den Sprung – ja, genau – ins kalte Wasser zu wagen.

Ungefähr einen Monat später durchschnitt Werner Antl die Träger von Marinas Badeanzug, als sie beide sich für eine Nacht allein in jenem Hallenbad eingesperrt hatten, das ab sofort mehr oder weniger ihnen gehören sollte (und der Stadt samt ihren unvermeidlichen Bezirkspolitikern und der Bank und etlichen Gläubigern). Die Schere hatte er aus einer der Umzugskisten, und bevor sie sich aufmachten, da und dort und überall, wo es ihnen einfiel, ihr Revier zu markieren, schätzte Marina den Wert ihres nun unbrauchbaren Badeanzugs auf 80 Schilling und bestand darauf, dass Werner diese Summe als erstes Minus in die improvisierte Buchhaltung schrieb.

Am 11. März 2001 kurz vor zwei, also genau jetzt, möchte Werner Antl diesen Trick wiederholen, aber Marina trägt keinen Badeanzug und ist auch sonst dagegen. »Einen Versuch war's wert«, sagt Werner, und Marina tätschelt seinen Kopf: »Bist du bereit, Großer?« – »Viel müssen wir ja nicht machen.« – »Aber die Leute …«

Durch das Bürofenster sehen sie den Gästen ihres eigenen Jubiläumsfests dabei zu, wie die mit ihren Badetaschen in der Eingangshalle herumstehen und ohne es zu wissen nur auf sie beide warten. Susi hat alle Mühe, durchs Gedränge zu kommen, während man ihr die Sektflöten aus Plastik in Sekundenschnelle vom Tablett pflückt. So ergeht es auch Willi und Rose Antl, die sich bereit erklärt hat, als Kellnerin auszuhelfen, weil die Kassa heute geschlossen ist und ihre Laune es erlaubt. Alle drei holen Nachschub, und für den sorgt Bella höchstpersönlich. Auf der Bar hat sie schon eine Reihe Sektflöten aufgebaut und es kommen noch neue dazu. Als hätte sie all die zweifelhaften Freuden des Ausschanks wiederentdeckt, füllt Bella ein Plastikglas nach dem anderen, hinter sich bereits eine beachtliche Anzahl leerer Billigsekt-Flaschen. »Einmal möcht ich erleben, dass du für uns so schwitzt«, wagt Grant einen Scherz auf ihre Kosten, und weil das der längste Satz ist, den er seit seiner Rückkehr aus dem Krankenhaus ausgesprochen hat, kommt er damit davon.

Susi, Willi und Rose nehmen Bellas Arbeitseifer ungefragt hin, laden ihre Tabletts voll und starten in der Eingangshalle die nächste Runde durchs Gewühl. »Warum sind da unten so viele Leute?«, fragt Marina auf der anderen Seite des Fensters. »Weil es was umsonst gibt«, antwortet Werner. »Wollen wir?« – »Viel müssen wir ja nicht machen.« Wenn sie sich da nur nicht täuschen.

Um Punkt zwei schreiten Werner und Marina Antl Hand in Hand die Bürotreppe hinunter, als wäre sie eine Showtreppe, an deren Ende sie von einem abgekämpften Entertainer erwartet werden. Das zeigt Wirkung, denn die Ersten beginnen zu klatschen, und weil niemand so recht weiß, was zu tun ist, klatschen immer mehr mit. Die letzten Stufen nehmen Werner und Marina unter beinahe tosendem Applaus. Eine Verbeugung erscheint ihnen zwar übertrieben, aber da sie ebenso wenig wissen, was zu tun ist, machen sie genau das: Sie verbeugen sich. Daraufhin hebt der Applaus noch einmal an, bevor er abrupt und sinnlos verstummt. Werner und Marina stehen still, und wissen, dass jetzt etwas gesagt werden muss.

»Liebe Freunde«, hebt Marina zu Werners Verwunderung lautstark an, »… und alle, die es noch werden wollen!«, fährt sie fort. Sie will ihnen erzählen, dass es Momente gibt, in denen man die Schnauze voll hat, und dass diese Momente bei Weitem überwiegen. Dass Leidenschaft gut und schön, aber auch nicht alles sein kann. Dass 24 Stunden für einen Tag nicht zu wenig seien, wie oftmals großspurig behauptet wird, sondern schlicht und einfach zu viel, und dass zwölf Stunden auch reichen würden. Dass fünfzehn Jahre so schnell über den Beckenrand gehen, dass kaum Zeit bleibt … dass eben kaum Zeit bleibt.

Fast alle Augen sind auf sie gerichtet, gespannte Gesichter, auch etliche gelangweilte in Erwartung einer elendslangen Rede. Marina saugt die Luft durch die Nasenlöcher ein und riecht Menschen, so viel davon, wie schon lange nicht, riecht Sonnencreme (was im Hallenbad geradezu abartig ist, aber sie vermutet, dass einige ihre Tuben vom Sommerurlaub in den Badetaschen vergessen haben und die dann ausgeronnen sind), riecht Wurstsemmeln und Schweiß – und bis hierher riecht sie das, was sie seit fünfzehn Jahren riecht: das verdammte Chlor.

»Liebe Freunde«, beginnt Marina noch mal von vorne, »wir sind noch hier!« Das brüllt sie aus vollem Hals heraus, und sie streckt die Faust in die Höhe, schnappt sich eine Sektflöte von Willis Tablett und trinkt sie in einem Zug leer, wirft sie hinter sich, und erst als die Sektflöte aus Plastik klappernd bis zum Ende der Showtreppe gehüpft ist, bricht der Applaus los. Es ist der größte Applaus, den Marina in ihrem Leben kriegen wird, und sie würde lügen, würde sie behaupten, dass er ein Feuer in ihr auslöst. Aber da sind Werners Augen, nur eine Handbreit von ihren entfernt, sie glänzen feucht und strahlen sie an. Und das muss doch auch etwas bedeuten.

Wenn es nach ihnen geht, stehen Marina und Werner Antl in diesem Moment plötzlich wieder ganz allein hier in der Eingangshalle, fast wie am ersten Tag, als man ihnen den Schlüsselbund in die Hand gedrückt und sie im Hallenbad zurückgelassen hat. Rose war auch dabei, fast fünfzehn und schon damals unendlich gelangweilt, hat sie eine Kaugummiblase platzen lassen und Werner und Marina damit zum Lachen gebracht. Jetzt ist es ein Luftballon, der platzt, weil er von jemandem mutwillig bis zum Äußersten zusammengedrückt wurde. Das reißt Marina aus ihren ziellosen Gedanken, und als sie den Kopf dreht, während sich Werner eine Träne aus dem Auge wischt, bevor die gekünstelt über seine Wange rinnen kann, erkennt sie, dass sie beinahe wieder ganz allein sind. Die Menge ist in Bewegung geraten, die meisten drängen mit ihren Badetaschen in Richtung Umkleidekabinen, einige sind auf der Suche nach den Toiletten oder nach noch mehr Gratisgetränken, etliche stürmen die Kantine, weil sich die Sache mit dem Grillfest herumgesprochen hat, was Bella nun doch ins Schwitzen bringt, denn mit einem solchen Zulauf hätte sie wirklich nicht gerechnet.

Einige wenige sind in der Eingangshalle geblieben, teils aus Höflichkeit, teils aus Taktik, weil sie nicht im Gedränge enden wollten, manche auch, weil sie darauf warten, dass Marina und Werner den letzten Schritt von der Bürotreppe nehmen und sich unters Volk mischen.

Hinten in der Ecke sitzt Inspektor Wels, im orangen Doppelsofa versunken, an seiner Seite Kollegin Fritz, beide in Zivil, beinahe streng *privat*. Es wäre vermessen, diesen Ausflug ins Bad als ihre erste Verabredung zu bezeichnen, denn dazu hätten sie es beim Namen nennen müssen. Stattdessen war die Einladung von Wels im Polizeiton ergangen, von wegen er wolle sich da noch etwas ansehen und bitte um kollegiale Unterstützung. Was genau da noch anzusehen sein könnte, hat er ebenso wenig konkret angesprochen, und so wie es derzeit aussieht, wird er es auch künftig für sich behalten. Da kann er auch gleich seine Tarnung aufgeben und vom Sofa aus wie ein alter Bekannter winken, was er jetzt macht, doch ohne merklichen Erfolg, denn Werner und Marina lassen mit einer Reaktion lange auf sich warten. Kollegin Fritz ist irritiert, spricht es aber nicht an. Sie habe Durst, erwähnt sie beiläufig, und Wels weist sie darauf hin, dass sie ja wisse, wo die Kantine zu finden sei. Kollegin Fritz ist erneut irritiert, oder besser gesagt bleibt sie dabei, beschließt zugleich aber, keinesfalls kampflos aufzugeben.

Inzwischen sind die meisten Badegäste umgezogen und beginnen damit, halb nackt das Bad zu bevölkern. Heute haben Werner und Marina zur Feier des Tages sogar die Sperre des Sprungturms offiziell aufgehoben, und die Ersten schlagen aus drei Metern Höhe im Wasser auf. Weit und breit kein Fred und kein Wischmopp. Ein Stockwerk tiefer läuft Robert Anker zur Höchstform auf und verteilt mit dem Handtuch heiße Aufgussluft, dass der Schweiß nur so aus seinen Achselhöhlen tropft. Jenseits der Tür zu Kästchen 25 sitzt Herbert Peter und bewacht den Ausgang, wie ihm aufgetragen wurde. Dabei haben sie drinnen gar keine Lust, nach draußen zu gehen, auch wenn es seinen Reiz hätte, aber: »Schön blöd wären wir!«, hat Tom jeden Gedanken in diese Richtung im Keim erstickt. Selbst Angela wird keinen unerlaubten Ausflug unternehmen. Sie erwartet heute noch Besuch.

Und da ist er schon im Anmarsch: Die Schiebetür zur Eingangshalle geht mit dem guten alten Zischen auf, im Abgang mit einem traurigen Quietschen, und Hofrat Spreitzer betritt das Hallenbad. Zwei Schritte dahinter folgt Kaufmann. Werner und Marina sind nur so lange auf dem Treppenabsatz stehen geblieben, weil sie auf diesen Auftritt gewartet haben, sie hätten aber Spektakuläreres erwartet, wobei nicht ganz klar ist, wie man die Eingangshalle spektakulär betreten soll. Anders jedenfalls als das doch recht glanzlose Erscheinen Spreitzers, der – für einen Mann seines Ranges völlig deplatziert – eine Badetasche über dem Schulterpolster trägt. Inspektor Wels versinkt gekonnt ein wenig mehr im orangen Sofa, was Kollegin Fritz zur Kenntnis nimmt. Eines Tages wird sie ihn beim Frühstück danach fragen, was es mit diesem Hallenbad auf sich hat, zumindest ist das der Plan: die Sache beim gemeinsamen Frühstück anzusprechen.

Werner und Marina gehen im Gleichschritt Hand in Hand los, direkt auf Spreitzer zu. Am anderen Ende der Eingangshalle setzt sich Rose in Bewegung. Zu dritt kommen sie zugleich an, zu fünft stehen sie einander gegenüber. »Ihr habt alles verpasst!«, faucht Rose Hofrat Spreitzer und Kaufmann an. Werner und Marina staunen, Spreitzer grinst gnädig, Kaufmann ist unschlüssig, tendiert aber zu leiser Begeisterung: Dass Rose den Alten zurechtweist, ist aus seiner Sicht geradezu einzigartig. Daran wird er sich gewöhnen müssen.

»Sie haben mir keine Einladung geschickt«, tadelt Spreitzer Werner, Marina und Rose gleichermaßen. »Stimmt«, antwortet Marina. »Schade«, sagt Spreitzer. »Herzlich willkommen!«, übertreibt Werner. So geht es eine Weile hin und her. Kaufmann und Rose tauschen in der Zwischenzeit Blicke aus, die erahnen lassen, dass sie all das nur mehr am Rande etwas angeht. *Wir treffen uns im Hinterhof*, besagen diese Blicke. *Ihr reißt euch gefälligst zusammen!*, sendet Werner seine eigenen Blicke dazwischen, er kommt gegen die junge Liebe aber nicht an.

»Wie steht das Geschäft?«, fragt Spreitzer. »Kein Geschäft«, gibt Marina zurück, »heute ist alles frei.« – »Raffiniert …«, sagt Spreitzer nach einer kurzen Pause. Dass Marina darauf keine Reaktion zeigt, gehört zum Plan. »Ja, das ist meine Frau!«, lacht Werner und zerstört damit wenn auch nicht den Plan, so doch die Stimmung. »Wir werden noch viel Spaß miteinander haben«, sagt Spreitzer und zieht die Tasche auf seiner Schulter zurecht. »Sie entschuldigen, aber die ist echt schwer.« Damit geht er ab, und niemand hält ihn auf. Warum auch?

»Du, ich muss da kurz«, haucht Kaufmann Rose ins Ohr, und schon ist er wieder zwei Schritte hinterher. Das gehört dazu, und so wird er es weiter halten, Nachlässigkeit oder gar öffentliches Aufbegehren sind aus seiner Sicht unangebracht und auch nicht nötig. Er wird im Hintergrund bleiben, jederzeit bereit, an Spreitzers Sessel zu sägen, wobei die Chancen gut stehen, dass der Alte sich über kurz oder lang selbst aus dem Spiel nehmen könnte.

Vorerst aber bleibt es dabei: Kaufmann trottet hinterher, immer in Sicht- und Hörweite, steht daneben, wenn sein Hofrat mit etwaigen Zufallsbekanntschaften das übliche Geplänkel abspult und jedem und jeder aufs Schamloseste schmeichelt, damit er um jeden Preis in guter Erinnerung bleibt. *Ist das der Spreitzer?*, tuscheln die Leute manchmal im Vorbeigehen, denn man erkennt ihn immer wieder. So auch heute und hier in den Gängen des Hallenbads, wo an einem normalen Sonntagnachmittag kaum Gaffer und Bittsteller anzutreffen wären, unter diesen Umständen aber sind fast ausschließlich solche unterwegs. Spreitzer jedenfalls überrascht, indem er sich für keinen von ihnen Zeit nimmt (wie er es sonst nur in den ersten beiden Jahren nach den Bezirkswahlen hält; die stehen aber schon in wenigen Monaten an und machen die Pferde im Stall langsam nervös; auch Kaufmann hat – zumindest in den vergangenen beiden Wochen – unbewusst darüber gegrübelt, wie man mit dem Alten in der derzeitigen Verfassung wahlkämpfen soll, so entspannt wie der zu sein vorgibt).

Jetzt aber eilt Spreitzer stur geradeaus, und das klappt mühelos, weil die Leute von selbst ausweichen und es keinesfalls wagen würden, ihm in die Spur zu geraten. Kaufmann, der Spreitzers Hinterkopf in schneller Bewegung studiert, weiß natürlich, wohin der Weg sie führt, dazu musste er in den Tagen zuvor nicht einmal eins und eins zusammenzählen, sondern nur auf seine innere Stimme hören und das Verhalten des Alten richtig lesen, was für ihn noch nie ein Problem darstellte. Die Andeutungen blieben vage, Spreitzer selbst hielt sich in all der Zeit vermutlich für besonders mysteriös und wies Kaufmann an, den Überblick zu behalten – für den Fall eines überraschenden *Kurzurlaubs*, wie er es nannte, für den Fall des Falles eben.

Mit seiner Urlaubstasche über der Schulter bleibt Hofrat Spreitzer nun in der Herren-Umkleide abrupt stehen und schnippt nervös mit den Fingern, um Kaufmann an seine Seite zu zitieren, und der ist auch gleich zur Stelle. »Schaff mir die Leute vom Hals«, flüstert Spreitzer. Kaufmann nimmt eine einigermaßen lächerliche Kung-Fu-Pose ein, hat aber schon längst bemerkt, dass niemand zu sehen ist. Dann klappert er die Kabinen ab, eine nach der anderen, alle leer; er schließt die Tür am Ende der Umkleide, kehrt zurück und versteinert in seiner Wachmann-Pose.

Und als sich Hofrat Spreitzer bückt und gegen die Tür von Kästchen 25 klopft – dreimal kurz und zweimal lang –, da kommt Kaufmann der anfangs leise und dann immer lauter werdende Verdacht, dass der Alte seinen *Kurzurlaub* nur bis zu jenem Moment geplant hat, in dem er sich bücken und gegen die Tür von Kästchen 25 klopfen wird, dreimal kurz und zweimal lang. Das Kästchen schwingt auf und für wenige Sekunden ist Herbert Peters quadratischer Schädel zu sehen, der sofort Platz macht für Hofrat Spreitzer. Der geht auf die Knie, klettert rein und kriecht langsam nach vorne, bis er eine Drehung hinbekommt, die Kaufmann anatomisch unerklärlich scheint (er selbst war noch nie da drinnen und hat auch nicht vor, das so schnell nachzuholen). Das Ergebnis ist jedenfalls von Spreitzer so gewollt: Am Ende ragt nur noch sein Kopf heraus, und der nickt Kaufmann jetzt gönnerhaft zum Abschied. *Halt die Stellung*, bedeutet dieses Nicken. Dann verschwindet er im Kästchen, und bevor die Tür von innen zugezogen wird, streckt auch noch Herbert Peter seinen großen Kopf raus und sagt: »Uns geht's gut hier drinnen. Alles cool!«

~ ~ ~

»Na gut«, fasst Marina Antl ein Stockwerk höher die Lage in den zwei denkbar kürzesten Worten zusammen. Und jetzt sind sie nur noch zu dritt in der Eingangshalle. Nein, doch nicht: Inspektor Wels und Kollegin Fritz sind noch da, im orangen Doppelsofa und ineinander versunken; das ging schnell. »Schau …« Werner stößt Marina an und zeigt mit dem Finger auf die beiden: »Süß, oder?« – »Wenn man das mag …« – »Und wir?« – »Ich hab Hunger«, sagt Marina. »Dann holen wir uns doch was! Kommst du mit?«, fragt Werner Rose, und Rose zuckt mit den Schultern, bläst ihren Kaugummi zu einer beachtlichen Blase auf und lässt sie platzen. »Nicht schlecht! Mach das noch einmal!« Rose schüttelt den Kopf. »Stur wie deine Mutter.« Rose nickt, grinst dabei aber – bis zwischen ihren Lippen ein Stück Kaugummi erscheint und langsam eine weitere Blase aus ihrem Mund wächst. Marina schnappt danach und zieht den Kaugummi in die Länge. Und dann gibt es kein Halten mehr: Werner brüllt los, Roses Gelächter kommt durch die Nase, dieses Mal mit einer Blase Rotz, Marina reißt überrascht die Augen auf und lacht ebenfalls, bis es Tränen gibt.

Als sie sich alle wieder eingekriegt haben und keuchend noch immer an derselben Stelle stehen, sind sie wirklich allein zu dritt. Inspektor Wels und Kollegin Fritz sind davongeschlichen, in der Kantine ist der Schichtwechsel vollzogen (die mit den vollen Bäuchen treiben im Wasser, und schon bilden andere eine Schlange vor Bellas Griller, sie müssen aber mit kleineren Portionen zufrieden sein), im Bad ist jede Liege besetzt, und der alte Nazi gibt auf und packt trotzig seine Sachen.

Werner, Marina und Rose Antl gehen durch die leere Eingangshalle, sie halten sich dabei nicht an den Händen, denn das wäre wohl wirklich eine Spur zu viel. Zu dritt gehen sie den Gang entlang und immer weiter, bis sie am Beckenrand angekommen sind.

»Schau dir das an!« Werner staunt, und als Marina die vielen Menschen im Wasser bemerkt, nimmt sie doch seine Hand. »Ich muss aufs Klo«, sagt Rose. »Geh nur, Liebes, geh nur.« Marina winkt Rose hinterher, und Fred denkt, das Winken gelte ihm, Werner bekommt das alles gar nicht mit und wiederholt: »Schau dir das an!«

~ ~ ~

Am 12. März 2001 verlässt der letzte Badegast um 3 Uhr 25 das Haus – keine Rekordzeit, aber durchaus denkwürdig. Die Reste aus den Gläsern in der Kantine wurden allesamt in den Griller geleert, ein neuerlicher Brand ist damit zumindest von dieser Seite her kein Thema. Das Hallenbad wird stehen bleiben. Wie in den vergangenen 29 Jahren wird auch heute Nacht das Wasser unaufhörlich über den Rand des Beckens rinnen und in den namenlosen Zwischenraum unterhalb des weißen Plastikgitters gesaugt werden. Und dann, in fünfeinhalb Stunden, wird ein neuer Badetag beginnen.

Muss er ja.

Weitere Kult-Krimis bei Milena

Christopher Just
DER MODDETEKTIV
Kultroman

Augustin Jonny Sandemann ist ein Privatermittler in Wien. Nach einem verstörenden Traum erwacht er schweißgebadet in seinem Büro. Das Telefon läutet. Es ist Lieutenant Tenant-Tanner, Chef des VNAPD (Vienna Police Department), der ihn um Unterstützung in einem Mordfall in der Subkulturszene bittet. Der Ermordete ist ein Mod. Alle Hinweise deuten darauf hin, dass nur ein Ted der Mörder sein kann.
Zwei Tage später wird bei einem Anschlag mit einer unbekannten Superwaffe beinahe die gesamte Immobilienszene der Stadt ausgerottet. Spätestens jetzt ist dem Moddetektiv klar, dass er einer weitaus größeren Sache auf der Spur ist – kein kleiner Bandenkrieg, sondern eine Bedrohung für die ganze Welt!

Christopher Justs Persiflage von Genres, Figuren und Klischees sucht seinesgleichen. Und sprachlich wird hier nicht gekleckert, sondern geklotzt. Ein Riesenlesevergnügen, man kann es nicht oft genug betonen.

»Wer alles liest, vergisst, was er gelesen hat. Weniger lesen erhöht die Chance des Erinnerns. Wer nur ein Buch liest, z.B. das von Christopher Just, wird es nicht vergessen.«
Peter Weibel, Medientheoretiker

ISBN 978-3-902950-92-5

Weitere Kult-Krimis bei Milena

Christopher Just
DER MODDETEKTIV BESIEGT CORONA
Kriminalroman

Mit ungekannter Härte bricht die zweite Coronawelle über die Welt herein. Gemeinsam mit der aufregend bipolaren CIA-Spezial-Agentin Tracy Contact tritt der Moddetektiv einen aussichtslos erscheinenden Kampf gegen die mörderische Seuche an.

Der Moddetektiv hat zwei Probleme: Er steht vor den Trümmern der großen Liebe seines Lebens, und sein Haarschnitt muss dringend fassoniert werden. Doch wegen des Lockdowns hat sein Friseur geschlossen. Dem nicht genug, sieht es ganz danach aus, als ob Wiens bestaussehender Privatermittler selbst infiziert ist.
Von Notfall-Hotline-Telefonistinnen als testunwürdig eingestuft, nimmt der Moddetektiv den Kampf gegen das tödliche Virus auf. Mit stetig schwindenden Kräften kämpft er sich auf der Suche nach einem Heilmittel durch einen von misanthropischen Milliardären, blutgierigen Plasma-Junkies und Apokalyptischen Anniesern bevölkerten Albtraum einer im Sterben liegenden Stadt. Dass dem amphetaminaffinen Berufsbeschatter langsam die Drogen ausgehen, macht die Sache auch nicht einfacher.

Mit seinem monumentalen Roman um die Vernichtungsmaschine SUPERSPREADER schreibt sich Christopher Just endgültig in die Reihe der bedeutendsten Schriftsteller der Gegenwart ein.

ISBN 978-3-902950-92-5

Weitere Kult-Krimis bei Milena

El Awadalla
ZU VIELE PUTZFRAUEN
Kriminalroman

»Bluttat in Ottakring – war es Raubmord?«
Da es im Mietshaus keinen Gärtner gibt, kann es nur die serbische Putzfrau gewesen sein. Ein Krimi mit Vorurteilen wie im echten Leben.

Die alte Frau Auinger wird ermordet aufgefunden. Ihr neugieriger Nachbar, Herr Gruber, hat an seiner Haustür überall Spiegel angebracht, sodass er die Geschehnisse im Haus minutiös mitverfolgen kann. Schnell glaubt er Bescheid zu wissen: Es war sicher die serbische Putzfrau! Die Polizei nimmt die Spur ernst, sogleich werden die Verdächtigen in Augenschein genommen, blöderweise werden die Verdächtigen aber immer mehr und alles immer komplizierter!

El Awadallas Krimi ist eine pralle Milieustudie Wiens mit viel Herz, Humor und Dialekt. Brillant, die deftig-authentischen Gespräche der ermittelnden Polizisten, die Mundartexpertin trifft hier voll in die Seele des grantigen Wiens.

ISBN 978-3-903184-50-3

Gedruckt mit freundlicher Unterstützung durch

Umschlag: Boutique Brutal, www.boutiquebrutal.com
Druck und Bindung: Finidr s.r.o.

www.milena-verlag.at
ISBN 978-3-903184-77-0

Weitere Titel und unser Gesamtverzeichnis
finden Sie auf www.milena-verlag.at